ALEXANDER PAUL
Die Todsängerin

ÜBER DEN AUTOR

Alexander Paul ist Schleswig-Holsteiner durch und durch. In der Nähe von Rendsburg aufgewachsen, lebt er inzwischen in Husum. Dort arbeitet er für ein Unternehmen, das Offshore-Windparks baut. Am Wochenende lässt er sich auf dem Deich gern selbst den Wind um die Ohren pusten, am liebsten in Begleitung seiner Frau und seiner Söhne. Er ist ein großer Kinofan, wobei ihm Zombiefilme die liebsten sind.

ALEXANDER PAUL

DIE TODSÄNGERIN

ROMAN

lübbe

Dieser Titel ist auch als E-Book erschienen

MIX
Papier aus verantwortungsvollen Quellen
FSC® C014496

Originalausgabe

Dieses Werk wurde vermittelt durch die Literarische Agentur
Thomas Schlück GmbH, 30827 Garbsen.

Textredaktion: Ruggero Leò, Berlin
Titelillustration: © Jorge Jacinto
Umschlaggestaltung: Guter Punkt, München | www.guter-punkt.de
Satz: two-up, Düsseldorf
Gesetzt aus der Caslon
Druck und Verarbeitung: GGP Media GmbH, Pößneck
Printed in Germany
ISBN 978-3-404-20926-2

1 3 5 4 2

Sie finden uns im Internet unter luebbe.de
Bitte beachten Sie auch: lesejury.de

DAHEIM

AURORA versuchte, das grüne Stück Stoff so um die kleine Strohpuppe zu wickeln, dass es aussah wie ein Kleid. Der Brennnesselsud hatte den Leinenfetzen beim Färben spröde und hart werden lassen, was ihre Bemühungen erschwerte. Aurora war kurz davor zu verzweifeln und spürte, wie ihr die Tränen in die Augen stiegen. Sie war so vertieft in ihre Arbeit, dass sie das Klopfen an der Tür überhörte. Erst als sie bemerkte, dass ihre Mutter mit jemandem sprach, wurde ihr bewusst, dass sie nicht mehr allein waren.

»Legt ihn hier auf den Tisch«, sagte Auroras Mutter zu Bathram und seinem Gehilfen Serget. »Ich muss erst den Verband entfernen und mir die Wunde ansehen. Dann kann ich mehr sagen.«

Die beiden Köhler mit den verdreckten Lederschürzen und rußgeschwärzten Gesichtern trugen ihren Freund Aaron in die kleine Hütte.

»Aaron meinte, die Wunde ist gut verheilt und wir sollen uns keine Sorgen machen«, erklärte Bathram verlegen. »Das Fieber kam heute Nachmittag ganz plötzlich. Wir wollten gerade Schluss machen und den Meiler wieder abdichten, als er auf einmal zusammengebrochen ist. Wir haben versucht, ihm Wasser einzuflößen, aber er erbricht sich sofort. Du musst ihm helfen, Sibbel, hörst du? Bama bringt uns um, wenn sie hört, dass er uns am Meiler geholfen hat.«

»Und sie hätte recht«, erwiderte Auroras Mutter ärgerlich. »Ich hatte gesagt, er soll sich bis zum nächsten Neumond schonen. So eine tiefe Wunde am Bein braucht ihre Zeit, um zu verheilen.«

Sibbel blickte sich hektisch in der kleinen Hütte um – und fand, wonach sie suchte. »Aurora, nimm die Sachen vom Tisch und bring mir die dicke Kerze mit den drei Dochten. Wir brauchen hier etwas mehr Licht«, wies sie ihre dreizehnjährige Tochter an.

Bevor Aurora überhaupt begriff, was in der kleinen Hütte vor sich ging, lag Aaron bereits halb auf dem Tisch, und Bathram schob mit einem Arm das schmutzige Geschirr und Auroras Basteleien zur Seite.

»Nicht, du machst sie kaputt«, schrie sie auf und schnappte sich ihre zwischen Stoffresten halb vergrabene Puppe vom Tisch. »Ich wollte sie gerade wieder zusammennähen. Sie ist ein Geschenk für Rilka, weil doch ihre Mutter gestorben ist.« Aurora drückte sich die kleine Puppe aus Stroh und Leinenstoff an die Brust, als sei sie ein Schatz.

»Du kannst sie auch noch morgen zu Rilka bringen«, beschwichtigte Sibbel sie. »Ihr Vater meinte, es dauert noch ein paar Tage, bis sie hier alles zusammengepackt haben und nach Felsacker ziehen. Das hier ist jetzt wichtiger, Liebes. Aaron ist schwer krank und braucht unbedingt meine Hilfe.«

»Aber Rilka …«, setzte Aurora an.

»Rilka muss warten«, unterbrach ihre Mutter sie schroff. »Hol jetzt die Kerze. Du kannst sie auch schon anzünden mit einem Span, wenn du Lust hast.«

Das war nicht fair, entschied Aurora. Rilka würde es ihr bestimmt verzeihen, falls das schöne grüne Kleid heute noch nicht ganz fertig sein würde. Aber ihre beste Freundin saß seit einer Woche da und weinte unentwegt, weil sie ihre Mutter vermisste. Bathram hingegen hatte eine Familie und Freunde, sollten die sich doch um den Verletzten kümmern.

Dennoch kam Aurora der Bitte ihrer Mutter nach, trat an den Herd und hielt einen langen Buchenspan ins Feuer. Es war lustig, mit anzusehen, wie die Flammen auf das dünne Holz übersprangen und es in Brand steckten. Ganz vorsichtig, wie auf einem unsichtbaren Seil balancierend und die Augen auf das brennende Holz gerichtet, kehrte Aurora an den Tisch zurück. Dann entzündete sie ebenso achtsam die drei Dochte der armdicken Kerze.

»Danke, Prinzessin«, sagte ihre Mutter. »Und mach ein bisschen Platz und lass mich nachsehen, wie wir Aaron helfen können. Er muss doch wieder gesund werden.«

Erst jetzt fiel Aurora auf, dass alle nur den Mann auf dem Tisch beäugten. Aaron lag da wie eine riesige Puppe. Ein Arm hing über die Tischkante, der Kopf war zur Seite gefallen. Schweiß stand auf seiner Stirn, und sein Atem ging schnell und flach.

Sibbel hatte die Hände auf Aarons Verband gelegt. Vom Knie abwärts bis zum Fußknöchel war das linke Bein mit hellbraunen Lumpen bandagiert. Eine Handbreit unterhalb des Knies hatte sich der Stoff dunkel verfärbt. Der Fleck sah fast aus wie eine braunrote Blüte.

»Aurora, nimm deine Sachen mit rüber zum Bett und versuch, die Puppe allein fertig zu machen«, sagte Sibbel. »Aber sei leise und stör uns nicht.«

»Es macht mir nichts aus, wenn es eklig ist«, erwiderte Aurora. »Ich kann dir helfen. Ich habe Jorge auch schon mal das Bein verbunden.«

»Heute nicht, Liebes. Mach, was ich dir gesagt habe.« Diesmal klang Sibbels Stimme nicht mehr bittend.

Aurora gehorchte, wenn auch widerwillig. Sie setzte sich neben den Ofen auf ihr Bett und strich der Puppe, die sie Lilly getauft hatte, mit den Fingern durch das angenähte braune Pferdehaar. Sosehr sie den Hals auch reckte und den

Kopf drehte, Bathram und Serget versperrten ihr die Sicht auf den Tisch.

Die blutverkrusteten Lumpen fielen zu Boden, und Bathram sog zischend die Luft zwischen den Zähnen ein. Sein junger Kamerad wandte sich angewidert vom Tisch ab.

»Verdammt noch mal, stinkt das«, keuchte er.

»Die Wunde ist brandig geworden«, erklärte Sibbel. »Sein Fleisch fault und vergiftet das Blut.«

»Dann mach ihm irgendeine von deinen Salben drauf, oder gib ihm eine von den Kräutertinkturen, die du braust. Hauptsache, er ist heute Abend wieder auf den Beinen, und Bama sieht ihn nicht so«, sagte Bathram.

Sibbel schüttelte traurig den Kopf. »Das wird nicht helfen. Wir müssen das faule Fleisch entfernen, damit es ihn nicht weiter vergiftet.«

»Du willst ihm ein Stück aus dem Bein schneiden?«, fragte Bathram empört.

»Nein, nicht ein Stück. Wir müssen ihm das ganze Bein abnehmen.«

Bathram starrte Sibbel an, als traute er seinen Ohren nicht. Unvermittelt sprang er vor und packte sie am Hals. »Das wirst du nicht tun, Kräuterweib. Du machst ihn nicht zum Krüppel. Vorher breche ich dir deinen dürren Hals.«

Sibbel rang nach Luft und versuchte, etwas zu erwidern, doch der Griff des Köhlers war zu stark.

Aurora hätte in Panik verfallen sollen oder wenigstens schreien, doch stattdessen stand sie auf, ging hinüber zum Herd und nahm den Topf Teewasser vom Haken über der Feuerstelle. Keiner der beiden Männer achtete auf sie. Bathram stand mit dem Rücken zu ihr, und sein Gehilfe Serget starrte zu Boden und schien zu beten. Aurora nahm den Henkel des Topfes in die eine Hand und packte mit der anderen den wulstigen Rand. Dann stellte sie sich hinter Bathram.

»Wenn du meine Mutter nicht sofort loslässt, verbrühe ich dir das Gesicht«, krächzte sie.

Jetzt, wo sie bei ihm stand, überkam sie das Gefühl, dass es vielleicht doch besser gewesen wäre, einfach nur panisch zu schreien. Der wulstige Rand des Topfes war nicht besonders heiß, was bedeutete, dass sie mit dem Teewasser niemanden verbrühen würde. Das wusste Bathram aber nicht.

»Bring das verdammte Gör zur Vernunft«, schnauzte er seinen Gehilfen an.

Serget sah unentschlossen aus, und als er sich Aurora einen Schritt näherte, wandte sie sich ihm mit dem Topf zu.

»Können wir nicht lieber …«, stammelte er.

»Sei vorsichtig«, zischte Bathram, hob die Arme und trat einen Schritt von Sibbel zurück.

Aurora wunderte sich kurz, dass ihre Finte geglückt war. Doch dann erkannte sie, dass der Köhler gar nicht mit ihr gesprochen hatte. Ihre Mutter hielt einen Dolch in der Hand, dessen Spitze sie Bathram an den Schritt drückte. »Wir sollten uns alle erst einmal wieder etwas beruhigen«, sagte Sibbel.

»Beruhigen?«, höhnte Bathram. »Das kannst du Bama erzählen, wenn wir ihr sagen, dass wir ihrem Gatten das Bein abgeschnitten haben. Dann kratze ich lieber all mein Erspartes zusammen und bringe ihn nach Buchtenheim. Dort wird der Orden ihm helfen.«

»Die Reise würde drei Tage dauern«, gab Sibbel zu bedenken. »Bis dahin ist Aaron tot, und du kannst dein Erspartes für sein Begräbnis ausgeben. Das Fieber ist schon hoch, und wenn wir nicht sofort handeln, übersteht er die Nacht nicht. Außerdem habe ich nicht gesagt, dass ich ihm das Bein abnehme. Das wirst *du* tun, Bathram. Ich sorge nur dafür, dass er nicht verblutet. Entweder das, oder du gehst zu Bama und sagst ihr, dass sie schnell herkommen soll, wenn sie ihren Mann noch mal lebend sehen will.«

Bathram stand da und kaute auf den Nägeln wie ein Junge, der sich vor seiner ersten Mutprobe fürchtete. »Bama würde es nicht zulassen, dass wir ihm das Bein abschneiden.«

Sibbel schüttelte den Kopf. »Nein, Bama wäre lieber eine trauernde Witwe, als einen Krüppel zum Mann zu haben. Aber hier geht es nicht um Bamas Leben, sondern um das deines Freundes. Bathram, denk nach. Du kennst Aaron von Kindesbeinen an. Willst du ihn einfach sterben lassen?«

Ein langes Schweigen folgte, und Aurora sah, dass Bathram hilfesuchend zwischen seinem Kollegen, Sibbel und Aaron hin und her schaute, doch niemand erwiderte seinen Blick.

Die Entscheidung fiel ohne ein Wort. Sibbel reichte dem Köhler eine Flasche mit goldgelbem Inhalt. Auroras Mutter schüttete immer ein bisschen davon in den Kuchenteig. Bathram nahm einen großen Schluck und schüttelte sich.

»Was muss ich tun?«, fragte er niedergeschlagen.

Bevor er eine Antwort bekam, wandte sich Sibbel wieder an Aurora. »Kleines, stell den Topf zurück. Alles ist gut. Bathram ist nur ein bisschen verschreckt, aber jetzt hat er sich wieder beruhigt. Stimmt's, Bathram?«

Der Köhler knurrte etwas Unverständliches und nickte.

»Geh jetzt bitte nach draußen und spiel mit den anderen. Ich rufe dich, wenn du wieder reinkommen kannst.«

»Machst du Aaron wieder gesund, Mama?«

»Ich versuche es, Liebes, aber du musst uns dafür eine Weile in Ruhe lassen. Ich kann mich jetzt nicht um dich kümmern.«

Normalerweise hätte Aurora widersprochen, doch irgendwie hatte sie das Gefühl, ihre Mutter wollte sie nicht loswerden, sondern beschützen. Ohne ein weiteres Wort nahm sie die Puppe für Rilka und ging vor die Tür.

Ein leichter Nieselregen hatte eingesetzt. Wer nicht draußen arbeiten musste, war in den Hütten verschwunden. So mochte Aurora es. Sie spielte am liebsten allein. Die Jungen im Dorf waren allesamt blöd. Ständig prügelten sie sich oder fochten mit ihren albernen Holzschwertern herum. Die Mädchen waren nicht viel besser. Sie hänselten Aurora, weil sie keinen Vater hatte, und kicherten hinter ihrem Rücken über sie. Nur Rilka war so etwas wie eine Freundin. Sie war jedoch erst sieben und jetzt, wo ihre Mutter gestorben war, zog sie mit ihrem Vater nach Felsacker.

Zufrieden trat Aurora nach draußen. Bei diesem Wetter hatte man seine Ruhe und konnte seinen Gedanken nachgehen. Gedanken darüber, warum alles so war, wie es war. Aurora verzog sich in den Unterstand für das Brennholz. Sie setzte die Puppe neben sich auf ein Scheit und beobachtete, wie sich die Wassertropfen auf dem Vordach sammelten.

Mehr als eine Stunde verging, bis sich endlich die Tür zur Hütte öffnete und Bathram und sein Kollege ins Freie traten. Die Arme des Köhlers waren bis zum Ellenbogen blutverschmiert. Sein Gesicht war verzerrt, als ob er Schmerzen hätte. Er hielt ein Bündel, in das etwas eingewickelt war. Etwas von der Größe eines langen Holzscheites.

Aurora wartete, bis sie verschwunden waren, dann schlich sie zur Tür und horchte. Ein Bottich wurde über den Boden geschoben, und sie vernahm das Klatschen eines Wischlappens auf den Dielen. Dann wurde es ruhig, und nach einiger Zeit setzte die Stimme ihrer Mutter ein. Sie sang. Es war eines dieser Lieder, deren Sprache Aurora nicht verstand. Die Worte waren ihr fremd und klangen irgendwie hohl. Ihre Mutter sang oft, aber nur, wenn sie allein war. Aurora lauschte den fremdartigen Lauten, und in ihr erwachte das Gefühl von Traurigkeit und Trost zugleich.

»Du kannst jetzt wieder reinkommen, Prinzessin«, rief ihre Mutter schließlich.

Aurora fühlte sich irgendwie ertappt. Sie schlich einige Schritte davon, drehte sich aber um, als sie die Sinnlosigkeit erkannte und rief: »Ich muss Lilly noch holen. Komme gleich, Mami.«

Als Aurora die Hütte betrat, lag Aaron immer noch auf dem Tisch. Sein linkes Bein endete unterhalb des Knies in einem Lumpenbündel. Das eingefallene Gesicht des Köhlers war blass, und sein Atem ging keuchend. Er war noch nicht wieder bei Bewusstsein.

»Wird er wieder gesund, Mama?«

»Ich weiß es nicht, mein Schatz. Das Fieber sinkt zwar, aber er ist sehr schwach. Die nächsten Tage werden es zeigen. Er braucht jetzt viel Ruhe und Pflege von seiner Familie.«

Wenig später kam Bathram mit seinem Lehrling Serget zurück. Sie hatten eine provisorische Bahre zusammengezimmert, auf der sie Aaron wegbrachten.

Bevor sie gingen, wandte Bathram sich noch einmal an Sibbel. »Kannst du nicht mitkommen und mit Bama sprechen? Ich weiß nicht, ob ich die richtigen Worte finde. Außerdem sollte sie vielleicht wissen, wie man den Stumpf behandeln muss.«

Aurora sah, wie sich das Gesicht ihrer Mutter verfinsterte. »Als Aaron sich die Verletzung am Bein zugezogen hat, war ich bei Bama und habe ihr erklärt, dass ihr Mann einige Wochen nicht arbeiten kann und sie täglich den Verband wechseln und die Salbe auftragen muss. Zur Antwort bekam ich, dass ich mich um meinen eigenen Kram kümmern sollte. Sie hat mir ins Gesicht gespuckt und mich an den Haaren aus ihrem Haus gezerrt, als wenn ich an allem schuld wäre. Tut mir leid, Bathram.«

Die beiden Männer trugen Aaron davon.

Den restlichen Abend sprachen Mutter und Tochter

kaum ein Wort. Aurora konnte den Blick nicht mehr von dem Tisch abwenden, auf dem der Köhler gelegen hatte. Sie weigerte sich, ihr spärliches Abendbrot zu essen, und ging hungrig ins Bett.

†

Am nächsten Morgen hing immer noch der metallische Gestank von getrocknetem Blut im Dunst der kleinen Hütte. Ein Blick durch die maroden Fensterläden beschied Aurora die Gewissheit, dass heute ein langweiliger und von Hausarbeit erfüllter Tag vor ihr lag. Es war der Neunte Bethel, einer der zwölf Tage im Jahr, in der sich die Sonne nur als schwach glühender Ring am Himmel zeigte.

Es war halb Vormittag, und Aurora stand an der Kochstelle und hielt einen verdorrten Zweig ins Feuer. Der Schein der Flammen spielte mit ihrem roten Haar und ließ es aussehen, als besäße es ein Eigenleben.

»Aurora?«

Das Mädchen kannte den Unterton in der Stimme ihrer Mutter nur zu gut. Es gab Dutzende von Tonfällen, mit denen eine Mutter ihr Kind rief. Dieser klang eindeutig entnervt und ein wenig verärgert.

»Ja, Mama?«, antwortete Aurora und drehte sich verstohlen zur Seite.

»Was könnte ich wohl von dir wollen, Liebes?«

Genau wie die vielen Untertöne erkannte Aurora auch, wenn ihre Mutter sie tadelte. Es begann immer mit einer Frage, und man tat gut daran, sie richtig zu beantworten. Ansonsten durfte man entweder das Geschirr allein spülen, Reisig sammeln oder Flicken setzen. Alles Dinge, bei denen man Zeit zum Nachdenken hatte, wie ihre Mutter sagte. Aurora spielte lieber mit den Ziegen, statt nachzudenken.

Aurora ließ den Zweig in die Flammen fallen. »Ich soll nicht mit dem Feuer spielen.«

»Und warum?«

»Weil Feuer gefährlich ist.«

»Richtig, meine Süße. Und jetzt greif dir den Löffel und sag mir, was an der Suppe noch fehlt.«

Aurora zog sich einen Schemel heran, stieg hinauf und griff nach dem Holzlöffel, der in dem Kessel mit brodelnder Suppe steckte. Sie rührte damit herum und versuchte, ein bisschen Lauch und etwas Speck herauszufischen, jedoch ohne Erfolg. Enttäuscht gab sie sich mit der klaren Brühe zufrieden. Sie pustete vorsichtig den dampfenden Löffel an. Dann kostete sie.

»Na, wie schmeckt sie?«, fragte ihre Mutter.

»Heiß«, sagte sie.

»Heiß ist kein Geschmack, Prinzessin.«

Der Löffel verschwand noch einmal bis zum Stiel im Mund des Mädchens. Dann zog sie ihn heraus und drehte ihn vor ihrem Gesicht hin und her.

»Dann schmeckt sie nach gar nichts, Mama.«

Auroras Mutter schnaubte belustigt. »Alles, was Gott erschaffen hat, besitzt auch einen Geschmack, Süße. Wir machen uns nur manchmal nicht die Mühe, ihn zu erkennen, weil wir glauben, unsere Augen verraten uns schon genug.«

»Aber die Suppe ist von dir, nicht von Gott.«

Mit dieser Antwort hatte Auroras Mutter scheinbar nicht gerechnet. Einen Augenblick zögerte sie, und Aurora befürchtete, dass sie ärgerlich würde, doch dann lachte sie.

»Du hast Recht, Prinzessin. Gott schenkt uns nur die Zutaten und unsere Talente. Was wir daraus machen, hängt ganz von uns ab. Kochen scheint keines meiner Talente zu sein.«

Sibbel trat zu ihrer Tochter an den dampfenden Kessel. In den Händen hielt sie ein gutes Dutzend geputzter und kleingeschnittener Pfifferlinge. Sie hielt sie Aurora vor die Nase, die daran schnupperte.

»Mhm!«

»Die hat Gott uns auch noch gebracht, weil er um meine Kochkünste weiß«, sagte sie lachend.

Aurora war nicht zum Lachen zumute. Sie wusste, woher die Pilze stammten. Gott hatte sie vielleicht in den Wald gepflanzt, aber der Schmied Cannas hatte sie ihnen gebracht. Auroras Mutter wollte daraus für seine Frau eine Salbe machen, die Gicht aus den Händen vertrieb.

»Nicht, Mama«, rief Aurora entsetzt. »Die dürfen wir nicht essen. Du hast es dem Schmied versprochen.«

»Ach, meine Prinzessin. Ich hab ihm versprochen, Tune zu helfen, und das mache ich auch. Keine Sorge, das geht schon in Ordnung. Ich weiß, was ich tue. Irgendwann einmal wirst du es verstehen.«

Mit diesen Worten ließ sie die Pilze in den brodelnden Suppentopf fallen.

»Und für dich habe ich noch etwas ganz Besonderes.« Sibbel ging zu ihrem Kräuterbeutel, aus dem sie ein kleines Bündel zog. Vorsichtig faltete sie den Stoff auseinander und präsentierte ihrer Tochter einen weiteren Pilz.

»Eine Honigmorchel«, krächzte Aurora vor Freude.

»Aber erst zum Nachtisch«, ermahnte ihre Mutter sie mit einem Lächeln.

In diesem Moment krachte etwas Schweres gegen die Tür der kleinen Hütte. Vor Schreck ließ Aurora die Morchel fallen und starrte ängstlich zu ihrer Mutter.

»Sibbel, du Hexenweib, komm raus und sieh dir an, was du getan hast«, kreischte eine Frauenstimme. »Dafür wirst du büßen, Tochter der Dubita.«

»Das ist Bama«, sagte Aurora. »Sie ist bestimmt wütend, weil du Aarons Bein abgemacht hast?«

»Räuchern wir sie doch einfach aus«, schrie eine weitere Frau von draußen, und noch andere stimmten ihr zu.

Sibbel warf ihrer Tochter einen strengen Blick zu und schüttelte energisch den Kopf.

»Du bleibst hier, Süße. Egal was passiert«, flüsterte sie. Sie huschte zu dem geschlossenen Fenster neben der Tür und spähte durch die schmalen Schlitze der Läden. Mit einer Handbewegung ermahnte sie Aurora zurückzubleiben. Dann öffnete Sibbel die Tür einen Spaltbreit und sah hinaus zu den Leuten, die sich auf dem Dorfplatz vor ihrem Haus versammelt hatten. »Ist das Aaron? Was ist los mit ihm? Was ist passiert?«

»Komm selbst raus und sieh es dir an«, keifte Bama von draußen.

Sibbel öffnete langsam die Tür und trat hinaus vor die Hütte. Aurora sah mehr als ein Dutzend Frauen, die sich davor versammelt hatten. Bama war eine von ihnen. Auch Tune und Cannas sowie Bathram und sein Lehrling hatten sich zu ihr gesellt. Sie hielten Besen, brennende Fackeln, Schlaghölzer und Knüppel in den Händen. Vor der Meute, die im Halbkreis vor der Hütte stand, lag eine reglose Person auf der Erde. Durch den offenen Türspalt sah Aurora nur ihre Beine und die Hälfte des Oberkörpers. Das linke Bein war mit Bandagen umwickelt und endete unterhalb des Knies. Aaron. Er bewegte sich nicht, sondern lag im Dreck des Dorfplatzes wie eine weggeworfene Puppe.

Auroras Mutter beugte sich über ihn. Sie öffnete sein Hemd und tastete den Oberkörper ab. Dann fühlte sie den Puls. Es dauerte einen Moment. Niemand sagte etwas oder regte sich. Aller Augen ruhten auf Aaron und Sibbel.

Als sich Auroras Mutter erhob und Aarons Arm leblos zu Boden sackte, stand die Meute noch immer wie gebannt um sie herum.

»Sag ihnen, was passiert ist, Bama«, forderte Sibbel. »Sag ihnen, was du getan hast.«

Bama war von jeher niemand, der mit Worten umzugehen, geschweige denn, den richtigen Ton zu treffen wusste. Alles, was sie sagte, hörte sich an wie eine Schimpftirade. Aurora erinnerte sich nicht, sie jemals lachen gehört zu haben. Schon gar nicht in ihrer Gegenwart oder der ihrer Mutter. Sie schienen ein rotes Tuch für Bama zu sein. Warum, das wusste Aurora nicht – ihre Mutter hingegen schon, doch wollte sie den Grund dafür ihrer Tochter erst verraten, wenn sie älter und verständiger wäre, jedenfalls behauptete sie das. Es gab noch mehr Themen, über die ihre Mutter nicht mit ihr sprechen wollte. Mittlerweile hatte Aurora so viele offene Fragen, dass sie sich schon fast vor der Flut an Antworten fürchtete, die irgendwann auf sie zukam.

Bama antwortete Sibbel nicht, sondern stürmte wie eine Furie auf sie zu, einen Wäschebleuel hoch erhoben. Sibbel hatte keine Chance zu reagieren. Das Holzbrett traf sie mit der Stirnseite in den Unterleib wie ein Schwerthieb. Aurora sah, wie ihre Mutter zu Boden ging und Bama bereits zum nächsten Schlag ausholte.

»Nicht, lass sie in Ruhe! Das darfst du nicht.« Aurora war wie von Sinnen. Ungeachtet dessen, mit wem sie sich anlegte, rannte sie kreischend und wild gestikulierend aus der Hütte auf Bama zu, fest entschlossen, sie aufzuhalten. Noch bevor sie der Frau mit der strohigen Mähne und dem kantigen Gesicht einen Fußtritt verpassen konnte, hatte Bama sie an den Haaren gepackt.

»Ich habe gerade erst angefangen, du kleine Göre«, zischte sie.

Bama hielt mit Aurora im Schlepptau auf Cannas zu. Sie ließ den Bleuel fallen und riss dem Schmied die Fackel aus den Händen.

»Sieh gut hin, Süße, was ich alles darf«, raunte sie Aurora zu. Ihr Blick war hasserfüllt, fast wahnsinnig. Dann warf sie die Fackel im hohen Bogen auf die mit Roggenstroh gedeckte Hütte.

In ihrer Panik riss Aurora sich los und büßte dabei ein Haarbüschel ein. Der Schmerz trieb ihr weitere Tränen in die Augen, doch er schürte auch ihre Wut. »Du bösartige Vettel! Meine Mama hat dir nichts getan. Sie wollte nur helfen. Ich bete, dass die Gicht dich holt.«

Aurora trat zu und traf Bamas Schienbein. Unter Kindern wäre der Streit damit beendet gewesen. Sie hatte gezeigt, dass sie sich wehren konnte. Aurora wandte sich ab, um ihrer Mutter zu helfen. Doch bevor sie einen Schritt auf sie zugehen konnte, packte Bama sie abermals. Mit einem Ruck riss sie das Mädchen herum. Das Letzte, woran sich Aurora erinnerte, waren der Wäschebleuel und die abgrundtief hasserfüllten Augen, die sie anstarrten.

Bemet stand am Eingang des Totemhortes, zusammen mit den drei anderen Jungen aus seinem Dorf und Nikra, der Tochter des Fallenstellers. Vor ihnen befand sich der Maahi, ein heiliger Ort, der von hohen Palisaden umfasst war. Heute war die Totemweihe, die Gunst der Pranke, der Tag, an dem die Götter ihre Augen schlossen und die Sonne verdunkelten, um sich ganz dem Totemgeschenk zu widmen. Nikra stand etwas abseits der Jungen. Sie schien weder nervös noch ängstlich zu sein, nur desinteressiert. An Bemets Seite war Olet, sein bester und ältester Freund.

»Ihr wisst, wie es abläuft«, dröhnte die Stimme des Ältesten durch die winzige Sichtluke aus dem Inneren des Maahi. »Jeder zieht einen Stock aus dem Erdhügel. Derjenige mit dem längsten wählt zuerst ein Totem, dann folgt der mit dem zweitlängsten und so weiter. Erheben zwei von euch Anspruch auf dasselbe Totem, wird die Vergabe durch Kampf entschieden, wobei der Herausforderer die Wahl der Waffe hat. Habt ihr das verstanden?«

»Ja, Ältester«, antwortete der gemischte Chor Tulips, so nannte man die heranreifenden Jugendlichen, die noch kein Totem besaßen. Danach wurde man zum Mankar, einem erwachsenen Menschen.

»Den Kürzesten hat auf jeden Fall Olet«, zischte Ranut boshaft. »Abgesehen von Nikra vielleicht.«

Das junge Mädchen ignorierte die Anspielung. Das versuchte auch Olet, doch seine Gesichtsfarbe verriet ihn.

»Lass ihn in Ruhe, Ranut«, mischte sich Bemet ein.

»Sonst was?«

»Sonst brauchst du kein Totem, weil jeder weiß, dass du eine Ratte bist.«

Jetzt kicherte Nikra, und Olet brachte ein verschmitztes Lächeln zustande.

»Ist doch wahr«, hielt Ranut dagegen. »Dein Freund kann doch nicht mal pinkeln, ohne sich die Finger nass zu machen.«

Olets Gesichtsfarbe glich einer Himbeere, was selbst im Zwielicht gut zu erkennen war.

Die Anspannung löste sich abrupt, als sich das Tor zum Maahi öffnete. Von hier an verlief alles wie einstudiert. Die Tulips betraten den heiligen Ort und stellten sich im Kreis um den kniehohen Erdhügel auf. Fünf Stöcke für fünf junge Menschen. Im Hintergrund stand der Älteste vor dem Altar, auf dem drei Totems platziert waren: der Rindenbär, die Bergkatze und die Eiseule.

»Die Götter mögen uns nicht«, sagte Olet enttäuscht, als er die Totemfiguren erkannte. »Fünf Anwärter und nur drei Skulpturen.«

»Nur euch mögen sie nicht«, erwiderte Ranut gelassen. »Mein Totem steht dort auf dem Altar.«

Sosehr Bemet Ranut auch verachtete, er hatte recht. Niemand mit klarem Verstand und ein wenig Sinn für Selbstschutz würde ihm sein Totem streitig machen. Ranut war jemand, der sich nahm, was er wollte, und wenn man etwas dagegen hatte, bekam man eine Tracht Prügel oder Schlimmeres. Jetzt würde sich herausstellen, welche drei Tulips zuerst ihr Totem wählen durften. Die beiden übrigen könnten sich dann nur für eine Herausforderung entscheiden, einen Kampf oder ein Leben als Howak, eines Totemlosen. Stellte man sich seinem Rivalen, bekam man wenigstens im nächsten Jahr eine neue Chance.

Die fünf Tulips umrundeten den Erdhaufen und musterten die Stöcke, die darin steckten. Es war unmöglich zu erkennen, welcher länger war und welcher nicht. Bevor Bemet diese Erkenntnis verinnerlichen konnte, zog Ranut den ersten Stock. Dann folgten Bemet, Olet und Ussad, der bislang noch überhaupt nichts gesagt hatte und so unbeteiligt wirkte, als wollte er sich die Totemweihe nur einmal ansehen.

Dann kam der Moment der Wahrheit. Die fünf stellten sich in einer Reihe auf und verglichen ihre Stöcke. Jeder war etwa so lang wie ein Unterarm, dennoch wiesen sie geringfügige, aber eindeutige Längenunterschiede auf. Nikra hatte gewonnen, Ranut war der Zweite und Olet der Dritte. Diese drei konnten frei entscheiden, welches Totem sie wählten.

»Der Bär ist meiner«, warnte Ranut Nikra.

Das junge Mädchen bedachte ihn mit einem hämischen Grinsen und ging zum Altar. Ohne zu zögern, stellte sie sich zum Totem der Eiseule.

Bemet kannte Eiseulen nur aus Erzählungen. Gesehen hatte er sie noch nie, da sie weit oben in den Bergen lebten. Angeblich waren sie größer als ein Uhu, hatten weißes Gefieder mit dichtem Flaum bis über die Fänge, die ein wenig an Pranken erinnerten. Die Eiseule stand für Schnelligkeit, Anmut und Präzision.

Ranut stürmte schon los, bevor der Älteste ihm signalisierte, dass er an der Reihe war. Schnurstracks steuerte er auf den Bären zu, postierte sich dahinter und nahm seine gewohnte Siegerpose ein. Der Rindenbär war gleichbedeutend mit Kraft, Entschlossenheit und Ausdauer.

»Olet, jetzt bist du dran«, erinnerte der Älteste ihn, als er sein Zögern bemerkte. Olet warf Bemet eine entschuldigende Geste zu und trottete vor. Er stellte sich zu der letzten freien Totemfigur, der Bergkatze, die für Instinkt, Scharfsinn und Geschmeidigkeit stand.

»Jetzt du, Ussad«, sagte der Älteste.

Bemet fiel auf, dass der Junge fast wie in Trance auf die Bärenfigur starrte, doch dann klärte sich unvermittelt sein Blick, und er huschte entschlossen zu Nikra hinüber. Bemet konnte sich vorstellen, was in Ussads Kopf vorging. Statt nach den Sternen zu greifen, nahm er lieber die Kerze vom Tisch. Gegen ein Mädchen zu kämpfen verhieß einen leichten Sieg.

Ussad baute sich vor Nikra auf.

»Du hast gewählt?«, erkundigte sich der Älteste.

Ussad nickte entschlossen.

»Wie soll der Kampf entschieden werden?«

»Ohne Waffen.«

»Dann geht zur Mitte des Maahi und tragt die Sache aus.«

Die beiden Tulips stellten sich auf den Heiligen Platz und nickten einander förmlich zu. Nun konnte der Kampf beginnen. Ussad nahm seine Kampfpose ein. Ein Bein war vorangestellt und die Fäuste zur Deckung gehoben, bereit, sofort einen Schlag auszuführen. Nikra dagegen umrundete ihren Konkurrenten langsam, ohne dabei aggressiv zu wirken. Dieses Spiel zog sich fast eine Minute hin, bis Ussad plötzlich vorsprang, um dem Mädchen ins Gesicht zu schlagen. Die Faust ging ins Leere, Nikras Fuß jedoch nicht. Sie trat Ussad mit voller Wucht zwischen die Beine. Der Junge ging zu Boden wie ein Sack Kartoffeln, und bevor er sich vor Schmerzen krümmen konnte, saß Nikra bereits auf Ussads Rücken und presste seinen Kopf in den Sand. Damit war es entschieden. Nikra nahm wieder ihren angestammten Platz ein, und Ussad kroch unter Schmerzen an die Palisadenwand, um dort zu Atem zu kommen.

»Jetzt du«, forderte der Älteste Bemet auf.

Die Entscheidung war äußerst knifflig. Er konnte unmöglich ebenfalls gegen Nikra antreten. Es wäre unehrenhaft, sie ein zweites Mal herauszufordern, und es würde blamabel sein, an ihr zu scheitern. Somit konnte er sie schon einmal ausschließen. Auch Olet wollte er nicht herausfordern. Zwar würde er mit Sicherheit gewinnen, aber genauso sicher eine Freundschaft verlieren. So blieb ihm nur, auf das Totem zu verzichten oder Ranut zu wählen. Doch selbst das war keine leichte Entscheidung.

Bemet ging zum Altar und stellte sich vor Ranut, dessen hasserfüllte Augen ihn bereits fixierten, seit er den ersten Schritt getan hatte.

»Ich werde dir richtig weh tun«, flüsterte er Bemet zu. »So sehr, dass du dich fürchten wirst, im nächsten Jahr wieder hier anzutanzen.«

»Ich wähle den Stab«, sagte Bemet, ohne auf die Waffenwahl angesprochen worden zu sein.

Der Älteste, der die Waffen hinter dem Altar gelagert hatte, reichte beiden Jungen einen Stab. »Auf eure Positionen!«

Bemet hatte seinen Gegner schon kämpfen gesehen. Ranut liebte es, seine Kraft unter Beweis zu stellen. Seine Schläge kamen schnell und präzise. Nur wenn man ihn auf Abstand hielt, hatte man eine Chance. Der Stab war die Waffe, die Ranut am wenigsten lag, wenn es so etwas überhaupt gab.

Bemet spürte die feinen Rillen, die in den Griffabschnitt ins Holz gearbeitet waren. Sie verhinderten, dass einem der fünf Fuß lange Roteichenstab beim Schlag aus der Hand glitt.

Genau wie es ihm der alte Jorl gezeigt hatte, hielt Bemet die Waffe seinem Gegner am ausgestreckten Arm entgegen. Diese Geste signalisierte, dass man kampfbereit war, und sie zollte dem anderen Respekt.

Ranut, der einen guten Kopf kleiner war, zeigte Bemet

auf seine Weise, dass er jederzeit kampfbereit war. Ohne Vorwarnung stieß er seinem Gegner die Stabspitze zwischen die unteren Rippenbögen.

Die Wucht des Treffers raubte Bemet den Atem, und Ranut hatte den Abstand zwischen ihnen bedrohlich verkürzt. Fassungslos taumelte Bemet zurück. Sein Blick fiel auf den Ältesten, in der Hoffnung, dass dieser den Regelverstoß ahnden würde.

Offenbar gab es keine ehrenhaften Kampfregeln bei der Vergabe der Totems, dachte Bemet, als er die eisige Miene des heiligen Mannes sah und Ranuts zweiter Hieb ihn an der Schulter streifte. Der Tag der Pranke würde nur durch Entschlossenheit entschieden und durch Zweifel verloren werden.

Entschlossen war Ranut auf jeden Fall. Ein Hieb auf den langgeführten Arm folgte einem zielgerichteten Stoß in den Unterleib. Der Stab durchschnitt die Luft mit einem Surren. Immer wieder griff Ranut an. Mit jedem Fehlschlag wuchs die Wucht des nächsten Angriffs. Sein Gesicht war mittlerweile von Hass erfüllt.

Doch Bemet war ebenfalls entschlossen. Er wollte sich nicht mehr treffen und demütigen lassen. Geschickt wich er jedem Schlag seines Gegners aus, und anstatt mit der Zeit in Bedrängnis zu geraten, fiel es ihm immer leichter. Er stellte sich auf den Tanz ein, und allmählich schwanden Ranuts Kräfte. Er spielte das Spiel so lange weiter, bis sein Gegner die Geduld verlor. Der große Junge packte den Kampfstab mit beiden Händen und schlug mit voller Wucht zu, in der Absicht, Bemets Bauch zu treffen. Es war unmöglich, dem Schlag auszuweichen. Bemet musste sich entscheiden. Entweder blockte er den Hieb, oder er versuchte es mit einem Konter und lief Gefahr, der Wucht der Attacke zu unterliegen.

Bemet drehte sich um die eigene Achse. Der Kampfstab lag fest in seiner Hand, gestützt durch den Unterarm. Ranut landete einen Treffer – zu tief. Mit voller Wucht klatschte das Eichenholz auf Bemets Gesäß. Der Schmerz ging in der Konzentration unter, mit der er den Gegenangriff führte. Bemet rotierte in die Ausgangsposition zurück. Sein Stab traf Ranut punktgenau an der Schläfe. Der Kopf des Jungen ruckte herum, er verdrehte die Augen, die Waffe entglitt ihm, und er verlor das Bewusstsein.

Der Kampf war entschieden. Bemet hatte sein Totem.

ALDENS Hände zitterten vor Aufregung. Sein Mund war trocken, und in seinen Augenwinkeln sammelte sich Tränenflüssigkeit. Er konzentrierte sich ganz darauf, unbeteiligt zu wirken.

Leg bloß nicht die Hände auf den Tisch, sonst sehen sie deine Nervosität. Mach den Mund zu, anderenfalls gaffst du wie eine Kuh, ermahnte er sich selbst.

Und er tat gut daran. Für ihn war dieser Auftritt genauso ungewohnt wie für die anderen Mitglieder des kleinen Rates. Er war jetzt sechzehn. Sein Alter und Status erlaubten ihm, an den Sitzungen teilzunehmen. Er war schließlich der Thronfolger, und wenn er in diesen Tagen nicht lernte, die Geschicke des Landes zu führen, dann blieb ihm womöglich später keine Zeit dazu. Er wäre nicht der erste Erbe des Throns, dem wenige Wochen nach der Amtseinführung ein überraschendes Ende zuteilwürde. Niemand durfte seine Unsicherheit spüren, weder jetzt noch sonst irgendwann.

»Ich erkläre die Sitzung des Kleinen Rates am Neunten Bethel für eröffnet«, sagte sein Vater zu den gut zwei Dutzend Männern am Tisch.

Aldens Vater war König Refert der Dritte. Das machte Alden zum Kronprinzen und somit zur zweithöchstgestellten Person im Sitzungssaal. Davon spürte er jedoch wenig. Er fühlte sich wie ein Hase unter den Blicken der Habichte. Sein Vater pflegte zu sagen: *Den Stand legt man dir in die*

Wiege. Den Respekt musst du dir verdienen. Von Respekt war jedoch wenig zu merken. Der einzige Grund, warum die Grafen, Beamten und Ritter am Tisch Alden nicht auslachten, war sein Vater. Keiner von ihnen würde es wagen, sich öffentlich über den Kronprinzen lustig zu machen, doch sah man ihnen an, dass sie ihn nicht ernst nahmen. Heute war der erste Tag, an dem sich das ändern würde. Nicht auf einen Schlag, aber Stück für Stück.

»Wie unschwer zu erkennen ist«, fuhr König Refert fort, »habe ich meinen Sohn gebeten, der Sitzung beizuwohnen. Er hat weder Stimm- noch Einspruchsrecht. Dennoch bitte ich darum, ihm den Respekt eines vollwertigen Ratsmitgliedes entgegenzubringen.«

So war König Refert: direkt, unmissverständlich und unnahbar, und das nicht nur vor seinen Untergebenen, sondern auch innerhalb der Familie. Selbst Alden kannte seinen Vater nur als König Refert, und so redete er ihn auch meistens an. Die väterlichen Ratschläge und Erziehungsmaßnahmen waren nichts anderes als Befehle der Krone. Alden konnte sich nicht entsinnen, von ihm jemals in den Arm genommen worden zu sein. Ein anerkennendes Schulterklopfen war das höchste der Gefühle zwischen Vater und Sohn gewesen.

Während König Refert mit den Punkten auf der Sitzungsliste fortfuhr, nickten die Ratsmitglieder Alden freundlich lächelnd zu, wenn sie seinem Blick begegneten. Zur Sprache kam die Erntesteuer, die dieses Jahr um einen Monat verspätet eingetrieben werden sollte, weil sich die Aussaat im Frühling verzögert hatte. Dem Beschluss wurde zugestimmt. Im Anschluss standen die Baumaßnahmen rund um die Stadtmauer auf der Tagesordnung, und dieses Thema wurde wenig später auf die nächste Ratssitzung vertagt. Der vorletzte Punkt auf der Liste von König Refert behandelte die Verlegung der Grenzen einiger Ländereien und Grafschaften innerhalb von Uslag. Die Einwilligungen der betroffenen Adelshäuser lagen bereits vor, und dem Antrag wurde stattgegeben.

Alles in allem fand Alden die Sitzung des Kleinen Rates noch langweiliger als die Ausführungen von Meister Laggoth zu den Wappentieren der einzelnen Grafschaften. Viel interessanter fand Alden, wie die Ratsmitglieder ihrem König begegneten. Jeder von ihnen brachte Berichte, Einwände und Vorschläge in die Diskussionspunkte ein. Sobald sie merkten, dass ihre Ausführungen beim König auf Gehör stießen, freuten sie sich wie Kinder. Verzog Aldens Vater jedoch nur leicht den Mund oder rollte ansatzweise mit den Augen, verstummten sie sofort. Es war ganz natürlich, der königlichen Familie Respekt und Anerkennung entgegenzubringen, in diesem Fall jedoch war die Sache anders gelagert. Die Angst vor König Refert saß tiefer als alles andere.

Alden löste sich erst wieder aus diesem Strudel der Gefühle, als sich der König von seinem Stuhl am Sitzungstisch erhob.

Refert der Dritte stand an der Stirnseite und stützte sich mit den Armen auf dem Tisch ab. Sein finsterer Blick wanderte von einem Ratsmitglied zum nächsten. Niemand wagte es, ihm in die Augen zu sehen. Nur vereinzelt schauten sie ihn kurz verstohlen an, um dann sofort wieder auf ihren Schoß zu blicken. Der König bückte sich, griff unter den Tisch, holte einen Kriegshammer hervor und legte ihn behutsam auf die glänzend polierte Oberfläche.

Alden war kein Kenner, wenn es um Waffen ging. Bislang hatte er nur mit Übungswaffen auf dem Hofplatz trainiert. Diese Waffe war nicht zum Üben. Die breite Seite des Hammerkopfes war flach und klobig, die schmale mit einem spitzen Schlagdorn versehen. Der Schaft bestand aus einfachem

Eschenholz, und die einzige Verzierung waren die Griffrillen am verbreiterten Ende. Diese Waffe erfüllte auf dem Schlachtfeld mit Sicherheit ihren Zweck, stammte jedoch keinesfalls aus einer Schmiede im Umkreis, wahrscheinlich noch nicht einmal aus Uslag. Waffen aus dem Königreich waren grundsätzlich verziert, zumindest trugen sie die Initialen des Schmieds oder Bogenbauers. Diese Art von Hammer war nicht gefertigt worden, um einen guten Preis zu erzielen oder den Ruf des Schmieds im ganzen Land zu verbreiten. Sie war in Eile hergestellt worden, weil man in möglichst kurzer Zeit viele Männer bewaffnen musste.

»Gesetze sind nicht dazu da, um den König glücklich zu machen«, begann König Refert seine Ansprache. »Sie sollen das Land schützen. Ein jeder hat diese Gesetze einzuhalten und zu respektieren. Verstößt jemand dagegen, macht er sich des Verrats am Königreich schuldig. Niemand – und ausnahmslos niemand – steht über dem Gesetz.« Der König nahm den Kriegshammer in die Hand und umrundete den Sitzungstisch mit den Mitgliedern des Kleinen Rates. Nach jeweils einigen Schritten hielt er inne und setzte seine Ansprache fort. »Unsere Kundschafter haben südlich von Sprödholz nahe der Küste zwei Handelsschiffe gestoppt. Die Laderäume waren voll mit Waffen. Waffen wie die, die ich gerade in der Hand halte. Es war nicht schwierig herauszufinden, dass ein Großteil von ihnen aus Lambrass stammt, Rodereks Königreich.«

»Das ist nichts Ungewöhnliches, Eure Majestät«, wandte Baron Heckenstein ein. »Wir kaufen oft Waffen aus Lambrass, um unsere Söldnerheere auszustatten. Es wäre eine Verschwendung, unsere eigenen Waffen an sie auszugeben. Die Söldner würden sie gegen minderwertigere tauschen und den Gewinn verhuren oder versaufen. Wir wissen ja alle, dass der Drang dieser käuflichen Soldaten, eine Dirne zu besteigen, größer ist, als über das Schlachtfeld zu laufen und Feinde des Reiches niederzustrecken.«

Verhaltenes Gelächter machte sich am Tisch breit. Dem König schien nicht zum Lachen zumute.

»Ich kenne unsere Handelspartner genau, Baron Heckenstein. Es sind auch nicht die Waffen, die das Interesse meiner Spione geweckt haben, sondern die Route, auf der wir die Schiffe abgefangen haben. Sie fuhren in südlicher Richtung, was mich vermuten lässt, dass sie die Küste von Assamad ansteuerten.«

»Wir haben keinen Krieg mit Assamad«, erinnerte Baron Heckenstein den König. »Insofern sehe ich keinen Handelsverstoß, Majestät.«

»Das ist richtig, wir verkaufen selbst Waffen an die Totemsöldner von Assamad«, mischte sich Graf Nerewo ein.

»Auch das ist mir bekannt«, erwiderte der König mittlerweile sichtlich genervt. »Unsere Waffen haben auch ihren Preis. Selbst wenn sie in die Hand feindlicher Söldner geraten, verdienen wir daran. Aber die Handelsrouten von Lambrass haben wir gesperrt oder blockiert, damit sie ihre billigen, zweitklassigen Klingen und Hämmer nicht unter die anderen Völker bringen können. Falls also jemand aus Uslag Waffen der Lambrosi verkauft, verstößt er gegen unsere Gesetze und verrät somit seinen König – mich.«

Darauf hatte niemand eine Antwort, und auch der König schien mit seinen Ausführungen fertig zu sein. Er stand nun hinter Graf Nerewo.

Unvermittelt holte König Refert zu einem mächtigen Schlag aus und rammte dem Adligen die Dornseite des Kriegshammers in den Schädel.

Jeder am Tisch zuckte zusammen, die meisten jedoch hatten sich so weit im Griff, nicht aufzuschreien. Alden gehörte nicht dazu. Die Aufregung und Panik trieben ihm die

Tränen in die Augen. Er starrte fassungslos auf den zertrümmerten Schädel des Grafen und beobachtete die Blutlache, die sich auf dem Tisch ausbreitete.

Der Rest der Sitzung zog an Alden vorüber wie ein Tagtraum.

AUFBRUCH

Aurora kam langsam zu sich. Ihr Schädel dröhnte, und die rechte Schläfe brannte wie Feuer. Eiseskälte durchzog ihren Körper, doch anstatt zu zittern »wie Espenlaub«, so nannte es ihre Mutter immer, lag sie stocksteif auf dem Rücken wie ein aufgebahrter Leichnam. Der Boden war hart und kalt, und etwas tropfte ihr von oben genau ins Gesicht. Mit jedem weiteren Tropfen sammelte sich mehr Flüssigkeit in der Vertiefung ihres rechten Auges. Nach wenigen Augenblicken löste sich das Wasser und rann ihr wie eine Träne über Gesicht und Hals, bis es vom Stoff ihrer Kleidung gierig aufgesogen wurde. Aurora fühlte sich so hilflos wie noch nie in ihrem jungen Leben. Es war, als wäre sie in einem Albtraum gefangen.

Sie nahm alle Kraft zusammen und versuchte, den Kopf zu drehen, damit wenigstens dieses verdammte Tropfen endlich aufhörte. Es gelang ihr nicht. Kaum einen Finger breit hatte sie sich bewegt, um dann wieder in die ursprüngliche Lage zurückzusinken. Erneut sammelte sie ihre Kräfte und versuchte es noch einmal. Diesmal schaffte sie es. Ihr Kopf drehte sich, fiel kraftlos zur Seite und stieß gegen etwas Hartes. Der pochende Schmerz, der sie von der Stirn bis zum Brustbein durchflutete, entlockte Aurora ein leises Stöhnen.

»Ich bin schon da, meine Prinzessin«, hörte sie ihre Mutter sagen. »Warte, ich helfe dir. Die Schmerzen werden bald nachlassen.«

Die Stimme ihrer Mutter zu hören war besser als jede

Salbe oder die wirksamste Medizin. Mit einem Mal schien die Hilflosigkeit verflogen, und die Schmerzen waren erträglich. Aurora spürte die Hände ihrer Mutter, die sanft ihre Schläfen berührten. Dann begann Sibbel leise zu singen. Die beiden sangen oft zusammen. Auroras Mutter kannte viele Lieder, doch keines zuvor hatte so geklungen. Das Liedgut von Uslag umfasste Heldentaten, glückliche und unglückliche Liebende oder oft ganz alltägliche Themen und zotige Geschichten. Doch wovon dieses Lied erzählte, vermochte Aurora nicht zu sagen. Es waren Worte aus einer Sprache, die Sibbel häufig benutzte, wenn sie allein war. Aurora verstand keine einzige Silbe davon. Die Sprache klang fremd, der Tonfall auffällig weich und rhythmisch. Aurora hätte gern in das Lied eingestimmt, doch die Kluft zwischen Wachsein und Traum verringerte sich mit jeder Strophe immer mehr.

Als sie das nächste Mal zu sich kam, saß sie mit dem Rücken an einen Baum gelehnt. Ihr Kopfschmerz hatte etwas nachgelassen, dafür verspürte sie nun unbändigen Durst.

»Mama?«, sagte sie kaum hörbar und öffnete langsam die Augen.

»Keine Angst, meine Kleine, wir sind in Sicherheit«, hörte sie Sibbels Stimme, deren verschwommenes Gesicht vor ihren Augen langsam klarer wurde. »Sieht so aus, als müssten wir uns ein neues Zuhause suchen. Zum Glück sind wir nicht so anspruchsvoll.«

Sibbel lächelte, doch Aurora erkannte die Angst in ihren Augen. »Was ist passiert?« Aurora verstand weder, wo sie sich befanden, noch, warum sie hier waren.

Jetzt wurde das Lächeln ihrer Mutter unverhohlen verbittert. »Das, was leider zu oft passiert, wenn man Menschen selbstlos helfen will. Sie verstehen oft nicht, dass es Leute gibt, die Gutes tun, ohne dabei ständig an den eigenen

Vorteil zu denken. Sie glauben, man führt irgendetwas im Schilde und will sie hintergehen. Dann beginnt das Misstrauen, und mit dem Misstrauen kommt die Angst, und mit der Angst der Hass. Was daraus entsteht, haben wir heute am eigenen Leib erfahren, Prinzessin. Wichtig ist nur, dass wir uns davon nicht abhalten lassen, weiterhin Gutes zu tun. Verstehst du das?«

Aurora konnte ihr nur zum Teil folgen. Doch momentan gab es für sie Wichtigeres als Lebensweisheiten. »Ich hab Durst.«

»Da hab ich was für dich.« Jetzt strahlte Sibbel wieder. »Frisches Quellwasser mit ein paar zerdrückten Wacholderbeeren.« Sie reichte Aurora die Reste eines zersplitterten Tonkruges, den sie, soweit es möglich war, gefüllt hatte. »Trink und komm wieder zu Kräften, denn wir müssen noch weiter. Hier sind wir nicht lange sicher.«

»Sicher wovor?«

»Bama wird nicht so einfach aufgeben, Kleines. Ich habe ihr angesehen, dass es ihr nicht reicht, uns aus Nordweiler zu verbannen. Sie will, dass wir aus ihrem Leben verschwinden, und das für immer. So, wie ich sie kenne, wird sie über kurz oder lang jemanden finden, der ihr dabei hilft.«

Langsam kehrte auch Auroras Erinnerung zurück. Sie war nur bruchstückhaft, trotzdem jagte sie ihr einen Schauer über den Rücken. »Soll das heißen, wir können nicht mehr nach Nordweiler zurück?«

»Das heißt es, meine Prinzessin. Wir gehen noch ein paar Tagesreisen nach Süden, Richtung Sprödholz. Dann richten wir uns irgendwo am Waldrand ein neues Heim ein. Ich hoffe, dann sind wir vor Bama sicher. Sie ist schließlich nicht das Oberhaupt einer Assassinen-Bande, sondern nur eine verbitterte Frau. Wir finden schon jemanden, der uns hilft. Und wenn nicht …«, Sibbel stupste Auroras Nase an, »… ist es auch egal. Wir kennen uns gut genug in der Natur aus, um über die Runden zu kommen.«

Aurora war von dem überschwänglichen Optimismus ihrer Mutter überhaupt nicht begeistert. Sie kannte die Armut und hatte sich mit der Tatsache abgefunden, den Rest ihres Lebens in der unteren Schicht der Gesellschaft zu verbringen. Ein gesellschaftlicher Aufstieg war so gut wie unmöglich, außer vielleicht durch eine Heirat. An Hochzeit dachte Aurora aber noch nicht, und wer würde schon ein Bastardmädchen ehelichen, das nichts mitbrachte außer sich selbst? Niemand, der es zu etwas gebracht hatte. Viel wahrscheinlicher war es, aus der verarmten bürgerlichen Kaste zu den Bettlern, Streunern und Ausgestoßenen abzusteigen. Diese Menschen lebten in den Tag hinein, ohne Besitz und ohne zu wissen, was die Zukunft brachte, sofern es denn eine für sie gab. Versuchte ihre Mutter etwa gerade, ihr genau diesen Albtraum schmackhaft zu machen?

»Können wir nicht nach Dornholz oder Lichtwall gehen?«, fragte Aurora hoffnungsvoll. »Dort brauchen sie bestimmt auch eine Heilkundige, und ich könnte Flickarbeiten verrichten.«

Das mitleidige Lächeln ihrer Mutter war für Aurora wie eine Ohrfeige.

»Ach Prinzessin, wenn es doch so einfach wäre. In Dornholz leben nur Holzfäller. Soweit ich gehört habe, sind die meisten von ihnen echte Raubeine, nicht geschaffen für ein Leben in einer Gemeinschaft. Wie sollten wir als einzige Frauen dort zurechtkommen? Die meisten von ihnen würden mich nicht als Heilerin und dich nicht als Flickerin ansehen. Wahrscheinlich würden sie im Suff über uns herfallen. Dornholz ist kein Ort für eine Frau. Und was Lichtwall angeht …«, Sibbel schien kurz in sich zu gehen. »Lichtwall ist voller Menschen, die sich ganz und gar dem Glauben verschworen haben. Eine unverheiratete Frau mit ihrer … unehelichen Tochter ist dort genauso willkommen wie ein tanzender Ziegenbock.«

Aurora fiel auf, dass ihre Mutter das Wort »Bastard« vermieden hatte. Aber genau das war sie, und daran würden auch wohlüberlegte Worte nichts ändern. Doch ebenso wenig würde sie ihre Mutter dazu überreden können, ihren Plan zu ändern. Mit Worten änderte man nichts, so viel wusste Aurora.

Verunsichert und mit dröhnendem Kopf brach sie mit ihrer Mutter auf, Richtung Süden durch den Wald. Das nasse Laub an Zweigen versinnbildlichte Auroras Gemüt. Das unterschied sie von ihrer Mutter. So ähnlich sie ihr auch sah, in ihrem Inneren waren sie so verschieden wie Tag und Nacht. Sibbel gewann noch der größten Not etwas Gutes ab und schöpfte neue Hoffnung. Sie war dem Leben, den Menschen und der Natur zugewandt, ohne dabei gutgläubig oder gar einfältig zu sein. Aurora dagegen begegnete den meisten Dingen mit Misstrauen oder zumindest Verunsicherung. Wer sollte ihr das auch verdenken? Bislang war ihr Leben noch nicht von vielen Glücksmomenten geprägt gewesen. Sie war ohne Vater in Armut aufgewachsen, bei Menschen wie Bama. Anscheinend versteckte sich das Glück vor ihr lieber in einem Gebüsch und wartete auf jemand anderen.

Immer noch leicht benommen von dem Schlag auf den Kopf folgte Aurora ihrer Mutter weiter Richtung Sprödholz, weg von Nordweiler, ihrem Zuhause. Bei dem Gedanken, die Nacht im Freien verbringen zu müssen, lief ihr ein Schauder über den Rücken und ihr Magen verkrampfte sich. Es war noch nicht kalt genug, um zu erfrieren, doch die Gefahr zu verhungern war stets allgegenwärtig. Aurora schwor sich, auf keinen Fall Würmer und Spinnen zu essen, ganz gleich, was Sibbel ihr erzählte.

Der Tag neigte sich dem Ende zu, was sich vorrangig in Auroras Erschöpfung widerspiegelte, da am Bethel ohnehin kaum mehr als fahles Licht vom Himmel fiel. Die Sonne im Gewand ihres rötlichen Ringes blinzelte verstohlen zwischen den kahlen Stämmen der Bäume hindurch, als würde sie sich langsam verabschieden wollen und sagen: *Ich drücke euch beiden die Daumen, dass wir uns morgen wiedersehen. Ich werde auf jeden Fall in vollem Glanz wieder erscheinen.*

Wie gern hätte Aurora ihr entgegengeschrien: *Du kannst dich darauf verlassen, dass es uns morgen noch gibt. Wir schleichen uns nämlich nicht einfach davon wie du – wir kämpfen.* Doch aufgrund der jüngsten Ereignisse im Dorf und weil sie befürchtete, ihre Mutter könnte sie für verrückt halten, schwieg sie.

Aurora war am Ende ihrer Kräfte, doch wollte sie nicht aufgeben. Sie würde durchhalten, schon allein, um es aller Welt zu zeigen und ihre Mutter nicht zu enttäuschen. Nur aus diesen beiden Gründen trugen ihre Beine sie noch.

Unvermittelt blieb Sibbel stehen. Vor ihnen erstreckte sich eine lichte Senke, durch die ein Bach plätscherte. Zu ihrer Linken erhob sich eine Anhöhe aus Felsen, Steinen und losem Geröll aus dem Buschwerk. Der Hügel schien mit den Baumwipfeln konkurrieren zu wollen.

»Was habe ich dir gesagt, Prinzessin? Irgendjemand wird uns schon helfen. Oder eben irgendetwas. Manchmal streckt dir ein Mensch die Hand entgegen und reicht dir ein Stück Brot, und manchmal zeigt dir eine höhere Macht, dass du nicht allein bist und keine Angst haben musst. Sieh dir das an.«

Sibbel deutete zu den Felsen.

Aurora bestaunte eine Weile angestrengt die grauen Steine und erkannte nichts Besonderes. »Ein Stück Brot wäre mir lieber.«

»Blind sind die Ungläubigen«, erwiderte Sibbel lachend. »Du musst lernen, die Wunder der Welt zu erkennen, Kleines, sonst gehst du an ihnen vorüber, ohne daraus Kraft zu schöpfen oder ihre Gaben zu nutzen.«

Aurora sah skeptisch zu ihrer Mutter, die immer noch mit dem Finger auf die Felsen deutete. Warum hörte sich alles, was sie sagte, so an wie von einem dieser verschrobenen Wanderprediger? Sibbel hatte nie viel Frömmigkeit an den Tag gelegt. Das konnte man sich nicht erlauben, wenn man sich täglich behaupten und Essen auf den Tisch bringen musste.

»Da, sieh hin«, spornte Sibbel ihre Tochter an.

Jetzt erkannte auch Aurora, was sie so in Euphorie versetzte. Jedoch brachte sie nur schwerlich dieselbe Begeisterung dafür auf.

»Eine Höhle«, hauchte Aurora erschöpft.

»Genau, Prinzessin. Komm, wir sehen sie uns näher an. Vielleicht bietet sie uns genügend Schutz für ein paar Tage. Frisches Wasser vor der Tür und sicherlich auch das eine oder andere Tier, das in unserem noch nicht vorhandenen Topf landen wird. Was brauchen wir mehr?«

Einen Mann und Vater, ein Haus und eine Dorfgemeinschaft, die Schutz bietet. Aurora fielen so viele Dinge ein, die sie dringend benötigten. Einen Topf natürlich auch, doch heute müssten sie sich erst einmal mit einer kalten Höhle begnügen, wenn sie ihre Mutter richtig verstanden hatte.

Der Eingang war leicht zu erklimmen, bot Schutz vor Nässe und allerlei kriechendem Getier. Des Weiteren war die Öffnung schwer auszumachen, falls ihnen doch jemand aus dem Dorf gefolgt sein sollte. Vorsichtig traten Mutter und Tochter in das Dunkel der Höhle. Der glühende Ring der Sonnenfinsternis stand genau in dem Winkel, dass sein Licht die markantesten Stellen und die ungefähren Ausmaße ihrer neuen Behausung erkennen ließ. Sibbel nahm

Aurora bei der Hand, und gemeinsam tasteten sie sich mit Füßen und Händen vorwärts. Es roch muffig und leicht süßlich. Eine Mischung, die im Halbdunkel nur schwer zu ergründen war. Das Knirschen der Steine unter ihren Schuhen hallte von den Wänden wider. Langsam gewöhnten sich ihre Augen ans matte Licht. Die Höhle maß mindestens das Drei- oder Vierfache ihrer Hütte in Nordweiler. Dem muffigen Gestank zufolge schien es keine weiteren Ein- oder Ausgänge zu geben.

»Hier stinkt es«, beschwerte sich Aurora, weniger, um ihren Unmut zu äußern, als vielmehr in der Hoffnung, dass ihre Mutter etwas erwiderte. Die unbekannte Umgebung, die ohnehin unheimliche Höhle und die eingeschränkte Sicht schürten mit jedem Augenblick ihre Angst mehr.

»Vorsicht Schatz, hier geht es steil runter«, sagte Sibbel. »Warte, ich versuche, etwas Licht zu machen.«

Ihre Mutter klaubte kleine Äste sowie Laub vom Boden auf, die der Wind im Lauf der Zeit hereingeweht hatte. Im Gegensatz zu draußen, wo das Herbstwetter alles durchnässte und binnen Wochen verrotten ließ, fand sich im Inneren der Höhle genügend Trockenes für ein Feuer. Aurora vernahm das Reißen von Stoff und kurz darauf das typische Klicken der zwei Feuersteine. Die ersten Funken blitzten in der Dunkelheit auf, dann erwachte eine kleine Flamme zum Leben und ergriff in Windeseile Besitz von einem weißen Stück Leinen. Sibbel hatte es sich aus dem Unterrock gerissen, um das Feuer schnell entfachen zu können.

Rot wie Blut erhellten die Flammen die schroffen Felswände. Zum Knistern des Feuers gesellte sich ein mürrisches Grollen, das nach einem Dämon aus den Tiefen der Unterwelt klang.

Diesmal war es Aurora, die das sogenannte Wunder, von dem ihre Mutter gesprochen hatte, zuerst sah.

»Ein Bär!«, kreischte sie.

Es war schwer zu sagen, wer schneller aufsprang. Jedenfalls bauten sich Meister Petz und die beiden Frauen zur vollen Größe auf. Der Bär überragte sie um mehr als vier Fuß.

»Ein Graupelz«, hauchte Sibbel.

Aurora verstand nicht, ob das eine Warnung oder nur eine unheilvolle Feststellung sein sollte. Das Wort Graupelz kannte sie nur aus Geschichten und Erzählungen, mit denen man Kindern Angst machte, wenn sie nicht aufessen wollten. *Wenn du deinen Teller nicht leerst, riecht das der Graupelz. Der kommt dann und holt sich die Reste. Und dich dazu.* In ihrer Vorstellung war die Bestie stets ein riesiger Wolf gewesen. Im Grunde war Graupelz nur der Name für ein alterndes Raubtier, das Rudel oder Familie verlassen hatte, umherstreunte und bei den Menschen ein paar Leckerbissen erbeuten wollte. Dieser Bär stand ihrem Albtraumwolf in nichts nach.

Der über tausend Pfund schwere Koloss hatte sich schwerfällig aus dem Halbschlaf erhoben. Das graue Fell um Kopf und Flanke schimmerte rötlich im Licht der Flammen. Knochen und Muskeln des Bären waren noch müde, doch seine Augen funkelten hellwach vor Wut. Das tiefe Grollen aus seiner Kehle erfüllte die Höhle wie ein Trommelgewitter. Geistesgegenwärtig und aufopfernd zugleich stellte sich Sibbel zwischen ihre Tochter und den Graupelz. Der Bär schien diese Geste nicht anzuerkennen, streckte Kopf und Brust vor, riss das Maul weit auf und gab ein markerschütterndes Gebrüll von sich. Sibbel war keine fünf Fuß vom klaffenden Schlund der Bestie mit den riesigen gelben Fangzähnen entfernt. Selbst Aurora roch den heißen, nach Verwesung stinkenden Atem des Bären.

Der Graupelz verlagerte das Gewicht auf eine Tatze und holte mit der anderen zu einem wütenden Hieb aus.

Sibbel wich schnell genug aus, trat sich jedoch auf den Rocksaum, den sie selbst zerrissen hatte, und strauchelte. Um nicht ins Feuer zu fallen, machte sie einen weiten Ausfallschritt, der damit endete, dass sie rücklings stürzte. Sie konnte sich nicht rechtzeitig wieder aufrappeln, um zu verhindern, dass der Graupelz ihre Lücke einnahm. Der riesige Bär stand vor Aurora und starrte sie an wie ein Verdurstender einen Krug Wasser.

Schon früh hatte Aurora gelernt, dass es wenig half, zu kreischen, zu weinen oder wegzulaufen, wenn man es mit hungrigen oder aggressiven Tieren zu tun bekam. Einem Bären hatte sie sich zwar noch nie stellen müssen, aber mit den Hunden aus Nordweiler hatte sie so manches Gefecht ausgetragen. Die meisten dieser Kläffer nahmen Reißaus, wenn man sie mit der Weidengerte traf, einen Bären hingegen würde das wenig beeindrucken.

Der Graupelz brüllte erneut, als wollte er seinen Anspruch auf die Beute bekräftigen. Abermals strömte Aurora eine Wolke gammligen Gestankes entgegen, garniert mit einigen Tropfen Geifer.

Was hätte sie dafür gegeben, auch nur den Hauch einer Fluchtchance zu haben?

Aus dem Augenwinkel sah sie Sibbel, die ihr bedächtig mit den Händen signalisierte, Ruhe zu bewahren. Ob ruhig oder gelähmt vor Angst, wo war da der Unterschied?

Aurora schaute sich vorsichtig um und ergründete, ob es in der Höhle etwas gab, das ihr helfen könnte. Ein paar spitze Steine fielen ihr ins Auge. Nichts, womit man sich einem Bären stellen wollte. Nur das Feuer bot ein wenig Hoffnung. Die meisten Tiere hatten Angst vor Flammen. Vor ihrem inneren Auge stellte Aurora sich einen Jäger vor, der sich mit einer brennenden Astgabel eine Meute Wölfe vom Leib hielt. Dann verschwamm das Bild, die Wölfe wurden durch einen haushohen Bären ersetzt, und aus dem Jäger wurde ein kleines Mädchen, das einen glühenden Span schützend vor sich hielt.

Aurora wurde aus ihrer Vision gerissen, als der Bär sie mit einer Pranke zu Boden stieß und ihr mit der anderen auf den Unterarm trat. Mit einem Schrei presste sie all ihre Angst und das letzte bisschen Luft aus ihren Lungen heraus. Panisch starrte sie in das weit aufklaffende Maul über ihr.

Für einen kurzen Moment herrschte absolute Stille. Eine Ruhe, die sich anfühlte wie der Vorgeschmack auf den Tod. Aurora schloss die Augen und wartete darauf, was als Nächstes passieren würde. Doch statt des erlösenden Schmerzes erklang plötzlich eine sanfte, beherrschte Stimme. Einen Augenblick lauschte Aurora ihr, und als sie erkannte, dass es ihre Mutter war, die etwas in dieser ihr unbekannten Sprache sang, öffnete sie vorsichtig die Augen. Der Bär stand immer noch über ihr, doch er hatte den Kopf erhoben und schien etwas zu wittern. Sein Schnüffeln ließ den massigen Brustkorb in kleinen Wellen erbeben. Er drehte den Kopf, wankte hin und her, als ob er versuchte, den lieblichen Gesang ihrer Mutter in sich aufzunehmen. Von Sibbel oder Aurora nahm er überhaupt keine Notiz. Er war wie in Trance. Plötzlich stemmte er sich auf die Hinterbeine und machte auf der Stelle kehrt. Mit einem Satz sprang er auf einen erhöhten Felsen. Dann reckte er erneut die Schnauze in die Luft, senkte sie, schnaubte und trottete aus der Höhle, als hätte nichts und niemand je seinen Schlaf gestört.

Mutter und Tochter krabbelten aufeinander zu, umklammerten sich und weinten vor Erleichterung. Dabei hatte Aurora so viele Fragen.

Bemet beobachtete das hellbraune Kusuk aus der Deckung einer alten Eiche heraus. Dieser kleine, hasenähnliche Nager war alles andere als ein Festschmaus. Viel Fell, viel Knochen und wenig Fleisch beschrieben den quirligen Waldbewohner fast perfekt. Wenn es jedoch nichts anderes gab, war er besser, als zu hungern oder sich nur mit Wurzeln und Beeren zu begnügen. Das bedeutete noch nicht, dass das heutige Abendbrot gesichert war. Kusuks standen auf der Beuteliste aller Raubtiere, selbst der kleinsten. Und Kusuks waren nicht besonders klug. Was ihnen jedoch oft das Leben rettete, war ihre Geschwindigkeit. Wenn das Tier erst einmal davonsprintete, kam so gut wie kein Jäger hinterher. Und es rannte schon beim leisesten Geräusch los. Schwächlich und schnell war also auch eine Überlebenstaktik.

Bemet fixierte den kleinen Nager. Er musste warten, bis sich das Tier so zu ihm drehte, dass er sich im toten Winkel anpirschen konnte. Neben den Knopfaugen des Kusuks hingen einige Takusbeeren von einem Zweig. Der Nager bräuchte nur den Kopf ein wenig zu drehen, und schon könnte er sich an den Früchten laben und Bemet sich anschleichen. Doch auch dazu war das Tier anscheinend zu dumm. Es schaute sich mit ängstlichem Blick wahllos um.

Bemet konnte es sich erlauben, Geduld zu haben, vielleicht musste er das sogar. Dies war die erste Prüfung auf dem Weg des Kriegers, nachdem er im Maahi sein Totem gewählt hatte. Die Prüfungen des Kriegers würden ihm gestatten, eins mit seinem Geistertier zu werden. Sofern er sie alle bestand. Das war nicht selbstverständlich. Immer wieder kam es vor, dass jemand getötet wurde oder einfach nicht wiederkam, nachdem er zu einer Prüfung aufgebrochen war. Vor allem die erste hatte es in sich. Die Prüflinge waren jung und unerfahren. Schnell könnte ihnen ihr Temperament oder das fehlende Wissen zum Verhängnis werden. Die Prüfung selbst gestaltete sich simpel, das Bestehen nicht. Man musste acht Wochen in der Wildnis überleben und zog ohne Ausrüstung los.

Einige Krieger des Dorfs hatten Bemet, Olet und Nikra ein paar Tagesreisen nach Norden gebracht. Ihr Ziel war das Tundratal, ein Gebiet zwischen zwei Gebirgsketten. Diese Gegend war besonders für ihre Rauheit bekannt. Das Wetter veränderte sich nach Lust und Laune. Weite Teile schienen unpassierbar durch neu entstandene Moore, Felsspalten, die hundert Meter und mehr abfielen, oder loses Geröll, das von den Bergen in die Tiefe gestürzt war. Aber nicht nur die Landschaft konnte einen umbringen. Auch die Tiere und Pflanzen waren durch den ständigen Überlebenskampf geprägt worden. Es gab Wildkatzen so groß wie Ponys, Schlangen, die einen im Schlaf erdrosselten, und die leuchtendsten Beeren oder wohlriechendsten Blüten konnten einen vergiften. Ein angehender Krieger stand hier mit Sicherheit nicht an der Spitze der Nahrungskette.

Die drei Freunde waren weit voneinander entfernt im Tal abgesetzt worden, um sich nicht gegenseitig helfen zu können. Die Wahrscheinlichkeit, dass Bemet einem von ihnen während der Prüfung begegnete, war äußerst gering.

Der zweite Tag war angebrochen. Bemet hatte Wasser gefunden, seinen Durst gestillt, und jetzt verschaffte sich der Hunger Gehör. Das Kusuk würde ihn nicht sättigen, aber für die Jagd am Morgen stärken.

Regungslos hockte Bemet da, halb verdeckt vom Stamm der knorrigen Eiche, und beobachtete das ängstliche Nagetier.

Etwas verunsichert hüpfte es hin und her. Es schien ihn zu wittern, aber nicht zu wissen, ob die Gefahr zu groß war, um in Ruhe einige Beeren knabbern zu können. Es hoppelte ein Stück zur Seite. Wie aus heiterem Himmel quiekte es erbärmlich auf und zappelte im hohen Gras herum, als wäre es in einem Todeskampf. Zuerst dachte Bemet, dass eine Schlange den Nager gebissen hätte, doch dann erkannte er den wahren Grund. Eine Schlinge hatte sich um die Hinterbeine des Kusuks zugezogen und hielt es fest. Bemet reckte sich, um etwas mehr erkennen zu können. Urplötzlich bohrte sich ein Pfeil in den Stamm der Eiche, keine Handbreit von seinem Hals entfernt. Bemet zuckte zusammen, riss den Kopf herum und starrte entsetzt in die Richtung, in die der entengefiederte Schaft zeigte.

Keine hundert Fuß entfernt hockte ein Junge mit einem selbstgebauten Bogen zwischen zwei Wildbeersträuchern und musterte ihn grimmig. Ihm stand die Verärgerung darüber ins Gesicht geschrieben, dass er sein Ziel verfehlt hatte. Bemet gaffte ihn entgeistert an. Konnte es sein, dass dieser fremde Junge ihn wegen eines mageren Kusuks töten wollte? Die Frage erübrigte sich, als sein Gegenüber erneut einen Pfeil auf die Sehne legte.

Bemet sprang in Deckung und trat den Rückzug an. Er robbte in eine kleine Senke und suchte nach einem sicheren Fluchtweg, der ihn aus der Reichweite der Pfeile brachte, doch sein Zorn gewann die Oberhand über seine Vernunft. Der Junge wollte ihn töten! Er hatte ihn noch nie gesehen, noch nie ein Wort mit ihm gesprochen, und dennoch maß dieser Junge Bemets Leben weniger Wert bei als dem eines Nagetiers. Selbst Ranut würde er eine solche Niedertracht nicht zutrauen.

Bemet kroch zu einem saftig grünen Farn und spähte durch das gefiederte Blattwerk. Der Junge versuchte, ihn noch immer auszumachen, doch in dem Dickicht konnte er ihn unmöglich entdecken.

So verharrten die beiden eine Weile, bis der Junge zu dem Schluss kam, dass er seinen Widersacher in die Flucht geschlagen hatte. Er hängte sich den Bogen um und schnürte seine Pfeile mit einem Band zusammen. Dann zog er einen scharfkantigen Stein aus dem Hosenbund und pirschte sich an das Kusuk an.

Das Kusuk war mittlerweile am Ende seiner Kräfte oder hatte sich vielleicht eins der zierlichen Beinchen gebrochen, auf jeden Fall reagierte es kaum noch auf den Jäger.

Bemet sah sich gehetzt um. Jetzt oder nie war die Zeit zum Handeln. Niemand griff ihn grundlos an und schlenderte dann einfach davon, in dem Glauben, das Richtige getan zu haben. Sein Vater hatte ihm einmal gesagt, Erziehung sei keine Verständnisfrage, sondern das Ergebnis von Konsequenzen. Damals, Bemet war noch ein kleiner Junge gewesen, hatte er diesen Satz nicht verstanden, schon gar nicht nach der gehörigen Tracht Prügel, doch jetzt wusste er, was sein Vater gemeint hatte. Und er war bereit, es weiterzugeben.

Am Rand der Senke, zwischen zwei Farnen, ragte ein rindenloser Ast aus dem Boden. Bemet kroch hinüber und zerrte an dem toten Gehölz, das einst ein Strauch gewesen war. Der Wurzelballen hing noch im Erdreich. Bemet stemmte die Füße in den Dreck und riss an dem Holz, blieb aber weiterhin geduckt. Nach einiger Kraftanstrengung gelang es ihm, den Strunk zu befreien. Er pulte die lose Erde aus den Wurzeln und schwang seine neue Waffe wie einen Kriegshammer hin und her, um ihr Gewicht abschätzen zu können. Sie taugte nicht für einen ernsten Zweikampf, für einen Überraschungsangriff indes würde sie ausreichen.

Erneut spähte Bemet über den Rand der Senke. Der Junge hatte das Kusuk erlegt und war nun dabei, es aus der Schlinge zu befreien.

Jetzt war der Zeitpunkt gekommen. Bemet richtete sich ein wenig auf. In gebückter Haltung eilte er auf sein Ziel zu. Bei jedem Schritt achtete er darauf, möglichst weichen Boden oder ein Grasbüschel zu erwischen, um nicht auf einen morschen Ast zu treten, der seinen Angriff verraten würde. Erst auf den letzten zehn Schritten baute sich Bemet zur vollen Größe auf.

Jetzt hatte sein Gegner ihn aus den Augenwinkeln bemerkt und fuhr herum, den spitzen Stein hoch über den Kopf erhoben.

Schnell machte Bemet den letzten Schritt auf seinen Gegner zu und ließ die Keule am ausgestreckten Arm eine Runde kreisen. Der Schlag traf den Jungen mit voller Wucht am Unterkiefer und schleuderte ihn in einen Dornenstrauch. Er hatte keine Chance gehabt, den Angriff zu parieren.

„Es ist nur ein Kusuk, aber ich hätte ihn mit dir geteilt, wenn du gefragt hättest", sagte er spröde.

Bemet schnappte sich das tote Tier und die Schlingenfalle und setzte seinen Spurt fort. Er wollte den Jungen nicht töten, und auch nicht das Risiko eingehen, sich in einem echten Zweikampf mit ihm messen zu müssen. Er hatte, was er wollte, und darauf ließ er es beruhen.

ALDEN fühlte sich wie ein Knappe bei seinem ersten Buhurt – hilflos und fehl am Platze. Dieses Gefühl war in letzter Zeit sein ständiger Begleiter, und das zu große Pferd des Stallmeisters, auf dem er saß, machte es nicht gerade besser.

Alden hatte sich vorgenommen, niemals zu vergessen, an welchem Tag sein Leben diese unangenehme Wendung genommen hatte. Er wusste es nur zu genau, und besser noch, er kannte sogar den exakten Moment, in dem es ihm klar geworden war. Es war an seinem sechzehnten Geburtstag gewesen. Sein Vater hatte ihm die Hand auf die Schulter gelegt und gesagt: *Alden, mein Sohn, jetzt bist du kein Kind mehr, sondern ein Mann.*

In Wahrheit hatte er damit gemeint, dass es für Alden an der Zeit war, nicht mehr auf seine Stiefmutter und die Amme zu hören, sondern auf seinen Vater. Und das bedeutete, keine Dinge mehr zu tun, die Spaß machten, sondern ein Leben voller Verpflichtungen zu führen. Ratssitzungen, Bittgespräche und Verhandlungen waren nur eine Seite davon, Minister, Edelleute, Adlige, Lehnsherren und Statthalter die andere.

Alden sollte sich jeden Namen einprägen, ihre Eigenheiten erkennen, sich sogar die Vornamen ihrer Frauen und Kinder merken. Sein Vater duldete keine Nachlässigkeit.

»Sieh nur, Alden, wie geschäftig sie alle tun, wenn sie wittern, dass ihr König naht. Sie laufen umher wie aufgeschreckte Hühner. Sie erwecken den Eindruck, als würden sie für das Wohl des Landes und den Thron ihren letzten Tropfen Schweiß geben. Doch wenn du genau hinsiehst, blickst du hinter die Fassade. Sie sind faul, stinken nach Bier und billigen Weibern, und alles, was ihnen wichtig ist, sind sie selbst.«

»Woher sollten sie wissen, dass du kommst?«, fragte Alden. »Du sagtest, wir wurden nicht angekündigt.«

»Glaub mir, mein Sohn, sie wissen es. Genauso wie das Kusuk weiß, dass über ihm der Wartfalke kreist.«

Refert hob den Arm und ballte seine Hand zur Faust.

Alden kannte dieses Zeichen, wie auch die meisten anderen Schlachtfeldsignale. Es bedeutete, dass sich die Männer um ihren Befehlshaber versammeln sollten. Sie befanden sich zwar nicht in der Schlacht, dennoch wusste der dreißig Mann starke Trupp hinter ihnen, dass es nun an der Zeit war, sich um den König zu scharen und mit ihm in das kleine Dorf vorzurücken. Und für Alden bedeutete es, den Mund zu halten und aufzupassen.

Als sein Vater ihm am Morgen vorgeschlagen hatte, gemeinsam einen kleinen Ausritt zu unternehmen, hatte Alden einen winzigen Hauch von Vorfreude verspürt. Es war natürlich naiv gewesen zu hoffen, dass dieser Tag ihm einen entspannten Ausflug mit seinem Vater hätte bescheren können. Sie waren nicht Vater und Sohn. Sie waren König und Thronerbe. Auch war der Ausflug kein Vorschlag gewesen, wie andere Eltern ihn ihren Kindern an einem freien Tag unterbreiteten. Könige hatten keine freien Tage und machten keine Vorschläge. Wenn sein Vater etwas vorschlug, war es ein Befehl, und wenn man ihn nicht befolgte, kam das einem Todesurteil gleich. So sah es Alden jedenfalls.

Der königliche Trupp setzte sich in Bewegung und rückte in das Dorf Wallanker vor. Die wenigen Bewohner, die von den anrückenden Besuchern Notiz nahmen, schauten nur kurz auf und gingen dann wieder ihrer Arbeit nach. Niemand wirkte sonderlich aufgeregt, nur eine junge Frau schnappte ihr Kind, das auf der Straße spielte, und eilte mit ihm ins Haus. Ihre Sorge schien aber eher den Pferden zu gelten, nicht dem König.

Wallanker lag nur eine halbe Meile südlich von Königsgrund und genoss somit den Schutz der Thronstadt. Hierher wagten sich keine Abtrünnigen oder andere Gesetzlose für einen Beutezug. Wer es dennoch versuchte, musste damit rechnen, einen Trupp der Königsgarde im Nacken zu haben. Und wer diese Männer kannte, der wusste, dass sie erst umkehrten, wenn sie ihre Aufgabe erledigt hatten. Aldens Vater hatte die Truppen und Milizen gut im Griff. Er duldete kein Versagen. Wer seiner Pflicht nicht nachkam, wurde ausgepeitscht oder aus dem Dienst der Krone entlassen, sofern es sich um kleine Verfehlungen handelte. Bei schwereren Missachtungen von Befehlen drohte einem ein Leben als Leibeigener oder sogar der Galgen.

Alden hatte oft genug zu spüren bekommen, was es hieß, seinen Vater zu enttäuschen. Er besaß natürlich den Schutz der königlichen Familie, was ihn ein wenig vor Sanktionen schützte, doch dafür wurde er auch kritischer beäugt als eine einfache Stadtwache. Wenn sein Vater der Meinung war, er hätte sich bei einer Lektion nicht genügend angestrengt, dann durfte er am nächsten Tag eine Runde mit Herb auf dem Übungsplatz verbringen. Herb war der Sohn des Schmieds, zwei Jahre älter als Alden und sein Trainingspartner bei der Kampfausbildung. Unterrichtet wurde er zwar von Trafet Sinosil, dem Meister der Schwerter und Hauptmann der Stadtwache, doch für einen Übungskampf musste er immer gegen Herb antreten. Der Sohn des Schmieds war einer der wenigen Menschen im Königreich, die vom

König die Erlaubnis hatten, Alden ungestraft wehzutun. Herb genoss dieses Privileg und kostete es in vollen Zügen aus.

Der Weg ins Dorf war nicht mehr als ein jämmerlicher Ziegenpfad, und auch im Ort gab es kaum befestigte Straßen. Alden wusste, dass nicht alle Menschen in Wohlstand leben konnten, doch sich, sein Haus und das eigene Dorf so verwahrlosen zu lassen, ergab für ihn einfach keinen Sinn. Wenn man nur ein wenig fleißig war, etwas Verstand besaß und sich mit anderen zusammentat, musste das Leben doch zu meistern sein. Niemand war gezwungen, seinen Schweinemist gleich neben der Tür abzuladen.

Alden sog die neuen Eindrücke in sich auf wie ein ausgetrockneter Schwamm das Wasser. Er hatte schon öfter Königsgrund verlassen und war ausgeritten, doch eines der umliegenden Dörfer hatte er noch nie besucht. Er wunderte sich darüber, wie gelassen die Menschen die Visite ihres Königs nahmen. Er war es gewohnt, dass jeder in Gegenwart seines Vaters angespannt wirkte, selbst die königlichen Berater und sogar Illes, seine Stiefmutter.

Dann bemerkte Alden, dass sich keine Gelassenheit in den Gesichtern der Menschen widerspiegelte, wenn sie einen kurzen Blick auf ihn oder den König warfen – es war Argwohn und Misstrauen.

Alden spürte, wie sein Groll gegen diese Leute wuchs. Er kannte sie nicht, aber es ärgerte ihn, dass sie ihr eigenes Leben nicht in den Griff bekamen, auf das Wohlwollen seines Vaters angewiesen waren und dafür dennoch keine Dankbarkeit zeigten.

Als der kleine Tross mit Reitern in die Dorfstraße einbog, kam ihnen ein grauhaariger Mann in zerlumpter Kleidung entgegen. An seiner Seite lief ein Junge, ein paar Jahre jünger als Alden. Sein Gesicht war schmutzig und die Haare verfilzt. Die beiden blieben stehen und senkten die Häupter, als sich die Reiter näherten.

»Wenn man Undankbarkeit in Gold aufwiegen könnte, Jonas, würde dein Dorf mich sehr reich machen.«

»Verzeiht, Eure Majestät, ich verstehe nicht«, nuschelte der Mann.

König Refert beugte sich auf seinem Pferd vor und stützte die Unterarme auf dem Hals des Tieres ab. »Jonas, du weißt, was ich alles für dieses Land tue. Deswegen zähle ich es nicht extra auf. All meine Bemühungen gelten Uslag und seinen Bewohnern.«

»Das weiß ich, Eure Majestät«, wimmerte Jonas.

»Dann ist dir sicherlich auch klar, dass meine Gunst nicht im königlichen Garten wächst, sondern mit Gold finanziert werden muss. Ich passe auf dich und die Deinen auf, damit die Wilden aus dem Süden dir nicht die Eingeweide aus dem Körper reißen. Du ernährst dich von dem Land, das ich dir großzügigerweise überlasse, damit du und deine Brut etwas zu beißen habt. Und wie dankst du es mir?«

Jonas fiel auf die Knie und zog seinen Sohn mit herunter. »Wir haben ein Bittschreiben zum Hof gesendet, Eure Majestät. Die Erträge waren dieses Jahr nicht ausreichend, um die Abgaben zu leisten.«

»Du meinst diesen dreckigen Papierfetzen mit dem Gefasel drauf, der ein Pack fauler Herumtreiber und Hurenböcke entschuldigen soll. Lügen werden nicht wahr, nur weil man sie aufschreibt, Jonas.«

»Das waren keine Lügen, Eure Majestät.«

»Waren es nicht? Wie kann es denn sein, dass ich da hinten ein fröhlich gestimmtes Schwein auf der Straße quieken höre. Aus euren Schornsteinen qualmt es kräftig, was mir sagt, ihr habt es warm und etwas zu essen, aber trotzdem ist keine einzige Dublone für den Mann übrig, der euch dieses

Leben geschenkt hat. Verzeih mir, aber das kann ich nicht recht glauben.« Refert drehte sich zu seinen Männern um. »Schwärmt aus und sucht alles zusammen, was von Wert ist.«

»Das könnt ihr nicht tun«, flehte Jonas. »Wir werden verhungern und erfrieren, wenn der Winter kommt.«

Refert konnte es tun, denn er war der König.

Während die Männer ausschwärmten, um herumlaufendes Vieh, Saatgut und Werkzeuge einzusammeln, sah Alden sich hoch zu Pferd das Dorf an. An beiden Seiten der Straße verliefen Rinnsale aus den Abwässern von Wallanker. Der Gestank war kaum auszuhalten. Viele Fensterläden waren brüchig. Auf einigen Dächern fehlten Schindeln, und die Türen dienten anscheinend nur dem Sichtschutz. Das Dorf war eindeutig arm, fragte sich nur, ob selbstverschuldet oder nicht. Dennoch konnte man die ausstehenden Zahlungen, die die Menschen der Krone schuldeten, nicht ignorieren, sonst würden bald alle Leute Ausreden haben, um ihre Abgaben nicht leisten zu müssen. So viel hatte Alden schon gelernt.

Die Männer des Königs konnten einiges auftreiben, um die Schulden von Wallanker zu reduzieren. Doch es reichte nicht.

»Es fehlen immer noch siebzig Dublonen, Jonas« grollte König Refert. »Wie willst du den Rest begleichen?«

»Ihr habt alles genommen, was wir hatten, Eure Majestät. Mehr ist bei uns nicht zu holen.«

»Was denkst du, mein Sohn?«

Alden schreckte hoch, als ihm klar wurde, dass sein Vater mit ihm sprach. Entweder wollte der König ihn bloßstellen, oder es war eine Prüfung. Alden sah sich nochmals um. Das ganze Dorf war keine siebzig Dublonen wert. Aber irgendwie wusste er, dass dies nicht die Antwort war, die sein Vater von ihm erwartete. Alden sah zu Jonas und dessen Jungen, in der Hoffnung, eine Eingebung zu haben. Und diese Eingebung kam. Während Jonas starr zu Boden schaute, sah der Junge Alden auf eine Weise an, die ihn an den Sohn des Schmieds erinnerte. Sein trotziger Blick strafte ihn für das, was er war. In Aldens Einbildung spuckte der Junge ihn an und schlug ihm ins Gesicht.

»Nimm den Jungen mit«, sagte Alden. »Er sieht kräftig aus und kann unsere Truppen im Kampf gegen unsere Feinde unterstützen, als Trommler oder Fahnenschwinger.«

»Das könnt Ihr nicht zulassen, Eure Majestät«, jammerte Jonas. »Er ist erst vierzehn.«

»Vierzehn wäre er gewesen, wenn ihr die Abgaben geleistet hättet. Jetzt ist er sechzehn«, raunte der König.

ALTE BEKANNTE

Aurora beobachtete, wie das Schmelzwasser an den Eiszapfen herunterlief. Der Winter war früher gekommen als erwartet und länger geblieben als erhofft. Doch dank Sibbel musste Aurora nicht hungern. Jeden Tag ging ihre Mutter in die Kälte hinaus und kam mit etwas Essbarem zurück.

Auch Aurora leistete ihren Beitrag, indem sie Schwämme und Flechten von Baumstämmen kratzte und sie so gründlich putzte, dass sie genießbar waren. Manchmal gab es nur ein paar Nüsse, die sie einem Eichhörnchen aus dem Vorrat stibitzten, um über den Tag zu kommen. Aber an guten Tagen stand auch Eishuhn und Hase auf dem Speiseplan.

Sibbel hatte sich gut um Aurora gekümmert. Sie tat das, was jede gute Mutter für ihr Kind tun würde. Doch Aurora begehrte etwas ganz anderes. Sie wollte Antworten. Antworten, die um das Geheimnis kreisten, das ihre Mutter vor ihr verbarg.

Seit dem Tag, an dem Sibbel den Bären durch ihren fremdartigen Gesang in die Flucht geschlagen und ihnen das Leben gerettet hatte, kreisten Auroras Gedanken nur um das eine. Sie wollte auch … ja was eigentlich? Sie wusste nicht, wie sie es nennen sollte. »Zaubern« vielleicht?

Sibbel bestritt vehement, jede Art von Magie wirken zu können. Sie erfand fadenscheinige Ausreden, warum der Graupelz geflohen war oder warum sie in ihrer Angst ein Lied in der fremden Sprache angestimmt hatte. Sie machte sogar Witze darüber und behauptete, so schlecht zu singen, dass sie selbst einen Bären damit in die Flucht schlagen könnte. Aurora wusste es besser und bohrte bei jeder sich bietenden Gelegenheit nach. Die Wochen vergingen, und immer, wenn Aurora ihre Mutter auf den Gesang ansprach, wurde Sibbel verlegener um Ausreden. Mit der Zeit reagierte sie immer ärgerlicher auf das Thema, und Aurora fragte immer zögerlicher nach. Doch der Gedanke daran brannte in ihr wie am ersten Tag.

Die kalte Witterung des Waldes kroch Aurora in die Glieder, und sie begann zu frösteln. »Das Feuer, so ein Mist«, zischte sie ärgerlich.

Rasch sammelte sie einige Blätter und Holzspäne zusammen und mischte sie unter die fast erloschene Glut der Feuerstelle. Behutsam pustete sie und versuchte, ihren Atem mit den Händen an die richtigen Stellen zu leiten. Zögerlich glommen die ersten Funken in der Asche auf, und leichter Rauch bildete sich. Ein weiteres Pusten, und der erste Span fing Feuer.

Sofort begriff Aurora, dass die wenigen Blätter und Zweige schnell von den Flammen verzehrt werden würden. Außerdem würde das zaghafte Feuer nicht ausreichen, um die feuchten Äste aus dem Wald zu entzünden. Mehr Zunder musste her. Aurora kletterte nach hinten in die Höhle, um weiteres Brennmaterial zu sammeln. Mit ihren dünnen Armen langte sie weit zwischen die schmalen Felsspalten und tastete nach trockenen Ästen und Holzspänen. Sie legte sich flach auf den Bauch, um die hintersten Winkel zu erreichen.

Ein Schatten legte sich über den Höhleneingang und dämpfte das ohnehin spärliche Licht. Aurora zog sich an einem Felsen hoch. Sie überlegte sich schon eine Ausrede für ihre Mutter, warum das Feuer fast erloschen war. Sofort erkannte sie, dass die große, massige Gestalt am Eingang nicht Sibbel war. Alles, was sie gegen das Licht sah, war ein Berg aus schwarzgrauem Fell. Der Graupelz war zurück. Vor Schreck sog sie zischend die Luft ein und hielt den Atem an.

Einen Bären konnte man nicht in die Irre führen, indem man sich versteckte. Er würde sie wittern. Für einen Moment lenkte ihn vielleicht noch der Rauch des Feuers ab, aber lange würde dieser Schleier nicht wirken.

Aurora griff nach dem Einzigen, das als Waffe infrage kam: einem scharfkantigen Stein. Damit verschanzte sie sich hinter dem Felsen und wartete ab. Sie hoffte, den Bären mit einem Schlag überrumpeln zu können, um dann aus der Höhle zu flüchten. Das war kein echter Plan, aber immerhin ein Fünkchen Hoffnung.

Aurora hörte Split knirschen, offenbar näherte sich der Bär ihr. Sie nahm den Geruch seines nassen Fells und seinen schnaufenden Atem wahr. Die Bestie war nah, aber noch nicht nah genug für einen Überraschungsangriff. Der Bär würde ihr den Weg abschneiden.

Aurora drückte sich so fest gegen den Felsen, dass ihr Rücken schmerzte und ihre Beine taub wurden. Eine Pranke legte sich über ihrem Kopf auf den Felsen. Jetzt war es an der Zeit, allen Mut zusammenzunehmen. Sie fuhr herum. Außer der riesigen Pranke war nichts von der Bestie zu sehen. Aurora holte mit dem Stein aus und schlug mit aller Kraft zu. Der Angriff verfehlte sein Ziel nicht. Etwas brach unter dem Schlag entzwei wie ein morscher Ast. Die Bestie stöhnte vor Schmerz auf. Aurora krabbelte auf allen vieren um den Felsen herum, sprang auf die Beine und rannte auf den Höhlenausgang zu, ohne sich umzudrehen. Sie hörte das Schnauben hinter sich und spürte die kühlende Luft des Waldes im glühenden Gesicht.

Aurora rannte ins Freie, ohne zu wissen, wohin sie eigentlich wollte. Tränen der Angst verschleierten ihren Blick, und sie geriet ins Straucheln. Doch anstatt hart auf den Boden zu schlagen, wurde ihr Fall abgefangen. Jemand packte sie unter den Achseln. In ihrer Panik schlug Aurora wild um sich und schrie.

»Ich bin's, Prinzessin«, hörte sie Sibbel sagen. »Ganz ruhig, Kleines. Was ist denn passiert?«

Trotz der Gewissheit, in den schützenden Armen ihrer Mutter zu liegen, wollte Aurora sich nicht beruhigen.

»Der Graupelz ist wieder da, Mama«, kreischte sie. »Sing ihn wieder weg. Er will uns fressen. Du musst machen, dass er verschwindet.«

Bei der Erwähnung des Bären zuckte auch Sibbel zusammen und umklammerte ihre Tochter fester.

»Ihr seid noch bärbeißiger geworden, als ihr es schon in Nordweiler wart«, drang eine Männerstimme aus der Höhle. »Die kleine Kröte hat mir Zeige- und Mittelfinger zertrümmert. Kennt ihr denn keine Gastfreundschaft?«

Die Stimme kam Aurora bekannt vor. Sie wagte es, den Kopf aus dem Schoß ihrer Mutter zu nehmen und zur Höhle hinüberzusehen. Im Eingang stand ein stämmiger Mann, der wegen der Kälte über und über mit Fellen behangen war. Außerdem trug er eine Pelzmütze und spröde Lederhandschuhe, von denen er einen ausgezogen hatte, um seine lädierte Hand zu betrachten. Von seinem Gesicht war bis auf die Augen so gut wie nichts zu sehen. Erst als er die Mütze abnahm, erkannte Aurora ihn.

»Rodger, bist du das?«, fragte Sibbel erstaunt. »Was machst du hier? Wie hast du uns gefunden?«

Aurora hielt Rodger für einen der netteren Menschen aus Nordweiler. Der junge Felljäger war mit seiner Frau Eve erst vor wenigen Monaten nach Nordweiler gekommen. Er zählte zu jener Sorte Mensch, die nicht viel redete und sich eher aus allem Ärger heraushielt. Soweit Aurora sich erinnerte, war er nicht in der Menge gewesen, die ihre Mutter und sie aus dem Dorf hatten vertreiben wollen.

»Reiner Zufall, dass ich euch gefunden habe«, sagte er. »Gesucht habe ich euch aber und darum gebetet, euch zu finden.«

Aurora merkte, dass Sibbel sich anspannte.

»Und was willst du? Hat dich jemand geschickt? Bama vielleicht?«

»Nein, nein. Du verstehst das vollkommen falsch«, sagte er sanft und hob beschwichtigend die Hände. »Eve hat ihr Kind bekommen. Es ist ein Mädchen. Wir haben sie Sanna genannt«, verkündete er stolz. »Doch seit drei Tagen hat die Kleine Fieber, und wenn sie atmet, hört es sich an, als wenn man durch zwei Grashalme bläst. Wir wissen nicht, was wir tun sollen und haben Angst, dass sie etwas Ernstes hat. Ich habe nicht genug Geld, um einen Heiler zu bezahlen. Also bin ich losgezogen, um euch zu suchen, in der Hoffnung, dass du uns helfen kannst.«

»Weiß jemand, dass du hier bist?«, fragte Sibbel immer noch misstrauisch.

»Nein, ich habe niemandem gesagt, dass ich euch suche, nur Eve natürlich«, gestand er. »Außerdem weiß ich selbst nicht so genau, wo wir hier sind.«

»Na gut, ich helfe dir«, sagte Sibbel. »Dafür versprichst du mir aber, dass niemand je davon erfährt.«

»Versprochen«, beteuerte Rodger und zog zwei fette Schneehasen unter seinen Fellen hervor. »Mehr als das kann ich aber nicht zahlen.«

»Dafür bekommst du Medizin für deine Kleine, und obendrein verbinde ich noch deine Hand«, sagte Sibbel lächelnd.

Bemet genoss das Essen im Langhaus von Keil. Er genoss es wirklich. Wer sich ein paar Wochen lang von Beeren, Knollen und Kusuks hatte ernähren müssen, wusste eine richtige Mahlzeit zu schätzen. Essen, das auf einer Kochstelle zubereitet und mit Kräutern und Gewürzen verfeinert wurde, war für einen Krieger des Totemclans etwas Besonderes. Eine solche Mahlzeit war ein Geschenk, das man würdigen musste. Im Leben eines Kriegers würde es nicht viele Mahlzeiten geben. Die Dinge, mit denen man sich den Bauch vollschlug, wenn man in seinem Wachtposten saß, sich nach einer Schlacht stärkte oder in einem Hinterhalt lauerte, war nur Nahrung und hatte nichts mit einem richtigen Essen zu tun.

Bemet hatte sich eine besondere Zeit für seine erste große Belohnung nach der Wildnisprüfung ausgesucht. Es war drei Stunden nach Zenit, was bedeutete, dass die Hungrigen bereits gegessen und die Durstigen noch mit ihren täglichen Aufgaben zu tun hatten. Es hatte ihn etwas Überredungskunst gekostet, Keil dazu zu bewegen, ihm eine Mahlzeit zuzubereiten, doch der mürrische Gastwirt schien zu wissen, welchen Entbehrungen man bei den Prüfungen ausgesetzt war. Schließlich hatte er zugestimmt, Bemet einen Tisch gedeckt und war in der Küche verschwunden.

Natürlich hätte Bemet auch bis zur Dämmerung warten und mit allen anderen essen können, doch er befürchtete, dass ihn der Trubel um seinen wohlverdienten Genuss brächte. Er war viele Wochen allein gewesen und musste sich erst wieder an Gesellschaft gewöhnen.

Aus der Küche zog ein verheißungsvoller Geruch von Kümmel und Bratenfett in den Schankraum. Bemet sog diesen Duft genüsslich ein, und ihm lief das Wasser im Mund zusammen.

Sein Sinnesrausch wurde jäh unterbrochen, als die Tür mit einem Fußtritt geöffnet wurde und der Gestank der Straße den Raum erfüllte. Ranut betrat mit drei seiner Freunde das Langhaus. Bemet bildete sich ein, ihm noch immer die Verärgerung über den verlorenen Kampf auf dem Maahi anzusehen.

»Na, sieh mal einer an, wer wieder da ist«, sagte Ranut in seiner typisch großkotzigen Art. »Wenn das nicht unser angehender Bärenkrieger Bemet ist. Wie ist es dir ergangen in der ersten Prüfung? Du siehst ein bisschen mitgenommen aus, ein wenig abgemagert, scheint mir.«

Die vier Jungen bauten sich im Halbkreis vor Bemets Tisch auf und verschränkten die Arme vor der Brust.

Bemet war nicht blöd. Er erkannte, wenn jemand Streit suchte, und das kam ihm momentan äußerst ungelegen. Seit Wochen hatte er sich auf diesen Tag gefreut, und er wollte ihn sich unter keinen Umständen kaputtmachen lassen. Erst recht nicht von jemandem wie Ranut.

»Was willst du, Ranut?«, fragte Bemet in selbstsicherem Ton. »Ich hab keinen Streit mit dir. Der Kampf um das Totem war fair, das weißt du. Schluck es einfach runter und warte bis nächstes Jahr. Dann bist du zwei Köpfe größer als die anderen und hast keine Schwierigkeiten, dein gewähltes Totem zu bekommen.«

Ranut trat gegen ein Tischbein, sodass das unbenutzte Besteck vor Bemet klirrte und der leere Holzbecher umzukippen drohte.

»Genau das ist ja mein Problem«, zischte Ranut. »Siehst du meine drei Freunde hier? Das sind Isma, Grunder und Brelok. Sie gehen auch zur nächsten Totemweihe. Und von Grunder weiß ich, dass er auch den Bären als sein Geisttier wählen wird. Verstehst du jetzt mein Dilemma?«

Natürlich verstand Bemet. Was er jedoch nicht in seinen Schädel bekam, war, woher Ranut ein Wort wie »Dilemma« kannte. »Das werdet ihr wohl unter euch ausmachen müssen«, sagte er. »Tut mir leid, aber bei diesem Problem kann ich euch nicht helfen.«

»Oh, doch, das kannst du.« Bei diesen Worten sprangen zwei der Jungen vor und packten Bemet bei den Armen. Der dritte hechtete hinter ihn und nahm ihn in den Schwitzkasten.

Bemet war vollkommen überrumpelt. Er hatte zwar damit gerechnet, dass es Ärger geben würde, aber nicht, dass Ranut diesen Streit so aggressiv angehen würde, noch dazu im Langhaus. Er nahm damit in Kauf, von einem der Ältesten abgestraft und für die nächste Weihe gesperrt zu werden. Dies schien ihm aber egal zu sein, oder er hatte in alter Ranutmanier gar nicht darüber nachgedacht.

Ranut schob den Tisch beiseite und baute sich mit drohenden Fäusten vor Bemet auf. »Das ist keine Rache, sondern deine Entschuldigung an Grunder. Dank dir muss er sich jetzt ein anderes Totem aussuchen. Er wollte bei der nächsten Weihe den Bären wählen, doch wie du schon festgestellt hast, werde ich ihn für mich beanspruchen.« Ranut rammte Bemet die Faust mit voller Wucht in die Magengrube.

»Dann stell dich doch wieder so dämlich an wie letztes Mal«, keuchte Bemet. »Dann steht dir ein Leben als Howak bevor. Ranut der Barmherzige.«

Ranut kochte vor Wut. Er griff nach dem Becher auf dem

Tisch und hob ihn drohend. »Mal sehen, ob du ohne Zähne immer noch so schlau daherredest.«

»Das würde ich an deiner Stelle lieber sein lassen, Junge«, sagte jemand von der anderen Seite des Raumes. »Tragt eure Streitigkeiten gefälligst woanders aus. Und bleibt dabei fair.«

Bemet neigte den Kopf, um an Ranut vorbeisehen zu können. Hinter dem Tresen stand Keil, die Arme auf die Arbeitsplatte gestützt, einen dampfenden Teller mit Ragout und einen Krug Sonnenbier vor sich.

»Halt dich da raus, alter Mann«, keifte Ranut den Wirt an, ohne ihn eines Blickes zu würdigen. »Du hast deine Zeit gehabt und anscheinend nicht genutzt. Kümmere dich lieber um den Abwasch in der Küche. Wir räumen hier drinnen ein bisschen auf.«

Ranuts Freunde kicherten verächtlich. Es schien ihnen zu imponieren, wie ihr Anführer mit Keil sprach.

Über den mürrischen Gastwirt war nicht viel bekannt. Er war kein Mann großer Worte und prahlte auch nicht mit vergangenen Heldentaten. Er war mit niemandem richtig befreundet und hatte keine Familie. Er war einfach nur der Betreiber des Langhauses, kochte das Essen, tischte auf und kümmerte sich um den Abwasch.

Angestachelt von seinen eigenen kühnen Worten führte Ranut einen Probeschlag aus. Der dickwandig gedrechselte Holzbecher traf Bemet an der Stirn. Für einen kurzen Moment verlor er die Orientierung, doch Ranuts aufmunternde Backpfeifen holten ihn schnell zurück.

»Nicht wegschlummern, Bärenkrieger. Es ist noch nicht die Zeit für einen Winterschlaf«, höhnte Ranut. »Wir wollen doch noch wissen, was zuerst zerbricht, der Becher oder dein Kiefer. Also schön aufpassen.«

Ranut holte zum finalen Schlag aus, da fiel von hinten ein bedrohlicher Schatten auf ihn. Innerhalb eines Herzschlages traf ein Schlag seine Hand, und der Becher flog davon – zusammen mit seinem Zeigefinger.

Die beiden Jungs, die Bemet an den Armen gepackt hielten, flogen nach hinten. Einer krachte in einen Stuhl, der unter seinem Gewicht zusammenbrach, der andere taumelte zurück, stürzte, schlug mit dem Kopf an eine Tischkante und sank benommen zu Boden. Der Junge hinter Bemet entließ ihn aus seinem Würgegriff und sackte in sich zusammen, die Hände zum Schutz über den Kopf erhoben. Bevor überhaupt jemand begriff, was passiert war, packte Keil Ranut an der Kehle und drückte ihn gegen die Wand. Der Gastwirt knurrte den Jungen an wie eine Raubkatze, und seine Worte klangen fauchend.

»Dir fehlt Respekt, Junge. Wer Freund und Feind nicht respektiert, ist es nicht wert, die Weihe der Götter zu erhalten.«

Dann ließ Keil Ranut los. Der Junge sackte wimmernd in sich zusammen und hockte verängstigt am Boden. Seine Kumpels hatten schneller die Fassung wiedererlangt. Sie stürzten zu ihrem Freund, halfen ihm auf und zogen ihn aus dem Langhaus. Zurück blieb nur Ranuts Finger, der vor Bemet am Boden lag.

»Dein Essen ist fertig«, sagte Keil, während Bemet ihn noch immer anstarrte wie einen Geist. »Wenn du willst, gebe ich dir einen feuchten Lappen, damit du deine Schläfe kühlen kannst.«

ALDEN beobachtete vom Balkon seines Zimmers aus, wie sich das kleine Heer seines Vaters für den Abmarsch vorbereitete. Die Prozedur war immer gleich. Die Knappen schleppten Proviant und persönliches Hab und Gut ihrer Offiziere herbei und verstauten alles auf Karren oder in Satteltaschen. Die einfachen Soldaten überprüften ihre Ausrüstung, während sich die Offiziere mit lautstarken Befehlen mitteilten oder über Karten brüteten.

Überall herrschte geschäftiges Treiben, außer bei den Söldnern. Diese folgten einer eigenen Ordnung, nämlich ihrer ganz persönlichen. Söldner kamen von überall her, doch diese hier waren etwas Besonderes. Sie stammten vom südlichen Kontinent. Aldens Vater nannte ihn Assamad. Das Land war zehnmal größer als Uslag, besaß aber so gut wie keine Strukturen. Zu weiten Teilen bestand es aus Wüste. Es gab keinen König, nur verschiedene Clans, die mehr oder minder friedlich miteinander lebten. Das Land und der Boden selbst waren karg. Das Einzige, was in Assamad einen gewissen Wert besaß, waren ihre Krieger, und die Menschen dort verstanden es, daraus Profit zu schlagen. Sie ließen sich von jedem als Söldner anheuern, der bereit war, ihren Preis zu bezahlen. Es rankten sich viele Geschichten um die seltsamen Männer vom südlichen Kontinent. Man sagte ihnen nach, sie könnten sich in Tierwesen verwandeln. Lykanthropie nannten sie es. Das alles waren natürlich nur Ammenmärchen, behauptete Aldens Vater. Aber etwas Wahrheit lag in jeder Geschichte.

So wusste man zum Beispiel, dass die Wüstenkrieger einem Totemkult folgten und Tiergötter verehrten.

Die Söldner imitierten in der Schlacht ihr Totem und kämpften wie in Raserei. Einer von ihnen konnte es mit einem halben Dutzend normaler Krieger aufnehmen. Doch dafür ließen sie sich auch großzügig bezahlen.

Aldens Vater griff nur ungern auf die Söldner von Assamad zurück. Er rekrutierte lieber eigene Männer und sparte sich die vielen Gulden. Doch für diesen Feldzug standen nur wenige Schiffe bereit, weil ein Großteil der Flotte vor anderen Küsten eingesetzt war. So musste für die geplante Eroberung ein kleines Heer mit hoher Kampfkraft ausgestattet werden, und so kamen die Söldner ins Spiel.

Soweit Alden wusste, ging es bei dem bevorstehenden Feldzug um die Huts, eine Inselgruppe nördlich von Uslag. Die Inseln selbst bestanden nur aus ein paar schroffen Felsmassiven, die aus dem Meer ragten. Sie waren somit nicht bewohnbar, also auch nur schwer zu verteidigen. Was sie aber zu einem unschätzbaren Wert für jedermann machte, waren die dicken Eisenerzadern im Felsgestein. Eisen bedeutete mehr Schwerter und Rüstungen, was wiederum mehr Eroberungen ermöglichte und somit größere Macht versprach. Außerdem waren die Huts ein wichtiger Anlaufpunkt für die gesamte Seefahrt, weil sie die einzige Möglichkeit auf der Nord-Süd-Route des Meeres waren, um Frischwasser und Nahrungsmittel zu laden.

Wenn Alden eines von seinem Vater gelernt hatte, dann, dass Macht alles andere ersetzen konnte. Macht ist die Fähigkeit, andere zum Gehorsam zu zwingen. Gewonnene Kriege, ein gut ausgebildetes Heer, starke Verbündete, volle Kornspeicher und Goldreserven hatten ein und denselben Nenner: Macht.

»Du nichtsnutziger Bastard einer Straßenhure«, brüllte

einer der Offiziere und verpasste einem Knappen einen Tritt in den Hintern, wobei der Junge der Länge nach auf den gepflasterten Innenhof knallte. »Ich hab dir gesagt, knote den Beutel fest zu. Und was machst du? Ein Schleifchen wie ein Mädchen! Sieh dir an, was du gemacht hast. Zu blöd zum Scheißen, der Bengel. Ich sorge dafür, dass du ganz vorn mit dabei bist. Vielleicht wird dann ja ein Mann aus dir.«

Der Junge versuchte verzweifelt, auf allen vieren vor seinem Herrn den verstreuten Proviant aufzusammeln.

»Lass den Mist liegen«, brüllte der Offizier. »Oder glaubst du wirklich, ich esse etwas, was hier im Pferdedreck gelegen hat? So etwas macht ihr vielleicht zu Hause in eurem Hinterwäldlerkaff. Bei uns füttern wir damit die Schweine. Komm, Junge. Zeig mir, wie du es vom Boden frisst. Oink, oink, friss alles schön auf.« Ein weiterer Fußtritt traf den Jungen im Magen. »Mach schon, friss!«

Der Knappe stopfte sich die Reste eines aufgeschnittenen Schinkens in den Mund und würgte dabei.

»Los, quiek mal wie ein Schwein.«

Der Junge imitierte mehr schlecht als recht ein junges Ferkel.

Viele der Männer auf dem Hof belustigte das Schauspiel. Alden hingegen fand keinen rechten Gefallen daran. Er war zwar der Meinung, dass man mit harter Hand durchgreifen musste, aber diese Art von Demütigung brachte keinerlei Nutzen. Vielleicht hatte er selbst schon genügend Zurechtweisungen erfahren und war froh, nie so behandelt worden zu sein.

»Jetzt mach hier sauber und besorg mir ein neues Bündel Proviant«, ordnete der Offizier an.

Der Junge kratzte die Reste vom Boden zusammen und stopfte sie in einen Beutel, dann stand er auf und rannte zum Vorratshaus. Für einen kurzen Moment konnte Alden das

Gesicht des Jungen erkennen. Er kannte ihn. Es war der Sohn von Jonas, dem Sprecher der Leibeigenen in Wallanker. Alden selbst hatte seinem Vater vorgeschlagen, den Jungen in den Militärdienst aufzunehmen, obwohl er noch nicht alt genug war. Jetzt beschlich ihn deswegen ein schlechtes Gewissen. Er wollte dem Jungen nichts Böses, jedenfalls nicht so. Ja, der Junge war ihm unsympathisch gewesen, und sein Vater hatte die Abgaben nicht geleistet, so war eines zum anderen gekommen. Doch das hatte Alden nicht gewollt.

»Bestaunst du unsere neuen Söldner?«, erklang die Stimme von Aldens Vater hinter ihm. »Das sind raue Burschen, die bis zum letzten Blutstropfen kämpfen. Wenn es nach unseren Ordensbrüdern gegangen wäre, hätten sie die Assamer gleich von ihren Schiffen gezerrt und auf Scheiterhaufen verbrannt. Unsere geistlichen Gelehrten sehen in allem, das sie nicht erklären können, eine Bedrohung ihres Glaubens. Sie verstehen nicht, welchen Nutzen etwas hat. Die Assamer braucht niemand zu fürchten. Die meisten von ihnen werden wohl ihre Heimat nicht wiedersehen. Was uns aber nicht weiter stören soll. Ein toter Söldner hält schließlich die Hand nicht mehr auf, und die Ordensbrüder können sich wieder beruhigt ihren Studien widmen.«

»Bekommen sie ihren Sold nicht schon im Voraus?«, fragte Alden.

Er war selbst überrascht, wie schnell er mittlerweile umdenken konnte. Eigentlich mit den Gedanken ganz woanders, besaß er seit einiger Zeit die Gabe, etwas zu einem Thema beitragen zu können, dem er nur unaufmerksam gefolgt war. Dies ersparte ihm viele Extralektionen der Lehrer oder seines Vaters.

»Sie bekommen nur die Hälfte. Erst nach gewonnener Schlacht werden die Rückkehrer ausbezahlt. Aber ich habe die Offiziere angewiesen, darauf zu achten, dass nicht zu viele die Hand aufhalten. Die, die tatsächlich überleben werden, werden von dem Geld bezahlt, das die Knappen ihren toten Kameraden auf dem Schlachtfeld aus der Tasche ziehen. So zahle ich im Grunde genommen nur die Hälfte von dem, was ich ihnen versprochen habe.«

Jetzt hatte Alden auch die Überleitung zu seinem eigentlichen Anliegen gefunden. »Ist es nicht zu gefährlich für die Knappen auf dem Schlachtfeld?«

»Es ist für jeden gefährlich. Aber soll ich die ganzen tapferen Männer, hochrangige Offiziere und Adlige, in den Tod schicken, während ihre Knappen hinter dem Schlachtfeld auf einer Wiese hocken und dabei zusehen, wie ihre Herren abgeschlachtet werden? Jeder steht im Dienst der Krone und muss seinen Beitrag leisten.«

Mit so einer Antwort hatte Alden gerechnet.

»Vater, erinnerst du dich an den Jungen aus Wallanker, den Sohn von Jonas?«

»Natürlich, du hast ihn für den Dienst im Heer vorgeschlagen. Ein gutüberlegter Vorschlag von dir. Das hat mir imponiert.«

»Wäre es möglich, ihn in den Küchendienst zu versetzen? Ich glaube, er wäre auf dem Schlachtfeld keine große Hilfe und bringt vielleicht nur andere in Gefahr.«

König Refert runzelte nachdenklich die Stirn.

»Das sollte machbar sein«, schnaubte er.

Alden fiel ein Stein vom Herzen. Konnte es sein, dass er seinen Vater die ganzen Jahre falsch eingeschätzt hatte? Besaß der König doch einen weichen Kern?

»Jonas' Sohn kann zum Küchendienst eingeteilt werden, wenn du seinen Platz bei Hauptmann Breiser einnimmst. Willst du das?«

Alden schüttelte verängstigt den Kopf.

»Das hab ich mir gedacht.«

DIE WAHRHEIT

Aurora vermisste so ziemlich alles, was ein fünfzehnjähriges Mädchen vermissen konnte. Sie hätte alles für ein Kleid gegeben, das nicht aus Flicken bestand und nur in Brauntönen gehalten war. Sie sehnte sich danach, mit einem anderen Mädchen zu sprechen – etwas, das ihr früher noch zutiefst zuwider gewesen war. Ein paar alberne Worte, irgendetwas Belangloses würde schon reichen. Sie wollte einen Ofen, eine Kochstelle, ein Bett, das nicht aussah wie das Nest einer Ente. Sie gierte nach einem Essen, das man abgeschmeckt hatte. Und vor allen Dingen wollte sie eine richtige Bürste. Eine, mit der sie sich ihr langes rotes Haar stundenlang bürsten konnte, um selbst die letzte Klette herauszubekommen.

Es war der zweite Sommer, den sie im Wald nördlich von Sprödholz verbrachten, und die gefühlt tausendste Nacht in dieser jämmerlichen Bärenhöhle. Von Tag zu Tag verstärkte sich ihr Eindruck, ihre Mutter würde sich hier immer heimischer fühlen. Jedes Mal, wenn sie den Aufbruch nach Süden in die Stadt planten, kam jemand aus Nordweiler oder von woanders und bat um ihre Hilfe. Natürlich war es kein Geheimnis geblieben, das Sibbel und Aurora sich hier im Wald niedergelassen hatten. Wie so oft bei Geheimnissen, hatte es Rodgers Frau nur ihrer Nachbarin erzählt, als diese eine Blasenentzündung bekam. Und die wiederum vertraute es ihrer Schwester an, als sie im dritten Jahr nach der Hochzeit immer noch nicht schwanger wurde. So wurde aus einem schlecht gehüteten Geheimnis eine unausgesprochene Kunde.

Mittlerweile war schon fast ein Drittel aus Nordweiler hier Stammgast im Graupelz-Winterquartier. Jede Woche kam jemand und brauchte eine Salbe, einen Trank oder nur etwas Gesellschaft. Wahrscheinlich lag es daran, dass Aurora kein Kind mehr war, dass ihr etwas bewusst wurde: Einige junge Männer nahmen den weiten Weg nicht wegen Sibbels Heilkünsten in Kauf. Immer, wenn ihre Mutter Aurora zum Beerensammeln oder Fallenaufstellen schickte und die breite Flickendecke vor den Höhleneingang hängte, ging es nicht um Sibbel die Heilerin, sondern um Sibbel die Frau. Die Männer aus dem Dorf bezahlten gut für ihre Dienste, welche auch immer das sein mochten, nur dachten sie dabei nie an das fünfzehnjährige Mädchen und dessen Wünsche. Alles, was sie mitbrachten, war überlebenswichtig, nützlich oder schön in den Augen einer Frau. Einem jungen Mädchen indes wurde nichts davon gerecht. Natürlich durfte Aurora sich auch mal mit den duftenden Ölen einreiben oder eine Kette aus Bernstein anlegen, die Rodger ihrer Mutter beim zweiten Besuch mitgebracht hatte. Auch das Tuch mit dem quallenartigen Muster durfte sie tragen, wenn sie versprach, es nicht schmutzig zu machen. Doch was halfen all diese Dinge, wenn man darunter aussah wie ein verwildertes Kind, das in einer Höhle im Wald hauste?

Aurora hatte im letzten halben Jahr oft mit ihrer Mutter darüber geredet, was sie fühlte und wollte. Sibbel verstand sie und machte ihr Mut, dass es bald bessere Zeiten geben würde. Wann immer sie konnte, versuchte sie Aurora so zu behandeln, wie es einem Kind zustand. Doch etwas in ihr hielt sie davon ab, den letzten Schritt zu tun: ein Leben zu leben, wie es glückliche Menschen taten. Aurora konnte sich des Gefühles nicht erwehren, dass Sibbel sie vor etwas beschützen wollte. Vor etwas, das ihrer Mutter passiert war und das ihr erspart bleiben sollte. Meistens endete das Gespräch dann in einem Streit, sobald Sibbels Gesang und ihr Geheimnis um die Magie zur Sprache kamen. Dieses Thema ließ Aurora noch immer keine Ruhe. Sie ertrug es nicht, dass ihre Mutter etwas vor ihr verbarg.

Aurora suchte nach Eichenschwamm, einem holzigen Pilz, der oft an den Stämmen erkrankter Bäume zu finden war und aussah wie eine Sichel. Sibbel brauchte diesen Schmarotzerpilz für eine Salbe gegen Nebelaugen, eine Krankheit, die viele alte Menschen befiel und ihnen das Sehvermögen raubte. Der Pilz kam recht häufig vor, und wenn man ihn nicht suchte, schien er an jedem zweiten Baum zu wuchern. Doch gerade heute hatten sich anscheinend alle Eichenschwämme versteckt. Aurora musste sich eingestehen, dass sie aber auch nicht ganz bei der Sache war. Zu viele Dinge gingen ihr durch den Kopf.

Als sie sich hinhockte, um einige Pakusbeeren zu pflücken, vernahm sie ein zartes, kurzatmiges Schnaufen. Vorsichtig schob sie einige Farne beiseite. In einer kleinen Mulde, unter Blättern versteckt, lag ein zusammengerolltes Rehkitz. Das Tier war über und über mit angetrocknetem Schlamm bedeckt und zitterte vor Angst und Erschöpfung. Aurora hatte noch nie Rotwild von so Nahem gesehen. Die äußerst scheuen und seltenen Tiere witterten Menschen aus großer Entfernung und mieden deren Nähe. Einerseits war Aurora von der Anmut des Rehs entzückt, obwohl es in diesem erbärmlichen Zustand war. Andererseits durchströmte sie ein seltsam gegensätzliches Gefühl, oder eher gesagt: ein Verlangen. Selbst ein junges Tier wie dieses würde für Sibbel und sie eine Woche Essen bedeuten. Reh- und Hirschfleisch war den Adligen vorbehalten. Einfachen Leuten, die es dennoch wagten, Rotwild zu erlegen, drohte die Todesstrafe.

Aber welches Vergehen wurde nicht mit dem Tode bestraft, wenn man arm war?

Aurora streckte die Hand aus und packte den dünnen, vor Aufregung pochenden Hals des Tieres. Fast zutraulich schmiegte das Kitz den Kopf an ihren Handrücken und starrte sie mit großen braunen Augen an. Fleisch hin oder her, Aurora brachte es nicht übers Herz, das Tier zu töten. Vorsichtig fasste sie es unter und hob es auf ihren Schoß. Es war verwundet. Irgendein Raubtier hatte das Kitz an den Hinterläufen verletzt. Es musste sich durch einen Sumpf oder ein Moor vor dem Angreifer gerettet haben und hier vor Erschöpfung zusammengebrochen sein.

Die Verletzung zog sich quer über den Hinterlauf und war fast zwei Finger tief. Die Wunde blutete noch immer stark und färbte den Schlamm um die Wundränder tiefrot.

Aurora besaß nicht das Wissen einer Heilerin, aber der hohe Blutverlust und die tiefe Wunde ließen den Schluss zu, dass das zarte Jungtier wahrscheinlich nicht genesen würde. Selbst wenn sie gewusst hätte, welche Kräuter und Salben hilfreich wären, würde das Kitz wohl sterben, und ihr und Sibbel fehlten dann diese Arzneien, sobald sie sie selbst benötigten. Aber vielleicht gab es ja eine Möglichkeit, die weit über jede Wirkung einer Arznei hinausging. Und das Gute daran: Sie kostete nichts.

Etwas unbeholfen begann Aurora, eine Melodie zu summen. Es war eines der Lieder, das ihre Mutter ihr abends am Bett immer vorgesungen hatte, als sie nicht hatte schlafen können. Bei Sibbel klang es so leicht und fließend. Es hatte den Anschein, als müsste sie sich dabei weder anstrengen noch konzentrieren, als würden Worte und Melodien einfach aus ihr herausströmen. Aurora war diese Leichtigkeit nicht gegeben. Bei ihr klang es weder harmonisch noch leicht und unbeschwert. Sie hatte in ihrem Leben nicht viel Grund zum

Singen gehabt, und so klangen ihre ersten Versuche auch. Ebenso hatte sie nur wenig Hoffnung, dass ihr Gesang zu einem ähnlichen Erfolg führen würde. Sie kannte weder die Sprache, die Sibbel verwendete, noch die Melodien.

Aurora spürte die Wärme des kleinen zarten Tieres in ihrem Schoß. Sie fühlte den Herzschlag und den flacher werdenden Atem. Doch sie nahm noch mehr wahr. Sie spürte noch eine Traurigkeit, die tief in ihr vergraben war. Sie hatte schon immer existiert, doch die Gewissheit, diesem Lebewesen nicht helfen zu können, förderte sie nun zutage. Auroras Stimme verlor an Kraft, die Worte zerrissen vom Schluchzen, und die Melodie nahm die Tonfolge eines Klagegesangs an.

Aurora endete mitten in der Strophe. Sie konnte nicht mehr. Das Kitz entspannte sich, der Kopf fiel zur Seite und die Beine knickten ein. Dann hörte der letzte spürbare Herzschlag auf.

Einen Moment lang saß Aurora nur weinend da und wiegte das tote Kitz in ihren Armen wie eine Mutter ihr Kind.

»Du hättest es nicht retten können«, hörte sie plötzlich die Stimme ihrer Mutter hinter sich.

Aurora blickte nicht von dem toten Kitz auf. »Woher willst du das wissen?«, fragte sie wimmernd.

»Weil das, wonach du suchst, nur ein Werkzeug ist und kein Wunschbrunnen. Eine Gabe ist nicht dazu da, seine eigenen Ziele zu verfolgen, selbst, wenn sie edler Gesinnung sind.«

»Wessen Ziele sollte man sonst verfolgen, wenn nicht die eigenen?«

Sibbel setzte sich zu Aurora, legte einen Arm um sie und streichelte mit der anderen Hand das Kitz. »Gottes Ziele.«

Darauf wusste Aurora keine Antwort. Ihre Mutter war

nie sonderlich gottesfürchtig gewesen und hatte ihre Tochter auch nicht so erzogen. Häufig, wenn das Thema Ordensbrüder zur Sprache kam, äußerte sie sich sogar eher respektlos, ja fast feindlich. »Du denkst, Gott hat dir diese Zaubermacht gegeben, damit du etwas für ihn tust?«

»Ich weiß es«, sagte Sibbel nüchtern.

»Und glaubst du, er hat mir auch diese Gabe geschenkt?«

»Das weiß ich nicht. Entweder diese oder eine andere.«

»Das sagst du nur, um mich zu trösten. Ich bin ein Niemand, besitze nichts und kann nichts. Warum sollte Gott mir eine Gabe schenken?«

»Weil jeder Mensch eine Gabe bekommen hat. Nur manche erkennen sie nicht. Andere wissen sie nicht zu nutzen oder zu schätzen.«

Sibbel nahm Aurora das Kitz aus dem Schoß und legte es zurück in die Mulde, in der es gekauert hatte. Dann deckte sie das tote Tier mit Farnblättern zu.

»Was machst du?«, fragte Aurora verstört. »Das ist genug Fleisch für mehrere Tage.« Sie griff nach dem Tier.

»Nein, nicht!«, sagte Sibbel streng und zog ihren Arm zurück. »Es könnte krank gewesen sein und sein Fleisch würde uns vergiften.«

Aurora verstand nicht, wie Sibbel auf diese Idee kam, doch die energische Art, mit der sie sie ermahnte, ließ sie verharren. Sie schien mehr zu wissen, als sie sagen wollte.

»Erzählst du mir von diesen Gaben und hilfst mir, meine zu erkennen?«

»Ich glaube, die Zeit dafür ist tatsächlich gekommen«, sagte Sibbel. »Lass uns in die Höhle gehen. Dann erzähl ich dir, was ich weiß.«

†

In der Höhle machten sie Feuer, und Sibbel reichte Aurora einen Becher Kräuterbrühe. Dann begann sie zu erzählen.

»Erinnerst du dich an Eldermutter?«, fragte sie.

Aurora nickte. »Sie hat auf mich aufgepasst, als ich klein war. Sie hat mir abends immer lustige Geschichten erzählt.«

»Genau, das war die Gabe von Eldermutter. Sie kannte zu allem und jedem eine Geschichte. Man hörte ihr zu und hoffte, ihre Erzählung würde niemals enden. Alles, was sie sagte, klang so ehrlich und überzeugend, dabei war alles nur erfunden. Oder erinnere dich an Broschas, den Fallensteller. Er konnte jeden zum Lachen bringen, egal, wie traurig oder krank er war.«

»Aber Geschichten erzählen oder jemanden zum Lachen zu bringen sind doch keine Gaben«, erwiderte Aurora.

»Doch, natürlich sind das Gaben«, widersprach Sibbel. »Nur sehen wir manche davon als normal an und andere als unnormal oder übernatürlich. Doch jede von ihnen ist gleich kostbar. Aber nicht alle Menschen sehen das so. Was sie nicht verstehen, fürchten sie. Die Ordensbrüder bestreiten vehement, dass jeder Mensch mit Gottes Gaben ausgestattet ist. Sie betrachten sich selbst als Auserwählte und dulden es nicht, wenn dieser Anspruch bestritten wird. Sie nennen jeden, der es wagt, einen Zweifler, verfolgen ihn und bringen ihn auf den Scheiterhaufen. Viele Menschen sind nicht gezwungen, ihre Gabe zu verstecken, weil man sie, genau wie du, nicht als solche erkennt. Aber Heilung durch Gesang, die Instinkte und Fertigkeiten eines Tieres zu nutzen oder die Kraft der Elemente zu bündeln, das alles steht weit außerhalb von dem, was Menschen sich erklären können, ohne ein Gottesgeschenk darin zu sehen. Deshalb müssen wir unsere Fähigkeiten im Verborgenen ausüben. Die, die uns Zweifler nennen, behaupten, unsere Gaben kämen nicht von Gott, sondern von Dämonen.«

»Moment, Moment«, unterbrach Aurora ihre Mutter. »Du sagtest die ›Kraft der Tiere‹ und ›Elementmagie‹. Du sprichst von ›Lykanthropie‹ und ›Elementbezwingern‹. Diese Menschen glauben nicht an unseren Gott. Sie bestreiten sogar, dass es ihn gibt.«

»Das stimmt. Und vielleicht haben sie sogar recht. Einige Völker sind der Meinung, dass es mehrere Götter gibt. Andere glauben an tierähnliche Wesen, die sie beschützen, und wiederum andere machen die Sterne am Himmel zu ihren Göttern. Aber was macht das für einen Unterschied? Alle glauben, dass ihnen eine höhere Macht ihr Leben und eine Bestimmung gegeben hat. Das ist es, worauf es ankommt, und nicht, ob Gott aussieht wie ein Mensch, ein Tier oder tausend Sterne. Jedes Volk hat sich seine Geschichte dazu zurechtgelegt. Vielleicht stimmen sie alle, vielleicht auch keine. Das ist nicht von Belang. Wichtig ist nur, dass es eine Macht gibt und wir erkennen, welche Aufgabe sie uns zugewiesen hat.«

Aurora war mehr als nur verwirrt. »Warum erzählst du mir all das erst jetzt?«

»Weil es gefährlich ist, so zu denken. Viele mächtige Menschen würden dafür töten, um dieses Wissen zu leugnen. Deshalb ist es auch so wichtig, dass du deine Gabe mit Bedacht einsetzt, ganz gleich, welche du besitzt. Je übernatürlicher sie dir erscheint, desto besser musst du sie verstecken. Verstehst du das?«

Aurora nickte verhalten.

Bemet konnte es nicht fassen. Seine letzte Prüfung lag vor ihm. Er hatte es geschafft, in der Wildnis zu überleben, einen Sandmogus zu töten, eine Knochenkette der Tigritfrauen zu bekommen und einen Weg durch das Feuertal zu finden. Jetzt stand ihm die letzte Prüfung bevor. Danach würde er die Gunst der Pranke erhalten und könnte zusammen mit seinen Brüdern in den Krieg ziehen. Er war so weit gekommen und es stand so viel auf dem Spiel. Und was machte er? Er saß in Keils Küche und spülte Teller.

Nach der Auseinandersetzung mit Ranut hatte Keil Bemet angeboten, ihm gegen Unterkunft und Verpflegung im Langhaus zu helfen. Für Bemet ein Angebot, das er nicht ausschlagen konnte, da ein angehender Krieger weder auf sein Elternhaus noch auf eigene Besitztümer zurückgreifen durfte. Ein Bett und etwas zu essen genügten, um sich auf die bevorstehenden Prüfungen vorzubereiten.

Eigentlich sollte er genau das tun. Er sollte trainieren, seine Ausrüstung pflegen oder irgendetwas anderes Sinnvolles machen. Alles war besser, als Teller zu spülen. Es gab nur ein Problem: Keil.

Der Wirt vom Langhaus war nicht gerade dafür bekannt, viele Worte zu machen, aber die wenigen Ratschläge, die Bemet im letzten Jahr von dem alten Krieger bekommen hatte, waren besser als jeder Unterricht, den er bislang genießen durfte. Keil war kein Lehrmeister und besaß auch nicht das Wissen der Ältesten, aber er war ein Freund, der über einen beeindruckenden Erfahrungsschatz verfügte. Nichts von dem, was Keil ihm erzählt hatte, griff einer Prüfung vor. Andernfalls hätte Bemet seine Hilfe natürlich abgelehnt, weil sie einem Betrug gleichkäme, doch der alte Krieger erteilte ihm lediglich gute Ratschläge, die er umzusetzen wusste. Doch ausgerechnet jetzt, vor seiner letzten und wohl wichtigsten Prüfung, hatte Keil sich zurückgelehnt, ihn angegrinst und gesagt: »Bevor du als Günstling der Pranke in die große weite Welt hinausziehst, solltest du noch das Geschirr spülen. Du willst doch deinen Arbeitsplatz nicht zurücklassen wie ein Schlachtfeld, oder?«

Bemet war es egal, wie es in Keils Küche aussah, aber er schuldete dem Alten etwas und wollte ihre Freundschaft nicht aufs Spiel setzen – nicht für ein paar schmutzige Teller.

Er hatte nicht den blassesten Schimmer, wie er sich auf die letzte Prüfung vorbereiten sollte. Er wusste nur, dass sie bei Anbruch der Dunkelheit im Maahi stattfand. Dort, wo alles begann, sollte es auch enden. Der Maahi war eine heilige Arena, umgeben von einer hohen Palisadenwand. Ein geeigneter Platz für einen Kampf, trotzdem nicht der passende Ort. Bemet konnte sich nicht vorstellen, dass die Ältesten eine Bestie dorthin bringen würden. Der Maahi war heilig und nicht für Blutopfer gleich welcher Art gedacht. Darüber nachzugrübeln würde ihn aber nicht weiterbringen.

Bemet beendete seine Arbeit in der Küche und setzte sich in den Schankraum. Es war niemand da, und er fand, dass er sich jetzt ein Sonnenbier verdient hatte. Das Gebräu enthielt nur wenig Alkohol, war aber so gut wie eine Mahlzeit. Da Bemet ohnehin vor Aufregung nichts essen konnte, war es ihm nur recht, seinen Magen mit etwas zu füllen, das er nicht gleich wieder erbrechen würde. Überdies würde das Gebräu seine Nerven beruhigen.

Keil war ebenfalls mit seinen Vorbereitungen für den

Abend fertig. Er setzte sich neben Bemet und schenkte sich auch ein Bier ein. Er grunzte zufrieden nach dem ersten Schluck und starrte den goldgelben Inhalt seines Bechers an.

Bemet war des Schweigens schnell überdrüssig. »Hast du nicht irgendeinen guten Ratschlag für mich?«

»Natürlich«, brummte Keil.

»Und?«

»Geh bei Einbruch der Dunkelheit zum Maahi.«

»Das ist nicht witzig, Keil«, stellte Bemet empört fest. »Ich stehe kurz vor der letzten Prüfung und weiß nicht, was ich machen soll. Ich soll zu einem Krieger der Pranke werden, habe aber bis jetzt noch nichts von meinem Totem gespürt. Es hat sich nichts verändert. Ich bin immer noch derselbe Junge wie zuvor.«

»Du bist kein Junge mehr«, sagte Keil. »Du bist vielleicht noch derselbe Kerl wie früher, aber du bist erwachsen geworden. Du stehst auf eigenen Beinen und triffst eigene Entscheidungen. Ist das nicht genau das, was jeder Mann im Leben erreichen sollte? Sei stolz darauf. Du hast es geschafft. Und was die Prüfung angeht, dabei wird dir niemand helfen können. Du musst sie allein bestehen. Aber ich kann dir versprechen, dass sie dich verändern wird. Wichtig ist, dass du das bewahrst, was dich wirklich ausmacht. Ich wünsche dir alles Gute auf deinem Weg und bin überzeugt, dass ein großer Krieger aus dir wird.«

Bemet musste zugeben, dass ihm die Worte guttaten, doch brachten sie nicht mehr Licht ins Dunkel.

Keil trank aus, legte seinem Schützling die Hand auf die Schulter und verließ das Langhaus. Bemet wartete noch einige Zeit, bis die Sonne den Horizont berührte, dann schnappte er sich sein Bündel und die Handaxt und trottete hinüber zum Maahi.

Bemet war der einzige Prüfling. Das musste nicht bedeuten, dass die anderen gescheitert waren. Sie konnten ebenso woanders zur Prüfung aufgerufen werden oder erst in den nächsten Tagen an der Reihe sein. Was immer zutraf, er wünschte ihnen alles Gute, wie auch sich selbst.

Bemet musste nicht lange warten. Derselbe Älteste, der ihn schon zur Totemweihe empfangen hatte, öffnete ihm das Tor. »Komm herein, Prüfling«, sagte er und verschwand sogleich wieder im Maahi.

Bemet staunte nicht schlecht, als er den heiligen Ort betrat. In der Mitte des Platzes war eine Ziege angepflockt, und einige Meter daneben stand ein Tjerk, das Zelt eines Kriegers. Rund um die Außenmauer hatten sich zwölf Männer in Rüstung postiert. An ihren Gürteln hingen Langschwerter.

»Wie ist dein Name, Anwärter?«, fragte der Älteste und schloss das Tor.

»Bemet.«

»Gut, Bemet, dies ist die letzte Prüfung. Begib dich in das Tjerk, nimm den Deckel von der Schale, die auf dem Hocker steht, und komm wieder heraus.«

Bemet wartete, ob der Älteste noch weitere Anweisungen geben wollte, doch der schwieg.

»Ist das die ganze Prüfung?«, fragte er verwirrt.

»Die erste Hälfte. Den zweiten Teil erkläre ich dir, wenn du wieder hier bist.«

Bemet witterte eine Falle. Das konnte unmöglich alles sein. In einer Prüfung musste man sich beweisen, und nicht alltägliche Dinge verrichten. Was auch immer hier vorging, er würde es gleich herausfinden.

Bemet stolzierte leicht steif zum Tjerk hinüber. Er zog das Tuch vom Eingang beiseite und ging hinein. Wie der Älteste gesagt hatte, stand in der Mitte des Zeltes ein Hocker, auf dem sich eine abgedeckte Schale befand. Bemet umklammerte mit einer Hand seine Axt, mit der anderen tastete er nach dem Deckel. Egal, was sich darunter befand, wenn es ihn angriff, wäre er bereit. Mit einem Ruck zog er den Deckel zurück. Eine Wolke gelbbraunen Rauches erfüllte die Luft. Es roch süßlich und kratzte im Hals. Bemet verharrte dennoch einen Moment im Zelt. Er pustete und wedelte mit den Händen, um durch den Qualm zu ergründen, was in der Schale lag. Es waren nur einige Blätter, die sich unter der Hitze eines glühenden Kohlestücks kräuselten. Hustend verließ Bemet das Tjerk.

Der Älteste empfing ihn mit einem Lächeln. »Alles in Ordnung, Bemet?«, erkundigte er sich. »Atme erst einmal tief durch. Es wird gleich besser.«

»Danke, Ältester, es geht schon. Wir können weitermachen.«

»Nun gut. Siehst du die Ziege dort, Junge?«

Er nickte.

»Ich will, dass du ihr nichts tust, bevor ich den Gong schlage. Hast du die Aufgabe verstanden?«

»Ja, Ältester«, bestätigte Bemet, obwohl er nicht sicher war, ob er die Anweisung wirklich begriff.

»Gut, dann treffe ich dich nach der Prüfung draußen vor dem Tor. Ich wünsche dir viel Glück, junger Bemet, und möge die Pranke dir Kraft geben.« Mit diesen Worten verschwand der Älteste durch das Eingangstor nach draußen.

Nun war Bemet allein, mit der Ziege und den zwölf schweigenden Kriegern, die reglos an der hohen Palisadenwand standen. Er war noch verunsicherter als zuvor. Was bezweckte diese Prüfung? Warum sollte er der Ziege etwas antun wollen? Konnte es sein, dass sie ihn so lange einsperrten, bis ihn der Hunger überkam? War das so etwas wie eine Fastenprüfung? Jetzt ärgerte sich Bemet doch, dass er im Langhaus nur ein Sonnenbier getrunken hatte. Nun gut, ein paar Tage konnte er ohne Probleme aushalten, das hatte ihm die Wildnisprüfung schon gezeigt. Der Durst würde ihn zuerst quälen. Ein kurzer Blick auf die Ziege bestätigte ihm, dass es sich um einen jungen Bock handelte, womit sich die Frage erübrigte, ob das Melken des Tiers schon ein Verstoß war. Bemet spürte, wie leichte Übelkeit in ihm aufstieg. Der Rauch im Tjerk hatte ihm doch mehr zugesetzt, als er wahrhaben wollte. In einigem Abstand zur Ziege setzte er sich in den Schneidersitz und schloss die Augen.

Zuerst schien alles ganz normal zu sein. Die Übelkeit ging schnell vorbei. Doch dann nahm er diesen penetranten Geruch wahr. Es war eine Mischung aus vergorener Milch und Bitterblatt, leicht süßlich aber streng. Trotz der Aufdringlichkeit war der Geruch nicht unangenehm. Er löste sogar ein leichtes Hungergefühl in ihm aus.

Bemet versuchte, seine Umgebung auszublenden. All diese Sinneseindrücke gehörten mit Sicherheit zur Prüfung und sollten ihn schwächen oder verwirren. Der Geruch wurde stärker, und bald konnte er ihn sogar schmecken. Hinzu gesellte sich plötzlich ein leises Trommeln. Bemet öffnete die Augen, um den Ursprung ausfindig zu machen. Niemand war zu sehen, nichts hatte sich verändert. Er war noch immer allein mit der Ziege und dem Dutzend stummer Krieger. Mittlerweile knurrte sein Magen wie verrückt, und sein Puls raste im Takt der Trommelschläge. Bemet wollte sich ablenken und vertrat sich ein wenig die Beine. Aber es half alles nichts. Er presste die Hände vors Gesicht und zwang sich zur Ruhe – erfolglos.

Seine Sinne terrorisierten ihn. Er begann zu taumeln wie ein Betrunkener. Er schwitzte. Dann hatte er plötzlich das Gefühl, jemand packte ihn bei den Haaren und riss ihn herum, um ihm etwas zu zeigen. Verängstigt spähte Bemet durch die Finger. Vor ihm stand die Ziege. Das Tier zitterte und zerrte an der Schlinge um seinen Hals. Es hatte Angst,

Angst vor ihm. Bemet hörte das panische Schnauben des Tiers so laut wie den Blasebalg einer Esse. Er glaubte, verrückt zu werden. Seine Sinne trieben ihn in den Wahnsinn. Hilflos umrundete er das Tier, das immer noch versuchte freizukommen. Bald überlagerten sich die fremdartigen Töne, Gerüche und Empfindungen und gerieten in Einklang. Ein klarer Gedanke drängte sich in den Vordergrund und schob alles andere beiseite. Bemet wollte diese Ziege! Er wollte sie nicht schlachten, häuten und ihr Fleisch auf dem Feuer rösten. Nein, er wollte sie so fressen, wie sie angebunden dastand.

Beinahe wäre Bemet über sie hergefallen wie ein Raubtier, doch ein winziger Teil seines Selbst, irgendwo tief in ihm, hielt ihn zurück.

Ich will, dass du ihr nichts tust, bevor ich den Gong schlage.

Die Stimme des Ältesten war wie der Faden einer Spinne, dünn, aber fest genug, um Halt zu bieten.

Bemet schlich um die Ziege herum. Seine Muskeln waren angespannt, die Sinne geschärft wie gewetzter Stahl. Plötzlich fiel ihm auf, dass er auf allen vieren lief und es ihm nichts ausmachte. Er empfand es weder als ungewöhnlich, sich so fortzubewegen, noch war es anstrengend.

Die Ziege schien wahnsinnig vor Angst zu sein. Das konnte er riechen. Mit jeder seiner Bewegungen umkreiste sie ebenfalls ihren Pflock im größtmöglichen Abstand zu ihm.

Dann ertönte der Gong. Ein langer, dumpfer Ton wie ein weit entferntes Gewitter.

Der Spinnenfaden zerriss, und Bemet stürzte sich auf die Ziege wie ein verhungerndes Raubtier. Seine Hände schlugen zu wie Pranken und packten das Tier bei den Hinterläufen, rissen es hoch in die Luft und wirbelten es herum. Seine Finger durchdrangen das Fell und gruben sich ins Fleisch.

Der armdicke Pflock riss aus dem Boden, obwohl er zwei Fuß tief eingeschlagen war. Warmes Blut spritzte Bemet ins Gesicht. Er schlug die Zähne in den Hals der Ziege und kostete ihren Lebenssaft. Dann legte sich ein roter Schleier über sein Bewusstsein, und das Totem übernahm die Kontrolle.

Als Bemet wieder zu sich kam, lag er keuchend im blutgetränkten Sand. Zwei der bewaffneten Krieger halfen ihm auf. Sie drehten ihn um. Vor Bemet stand der Älteste. Er lächelte sanft.

»Du hast es geschafft, junger Bemet. Du bist jetzt ein Krieger der Pranke«, beglückwünschte er ihn. »Du hast die Prüfung bestanden.«

Bemet brauchte einen Augenblick, um sich zu erinnern, was passiert war. Er musste all das erst im Kopf ordnen. Er sah sich um, schaute zu der zerfetzten Ziege. Als er sich wieder dem Ältesten zuwandte, war der bereits auf dem Weg zum Tor.

»Was ist passiert?«, rief Bemet ihm nach.

Der Älteste blieb stehen, drehte sich um und sah ihn gütig an. »Die Feendistel«, sagte er mit einer Selbstverständlichkeit, als müsste Bemet wissen, wovon er sprach.

»Die Blätter in der Schale?«

»Ja, sie bewirken, dass dein Totem in dir geweckt wird. Einmal entzündet brennt das Feuer in dir, bis dein Leben verwirkt ist.«

»Das bedeutet, ich kann ab jetzt mein Totem beschwören, wann und wo ich will?«

»Du wirst noch etwas Übung brauchen, aber ja.«

Das war das Geheimnis des Totems, ein bisschen Rauch von ein paar getrockneten Blättern? Bemet wusste nicht, was er erwartet hatte, doch hatte er eher mit etwas Göttlichem, Imposanten und Unbeschreiblichen gerechnet, nicht mit Qualm.

»Was wäre passiert, wenn ich die Ziege vor dem Gong getötet hätte?«

»Dann wärst du durchgefallen und hättest nächstes Jahr noch einmal zur Prüfung antreten können«, antwortete der Älteste trocken.

»Und wofür waren die Krieger?«

Es war das erste Mal, dass der heilige Mann ihn nicht ansah, als er antwortete. »Manchmal kommt es vor, dass der Prüfling das Totem nicht wieder gehen lässt und in sich einschließt. Die Aufgabe der Krieger ist es, das Totem aus dem Gefäß zu befreien.«

ALDEN streckte der Kerkerwache die Hand entgegen. »Komm schon, Joost, ich verspreche dir, dass es keiner erfahren wird. Es ist doch nicht das erste Mal.«

»Genau das ist es ja, Königliche Hoheit«, erwiderte die Wache. »Die anderen fragen sich schon, warum Ihr so oft hier herunterkommt. Sie reden hinter vorgehaltener Hand und spekulieren herum. Irgendwann wird jemand Fragen stellen. Was soll ich dann sagen?«

»Dass der Prinz hier war, um sich die Gefangenen anzusehen.«

»Euer Vater hat aber befohlen, dass niemand ohne seinen ausdrücklichen Befehl den Kerker betreten darf.«

»Joost, bin ich etwa niemand?«, fragte Alden übertrieben entsetzt. »Ich bin der Kronprinz. Ich bin mir sicher, dass mein Vater nichts dagegen hat, dass ich hier herunterkomme. Es ist auch niemandem erlaubt, Rotwild in den Wäldern zu jagen. Aber glaubst du wirklich, mein Vater würde mich an den Galgen bringen, wenn ich es täte?«

»Nein, natürlich nicht.« Joost grinste verlegen. »Ich verstehe bloß nicht, was Ihr von den armen Teufeln wollt.«

»Mach dir keine Sorgen. Ich will gar nichts von ihnen. Ich will sie mir nur ansehen.«

Joost stand die Verwirrung ins Gesicht geschrieben. Unterhaltungen mit der königlichen Familie standen sicherlich nicht auf seiner Tagesordnung, und entsprechend unsicher verhielt er sich auch. Einmal zu widersprechen war das Recht eines jeden Untergebenen. Ein zweites Mal könnte als Verrat ausgelegt werden.

»Na gut, Eure Hoheit, es wird schon alles seine Richtigkeit haben«, brummte Joost halbwegs beruhigt, zog den Schlüsselring vom Hosenbund und übergab ihn Alden.

»Danke. Ich veranlasse beim Koch, dass man dir eine Extraportion Birnenkompott herunterbringt.«

Joost salutierte, »Eure Hoheit«. Dann schob er den Riegel zurück und öffnete die Tür zum Kerker.

Alden ging hindurch und betrat den Mittelgang des Kerkergewölbes. Auf beiden Seiten des Korridors befanden sich zwölf Zellen mit stählernen Türen und einer kleinen Sichtluke. Acht Gefangene gab es hier unten. Aldens Vater sperrte in den Palastkerker nur die Verbrecher ein, die der königlichen Familie direkt geschadet hatten. Für jedes andere Vergehen standen genügend Gefängnisse in Königsgrund und umliegenden Städten bereit. Bis vor zwei Jahren hatte hier noch Halbot Tinney eingesessen. Er hatte auf einem Bankett am Hofe versucht, Aldens Vater mit einem Messer zu erstechen. Er war Hausdiener der königlichen Familie gewesen. Als Grund für den Anschlag hatte er damals angegeben, dass König Refert das Land mit seiner Abgabenpolitik zugrunde richten würde. Halbot war vier Jahre eingekerkert und schließlich an den Galgen gebracht worden.

Die Gefangenen im Kerker kamen aus allen Gesellschaftsschichten, und ihre Verbrechen verübten sie aus unterschiedlichen Motiven. Es gab einen Statthalter, der sich an den Abgaben für die Krone bereichert hatte, einen Trunkenbold, der im Rausch einen Neffen zweiten Grades erstochen hatte. Gleich in der ersten Zelle hockte eine junge Frau, die öffentlich behauptete, einen unehelichen Sohn des Königs zu bekommen. Mittlerweile hatte sie das Kind verloren, die Strafe aber noch nicht abgebüßt. Gleich daneben saß ein alter Mann, der versucht hatte, eines der Gesindegebäude am Palast in Brand zu stecken. Das Strafmaß war bei allen unterschiedlich hoch und reichte von vier Jahren bis zur Todesstrafe.

Alden kam hierher, um sich die Menschen anzusehen, die ihn oder seinen Vater so hassten. Er war es leid, ständig nur in freundliche, untertänige Gesichter zu schauen. Außer seinem Vater gab es niemanden, der ihm wirklich die Meinung sagte. Aldens Welt war wie ein drittklassiges Theaterstück der guten Laune. »Ja, Königliche Hoheit. Wie Ihr wünscht. Natürlich sofort, Hoheit.« Sein Leben bestand aus Unaufrichtigkeit und Speichelleckerei.

Aber im Kerker von Königsgrund war ein kleiner Teil des echten Lebens verborgen. Ein Zug des wahren Gesichts von Uslag. Ein Aspekt der Wirklichkeit, den Alden eigentlich nicht sehen sollte, und genau deshalb trieb es ihn hierher.

Alden war klar, dass hier unten nur ablehnendste Haltung gegenüber der Krone zu finden war, doch irgendwo zwischen Kerker und Thronsaal lag die Wahrheit. Ein gequältes Stöhnen und das Klappern einer Holzschüssel erregten Aldens Aufmerksamkeit. Genau genommen waren es weniger die Geräusche, die ihn interessierten, als vielmehr ihr Ursprungsort. Die Laute kamen aus der letzten Zelle.

Alden hatte schon öfter durch die Luke gespäht, aber nur einen alten Mann reglos auf der Pritsche liegen gesehen. Er musste schon viele Jahre hier eingesperrt sein. Joost wusste so gut wie nichts über ihn, außer dass er lebenslänglich saß.

Vorsichtig zog Alden den Sichtschutz beiseite. Der Alte lag auf dem Boden. Sein rechtes Bein war in Ketten gelegt. Die eiserne Fessel reichte bis kurz über die Pritsche, wo sie in einem Wandring befestigt war. Der Mann streckte sich, so weit er konnte, um an die Schüssel mit Brühe zu gelangen, die direkt vor ihm auf dem Boden stand. Wie er sich auch drehte und reckte, es reichte einfach nicht, um sie zu erreichen. Es fehlten gut zwei Handbreit.

Alden überlegte einen Moment, ob es richtig war, was er vorhatte, gelangte aber zu dem Schluss, das Wagnis einzugehen. Er hoffte, eine Gefühlsregung in dem Mann zu wecken, die sie beide schon lange nicht mehr gespürt hatten – Dankbarkeit.

Alden suchte den passenden Schlüssel heraus und öffnete die Tür. Der Mann hechtete zurück auf seine Pritsche und kauerte sich in der Ecke zusammen, als ob er damit rechnete, geschlagen zu werden.

»Du brauchst keine Angst zu haben«, versicherte ihm Alden. »Ich will dir nur helfen.«

Der Alte spähte ängstlich durch den Spalt seiner dürren Unterarme. Er zitterte am ganzen Körper.

Vorsichtig schob Alden die Schüssel mit dem Fuß in seine Richtung. Das schabende Geräusch ließ den Alten noch weiter zusammenzucken. Der Prinz bückte sich, nahm die Schüssel hoch, ohne etwas zu verschütten, und hielt sie dem Mann hin.

»Hier, nimm! Du willst sie doch, oder?«, flüsterte er.

Es war eine strapaziöse Begegnung. Zoll um Zoll näherten sich die beiden Männer einander an. Sie waren nur noch eine Armlänge voneinander entfernt.

»Nimm sie endlich, sonst wird sie noch kalt«, sagte Alden sanft, um das Vertrauen des Gefangenen zu gewinnen.

Blitzartig sprang der Alte vor, packte Aldens Handgelenk und drehte es ihm auf den Rücken.

Alden wusste nicht, wie ihm geschah. Bevor er den Mann überhaupt zu packen bekam, knallte er mit dem Rücken gegen die Pritsche, saß auf dem Hosenboden wie ein Tölpel und versuchte vergebens, sich aus der Beinklammer seines Gegners zu befreien. Sein Kontrahent saß hinter ihm auf dem Bett, Aldens Hals und Kopf zwischen die Oberschenkel gepresst.

»Denkst du wirklich, der Fraß würde warm auch nur einen Deut besser schmecken, junger Prinz?«

Alden stockte der Atem. Der Mann wusste, wen er in seiner Gewalt hatte. Wie hatte er das herausgefunden? Außer den Leuten am Hofe kannte ihn kaum jemand. Es gab auch keine Gemälde, auf denen er auf Schlachtfeldern oder Turnieren posierte. Wollte der Gefangene ihn als Geisel nehmen, um freizukommen?

»Du irrst dich, ich bin nicht der Prinz«, keuchte er, in der Hoffnung, Zweifel in seinem Peiniger zu wecken.

»Mehr fällt dir nicht ein? Du leugnest deine Herkunft?«, zischte der Alte. »Von einem angehenden König hätte ich mehr Courage erwartet. Kleiner Prinz, ich kenne dich, seit du laufen kannst und am Rand des Turnierplatzes im Sand gespielt hast. Ich kannte sogar deine leibliche Mutter, was dir leider nicht vergönnt war. Gott hab sie selig. Sie war eine gute Frau und verdiente den Tod im Kindbett nicht. Aber wer weiß, wozu es gut war. Sie hätte sonst ihr Leben neben diesem Tyrannen fristen müssen.«

»Mein Vater ist kein Tyrann. Unter ihm ist Uslag stark und mächtig geworden.«

Der Alte packte Alden bei der Stirn, zog seinen Kopf zurück und hielt ihm eine grobe Tonscherbe an den Hals.

»Dein alter Herr hat dieses Land und seine Menschen ausbluten lassen. Er führt Kriege nur um des Kämpfens willen. Tausende junge Burschen lassen ihr Leben für ein Stück Land, das keiner braucht, für ein Handelsabkommen, das wenige Wochen später wieder gebrochen wird, oder allein, um Stärke zu zeigen. Refert ist kein König, er ist einfach nur ein machthungriger alter Mann, dem es egal ist, wie sehr sein Volk leidet.«

Die Scherbe an Aldens Hals ritzte in die Haut, und Blut rann heraus. Wenn der Mann ihn und seine ganze Familie kannte, musste er ein Adliger oder Offizier am Hofe gewesen sein. Und wenn er so über Aldens Vater dachte, war es kein Wunder, dass man ihn hier unten eingekerkert hatte.

»Ein Land muss Stärke zeigen, sonst wird es von seinen Feinden überrollt, und ein König muss Opfer bringen, weil fehlende Opferbereitschaft eine Schwäche ist.« Diese Sätze sprudelten automatisch aus Alden heraus, weil sein Vater sie ihm immer wieder eingebläut hatte.

»Was für ein Opfer soll das sein, die Söhne und Kinder fremder Menschen in den Tod zu schicken?«

Der Mann war eindeutig verblendet. Mit Vernunft würde man hier nicht weiterkommen. Mit Sicherheit wollte er ihn als Geisel nehmen, um aus dem Kerker herauszukommen.

»Sag mir, was du willst. Mein Vater wird alles tun, was du verlangst.«

»Hört, hört!«, spottete der Alte. »Hast du nicht gerade von der Opferbereitschaft deines ach so großen Vaters gesprochen? Sollte er denn nicht Stärke beweisen und seinen Sohn hergeben, um einen Verräter in Ketten zu halten?«

»Du bist ein verblendeter alter Mann, und ich der Thronfolger«, zischte Alden hasserfüllt. »Du glaubst doch nicht wirklich, dass dein Leben meines aufwiegen könnte.« Alden hasste sich dafür, sich so wenig unter Kontrolle zu haben. Er war es gewohnt, von keinem außer seinem Vater zurechtgewiesen zu werden.

»Also sind Menschenleben unterschiedlich viel wert?«, folgerte der Alte. »Du bist mehr wert als ich, und das Leben eines Bauernsohnes ist weniger wert als eine Handelsroute über Rankesch. Nun frage ich dich, wie viele Söhne ist es wert?«

Alden fiel keine Antwort ein. Er kannte noch nicht einmal dieses Rankesch. Allerdings glaubte er zu wissen, was der Alte hören wollte. »Verzeiht, was ich gesagt habe, es war töricht und kindisch«, fügte er sofort hinzu. »Alle Menschenleben sind natürlich gleich viel wert.«

»Gut gebrüllt, junger Prinz. Aber das wollte ich nicht hören. Wie viele Leben ist die Handelsroute wert? Sag mir die genaue Zahl, sonst bekommst du zu spüren, wie scharf eine Tonscherbe sein kann.«

Der Alte ritzte ihm noch mehr den Hals auf. Alden spürte die zahlreichen, oberflächlichen Schnitte. Was wusste er schon über Handelsrouten, Kriege oder wie viele Opfer sie gefordert hatten? Er hatte keine Ahnung. Zahlen drehten sich in seinem Kopf. Aus wie vielen Soldaten bestand ein Trupp? Wie viele bildeten einen Zug oder eine Staffel?

»Wie viele ist es wert?«

»Kein einziges Leben«, stotterte Alden.

Der Alte stieß den Prinzen mit den Füßen von sich.

»Keins. Merk dir das, wenn du mal König bist. Merk es dir«, schrie er Alden hinterher, als der aus der Kerkerzelle taumelte.

ERNÜCHTERUNG

Aurora starrte gebannt auf das Spinnennetz, während sie die geheimnisvollen Worte zu einer Melodie formte. Die Nesselspinne, die am Rand ihres Webgeflechtes saß, wippte aufgeregt hin und her. Erst jetzt bemerkte sie den Leckerbissen, den Aurora in der Mitte ihres Gespinstes platziert hatte. Die kleine braune Motte zappelte hilflos in den klebrigen Fäden und spielte dabei mit dem Netz wie auf einer Harfe.

Es war Herbst, und jedes Lebewesen drängte danach, seiner Bestimmung zu folgen. Die Motte musste ihre Larven für den Winter in einem sicheren Spalt in der Baumrinde unterbringen. Die Spinne brauchte Vorräte und Reserven, um über die kalte Jahreszeit zu kommen. Aurora wollte die Gabe in sich beherrschen lernen.

Dabei war sie sich noch nicht einmal sicher, ob sie überhaupt eine Gabe besaß. Seit Wochen übte sie mit Sibbel die fremdartigen Lieder. Die Melodien lernte Aurora schnell, die Worte hingegen, die sie in diese Tonfolgen einflechten sollte, kamen ihr immer nur unbeholfen über die Lippen. Keins dieser Wörter besaß ein Gegenstück in der realen Welt, was es fast unmöglich machte, sie sich zu merken.

Aurora hätte schon lange aufgegeben, wäre da nicht dieser eine Abend gewesen, an dem sie allein auf ihrem Lagerplatz in der Höhle gehockt und das knisternde Feuer betrachtet hatte. Ein länglicher flacher Schatten war zwischen den Steinen entlanggehuscht. Eine Ratte, die durch die Wärme und den Geruch nach Essen angelockt worden war. Das Tier erschnüffelte sich seinen Weg zwischen den Felsspalten hindurch zu dem Beutel mit Fladenbrot. Immer wieder blieb es stehen, hob die spitze Schnauze und versuchte, eine Gefahr zu wittern.

Aurora blieb regungslos sitzen und beobachtete die Ratte aus den Augenwinkeln. Es war ein wirklich heruntergekommenes Exemplar. Sie war dürr, das Fell lückenhaft, und das letzte Drittel ihres Schwanzes fehlte. Die Hackordnung funktionierte also auch bei Nagern.

Als die Ratte den Beutel mit Brot erreichte und sich an dem Stoff zu schaffen machte, stimmte Aurora ein Lied ihrer Mutter an. Es war eines von denen, die sie schon oft gehört hatte. Es sollte den Hunger vertreiben und ein Sättigungsgefühl für mehrere Stunden hervorrufen. Um das Tier nicht zu verscheuchen, sang Aurora ganz leise und etwas tiefer als vorgesehen. Schon nach den ersten Tönen hielt die Ratte inne und begann mit ihren geschärften Sinnen die Umgebung zu prüfen. Nach einer Weile schien sie sich in Sicherheit zu fühlen, obwohl der Gesang noch immer andauerte. Die Ratte hockte vor dem Beutel und starrte ihn an, als ob sie darauf wartete, dass ihn jemand mit Geisterhand für sie öffnete. Einige Zeit später begann sie, ihr Fell zu putzen, wie Tiere es häufig taten, wenn sie gefressen hatten. Schließlich drehte sie sich um und verließ die Höhle auf demselben Weg, den sie gekommen war, ohne auch nur einen Bissen erbeutet zu haben.

Am nächsten Tag hatte Aurora die Ratte vor der Höhle gefunden. Sie war tot gewesen, anscheinend verhungert.

Dieses Ereignis war es, das Aurora dazu brachte, nicht aufzugeben. In ihr schlummerte dieselbe Gabe wie in ihrer Mutter, davon war sie überzeugt. Sie musste nur geweckt werden.

Die Nesselspinne krabbelte mittlerweile auf ihre zappelnde Beute zu. Mit jedem Bein tastete sie die vibrierenden Fäden ab, die sie der Motte näher brachten.

Aurora stimmte dasselbe Lied an wie an dem Abend mit der Ratte. Sie versuchte auch, Lautstärke und Tonfall zu wiederholen.

Die Spinne hielt unverdrossen auf den Leckerbissen zu. Nur wenige Zentimeter trennten sie voneinander, und der Achtbeiner sah alles andere als satt aus.

Auroras Stimme begann leicht zu zittern. Das zielstrebige Insekt verunsicherte sie immer mehr. Dann verhaspelte sie sich auch noch und vertauschte die Wörter. Ehe sie sich's versah, war die Nesselspinne über ihrem Opfer, setzte ihren Stachel an und stach zu. In Windeseile spann sie die Motte mit ihrem Faden ein.

»Nein, nicht«, quiekte Aurora und versuchte, die Motte mit einem beherzten Griff zu retten.

Die Spinne reagierte auf ihre ganz eigene Art auf den Versuch, ihr den Wintervorrat streitig zu machen. Ohne Scheu stieß sie ihren Giftstachel in Auroras Daumen. Das Insekt trug seinen Namen zu Recht. Wer nur das Brennen von Nesselkraut kannte und es zu fürchten wusste, hatte nicht den blassesten Schimmer davon, wie sehr der Stich einer solchen Spinne schmerzte.

Aurora riss die Hand zurück und betrachtete den kleinen roten Fleck unter dem Nagel. Von dort ging ein Pochen und Kribbeln aus, das bis zum Ellenbogen reichte. Das Gift schien kaum Zeit zu brauchen, um sich im Körper auszubreiten. Im Körper eines Menschen. Wie es bei einer Motte wirkte, ließ sich nur erahnen.

Wie selbstverständlich stimmte Aurora ein Lied ihrer Mutter an, das Schmerzen lindern sollte. Auch jetzt war die Melodie nicht ganz harmonisch, was sicherlich dem Brennen geschuldet war. Außerdem fehlten ihr einige Worte, und andere sprach sie mit Sicherheit verkehrt aus. Trotzdem sang Aurora weiter. Was hätte sie anderes tun sollen? Weinen und zu ihrer Mutter laufen? Sibbel hätte sie in den Arm genommen, getröstet und ihr eigenes Lied gesungen. Ja, es würde helfen, trotzdem fühlte es sich falsch an.

Denn was, wenn ihre Mutter mal nicht mehr da wäre? Dann hätte Aurora nichts mehr und könnte nichts an ihre eigenen Kinder weitergeben, weil sie selbst das Erbe der Gabe nie empfangen hatte. War es nicht so, dass Kinder immer ihren Eltern nacheiferten und das mit auf den Weg bekamen, was über Generationen weitergegeben wurde? Doch bei anderen schien das alles so viel leichter zu sein. Aus dem Sohn eines Fallenstellers wurde vielleicht nur ein schlechter Fallensteller, aus der Tochter einer Schneiderin unter Umständen nur eine Flickerin und aus dem Bastard eines Ritters nur ein trinkender Raufbold. Aber alle kamen sie nach ihren Eltern. Nur nicht Aurora. Aus einer Heilerin würde nicht einmal eine schlechte Heilerin werden, höchstens eine drittklassige Sängerin.

Es war nicht das erste Mal, dass Aurora sich diesen trübseligen Gedanken hingab. Schon von Kindesbeinen an plagten sie diese Ängste. Vielleicht lag es daran, dass sie nur ihre Mutter hatte, ihren Vater nicht kannte und eine ungewisse Zukunft vor ihr lag. Sie war weder besonders ängstlich noch traurig, aber sie besaß den Hang, in jedem und allem einen Schatten zu sehen.

Wie aus einem Traum erwachte Aurora aus ihren düsteren Gedanken, die letzten Töne der Melodie summend. Entgeistert starrte sie auf ihre Hand. Der Schmerz und das Kribbeln hatten aufgehört, stattdessen fühlte sich die Hand taub an. Es fiel ihr schwer, den Arm zu heben. Das war auf keinen Fall das Ergebnis des Spinnenbisses. Aus Erzählungen wusste sie, dass die Schmerzen fast einen ganzen Tag anhalten würden. War es möglich, dass ihr Gesang tatsächlich den gewünschten Erfolg zeigte, so stümperhaft er auch ausgeführt war?

Aurora rannte los, ohne nachzudenken. Sie musste die Neuigkeiten unbedingt ihrer Mutter erzählen. Eine Ratte vom Fressen abzuhalten, war eine Sache, aber die Schmerzen einer Vergiftung zu heilen, war etwas ganz anderes. Irgendetwas hatte sie richtig gemacht, jetzt musste sie nur noch wissen, was.

So schnell es der taube Arm erlaubte, kletterte sie die Anhöhe zu ihrer Behausung hoch und riss den Fellvorhang zur Seite.

»Ich hab's geschafft, Mama«, rief sie, stockte und blieb mit offenem Mund stehen.

Angus war noch immer da. Er war nicht aus Nordweiler, sondern aus Sprödholz, aber irgendjemand hatte ihm verraten, dass es hier im Wald eine Frau gab, die Lederlinsen heilen konnte. Die Krankheit war nicht schwer, aber langwierig. Es war im Grunde genommen eine Art von Warzenbefall. Angus war vor drei Monaten hier aufgetaucht und kam nun alle zwei Wochen, obwohl die braunen Stellen an seinem Hals bereits verheilten. Heute schien er wegen etwas anderem gekommen zu sein. Sibbel strich sich gerade ihr Kleid zurecht, während Angus noch immer dastand und versuchte, seinen Fuß mitsamt Schuh durch das Hosenbein zu zwängen.

»Aurora!«, rief Sibbel erschrocken. »Ich hatte dich doch gebeten, uns nicht zu stören. Du wolltest doch in den Wald gehen und üben. Jetzt aber raus mit dir.«

Aurora war alt genug, um zu verstehen, was zwischen Angus und ihrer Mutter gelaufen war. Sibbel hatte sie schon früh aufgeklärt, was auch unbedingt notwendig war, wenn man nie mehr als einen Raum besaß, in dem man zusammenlebte. Sibbel hatte häufig wechselnde Männerbekanntschaften, und Aurora hatte es ihr nie übel genommen oder vorgeworfen. Sie wusste, dass Liebemachen ein wichtiger Bestandteil im Leben von Erwachsenen war, doch warum es bei vielen so eine zentrale Rolle einnahm, verstand sie nicht. Aber sie hatte bemerkt, dass die meisten danach glücklicher wirkten, jedenfalls eine Zeit lang. All das Wissen half nichts, wenn man unerwartet in so eine Situation platzte. Dass Angus nichts unter seiner Hose trug, machte es nicht unbedingt leichter. Aurora machte auf der Stelle kehrt und stürmte hinaus. Das Blut schoss ihr in die Wangen, und sie glaubte sogar, dass ihr Arm wieder leicht zu schmerzen begann.

Es dauerte noch einige Zeit, bis Angus sich von ihrer Mutter verabschiedet hatte, doch dann kam er heraus, sah Aurora auf einem Stein sitzen und entfernte sich fluchtartig. Offenbar war es ihm unangenehm, sie anzusprechen.

Wenig später kam auch Sibbel aus der Höhle. Sie sah in irgendeiner Weise verändert aus, doch wusste Aurora nicht zu sagen, warum. Die beiden sahen sich einen Moment an, dann lachten sie schallend auf.

Irgendwann beruhigten sie sich wieder, und Aurora erzählte von ihrem Erlebnis im Wald mit der Nesselspinne und ihrem Gesang. Sibbel hörte ihr zu, wirkte aber abwesend.

»Mama, verstehst du? Ich glaube, ich kann es jetzt. Es kam wie von selbst. Es fühlte sich erst falsch an und dann doch irgendwie richtig. Ist es bei dir auch so, wenn du singst?«

Sibbel schien zu bemerken, wie wichtig Aurora die Unterhaltung war. »Steigere dich nicht so hinein, Kleines. Eine Gabe ist nichts, das einem plötzlich in den Schoß fällt. Wie alles andere muss man auch sie erst erlernen, sich vortasten, um sie irgendwann zu meistern. Manchmal ist sie trügerisch, und wenn man sie nicht beherrscht, kann sie auch Schlechtes bewirken.«

Aurora verstand sie nicht. Seit Wochen versuchten sie herauszufinden, ob die Magie auch in ihr schlummerte. Nun hatten sie endlich Gewissheit, und Sibbel hatte nichts Besseres zu tun, als sie zu ermahnen und eines ihrer Lieder zu summen.

»Was machst du da?«, fragte Aurora empört. »Was ist das für ein Lied?«

»Ich benutze meine Gabe. Das Lied gleicht zwei Herzschläge an, damit sie im Einklang pochen.«

»Was soll das? Versuchst du, mich zu beeinflussen? Lass das, ich will das nicht.«

Sibbel lächelte sanft. »Das ist nicht für dich.«

»Für wen dann?«

»Für mich und das Kind in mir. Deine Schwester, Aurora.«

BEMET versuchte, seine Aufregung zu unterdrücken. Er stand mit einigen Reisenden vor den Toren von Lakar, einer Küstenstadt im Norden, und wartete auf Einlass. Die zwei Wachen vor der Stadtmauer kontrollierten voller Eifer jeden, der in die Stadt wollte. Sie ließen sich Gepäck zeigen, durchsuchten Karren mit Handelswaren und fragten jeden, warum er Lakar besuchte.

Bemet fand ihr Gehabe übertrieben gründlich, doch die beiden Wachen waren noch jung und wahrscheinlich ebenso unerfahren wie er. Sie suchten nur einen festen Platz, an den sie gehörten. Das hörte sich leicht an, aber für einen Assamer war das nicht selbstverständlich. Wer keinem Totemclan angehörte, musste versuchen, ein Handwerk oder Geschick zu finden, das ihm ermöglichte, in einer Siedlung zu bleiben. Den meisten Menschen war dies nicht vergönnt, wie auch Bemets Familie. Sie zogen als Nomaden von Ort zu Ort. Sie ernährten sich von dem, was die Natur ihnen bot, und wenn das Angebot knapp wurde, zogen sie weiter. Bemet hoffte, der Familientradition entfliehen zu können, und eigentlich hatte er das auch schon geschafft. Er war im Clan der Pranke, was ihn zu einem geschätzten Söldner machte. Alles, was jetzt noch fehlte, war ein Auftraggeber, der bereit war, den richtigen Preis zu zahlen. In jeder Ortschaft gab es einen Unterhändler, der als Mittelsmann zwischen Kriegsherrn und Söldnern vermittelte. Den käuflichen Kriegern selbst war es verboten, die Verhandlungen ohne Unterhändler zu führen. Dafür gab es zwei Gründe. Der eine war, dass die Clans und Oberhäupter der Städte an den Kriegsgeschäften verdienten und einen Teil vom verhandelten Sold einbehielten, im Voraus, verstand sich. Der andere Grund war, dass man vermeiden wollte, dass sich Söldner unter Wert anboten und so die Preise ruinierten. Wer dagegen verstieß, konnte aus dem Clan verbannt werden.

Bemet war nach Lakar gekommen, weil es im Inland nur wenig Nachfrage nach Söldnern gab. Falls doch mal jemand Totemkrieger brauchte, dann allenfalls, um bei einer Verhandlung Stärke zu zeigen. Dementsprechend fiel der Sold aus. Wer als Söldner für einen Krieg anheuern wollte, musste zu einer Großstadt an der Küste. In Assamad selbst herrschte nie Krieg. Die Clans rivalisierten untereinander nicht, und das Land bot keine Ressourcen, die fremde Länder lockten – nur Söldner. Bodenschätze, fruchtbares Land oder strategische Vorteile durch die Lage gab es keine. Genau genommen hatte Bemets Heimat nicht mal einen Namen. Assamad nannten die Einwohner nur die Küstenregion ihres Landes, und übersetzt hieß das so viel wie »nasser Stein«. Die Händler und Seefahrer anderer Länder hatten diesen Namen einfach übernommen und verbreitet. Die Einheimischen brauchten keinen Namen für ihr Land, genauso wenig wie für Städte. Land hatte für das Nomadenvolk keinen Wert. Wertlose Dinge bekamen keinen Namen, wogegen Tiere meist mehrere besaßen, genau wie Menschen, wenn sie große Taten vollbracht hatten. Bemet begnügte sich mit einem Namen. Was nicht hieß, dass das immer so bleiben musste.

»Wie heißt du, wo willst du hin, und was hast du in deinem Tuch versteckt?«, brummte ihn die Wache mürrisch an.

Zur Antwort hob Bemet das Tuch, das er um Hals und Kopf gewickelt hatte, im Nacken ein Stück an und zeigte die Tätowierung der Pranke vor.

»Ist gut, du kannst durch«, sagte die Wache. »Zum Hafen musst du einfach nur der breiten Straße folgen.«

›Der breiten Straße folgen‹ hörte sich so gewöhnlich an, doch für jemanden, der fast sein ganzes Leben durch die Wildnis gestreift war und höchstens mal einen Tierpfad oder Dorfweg benutzt hatte, war das etwas Besonderes. Hinter der Stadtmauer zeigte sich erst, wie besonders. In Lakar gab es Häuser, die übereinandergebaut waren. Bis zu drei Stück türmten sich aufeinander und waren mit Treppen verbunden. Die Straßen zeichneten sich nicht nur dadurch aus, dass darauf nichts wuchs und alles festgetrampelt war. Sie wirkten wie riesige Schlangen, deren Schuppen aus zahllosen Steinen bestanden. Nicht aus irgendwelchen Felsbrocken, sondern aus kopfgroßen Blöcken, die ein Steinmetz zu einem Quader geformt hatte. Straßen, Wege und Gassen schlängelten sich quer durch die Stadt. Bemet fragte sich, wer sich so viel Arbeit damit gemacht hatte und wofür?

Lakar war wie ein fremdes Land. Noch nie hatte Bemet so viele Menschen auf einmal gesehen. Jeder ging irgendeiner Beschäftigung nach, und von überall her kamen fremdartige Geräusche und Gerüche. Bemet taumelte wie in einem Traum durch die Stadt und bestaunte ein Wunder nach dem anderen. Doch das Unglaublichste zeigte sich erst, als er den Hafenmarkt betrat. Direkt vor ihm lagen drei Schiffe, so gewaltig, dass sie zweihundert Mann und mehr aufnehmen konnten. Sie waren größer als die Langhäuser in den Dörfern. Riesige weiße Segel zierten die Masten, die höher waren als jeder Baum, den Bemet kannte.

Umringt von Menschen, die wild durcheinanderliefen, schrien und mithilfe von Zeichen kommunizierten, standen rund dreihundert Söldner auf dem Platz. Ein Mann in sandgelber luftiger Kleidung stand auf einem hölzernen Podest, nahm Angebote aus der Menge entgegen und zeigte auf kleine Gruppen von Clankriegern. Das musste der Mittelsmann sein. Erschrocken darüber, dass der Handel schon in vollem Gange war, bahnte sich Bemet seinen Weg durch die Menschenmassen. Es kam ihm vor, als müsse er sich durch ein Dickicht von Armen und Beinen bewegen. Endlich in erster Reihe angekommen, musterte er die Männer, die ihre Kriegsdienste dem Meistbietenden anboten. Sie standen zwar in kleinen Grüppchen zusammen, doch konnte Bemet kein System dahinter erkennen. Mit schnellen Schritten eilte er hinüber zu der Gruppe, die ihm am nächsten stand, und gesellte sich mit unsicherem Lächeln dazu.

Ein großer schlanker Kerl mit Hakennase und geflochtenem Spitzbart wandte sich ihm zu. Sein Blick war abschätzend, aber respektvoll. An seiner Seite hingen zwei kurze Krummsäbel. Er hob ruckartig die Hand, und Bemet fing sie reaktionsschnell am Gelenk ab, ehe der Söldner ihn würgen konnte – oder was immer er vorhatte.

»Ganz ruhig, Junge«, grunzte der Mann. »Wir alle haben mal klein angefangen. Ich will dir nichts tun.«

Bemet zögerte, dann ließ er die Hand des Mannes los.

»Deine Clantätowierung?«, fragte der Söldner.

»Ich bin kein Howak, der sich zwischen Clankrieger schmuggeln will.« Empört entblößte Bemet die Pranke in seinem Nacken.

Der Söldner tat es ihm gleich und präsentierte voller Stolz eine Greifenklaue. Dann deutete er auf eine Gruppe großgewachsener Kerle mit breiten Schultern.

»Das ist dein Clan, Junge. Die alten Bären sorgen gut für ihren Nachwuchs. Hör ihnen zu und lerne von ihnen.«

Bemet war zu beschämt, um etwas zu erwidern. Er nickte lediglich und eilte zu den Männern des Bärenclans. In dem ganzen Durcheinander verlor er beinahe die Orientierung. Zum Glück waren zwei Söldner des Bärenclans so groß und stämmig, dass man sie in der Menge schnell wieder ausfindig machen konnte. Bemet gesellte sich stillschweigend zu ihnen.

»Eine junge Pranke«, begrüßte ihn einer der beiden Hünen, als er den Neuankömmling bemerkte. »Etwas spät, mein Junge.«

»Ich stand verkehrt«, entschuldigte sich Bemet, leicht außer Atem. »Haben die Verhandlungen schon begonnen?«

Der Söldner sah hinüber zum Unterhändler, dann weiter über die Menge zu einem jungen Mann in Lederrüstung, der auf dem Vordeck des mittleren Schiffes stand und den Arm gehoben hatte.

»So wie es aussieht, wurden sie gerade abgeschlossen. Uslag hat den Zuschlag bekommen.«

»Und jetzt?«, fragte Bemet entsetzt. »Bin ich vier Tage umsonst quer durch die Wüste gelaufen?«

»Keine Sorge, mein kleiner Dachsbär. Das regeln wir schon. Bleib einfach hier stehen.«

Der Söldner wandte sich wieder dem Geschehen an der Pier zu. Der Mann auf dem Schiff ließ eine kleine Truhe von Bord zum Unterhändler tragen. Dieser nahm sie entgegen, öffnete sie, überschlug den Inhalt und verkündete dann: »Elf Krieger des Bärenclans können überstellt werden an Uslag zum treuen Dienst bei König Refert dem Dritten.«

»Wir sind zwölf Pranken«, brüllte der Hüne dem Unterhändler zu. »Du scheinst dich verzählt zu haben.«

Unterhändler und Meistbietender tauschten irritierte Blicke aus, bis der Mann auf dem Schiff ermüdet nickte und einen Geldbeutel vom Gürtel löste. Der Beutel ging durch viele Hände, ehe er beim Unterhändler ankam.

»Zwölf Krieger des Bärenclans für König Refert.«

»Herzlichen Glückwunsch, Junge«, sagte der Söldner und reichte Bemet die Hand. »Mein Name ist Quard, die anderen lernst du noch auf der Reise kennen. Dein erster Einsatz?«

Bemet schlug ein. »Bemet, ich meine, mein Name ist Bemet, und ja, das ist mein erstes Mal.«

Der Hüne lachte begeistert. »Eine Jungfrau an Bord, das bringt Glück.«

»An Bord?«

»Natürlich an Bord«, schnaubte der Mann des Bärenclans. »Was dachtest du? Dass sie uns schwimmen lassen?«

Bemet hätte sich selbst ohrfeigen können. Wie konnte er so überrascht sein? Es lag schließlich auf der Hand. Doch er musste sich auch eingestehen, dass er sich nie darüber Gedanken gemacht hatte.

»Wann müssen wir aufbruchbereit sein?«, erkundigte er sich und hoffte, dass die Frage plausibel war.

»Zum Winken reicht es noch«, bekam er zur Antwort. »Das Schiff legt in einer Stunde ab. Aber mach dir keine Sorgen, wir werden gut verpflegt. Refert will ja nicht, dass in drei Monaten ein abgemagertes Bärenrudel von Bord wankt.«

»Es sind eher vier«, wandte ein anderes Clanmitglied ein.

Bemet schluckte trocken. Er hatte das Gefühl, dass Übelkeit in ihm aufstieg.

ALDEN war stolz auf sich, und sein Vater wäre es sicher auch. Er hatte seinen ersten großen Handel abgeschlossen, ganz allein, ohne dass der König im Vorfeld seine Finger ausgestreckt und alles in die richtigen Bahnen gelenkt hatte.

Vor zehn Tagen war er noch der kleine Prinz gewesen, der seinem Vater nacheiferte. Ab heute durfte er sich als erfolgreichen Unterhändler der Krone *und* Thronfolger bezeichnen. König Refert hatte Alden losgeschickt, um Truppen mit Söldnern aus Assamad zusammenzustellen. Vierhundert Mann der Totemclans sollte er anheuern, damit sie Niedland, eine Insel der Huts, endgültig erobern und in Besitz nehmen konnten. Sein Vater schickte weitere dreitausend Krieger aus Uslag, die dort mit den Clansöldnern zusammentreffen sollten. Niedland war nicht besonders groß, besaß nur ein kleines Heer und einige Erzvorkommen. Genau genommen war es so winzig, dass es nicht einmal auf allen Karten verzeichnet war. Im Höchstfall lebten dort fünftausend Menschen. Was Niedland aber so interessant für Aldens Vater machte, war die Tatsache, dass es ein Anlaufpunkt für viele Schiffe war. Auf den weiten Strecken zwischen den Kontinenten konnte man dort Lebensmittel und frisches Wasser aufstocken. Niedland war die einzige Insel der Huts, die über einen natürlichen Hafen verfügte. Wer sichergehen wollte, Schiffe, Mannschaft und Ladung nicht durch Skorbut, Verdursten oder Meuterei zu verlieren, landete an dem felsigen Eiland an.

Viele Offiziere hatten Aldens Vater davon abgeraten, die Insel einzunehmen. Sie warnten davor, dass der Handel darunter leiden würde, oder dass andere Länder auf die Idee kommen könnten, Niedland zurückzuerobern, um selbst eine Vormachtstellung zu erlangen.

König Refert wies alle Bedenken zurück. Er hatte nicht vor, die Insel einfach nur zu erobern, er wollte sie überrollen. Jeder sollte sehen, mit welcher Macht sie es zu tun hätten, falls jemand es wagen sollte, ihm Niedland streitig zu machen.

Nach erfolgreichem Feldzug würden weitere fünftausend Mann entsandt werden, die die Insel neu aufbauten, Verteidigungsanlagen errichteten und den Hafen vergrößerten. Das einzige Problem war, die Insel zu unterhalten. Niedland lag fast hundert Reisetage entfernt, wenn der Wind mitspielte. Das bedeutete, es musste autark geführt werden. Mehr noch, es sollte Dublonen abwerfen, um neue Vorstöße von Uslag finanzieren zu können. Ein großer Plan, bei dem Alden offenbar eine wichtige Rolle spielte.

Von dem Zwischenfall im Kerker hatte Alden niemandem erzählt. Es hatte fast zwei Wochen gedauert, bis die Narben am Hals nicht mehr zu sehen gewesen waren und er das Tuch hatte abnehmen können. Hätte sein Vater davon erfahren, hätte er ihm den Auftrag, die Söldner zu rekrutieren, wieder entzogen und einen bewährten Offizier damit betraut. Das wollte Alden um jeden Preis vermeiden, und so blieb es ein Geheimnis zwischen ihm und dem Mann in der Zelle am Ende des Ganges.

Es klopfte an der Tür zur Kajüte. »Königliche Hoheit, darf ich eintreten?«

Es war die Stimme von Graf Tubrik. Ihm gehörte dieses Schiff und viele andere mehr. Er war nicht in eine Adelslinie geboren worden. Seine Familie lebte vom Seehandel. Ihm war vor fast zwanzig Jahren erlaubt worden, eine Cousine des Königs zu heiraten, wenn er sich bereiterklärte, seine Schiffsflotte in den Dienst Uslags zu stellen. So war aus Nerek Tubrik Graf Tubrik geworden.

»Kommt herein«, rief Alden gutgelaunt.

Der Graf betrat die Kajüte. Sein Gesichtsausdruck verriet Zufriedenheit.

»Der Kurs zurück nach Uslag ist gesetzt, Königliche Hoheit. Die anderen beiden Schiffe begleiten uns rund fünf Tage, dann drehen sie auf Nord-Ost-Kurs und halten auf Niedland zu. Wir sind dann bereits in den Gewässern von Uslag und brauchen keinen Schutz mehr. Ihr müsst Euch also nicht sorgen.«

»Ich weiß«, entgegnete Alden. »Südlich von Uslag haben wir keine Feinde. Wen sollte ich also fürchten?«

»Man kann nie wissen. Jemand, der unsere Route kennt, könnte ebenfalls Assamer angeheuert haben.«

Alden begegnete diesen Bedenken mit einem überheblichen Lächeln. »Nur die Tegesier und die Noraner haben die Mittel, sich ein Heer der Totemkrieger zu leisten. Beide Königreiche liegen so weit entfernt, dass sie uns unmöglich hätten abpassen können.«

»Ich denke dabei auch nicht an die Tegesier oder die Noraner, Königliche Hoheit. Es gibt auch unter den Assamern den einen oder anderen Clan, der uns nicht sonderlich wohlgesonnen ist.«

Das überraschte Alden. Von Streitigkeiten mit den Söldnern hatte er noch nie gehört. »Was sollen die Assamer gegen uns haben? Sie machen mit uns die besten Geschäfte. Gerade heute haben sie dreitausend Dublonen von uns bekommen. Und sie erhalten noch einmal das Vierfache, wenn sie zurückkehren.«

»Genau darin besteht das Problem, Prinz. Die Einsätze,

die die Clankrieger übernehmen, fordern meist hohe Verluste. Euer Vater und die führenden Offiziere sind der Meinung, dass ihnen das eine Menge Gold spart. Deswegen habt ihr auch so viele Männer aus den Clans der Pranke und den Klauen rekrutiert. Sie sind die Wildesten und eignen sich hervorragend für Durchbruchsangriffe. Die Verluste liegen bei neunzig Prozent und höher. Nur die wenigsten bekommen also den versprochenen Sold. Im Laufe der Jahre hat es sich herumgesprochen, dass wir viele von ihnen in den Tod schicken, und das stößt in Assamad nicht überall auf Wohlgefallen.«

Alden wusste nicht, was er erwidern sollte. Ihm war klar, dass viele Männer im Krieg ihr Leben verloren, doch dass man jemanden mit Absicht in den Tod schickte, um ihn nicht bezahlen zu müssen, konnte er nicht glauben. Obwohl er den Handel ohne solche Hintergedanken abgeschlossen hatte, fühlte er sich jetzt irgendwie schäbig.

VERLUSTE

Aurora kam alles andere als gut mit ihren Studien voran. Meistens, wenn sie die Liedmagie anstimmte, passierte gar nichts. Bei einigen wenigen Versuchen zeigte sich zwar eine Wirkung, aber bei Weitem nicht die erhoffte. Sie hatte sogar probiert, eine Spinne erst mit einer Fliege zu füttern, um dann ihr restliches Hungergefühl verebben zu lassen, doch nicht einmal dies war ihr gelungen. Die wenigen Erfolge, die sie verzeichnen konnte, waren Schmerzlinderung und Beruhigung. Eine wirkliche Heilung brachte sie nicht zustande.

Tief in ihr keimte das Gefühl, dass Sibbel ihr nicht alles beigebracht hatte, was sie wusste. Es musste doch irgendeinen Trick geben, eine Art Geheimzutat. Doch seit Auroras Schwesterchen im Bauch ihrer Mutter heranwuchs, kreisten Sibbels Gedanken mehr um die Zukunft als um Auroras Gabe. Mit jedem Zoll, den Sibbels Bauchumfang wuchs, schenkte sie Aurora weniger Aufmerksamkeit. Doch auch sie freute sich natürlich, eine kleine Schwester zu bekommen. Endlich hatte sie jemanden, für den sie eine Puppe basteln konnte, ohne sich nur einschmeicheln zu wollen.

Es waren die ersten warmen Tage des Jahres, jedoch wurde es bereits dunkel. Aurora wollte ihre Mutter nicht beunruhigen und beschloss heimzugehen.

Aus der Höhle strahlte der behagliche Schein eines Feuers, und der Duft von gebratenen Pilzen und Lauch stieg ihr in die Nase.

Sibbel saß vor dem Feuer und rührte mit einem Holzlöffel in der Pfanne, der neusten Errungenschaft ihrer kleinen Familie. Angus hatte sie bei seinem letzten Besuch mitgebracht, eine Art Abschiedsgeschenk. Aurora hatte mitangehört, wie er und Sibbel sich wegen des Kindes gestritten hatten. Angus war wenig begeistert, noch einmal Vater zu werden, schon gar nicht, wenn die Mutter nicht seine eigene Frau war. Als er gegangen war, hatte er leise vor sich hingeflucht.

»Das riecht aber nach einem Festtagsessen«, sagte Aurora, als sie die Höhle betrat.

»Das soll es auch sein. Ich hab nämlich eine Entscheidung getroffen.«

Aurora hatte nur wenig Hoffnung, was die Geheimnisse und Überraschungen ihrer Mutter anging. Meist handelte es sich dabei um so etwas wie eine neue Pfanne, einen zerlegten Hasen oder die Idee, aus Reunenblättern und Stoffresten ein Kissen zu machen. Wenn sie hätte raten sollen, hätte sie darauf getippt, dass ihrer Mutter ein Name für ihr Schwesterchen eingefallen war. Aurora wollte gerade die Felle vor den Eingang hängen, als Sibbel sie zurückhielt.

»Lass sie offen, Kleines. Die Luft ist so schön heute Abend. Es duftet alles nach Frühling.«

»Na, was gibt es denn?«, fragte Aurora.

»Lauch und Pilze mit etwas Speck.«

»Mama! Du weißt genau, was ich meine. Was für eine Entscheidung hast du getroffen?«

Sibbel stellte die Pfanne neben dem Feuer ab und grinste ihre Tochter an. Sie machte eine kurze Pause, um die Spannung zu erhöhen. »Wir gehen nach Buchtenheim.«

Aurora brauchte einen Moment, um das zu verarbeiten.

»Wieso nach Buchtenheim? Wieso jetzt?«, fragte sie fassungslos, aber mit einer gewissen Begeisterung in der Stimme.

»Ich glaube, dass viele Menschen dort Heilung brauchen und zu den Priestern gehen. Doch die meisten werden abgewiesen, weil sie es nicht bezahlen können. Ich könnte diesen Menschen helfen, und du könntest dort viel lernen. Außerdem ist der Wald nichts, um ein Baby großzuziehen. Was ist, freust du dich?«

Und wie Aurora sich freute. Sie fiel ihrer Mutter um den Hals, hätte dabei beinahe die Pfanne mit Pilzen umgeworfen und drückte Sibbel, so fest sie konnte.

»Nicht so fest, du zerdrückst noch dein kleines Schwesterchen.«

»Wann brechen wir auf?«, fragte Aurora aufgeregt.

»Wir suchen noch ein paar Vorräte für den Weg, dann kann es losgehen. In zwei, drei Tagen, würde ich sagen.«

Aurora konnte ihr Glück nicht fassen. Sie würden endlich diesen Wald verlassen und in eine richtige Stadt ziehen. Sie würde ein Zimmer haben, ein Bett und – was mittlerweile einen gewissen Stellenwert eingenommen hatte – mit anderen Menschen reden können, nicht immer nur mit ihrer Mutter und deren Besuchern.

Aurora schmiedete so viele Pläne gleichzeitig, dass sie weder das Essen schmeckte, noch irgendetwas erzählte oder fragte. Endlich würde ihr Leben besser werden.

Sie waren bereits beim Abwasch, als Aurora einen Lichtschein im Wald bemerkte. Die langen Schatten der Baumstämme bewegten sich wie die Zeiger einer Sonnenuhr.

»Mama, jemand kommt«, flüsterte sie.

Hastig steckte Sibbel sich den Dolch in den oberen Rocksaum hinter den Rücken. »Setz dich ans Feuer und pass auf den Tee auf«, sagte sie und trat ein paar Schritte auf den Eingang zu, eine Hand am Griff des Dolches.

Der Lichtschein kam näher und erhellte den Höhleneingang.

»Sibbel! Sibbel, was ist nur aus dir geworden. Verkriechst dich mit deinem Balg in einer Höhle mitten im Wald«, sagte eine Männerstimme.

Aurora kannte diese Stimme irgendwoher, konnte sie aber nicht zuordnen.

»Bleib beim Feuer«, ermahnte ihre Mutter sie.

Zwei Männer mit Fackeln kamen den Hang zur Höhle hinauf. Einer von ihnen war groß und kräftig, der andere etwas schmaler und kleiner. Gegen den grellen Fackelschein konnte Aurora ihre Gesichter nicht erkennen.

»Bathram, Serget«, begrüßte Sibbel die beiden Besucher kühl. »Was wollt ihr hier?«

»Wir haben dich gesucht«, sagte Bathram. »Ich muss zugeben, dass es nicht ganz leicht war hierherzufinden. Man könnte fast annehmen, du versteckst dich hier.«

Sibbel trat den Männern entgegen. »Vielleicht ist das so, vielleicht mag ich auch nur die Ruhe.«

Es waren der Köhler und sein Geselle aus Nordweiler. Mit ihnen hatte der ganze Ärger begonnen. Anstatt die Schuld für Aarons Tod auf sich zu nehmen, hatten sie Sibbel angeklagt.

»Du hättest nicht in der Nähe bleiben sollen, Hexe«, zischte Bathram. »Es war doch klar, dass wir dich eines Tages aufstöbern würden.«

»Hat Bama euch geschickt, damit sie endlich ihren Rachezug gegen uns beenden kann? Dieses Weib benutzt euch nur. Erkennt ihr das nicht?«

Bathram lachte spöttisch. »Bama? Du denkst wirklich, die alte Schrulle hätte uns geschickt? Bama ist auf und davon, als ich ihr die Köhlerei abgeluchst habe. Ihr Hass reicht immer nur für einen, und ich stehe auf ihrer Liste sicher ganz oben.«

»Warum seid ihr hier?«, fragte Sibbel verwirrt.

»Weil du deinen verdammten Hintern nicht ruhig halten kannst, du dumme Schlampe. Sagt dir der Name Angus etwas? Dummerweise ist dieser Taugenichts mit meiner Schwester in Sprödholz verheiratet. *Glücklich* verheiratet, denkt sie. Nun treffe ich ihn letztens zufällig, und er erzählt mir von einer rothaarigen Kräuterhexe im Wald, die von ihm ein Kind erwartet, das sie um jeden Preis zur Welt bringen will. Jetzt hat er Schiss, dass die ganze Sache rauskommt. Was denkst du, wie lange ich gebraucht habe, um mich an dich zu erinnern?«

Die beiden Männer traten vor und drängten Sibbel mit ihren Fackeln in die Höhle zurück.

»Ihr müsst das hier nicht tun«, sagte Sibbel in flehendem Unterton. »Aurora und ich hatten uns gerade entschieden, nach Buchtenheim zu gehen, um dort neu anzufangen. Deine Schwester wird nichts von dem Kind erfahren, das schwöre ich.«

Der Köhlergehilfe, sichtlich nervös und verunsichert, versuchte, sich an Sibbel vorbeizudrängen.

»Solche Versprechen taugen nichts«, raunte Bathram. »Durch sie wurden schon Könige von ihren eigenen Bastarden gestürzt. Wir gehen lieber auf Nummer sicher.«

Sibbel zog den Dolch, sprang vor und zog die Klinge über den Oberschenkel des Gehilfen. Die Schneide durchtrennte Stoff, Haut und Muskeln und hinterließ eine dunkelrote Kluft.

Serget schrie auf, ließ die Fackel fallen und stürzte rücklings zu Boden. Doch bevor Sibbel die Fackel aufheben konnte, war Bathram zur Stelle und stieß sie mit einem Fußtritt zurück.

»Lass sie zufrieden«, schrie Aurora und eilte ihrer Mutter zu Hilfe. Sie stützte Sibbel, die mit den Füßen nach Bathram trat.

»Du warst schon immer eine Kämpferin«, lachte Bathram

höhnisch. »Das hab ich so an dir bewundert. Aber jetzt wird es Zeit, dass wir dir und deiner Göre Manieren beibringen.« Serget hatte sich zum Höhleneingang zurückgezogen, umklammerte mit beiden Händen seinen Oberschenkel und sog schmerzerfüllt den Atem ein.

»Sei nicht so eine Heulsuse«, blaffte Bathram ihn an. »Du wirst doch wohl wegen diesem Kratzer keinen Aufstand machen. Pass lieber auf, dass die Kleine nicht abhaut.«

Genau in diesem Moment holte Sibbel aus und schleuderte dem Köhler den Dolch entgegen. Die Waffe traf ihn mit dem Griff voran auf der Brust und fiel von ihm ab wie ein fauliger Apfel. Beide Männer zuckten beim unerwarteten Angriff zusammen, und Bathram wankte zwei Schritte zurück.

»Lauf!«, brüllte Sibbel ihre Tochter an und stieß sie zum Ausgang.

Aurora stolperte los, ohne genau zu wissen, wie ihr geschah. Sie sah nur Serget, der nicht minder irritiert wirkte als sie selbst, und halbherzig einen Arm ausstreckte, um sie an der Flucht zu hindern. Aurora schnappte sich im Lauf die brennende Fackel vom Boden und richtete sie wie eine Lanze auf den Köhlergehilfen.

Entsetzt sprang der junge Mann zur Seite. Aurora holte in ihrer Panik aus und schlug ihm die Fackel gegen Arm und Schulter, als sie an ihm vorbeistürmte. Instinktiv flüchtete sie Richtung Bachbett, während Bathram ihr eine Kanonade an Flüchen hinterherbrüllte.

Das Wasser war nur ein flaches Rinnsal, und der Boden in der Senke eben. Die vielen Farne an der Böschung würden Aurora Sichtschutz vor den Verfolgern geben. Als sie den Abhang erreichte, warf sie die Fackel mit aller Kraft in die entgegengesetzte Richtung. Der Bach spiegelte sich im Mondlicht und zog sich wie eine endlose silberne Schlange durch das Schwarz der Bäume. Das Wasser war kalt, und schon nach den ersten ungestümen Schritten durchnässten die Spritzer Auroras gesamte Kluft.

Sie rannte, so schnell sie konnte. Wasser und Tränen vermischten sich in ihrem Gesicht. Sie folgte dem Bachlauf bis zu der Stelle, an der sie vor einem Jahr oft gesessen hatte. Es war der Ort im Wald, an dem man am weitesten von der Bärenhöhle entfernt war, den Eingang aber immer noch sehen konnte.

Aurora warf sich gegen die Böschung und ging hinter einem Farnbüschel in Deckung. Ihre Augen hatten sich schon an die Dunkelheit gewöhnt, doch außer der weggeworfenen Fackel und dem schwach erhellten Höhleneingang war nicht viel zu erkennen. Es war niemand zu sehen oder zu hören. Ihre Anspannung wollte gerade nachlassen, da bewegte sich das Licht der Fackel wie von Geisterhand. Einen Atemzug später erhellte der Schein die Umrisse eines Mannes. Von der Größe und Statur her konnte es nur Serget sein. Er bewegte sich Richtung Bachbett. Vielleicht hatte er gehört, wie sie durchs Wasser gelaufen war?

Aurora rutschte an der Böschung herab und kauerte sich zusammen, in der Hoffnung, dass ihr Verfolger in der Dunkelheit aufgab. Panik überkam sie. Was war mit ihrer Mutter? Hatte sie vielleicht auch fliehen können, oder war sie Bathram hilflos ausgeliefert? Was würden sie mit ihr anstellen?

Aurora schreckte aus ihren Gedanken hoch, als sich der Bachlauf im Schein der Fackel silberrot erhellte. Das Licht ließ den Bach wie eine giftige Blutnatter erscheinen, die auf sie zukroch. Fieberhaft suchte Aurora nach einem Ausweg. Sie musste Serget abhängen, der offenbar im Bachbett auf sie zukam.

Aurora kroch über die Böschung nach oben und robbte

die ersten Meter durch die üppigen Farne. Erst als sie sicher war, dass ihr Verfolger sie aus dem Bachbett nicht sehen könnte, erhob sie sich und rannte los. Sie entfernte sich immer schneller von Höhle und Bach – und somit auch von ihrer Mutter.

Irgendwann wusste sie selbst nicht mehr, wo sie war. Ihr Herz raste, ihre Beine schmerzten, und in der Brust verspürte sie heftige Stiche. Entkräftet brach sie im Schutz einer umgestürzten Buche zusammen und kauerte sich in die Kuhle hinter dem Wurzelwerk. Sie fror erbärmlich, hatte Angst und war erschöpft. Trotz alledem überkam sie eine bleierne Müdigkeit. Sie schlief ein.

Als sie wieder erwachte, erhellten die ersten Sonnenstrahlen das Blätterdach über ihr. Noch immer war ihre Kleidung klamm. Vollkommen verdreckt kroch sie aus dem Unterschlupf. Sie musste zurück und Sibbel finden. Ohne sie war sie verloren.

Es dauerte fast zwei Stunden, bis Aurora eine Stelle im Wald fand, die sie wiedererkannte. Von dort aus waren es nur etwa zwei Meilen zurück zur Höhle. Je weiter sie ging, desto mehr Zweifel keimten in ihr auf. Was war, wenn Bathram ihre Mutter verschleppt hatte? Was konnte sie tun, falls die beiden Männer noch da waren? Was, wenn sie Sibbel etwas angetan hatten?

Mit all diesen Befürchtungen kam Aurora zu der Stelle, wo sie in der Nacht panisch das Bachbett verlassen hatte. Sie spähte hinüber zur Höhle, konnte aber nichts Außergewöhnliches erkennen. Der Schutz aus Stoffresten vor dem Eingang war heruntergerissen, ansonsten sah alles aus wie immer. Niemand schien da zu sein. Das Feuer war erloschen.

Aurora wagte sich vorsichtig im Schutz des Baches weiter heran. Sie achtete darauf, nicht ins Wasser zu treten, damit das Geräusch sie nicht verriet. Halb geduckt schlich sie voran.

Ein Schimmer im Wasser ließ sie innehalten. Sie beugte sich vor und sah genauer hin. Dann schreckte sie zurück. Das war kein Schimmer, sondern ein roter Schleier, der sich durchs Wasser zog wie ein endloses Banner. Entsetzt sprang Aurora zur Seite und beobachtete das blutige Farbenspiel einen Moment lang. Dann kroch sie langsam vor und spähte um die nächste Bachkrümmung. Voller Entsetzen starrte sie auf den reglosen Körper unweit vor ihr. Sibbel lag keine dreißig Fuß entfernt an der Böschung, die nackten Füße im Wasser.

»Mama, was ist mit dir?«, krächzte Aurora.

Tränen rannen ihr übers Gesicht, als sie auf ihre Mutter zustürmte. Aurora zitterte am ganzen Leib, und ihre Hände verkrampften sich, als sie versuchte, Sibbel aufzurichten.

»Mama, sag doch was. Bitte, Mama.«

Aurora schaffte es, ihre Mutter auf den Rücken zu drehen und Sibbels Kopf in ihren Schoß zu legen. Sie streichelte ihr Gesicht und strich ihr mit den Fingern durchs lange rote Haar, um Sand und Blätter zu entfernen.

»Mama«, sagte sie erneut, in der Hoffnung auf irgendeine Reaktion.

Bathram und Serget hatten Sibbel übel zugerichtet. Ihr linkes Auge war zugeschwollen, die Lippe mehrfach aufgeplatzt, und ein Schneidezahn fehlte. Mehrere Finger der rechten Hand waren gebrochen, aber was Aurora am meisten erschreckte, war der blutdurchtränkte Fleck auf der Kleidung zwischen ihren Beinen. Der braune Stoff hatte sich vollgesogen und schwarz verfärbt. Bis zu den Knöcheln reichte die Spur. Unterhalb des Saumes spülte das frische Wasser des Baches einen roten Schleier aus der Kleidung, der mit der Strömung weitergetragen wurde.

»Bis du das, meine Kleine?«, wisperte Sibbel kaum hörbar.

»Ich bin hier, Mama«, schluchzte Aurora. »Alles wird wieder gut.«

Sibbel spuckte Blut, das Aurora sofort mit ihrem Ärmel wegwischte.

»Du musst wieder gesund werden, Mama. Wir wollen doch nach Buchtenheim gehen, um dort neu anzufangen. Du hast es mir versprochen.«

In Sibbels Gesicht zeigte sich der Anflug eines Lächelns, der aber gleich wieder unter einer Schmerzattacke erstarb. Was sie sagte, war kaum verständlich, doch das Wort »allein« hallte in Auroras Ohren kristallklar nach.

»Nein«, krächzte Aurora. »Du wirst wieder gesund. Ich werde dich pflegen. Ehe du dich's versiehst, sind wir schon auf dem Weg nach Norden. In Buchtenheim wird uns bestimmt jemand helfen. Niemand weist eine Frau zurück, die ein Kind in sich …«

Aurora verstummte, und Tränen schossen aus ihren Augen, als sie auf das Blut im Schoß ihrer Mutter blickte.

»Ich singe für dich«, entfuhr es ihr. »Ich habe viel gelernt und bin mir sicher, dass ich es jetzt kann.«

Sie stimmte einige Liedzeilen an und verstummte dann wieder. Sie probierte es mit einem anderen Lied und dann mit noch einem. Sosehr sie sich auch bemühte, mehr als die erste Strophe wollte ihr beim besten Willen nicht einfallen.

Aurora schlug mit der Faust auf den kalten nassen Boden ein. »Ich kann's einfach nicht«, wimmerte sie.

Sie spürte, wie Sibbel ihre Hand ergriff und zärtlich tätschelte. Ihre Mutter wollte etwas sagen, doch die Worte kamen gegen das Plätschern des Baches nicht an. Aurora legte ihr Ohr an die Lippen ihrer Mutter.

»Die Worte sind nicht wichtig. Sie haben keine Bedeutung. Es ist allein die Melodie und der Klang der Stimme, die die Magie ausmachen.«

Erneut peinigten Sibbel ihre Schmerzen. Sie verkrampfte die Hände und verdrehte die Gliedmaßen.

Aurora klammerte sich an sie und streichelte sie, während ihr Tränen übers Gesicht liefen.

»Du wirst wieder gesund, Mama, ganz bestimmt«, schluchzte sie.

»Sing für mich«, krächzte Sibbel.

Die Worte kamen gepresst und hörten sich mehr nach einem Befehl als nach einer Bitte an.

Auroras Kopf war leer. Sie fühlte nur Trauer und Angst. All die Lieder, die sie Monate lang gelernt hatte, waren wie weggeblasen. Nicht eine Melodie kam ihr in den Sinn, und die fremdartigen Worte, die jetzt plötzlich keine Bedeutung mehr haben sollten, schwirrten ihr ungreifbar durch den Kopf wie Fliegen um ein verdorbenes Stück Fleisch.

Sibbels Blick war flehend, und Aurora wollte sie um keinen Preis enttäuschen. Sie begann zu summen. Es war nicht mehr als eine Folge konfuser Töne. Nichts passte zusammen. Es klang nach jemandem, der ein Instrument zu spielen versuchte, aber nicht wusste wie. Kräftige Laute folgten auf das zarte Summen, hohe Töne auf tiefe und lange auf kurze. Langsam bildete sich ein Muster. Immer öfter wiederholte sich eine kurze Folge von drei Tönen, die irgendwie zueinanderzupassen schienen. Dann war sie da, die Melodie. Es dauerte noch einen Moment, bevor Aurora sie selbst erkannte. Es war das Lied, das ihre Mutter ihr früher abends am Bett vorgesungen hatte – *nächtliche Augen wie Sterne*. Jetzt, wo Aurora die Melodie erkannte, fiel ihr auch der Text dazu wieder ein.

»Augen wie Sterne, die funkeln in dunkelster Nacht.
Lass dich fallen und trete an die nächtliche Reise.
Sie beobachten alles und halten die Wacht.
Ein Traum dich überkommt auf seltsamste Weise.«

Obwohl das Lied von Mut und Zuversicht handelte, klang es aus Auroras Mund nach Trauer und Angst. Ihre Stimme vermochte ihre Seele nicht zu verbergen. Trotzdem fühlte es sich gut an, dem Wunsch ihrer Mutter nachzukommen, und irgendwie spendete es ihr selbst ein wenig Trost.

Sibbel entspannte sich. Ihre Atmung wurde gleichmäßiger, und sie fühlte sich bei Weitem nicht mehr so kalt an. Der Anflug eines Lächelns zauberte sich in ihr Gesicht, als sie mit halb geschlossenen Augen zu ihrer Tochter aufsah.

Dann fror ihr Gesichtsausdruck ein.

»Mama?«, erkundigte sich Aurora zaghaft, doch ihre Mutter antwortete nicht.

Sibbel war tot.

Bemet drückte sich so dicht wie möglich an den Felsen. Diesen Kampf hatte er herbeigesehnt, seit er das verdammte Schiff betreten hatte. Vier volle Monate auf See waren genug Wartezeit gewesen. Ruhelos war er unter Deck auf und ab gegangen, hatte sich täglich an der Reling erbrochen und jeden Abend den Heldentaten der anderen Clanmitglieder gelauscht. Alles für diesen einen Augenblick. Nun stand ihm sein erster Einsatz bevor, und was machte er? Er hockte hinter einem Stein wie ein Kaninchen, versteckte sich vor dem Feind und wartete darauf, dass ein Heerführer, den er nicht einmal kannte, das Signal zum Angriff gab. Bemets Ansichten darüber, wie ein großer Krieger auszusehen und zu handeln hatte, unterschieden sich sehr von der Realität.

»Was ist mit dir, Dachsbär?«, fragte Quard, der mittlerweile zum ständigen Begleiter von Bemet geworden war. Seit sie Niedland betreten hatten, war er dem jungen Clankrieger nicht von der Seite gewichen. Zu Anfang hatte Bemet sich noch geehrt gefühlt, von einer erfahrenen Pranke flankiert zu werden. Inzwischen fand er es nur noch lästig.

»Dieser ganze Angriff ist eine Farce«, beschwerte sich Bemet. »Jeder in der Stadt da oben weiß doch, wo wir sind, wie groß unsere Truppe ist und was wir vorhaben. Ich wette, dass wenigstens drei Bogenschützen von der Mauer auf meinen Kopf schießen, sobald ich ihn nur weit genug herausstrecke.«

»Ich würde eher mit fünf rechnen«, gestand Quard. »So ist nun mal der Handel. Unsere Feldherren bestimmen, was wir zu tun haben und wie wir es machen. Dafür bekommen wir die versprochenen Dublonen.«

»Das will ich auch gar nicht infrage stellen«, zischte Bemet. »Aber ich würde mir ein bisschen mehr Kriegsgeschick wünschen. Dieser Angriff ist dumm und unüberlegt. Er wird viele Männer das Leben kosten. Mit etwas Verstand und ein wenig Taktik hätten wir diese Mauern längst erobert, mit einem Bruchteil an Verlusten. Wie ich gehört habe, sind wir bereits die dritte Einheit, die gegen dieses Tor anstürmt.«

»Aber die erste Einheit Clankrieger«, gab Quard zu bedenken. »Unsere Seereise hat länger gedauert als erwartet, und der Feldmarschall wollte nicht warten, um den Überraschungsmoment nicht zu verlieren, so hat er erst einmal die eigenen Männer vorgeschickt.«

Bemet wagte einen kurzen Blick über die Felsen, auf die fast zwanzig Fuß hohe Mauer mit dem Tor. »Das scheint nicht viel gebracht zu haben, und überrascht wirken sie auch nicht gerade.«

»Das werden sie aber sein, glaub mir, Dachsbär.«

Bemet mochte diesen Beinamen nicht und hatte es auch schon mehrfach gesagt, doch Quard hatte ihn vom ersten Tag an so genannt und ließ auch nicht davon ab. Er schien erst abwarten zu wollen, wie der junge Krieger sich in seinem ersten Kampf behauptete, das hoffte Bemet jedenfalls.

»Und was das sogenannte Kriegsgeschick angeht, hast du mal darüber nachgedacht, dass es mehrere Seiten gibt?«

»Mehrere Seiten wovon?«, fragte Bemet gelangweilt. »Es gibt unsere Seite und die andere.«

»Nicht ganz. Es gibt uns, den Feind und die, die uns bezahlen. Ein glorreicher Sieg mit kaum Verlusten ist zwar bewundernswert, aber auch teuer. Man muss viele Männer entlohnen, die wieder nach Hause wollen. Solange Söldner im Spiel sind, ist es schlauer, sie möglichst aufzureiben, um wenig auszahlen zu müssen. Sonst kosten wir zusätzliche Dublonen, nachdem wir unsere Schwerter und Äxte geschwungen haben. Verstehst du, was ich dir sagen will?«

Quard hatte inzwischen wieder Bemets ungeteilte Aufmerksamkeit. »Du meinst, sie reiben uns auf, um Geld zu sparen?«

Quard lächelte breit. »Du bist doch gar nicht so dumm, wie alle sagen.«

»Wenn du das glaubst, warum hast du dich dann anheuern lassen?«

Quard runzelte die Stirn und legte den Finger an den Mundwinkel wie ein Gelehrter. »Dafür gibt es mehrere Gründe. Erstens brauch ich das Geld, zweitens kämpfe ich gern und drittens glaube ich nicht, dass schlechtes Kriegsgeschick, wie du es nennst, mir etwas anhaben kann. Ich bestimme selbst, wann mein Ende kommt.«

So viel Zuversicht hätte Bemet sich gewünscht.

»Ach, und außerdem bin ich mir sicher, dass wir irgendwann von jemandem angeheuert werden, um gegen Uslag zu kämpfen. Dann kann ich unserem Feldmarschall noch mal zeigen, was ich von seiner Taktik gehalten habe.«

Bemet zuckte zusammen, als ihm plötzlich jemand die Hand auf die Schulter legte. Er fuhr herum und blickte in das Gesicht von Naris. Der Krieger vom Clan der Katzen war ihnen als Scout zur Seite gestellt worden. Naris machte seine Aufgabe gut. Alles, was es an Informationen über den Feind gab, konnte er herausfinden. Dennoch mochte Bemet ihn nicht besonders, was nicht zuletzt an seiner Ankündigung lag, nicht in Scharmützel einzugreifen, bei denen die Männer des Bärenclans in Schwierigkeiten gerieten.

»Ich bin Fährtensucher und Beobachter und kein Krieger«, hatte er verkündet. »Ich habe zu Hause eine Familie, für die ich sorgen muss.«

Vor einigen Wochen noch hätte Bemet diese Aussage beschämend für einen Clankrieger gefunden. Jetzt, nach Quards Erläuterungen, konnte er den Mann verstehen.

»Wenn ihr bereit seid, kann es losgehen. Ihr werdet die Sonne im Rücken haben. Ihr müsst das erste Tor passieren und in den Tunneldurchbruch gelangen. Wenn ihr es bis dahin geschafft habt, rückt die Verstärkung auf.«

Der Plan verriet nichts Neues. Die Befestigungsmauer der Stadt war nicht nur zwanzig Fuß hoch, sondern auch ebenso dick. An der Außenseite der Stadtmauer prangte ein massives, zweiflügliges Holztor, das in den Durchbruch führte. Auf der Innenseite der Mauer befand sich ein schweres Fallgatter. In diesem engen Tunnel wurden sämtliche Neuankömmlinge erst einmal von den Wachen beäugt, bevor ihnen Zutritt gewährt wurde. Um gegen solch eine Befestigungsanlage anzustürmen, brauchte man normalerweise einen Rammbock mit Schildwall, doch da der Zugang steil nach oben führte, war das keine Alternative. Außerdem hatte man ja genug Söldner. Oder sollte man sagen ›zu viele‹?

»Dann lasst uns den Tanz beginnen«, raunte Quard, gerade laut genug, dass es der Söldnertrupp hörte.

Die Clankrieger verloren keine Zeit. Bemet war erschrocken, wie schnell einige der Männer es schafften, ihr Totem heraufzubeschwören, um sich ihm zu ergeben. Er selbst befasste sich immer noch damit, ruhig zu atmen und sich zu konzentrieren, während aus verschiedenen Richtungen bereits dunkles Grollen und Knurren zu hören war.

Seit seiner letzten Totemprüfung hatte Bemet mehr als ein Dutzend Mal sein Totem heraufbeschworen. Anfangs war es nicht einfach gewesen und hatte fast eine Stunde gedauert, in den tranceähnlichen Zustand zu gelangen. Aber seit er sich daran gewöhnt hatte, vollzog sich die Verwandlung innerhalb weniger Minuten. Bemet hatte das Ritual stets an einsamen Orten durchgeführt. Zwar wusste jeder in Assamad, was die Clankrieger waren und taten, doch sein Totem außerhalb eines Kampfes heraufzubeschwören wirkte dennoch merkwürdig und verriet jedem, dass hier ein Anfänger seine ersten Gehversuche unternahm. Und genau da lag Bemets Problem. An Ruhe und Konzentration war nicht zu denken. Überall um ihn herum fauchten und brüllten Söldner. Der Feind lauerte nur darauf, dass man den Kopf aus der Deckung reckte. Es war heiß, und Bemet hätte gern noch einen Schluck getrunken.

»Lass dir Zeit«, sagte Quard. Doch seine Stimme klang bereits wie die eines Bären, seines Totems.

Das schüchterte Bemet zusätzlich ein. Es gelang nur den erfahrensten Kriegern zu sprechen, während das Totemtier von ihnen Besitz ergriffen hatte. Quard gehörte anscheinend zu diesen Auserwählten.

»Zerr den Dachsbären einfach mit«, brüllte jemand.

Bemet konnte keinen klaren Gedanken mehr fassen.

»Beruhige dich, und öffne dein Innerstes«, sagte Quard.

Die Worte seines Kameraden waren mit Sicherheit gut gemeint und sollten ihm helfen, doch sie verwirrten ihn nur noch mehr.

»Ich kann mich nicht konzentrieren«, keuchte Bemet mit geschlossenen Augen.

»Dann eben anders«, knurrte Quard.

Bemet spürte, wie ihn jemand an der Kehle packte und gegen den Felsen drückte. Entsetzt riss er die Augen auf und starrte in das animalisch verzerrte Gesicht seines Kameraden. Er war noch immer derselbe Mann, der ihn wochenlang auf dem Schiff unter seine Fittiche genommen hatte. Jetzt jedoch wirkte sein Gesicht eher wie eine Spiegelung auf dem Wasser, nicht lediglich wie das eines Menschen. Etwas anderes schien noch tiefer unter der Oberfläche zu lauern.

»Es tut mir leid, aber wir haben keine Zeit mehr«, knurrte Quard und drückte fester zu.

Bemet bekam keine Luft mehr. Er strampelte hilflos mit den Beinen und versuchte, den Söldner wegzudrücken. Er kam nicht gegen ihn an. Ohne sein Totem in sich zum Leben zu erwecken, konnte er nichts gegen Quard und seine Attacke ausrichten. Bemet geriet in Panik. Er stand kurz davor, die Besinnung zu verlieren. Doch unvermittelt erwachte etwas in ihm. Sein Totem schreckte wie aus dem Schlaf hoch und wehrte sich gegen den Angriff. Es reichte ein einziger Schlag gegen Quards Brust, damit dieser von ihm abließ.

»Da ist ja unser junger Dachsbär«, grollte der Söldner und nickte zufrieden. »Dann kann es ja losgehen.«

Bemet war mit Sicherheit nicht mehr nur er selbst. Es schien, als wollte das Totem auf ihn achtgeben. Der unbändige Rindenbär schlief die meiste Zeit tief in Bemets Innerem, doch wenn er geweckt wurde, gab es kein Halten mehr. Dennoch hatte er genügend Kontrolle, um nicht weiter auf Quard einzuschlagen. Seine Sinne waren geschärft und bereit für den Kampf. Als das Signal zum Stürmen des Tors kam, hechtete er hinter seinen Kameraden her, gewillt, jeden in Stücke zu reißen, der sich ihm in den Weg stellte.

Bevor sie das äußere Tor erreichten, schossen die Bogenschützen auf den Mauern zwei Salven auf den Trupp Clankrieger ab. Viele der Männer gingen zu Boden oder starben bei dem Versuch, die Anhöhe zu erstürmen. Einen Clankrieger traf ein Pfeil genau in den Rachen, als er zu den Schützen auf der Mauer aufsah. Aus einem anderen ragten die gefiederten Schäfte wie vereinzelte Schilfhalme aus einem stillen Weiher. Nagat, einen Hünen von Mann, hatte es besonders übel erwischt. Ein Pfeil steckte in seiner Schulter, zwei im rechten Bein, und ein weiterer hatte bis zur Befiederung die linke Hand durchbohrt. Dennoch verminderte es sein Vorankommen ebenso wenig wie seine Wildheit. Die zwei Dutzend Krieger erreichten das Außentor. Hier waren sie erst einmal in Sicherheit vor den Bogenschützen, denn der breit gemauerte Torbogen bot ihnen genügend Deckung. Doch sobald jemand auch nur einen Schritt zurückträte, um Anlauf zu nehmen und gegen das Tor zu treten, würden Pfeile herabhageln.

Bemet und einige Männer des Clans rissen am Tor, in der Hoffnung, eine der massiven Bohlen lösen zu können. Dieses Vorhaben war natürlich sinnlos, doch eingedenk eines halben Bärenverstandes nachvollziehbar. Andere hämmerten wie wahnsinnig auf das Holz ein. Nur Quard und zwei weitere gruben mit ihren Händen wie Bären, die den Bau eines Kaninchens ausheben wollten. Es gelang ihnen, genügend Erde freizuschaufeln, um unter das Tor zu fassen. Gemeinsam stemmten sie den tonnenschweren rechten Torflügel Zoll für Zoll hoch. Als die anderen begriffen, was sie vorhatten, halfen sie mit. Der Spalt zwischen Torbogen und Tor war nicht groß genug, um die Flügel aus den Angeln zu heben. Das Tor stieß gegen die Steine, während am Boden gut eine Handbreit Luft war. Jetzt begannen mehrere Männer, sich dagegenzuwerfen – mit Erfolg. Die eingelassenen Zapfen verbogen sich und knirschten im Mauerwerk. Wie von Sinnen warfen sich Bemet und einige Krieger immer wieder gegen die schweren Bohlen.

Irgendwann gab die untere Verankerung nach und riss aus den Steinblöcken. Der Torflügel hing nur noch an einem Zapfen. Jetzt hatten die Männer kein Problem mehr, in den inneren Teil der Stadtmauer zu gelangen. Die Sonne stand hoch genug, und der kleine Tunnel lag größtenteils im Schatten. Noch immer versuchten die Bogenschützen auf der Mauer, einen glücklichen Treffer zu landen. Unnag war von einem Pfeil in die Schulter getroffen worden. Der Schaft hatte sich durch das Schulterblatt gebohrt und war so tief eingedrungen, dass er den Arm nicht mehr heben konnte. Die hinteren Männer des Clans drängten die vorderen in den Durchbruch, um ebenfalls in den Genuss der Deckung zu kommen. Kaum hatten die Ersten das Innere betreten, stürmten sie auf das Gittertor zum Innenhof zu. Dort angekommen, erwartete sie eine Salve Pfeile. Im Innenhof hatte sich ein gutes Dutzend Bogenschützen postiert, die auf alles schossen, was sich in dem kleinen Tunneldurchbruch bewegte. Drei Männer des Clans gingen zu Boden, mit Pfeilen gespickt. Immer noch drängten von hinten weitere Krieger nach. Bemet stand schutzlos vor den Angreifern und versuchte zu begreifen, was hier passierte. Quard riss ihn zu Boden.

»In Deckung bleiben«, grollte er.

Er selbst schnappte sich einen gefallenen Kameraden und hielt ihn schützend vor sich, während er sich mit den Händen an das Gitter klammerte und daran riss. Ein Pfeilhagel folgte auf den nächsten. Ob lebend oder tot, immer mehr Krieger wurden getroffen. Ein Pfeil streifte Bemet am Kopf, und ein weiterer bohrte sich durch seinen Fuß. Soweit er erkennen konnte, waren alle außer ihm und Quard gefallen oder kampfunfähig, und noch immer war kein Verstärkungstrupp in Sicht. Gehörte das zum Plan, möglichst wenig Söldner bezahlen zu müssen? Es dauerte eine Ewigkeit, bis sich die ersten Männer der Verstärkung am Tor zeigten. Sie trugen große Schilde, die sie vor den tödlichen Pfeilen schützen sollten. In wenigen Augenblicken hatten sie das Gatter geöffnet. Immer mehr Soldaten Uslags strömten durch das Tor, stiegen über die gefallenen Körper der Clanmitglieder hinweg und stürmten den Innenhof. Bemet und Quard blieben einfach liegen und beobachteten die Schlacht wie in einem blutigen Traum.

ALDENS Pläne wurden wieder einmal durchkreuzt. Genau genommen schmiedete er seine Pläne nicht selbst. Vielmehr übertrug ihm sein Vater ab und zu Aufgaben, mit denen er sich tatsächlich anfreunden konnte, und diese Aufgaben wurden dann zu seinen Plänen.

Er hätte mittlerweile eigentlich auf hoher See sein sollen, auf einer der Nordrouten. Der Plan des Königs sah vor, sein Recht auf Niedland durch Aldens Anwesenheit zu bekräftigen. Gemäß den Statuten stand es einem Mitglied der Königsfamilie nach der Eroberung zu, das Land zu betreten, einen Ort für den königlichen Palast auszusuchen und das Banner zu hissen. Danach wurden die gefangenen Feinde vor die Wahl gestellt, vor dem neuen König das Knie zu beugen oder am Galgen zu enden. Der übrigen Bevölkerung blieb diese Prozedur erspart. Für sie hieß es in den meisten Fällen, jetzt einem anderen Lehnsherrn zu dienen.

Auf all diese Eindrücke und Aufgaben hatte Alden sich wirklich gefreut. Er wäre nicht länger nur Referts Sohn, den kaum jemand je gesehen hatte, sondern der offizielle Eroberer Niedlands. Er hätte Begnadigungen aussprechen und Todesurteile fällen dürfen. Zu ihm müssten die Menschen aufsehen, und es wäre sein Gesicht gewesen, das sich in den Köpfen der Bevölkerung eingeprägt hätte. Prinz Alden, erster Sohn König Referts des Dritten und zukünftiger Herrscher über Uslag.

Nun aber war alles anders gekommen. Illes, seine Stiefmutter, lag im Sterben. Der König hatte entschieden, selbst nach Niedland zu reisen und seinen Sohn damit zu betrauen, Illes auf ihrem letzten Gang zu begleiten. Sie war gerade einmal vierzig. König Refert hatte das junge Mädchen damals gleich nach dem Tod von Aldens leiblicher Mutter geheiratet, zur Empörung des ganzen Landes. Doch was scherte es schon einen König Refert, ob sich der Pöbel über ihn das Maul zerriss? Er heiratete Illes, noch bevor die Blumen auf dem Grab seiner ersten Frau verwelkt waren, und befahl einer Amme, sich um den jungen Prinzen zu kümmern. Illes und die Amme Marcetta zogen den kleinen Prinzen auf, bis er in die Obhut seines Vaters entlassen wurde.

Alden erlebte eine glückliche Kindheit, und die beiden Frauen wurden so etwas wie beste Freundinnen für ihn. Die drei verstanden sich ausgesprochen gut, was Aldens Vater oft übel aufstieß. Bei jeder Gelegenheit erwähnte er, dass nur ihn die Blutlinie mit seinem Sohn verband.

Vor einem Jahr war dann Illes erkrankt. Sie verlor immer mehr an Kraft, und ihre Haut nahm einen bleichen, fast weißlichen Ton an. Es schien fast so, als würde sie sich in einen Geist verwandeln. An manchen Tagen waren ihre Augen so blutunterlaufen, dass sie wie glühende Kohlen aussahen. Sie erschien kaum noch zu öffentlichen Anlässen und verließ nur selten ihr Zimmer. Oft kamen Heiler zu ihr und linderten Schwäche oder Schmerzen ein wenig, doch keiner von ihnen konnte ihr wirklich helfen. Meist verließen sie ratlos und mit betrübten Mienen wieder Illes Gemächer.

Alden besuchte seine Stiefmutter, so oft er konnte. In seiner Gegenwart schien die schwerkranke Frau wieder aufzuleben, wenn auch nur für den Augenblick. König Refert hingegen mied die Gemächer seiner Frau. Krankheit war für ihn gleichzusetzen mit Schwäche, und Schwäche duldete er nicht, jedenfalls nicht in seinen Reihen.

Refert hatte Alden zurück an den Hof gerufen, und nun saß er auf dem Gang vor den Gemächern seiner Stiefmutter. Meister Lunas, der Hofheiler und gleichzeitig Hohepriester des Tempels in Königsgrund, hatte darum gebeten, einen Moment allein mit Illes sein zu können. Alden wusste, was sich geziemte, immerhin war Illes eine Frau und er ein junger Mann, und da galt es, eine gewisse Etikette zu wahren. Außerdem verspürte er auch keine Lust, dem Meister bei seinen Untersuchungen zuzusehen. Lunas pflegte seinen Patienten gegenüber eine schroffe und wenig mitfühlende Art.

Alden musste eine halbe Stunde warten, ehe sich die Tür zum Zimmer seiner Stiefmutter öffnete und Meister Lunas rücklings herauskam, in gebückter Haltung und untertänig nickend. Überaus behutsam schloss er die Tür wie eine Mutter, die ihr schlafendes Baby nicht wecken wollte. So ein Verhalten sah man nicht oft bei dem Hohepriester. Meistens war das Tempeloberhaupt äußerst laut und aufdringlich. Er scherte sich nicht darum, es anderen recht zu machen.

»Wie geht es ihr?«, fragte Alden, als sich Meister Lunas zu ihm umdrehte.

»Sie ist schwach und braucht viel Ruhe«, antwortete er, nach wie vor in gedämpftem Ton. »Aber sie freut sich darauf, mit Euch ein wenig Zeit zu verbringen. Bitte vermeidet jegliche Aufregung. Ich habe ihr einige Tinkturen verabreicht, die sie bald müde werden lassen. Bitte entschuldigt mich, Königliche Hoheit. Ich muss noch dringende Angelegenheiten im Tempel klären.« Mit diesen Worten verabschiedete sich der Hohepriester, eilte davon und ließ Alden allein auf dem Flur zurück.

»Danke, Meister Lunas«, flüsterte er dem Geistlichen hinterher, als spreche er zu einem Toten und müsste nicht wirklich gehört werden. So unzugänglich und arrogant der Meister auch sein mochte, in diesem Moment hätte Alden gern noch ein paar Worte mit ihm gewechselt. Ihm wäre alles recht gewesen, solange er nicht vollkommen unvorbereitet in das Zimmer einer sterbenden Frau musste. Notgedrungen verbrachte er noch einige Momente damit, sich die Gemälde aus der Ahnengalerie seiner Stiefmutter auf dem Flur anzusehen. Nachdem er sich bis zum Urgroßvater vorgearbeitet hatte, kam er zu dem Schluss, dass Illes viel Glück gehabt hatte, weder dessen Ohren noch Nase und Kinn geerbt zu haben. Die beiden Brüder seiner Stiefmutter und deren Eltern hatten einige markante Züge, die nicht gerade dem Schönheitsideal entsprachen.

Alden nahm sich vor, Illes beim Eintreten ein Kompliment über ihr Aussehen zu machen. Vorher legte er sich noch einige Worte zurecht, atmete tief durch, klopfte an und trat ein.

»Meister Lunas meinte, es sei eine Schande, dass eine so schöne Frau wie du hier im Bett herumliegen muss, wo draußen so ein herrliches Wetter ist«, schwindelte Alden, während er die Tür hinter sich schloss. »Ich muss mir doch wohl nicht Sorgen um den alten Kauz machen, oder hast du ihm den Kopf verdreht?«

Er blieb wie erstarrt vor dem Bett seiner Stiefmutter stehen. Illes litt offenbar unter schweren Krämpfen. Die dünne blaue Tagesdecke hatte sich um sie gewickelt wie eine Efeuranke um einen Baumstamm. Sie hatte den Unterkiefer vorgeschoben, die Augen weit aufgerissen und drückte den Rücken durch. Ihr Nachthemd war verrutscht, sodass eine ihrer Brüste entblößt war. Ihre Beine sahen aus, als wollten sie sich miteinander verflechten. Illes gab keinen Laut von sich.

»Bei Gott, Illes«, keuchte Alden und stürmte ihr zu Hilfe. Er versuchte, dem Krampfanfall entgegenzuwirken. Er legte seiner Stiefmutter die Hand auf die Stirn und drückte sie wieder zurück auf die Matratze. Dabei zupfte er beflissen mit der freien Hand am blauen Stoff der Decke, um die freigelegte Brust wieder zu bedecken.

Es dauerte einige Zeit, bis der Anfall nachließ. Es hatte mehr Kraft gekostet, als Alden vermutet hätte, die junge kranke Frau zu bändigen. Erschöpft saß er auf ihrer Bettkante und ließ den Kopf hängen, während Illes schwer atmend neben ihm lag.

»Alden«, hauchte sie kraftlos.

»Ich bin hier, Stiefmama. Mach dir keine Sorgen, es geht dir bald besser. Möchtest du etwas zu trinken?«

Illes Augen waren so verdreht, dass nur das Weiße der Augäpfel zu sehen war. Alden befürchtete, sie würde erneut einen Anfall bekommen, doch ihr Körper lag ruhig und entspannt auf dem Bett.

»Alden. Ich finde, wir sollten ihn Alden nennen, das klingt nett. Was meinst du?«, sagte Illes im Traum zu jemandem.

Der junge Prinz sah seine Stiefmutter entgeistert an. Zu wem mochte sie wohl in diesem Traum sprechen?

Eine Weile herrschte Schweigen, dann meldete sich Illes wieder zu Wort. »Er kann unmöglich von mir verlangen, dass ich das Todesurteil für einen kleinen Jungen spreche, der noch nicht einmal laufen kann. Er ist so klein und zart und sehnt sich nach der Liebe und Fürsorge einer Mutter. Ich kann kein eigenes Leben in diese Welt setzen, wenn ich dafür ein anderes beendet habe.«

Aldens Augen weiteten sich. »Wer will, dass der kleine Alden stirbt, Illes?«, fragte er. »Sag mir, wer will das?«

»Ein junger Prinz braucht eine leibliche Mutter und einen leiblichen Vater. Ein Bastard bringt nur Ärger. Entweder dein eigen Fleisch und Blut oder das einer toten Frau, entscheide dich«, sagte die Königin mit dunkler, unheilvoller Stimme. Dann sprach sie normal weiter. »Aber sie ist tot.

Niemand kann sie zurückholen. Er kann doch nichts dafür. Ich würde ihn lieben wie meinen eigenen Sohn.«

Alden wusste, zu wem Illes im Traum gesprochen hatte, dennoch versuchte er, sich einzureden, dass sie im Fieberwahn redete. Er ging hektisch vor ihrem Bett auf und ab und kaute auf der Unterlippe, wie er es schon seit Jahren nicht mehr getan hatte.

Plötzlich vernahm er eine leise Melodie vom Bett seiner Stiefmutter. Illes summte sie mit geschlossenem Mund vor sich hin. Es dauerte einen Moment, doch dann erkannte Alden das Lied. Es saß ganz tief in ihm, vergraben in seinen Erinnerungen. Illes hatte es ihm immer vorgesungen, als er noch sehr klein gewesen war. Er konnte sich weder an den Namen des Lieds entsinnen, noch sich den Text ins Gedächtnis rufen.

Illes half ihm, diese Erinnerung aufzufrischen.

Kleines Kuckuckskind liegt brav im Nest.
Vater, Mutter fern von dir.
Bist von dieser Brut der ganze Rest.
Geschwister hattest du mal vier.

Deine Brüder liegen tot am Fuß des Baumes.
Hast sie hinausgestürzt während ihres Traumes.

Kleines Kuckuckskind liegt brav im Nest.
Große Hoffnung hegen deine Brüter.
Feiern dich mit jedem neuen Fest.
Bist doch nur ein feiger Lügner.

Deine Schwestern liegen tot am Fuß des Baumes.
Hast sie hinausgestürzt während ihres Traumes.
Kleines Kuckuckskind liegt brav im Nest.

Wirst der ganze Stolz der Spatzen sein.
Bis man dich dann gehen lässt.
Legst selbst ein Ei ins fremde Nest hinein.

»Hör auf«, schrie Alden. »Das sind alles Lügen. Alles, was du erzählst, ist gelogen. Du bist krank und weißt nicht, was du redest. Du machst alles kaputt.«

Schlussendlich kniete Alden vor dem Bett seiner Stiefmutter, die Hände ins dünne Bettlaken verkrallt und die Stirn fest auf den Rand der Matratze gedrückt. »Schweig endlich, schweig!«, wimmerte er.

Doch Illes summte weiter.

KARMA

Aurora saß im hinteren Teil des Planwagens und nippte an ihrem heißen Tee aus Brennnessel und Huflattich. Das Gebräu schmeckte grässlich, aber wenigstens war es warm und gesund.

Sie hatte so gut wie alles verloren. Nichts war mehr selbstverständlich, und selbst die unbedeutendsten Dinge wie ein Becher Tee waren für sie schon ein kleines Wunder.

Nachdem sie Sibbel begraben, das Nötigste gepackt und verschnürt hatte, war sie fast zwei Wochen ziellos im Nordweiler-Forst umhergeirrt und hatte sich von Beeren und Wurzeln ernährt. Immer, wenn sie an den Waldrand gekommen war, hatte ein ungutes Gefühl sie überkommen, und sie war umgekehrt.

Verzweifelt suchte sie nach einer Möglichkeit, in ein geregeltes Leben zurückzukehren. Ihr wurde jedoch schnell bewusst, dass sie noch nie eins geführt hatte und deshalb auch nicht wusste, wie man dieses Ziel erreichen sollte. Sie entwickelte eine eigene Vision von einem geregelten Leben. Sie stellte sich ein Gerüst aus schwebenden Plateaus vor, die zueinander versetzt immer weiter aufragten und mit unterschiedlich langen Treppen verbunden waren. Jedes dieser Plateaus stand für ein wenig Normalität. Das unterste stand für Überleben, dann kamen Essen und Trinken, gefolgt vom Schlafplatzplateau. Das Gebilde reichte immer höher, bis zur letzten Ebene, die von unten kaum noch zu erkennen war – das Plateau für die eigene Familie mit allem, was dazugehörte, ein Mann und vielleicht zwei Kinder. Und die einzelnen Stufen zu jedem Plateau signalisierten so etwas wie Teilerfolge, manche nur ganz winzig, wie ein Becher Tee, andere größer, wie jemanden zu finden, dem man vertrauen konnte.

Einige dieser Erfolge hatte Aurora bereits erreicht: Sie war nicht mehr allein, hatte zu essen und zu trinken und konnte unter der Plane eines Wagens schlafen. Das war mehr, als sie sich noch vor wenigen Wochen zu träumen gewagt hatte.

Ihr neuer Begleiter und Wohltäter hieß Berlot Kannensiel, dessen Name ebenso pompös war wie sein Auftreten. Er verdiente sein Geld als fahrender Händler und verkaufte allerlei nützliches und unnützes Zeug, das die Menschen auf dem Lande zu brauchen glaubten. Die Palette seiner Waren reichte von Töpfen und Pfannen über Felle und Decken bis hin zu Salben und Wundertinkturen. Er war genau diese Art von Händler, vor denen Sibbel ihre Tochter immer gewarnt hatte.

Verkaufen sie dir etwas billig, ist es mit Sicherheit nichts wert, und wenn du etwas Nützliches findest, verlangen sie den doppelten Preis.

Berlot zählte gewiss zu jener Sorte Händler, und doch war er ganz anders. Er war großzügig, freundlich, aufmerksam und sehr unterhaltsam. Er schaffte es, die Leute mit seinen Geschichten und Anekdoten daran zu hindern, einfach am Wagen vorbeizugehen und das in ihm zu sehen, was er in Wirklichkeit war – ein Scharlatan. Er redete unaufhörlich und schlug die Menschen in seinen Bann, ehe er ihnen das Geld aus den Taschen zog. Doch selbst dabei bewahrte er stets Anstand. Er übervorteilte niemanden, der es sich nicht leisten konnte, und alle anderen bekamen zu dem meist wertlosen Zeug noch eine heitere Geschichte.

Aurora rief sich in Erinnerung, was ihre Mutter über die von Gott geschenkten Begabungen gesagt hatte. Menschen zu unterhalten war Berlots Talent, und er machte in vollen Zügen Gebrauch davon.

Der fahrende Händler war so etwas wie ein Lichtschein in Auroras Leben. Durch ihn bekam sie die Möglichkeit, neu anzufangen. Ein selbstbestimmtes Dasein zu führen. Berlot war so etwas wie der Sockel unter der Treppe ihrer Ziele, das Fundament auf ihrem Weg zu Glück. Aber jeder Lichtschein erzeugte auch Schatten. Um es genau zu sagen, warf er sogar zwei. Der erste kam düster und bedrückend daher und war von der Art, wie er jeden Menschen irgendwann traf. Berlot war krank, richtig krank. Nichts, was man mit ein paar Tagen Bettruhe oder einer Salbe hätte kurieren können. Er würde sterben, nicht heute oder morgen, aber irgendwann in den nächsten Monaten. Er selbst sprach nicht darüber, doch Aurora hatte beobachtet, wie er nach einem seiner Hustenanfälle das blutige Taschentuch wieder einsteckte. Sibbel hatte es immer »die Motten« genannt, weil die Krankheit die Organe zerfraß wie Motten ein Seidentuch. Anderswo hieß sie die weiße Pest. Namen gab es dafür viele, genauso wie Menschen, die behaupteten, sie heilen zu können. Sie alle waren Scharlatane, die sich wichtig tun oder den Sterbenden das letzte Geld aus der Tasche ziehen wollten.

Der andere Schatten war von ganz anderer Art, doch er lag über Aurora wie ein schweres, muffiges Tuch. Berlot war einsam, und Einsamkeit konnte einen dazu bringen, Dinge zu tun, die falsch waren. Manchmal kam Berlot nachts zu ihr, meistens, wenn er getrunken hatte. Er kroch dann unter ihre Decke und begann sie zu streicheln. Nicht wie Sibbel es getan hatte, als Aurora noch klein gewesen war, sondern wie ein Mann eine Frau streichelte. Er berührte sie an Stellen, an denen sich nur Liebende berühren sollten. Er liebkoste ihre kleinen Brüste und fasste zwischen ihre Schenkel. Aurora ließ es über sich ergehen. Sie hatte Angst, dass Berlot sie wegschicken würde, wenn sie ihn nicht gewähren ließ. Außerdem tat ihr der fahrende Händler irgendwie leid.

Keiner von beiden verlor je ein Wort darüber, und wenn es nach Aurora ging, würde es auch dabei bleiben.

»Wohin fahren wir als Nächstes?«, rief Aurora nach vorn zum Kutschbock, wo Berlot eingehüllt in mehrere Decken hockte. »Ich glaube, etwas weiter im Westen ist ein kleines Köhlerdorf. Unser Köhler im Dorf hat mir davon erzählt. Er sagte, bei den schwarzen Männern sitzt das Geld meist locker. Sie freuen sich über jegliche Abwechslung, wenn sie wochenlang vor ihren Meilern gehockt haben.«

»Klingt verlockend«, antwortete Berlot, »aber ich habe andere Pläne. Der Rum ist alle, und ich muss noch einige Besorgungen machen. Wir fahren ein Stück südwärts, nach Sprödholz. Ein ruhiges Städtchen, lebt vom Holzhandel und Bergbau. Es wird dir bestimmt gefallen. Vielleicht kaufe ich dir was Schönes. Etwas zum Anziehen könntest du gut gebrauchen.«

Berlot war gut darin zu erkennen, was in anderen vor sich ging, und so deutete er Auroras Schweigen vermutlich als das, was es war – Verunsicherung.

»Was ist los? Stimmt was nicht? Bist du schon mal da gewesen, schlechte Erinnerungen?«

»Nein, nein, es ist nichts«, beschwichtigte Aurora. »Es ist nur, meine Mutter wollte mit mir dorthin, bevor sie starb.«

Aurora hatte Berlot nicht gesagt, wie Sibbel ums Leben gekommen war, sondern ihm eine rührselige Geschichte aufgetischt, die mit Krankheit und Tod endete. Von der Schwangerschaft ihrer Mutter und Angus wusste er nichts. Und nun sollte sie genau an den Ort reisen, an dem der Mann wohnte, der Sibbels Ermordung in Auftrag gegeben hatte. Ihr drehte sich der Magen um. Würde Angus sie wiedererkennen, wenn er sie auf der Straße sah? Was würde er tun – sie umbringen? Am liebsten wäre Aurora davongelaufen. Doch stattdessen saß sie im hinteren Teil des Planwagens und ließ sich von einem Todkranken zu einem Ort kutschieren, der ihre düstersten Ängste schürte. Es dauerte Stunden, bis Aurora sich aus ihrer Starre lösen konnte, aber auch danach saß sie nur schweigend auf der hölzernen Bank und starrte auf ihre schmutzigen Füße.

Schon am Spätnachmittag des nächsten Tages erreichten sie Sprödholz. Aus der Entfernung war die Stadt gut zu sehen – zu gut. Aurora staunte, wie groß der Ort war. Die meisten Ortschaften an der Küste des Außenmeeres waren an Stellen errichtet, die von der Seeseite schlecht zugänglich waren. Entweder lagen sie hinter Steilküsten, in Berghängen oder versteckt in großen Waldgebieten. Uslag war zwar in den vergangenen hundert Jahren kein Kriegsschauplatz mehr gewesen, doch vom Meer drohte immer Gefahr, und wenn es nur Plünderer waren. Sprödholz schien keine Angst vor ihnen zu haben.

»Du bleibst schön im Wagen, Rotschopf. Hörst du?«, grunzte Berlot. »Ich mache nur die nötigsten Besorgungen, und dann verschwinden wir wieder auf dem schnellsten Weg.«

Etwas Beunruhigendes schwang in seiner Stimme mit, und plötzlich hörte es sich gar nicht mehr danach an, dass er Aurora etwas kaufen wollte oder sich auf die Stadt freute.

»Was ist los, stimmt was nicht?«, erkundigte sich Aurora. »Ist es die Pest? Haben sie das schwarze Banner gehisst?«

Aurora hatte von ihrer Mutter Geschichten über diese Seuche gehört, die ganze Landstriche ausrottete. Die Heiler von Uslag vermuteten, dass die Krankheit über das Meer eingeschleppt worden war und keinen Halt vor Mauern oder Grenzen machte. Niemand schien ihr entkommen zu können. Sie tötete Arm und Reich, Jung und Alt gleichermaßen.

Berlot zischte verächtlich. »Nein, es ist nicht der schwarze Tod, du brauchst dir keine Sorgen zu machen. Hier grassiert der rote Tod, und er hat mindestens genauso viele Menschen auf dem Gewissen. Das einzig Gute daran ist, er verschont alte kranke Männer und kleine rothaarige Mädchen. Und jetzt sei endlich still und bleib hinten und halt den Kopf unten.«

Aurora hörte, wie Berlot den Wagen vom Schotterweg, auf dem sie seit Stunden fuhren, auf die gepflasterte Südstraße lenkte, die zum Stadttor von Sprödholz führte. Neben dem lauten Rumpeln, das die fünf Fuß großen Holzräder auf den Steinen machten, vernahm sie jetzt auch gedämpfte Stimmen. Viele Menschen standen am Tor. Von überall drangen Gesprächsfetzen zu ihr durch. Aufgebrachte, empörte und verzweifelte Stimmen vermengten sich zu einem einzigen Gemurre.

»Das ist eine Sünde …«

»Wie konnten sie nur …«

»Das ist der Dank dafür, wenn man sich um seine Familie sorgt.«

Aurora wollte nur einen kurzen Blick durch die Plane wagen, doch Berlot bemerkte ihre Neugier.

»Untersteh dich, deinen Kopf höher zu heben als deine Knie. Du sollst unten bleiben, hab ich gesagt.«

Die Stimme des alten Händlers war so barsch, dass Aurora zusammenzuckte und wie erstarrt sitzenblieb.

Der Wagen bahnte sich langsam seinen Weg durch die umherstehenden Menschen und durchs breite Stadttor, wobei sich das Geräusch der Räder auf dem Stein anhörte wie fernes Donnergrollen. Hinter dem Tor gab Berlot dem

Maultier einen Klaps mit der Peitsche, und das Tier zog augenblicklich an.

»Komm, mein Alter, leg einen Zacken zu, sonst endest du noch als Futter für die Krone«, brummte er.

Aurora dachte sich nichts bei diesem Ausspruch. Berlot redete ständig mit dem Muli, und das meiste davon war unverständliches Zeug oder ergab nicht den geringsten Sinn. Doch wenig später hörte sie die beißenden Ausrufe von Soldaten und laute Befehle. Ein kurzer Blick an Berlot vorbei über den Kutschbock zeigte ihr, dass sie auf den Marktplatz der Stadt zuhielten. Auf dem freien Platz hatten sich Hunderte Männer versammelt, die von den Soldaten inspiziert wurden. Der fahrende Händler lenkte den Wagen am Rand des Platzes entlang. Er hatte alle Hände voll zu tun, das Muli unter Kontrolle zu halten. Das Tier schnaubte nervös und warf den Kopf unruhig hin und her. Dann hielt Berlot den Wagen an und zog die Bremse am Kutschbock.

»Bleib hinten und warte auf mich. Ich bin nicht lange weg. Wenn dich jemand etwas fragt, tust du, als wärst du taubstumm. Verstanden?«

Aurora nickte ihm ängstlich zu, und Berlot sprang vom Wagen. Zwischen Kutschbock und Seitenwand konnte sie hindurchsehen, ohne Gefahr zu laufen, selbst entdeckt zu werden. Auf dem Marktplatz standen rund dreihundert Männer in Reih und Glied. Zwischen ihnen stolzierten Soldaten umher und begutachteten sie wie Vieh, das sie kaufen wollten. Sie drückten auf Bizepse, kontrollierten Zähne und ließen die Männer Kniebeugen machen. Wenn ihnen gefiel, was sie sahen, schickten sie die betreffenden Männer zu einem Tisch, hinter dem ein hochrangiger Offizier vor einem Buch saß.

Ein dicklicher Mann sank vor einem Soldaten, der ihn inspizierte, auf die Knie und flehte ihn an. Mit bloßer Faust schlug der Soldat ihm ins Gesicht. Dann trat er dem am Boden Liegenden in den Hintern und brüllte ihn an.

»Hör auf mit dem Gewinsel, du Fettsack, und melde dich beim Einschreiber. Wenn deine Frau wüsste, was du für ein Feigling bist, würde sie vor dir ausspucken und dich nie wieder ranlassen.«

Am hinteren Ende des Marktplatzes hatten Händler ihre Waren auf dem Boden verteilt. Offiziere streiften zwischen den Sachen umher und deuteten mit den Fingern auf alles, was ihnen gefiel oder sie gebrauchen konnten. Die Soldaten in ihrem Schlepptau sammelten unter den Protesten der Händler die Waren ein und verstauten sie auf Karren.

Aurora kannte dieses Vorgehen. In Nordweiler kamen jedes halbe Jahr die Geldeintreiber des Königs und forderten ihren Zehntel ein. Wer es sich leisten konnte, etwas abzugeben, zahlte seinen Beitrag und schwieg. Wer nichts oder nicht genug hatte, wurde ausgepeitscht. Sibbel hatte immer rechtzeitig einiges zur Seite gelegt, um die Abgaben zu zahlen. Und wenn es mal doch nicht gereicht hatte, war sie nett zu den Männern gewesen.

Der Wagen wankte, als sich Berlot am Kutschbock hochzog und dabei einen Laut von sich gab, als würde ihm der Garaus gemacht.

»Nicht so schnell, Alterchen. Wo willst du denn hin?«

Dic Stimme des Soldaten klang herablassend. Er hatte offenbar keinerlei Achtung vor dem Alter seines Gegenübers. »Sieht fast aus, als wolltest du weglaufen.«

Berlot griff in seine Tasche und zog das blutige Tuch hervor. Geschickt ließ er es hinter dem Rücken verschwinden, als er sich dem Soldaten zuwandte. »Nichts liegt mir ferner, junger Mann. Wobei ich doch selbst drei Jahre im Dienst des Königs gestanden habe. Die aufregendste Zeit meines Lebens, wenn ich es so sagen darf.«

Berlot überkam ein Hustenanfall und wie im Reflex presste er sich mit einer Hand das Tuch gegen die Lippen.

»Verzeiht mir meine Gebrechen. Die Zeit auf See hat meine Gesundheit auf die Probe gestellt, und die Söldner aus Assamad haben ihr den Rest gegeben. Die Heiler aus Kreuzfluss meinten, ich wäre keine Bereicherung mehr für die königlichen Truppen, und haben mich entlassen. Seitdem fahre ich mit meinem Karren durchs Land und unterhalte die Menschen mit den Geschichten über die siegreichen Schlachten, die ich miterleben durfte.«

Berlot hielt dem Mann das blutige Tuch entgegen, um seine Geschichte zu untermauern.

Der Soldat stöhnte angewidert und spuckte aus. »Wäh, das ist ja ekelhaft. Bleib bloß zurück, Alter. Keine Lust, mir noch was wegzuholen.«

»Tut mir leid«, keuchte Berlot. »Langsam abzukratzen sieht nie gut aus, hat mir mal ein schlauer Mann gesagt. Wenn ich es mir hätte aussuchen können, wäre ich vor zehn Jahren in einem Bordell abgetreten. Da hatte ich jedenfalls noch volles Haar.«

»Mach, dass du wegkommst«, schnaubte der Soldat und wandte sich ab.

Berlot rückte sich umständlich auf dem Kutschbock zurecht, schaute über die Schulter und grinste Aurora breit an. »Nichts lieber als das, guter Mann.« Dann nahm er das Bündel zu seinen Füßen und legte es nach hinten in den Wagen.

»Medizin?«, fragte Aurora.

»Ja, die beste. Und die einzige, die etwas taugt.«

Aurora brauchte nicht lange, um zu begreifen, was in dem Beutel war. Ein kurzer Blick hinein bestätigte ihre Ahnung. Drei graue Tonkrüge mit jeweils einem Liter Inhalt. So viel Medizin brauchte niemand. Bei Alkohol sah die Sache schon anders aus.

Als der Wagen sich in Bewegung setzte, machte sich in Aurora ein Gefühl der Erleichterung breit. Sie war froh, nicht länger in der Stadt verweilen zu müssen und womöglich dem Mörder ihrer Mutter zu begegnen – oder genauer gesagt: dem Auftraggeber.

Sie erreichten das Stadttor schneller, als Aurora gehofft hatte. Die Menschenmassen dort hatten sich größtenteils aufgelöst, nur vereinzelt hörte sie noch Klagerufe von Frauen und einen laut fluchenden, betrunkenen Mann.

Aurora wagte einen letzten Blick aus dem Heck des Wagens. Sie wollte die Stadt wenigstens noch einmal sehen, wenn sie schon mal hier war. Solche Mauern würde sie vielleicht nie wieder zu Gesicht bekommen. Sie zog den schweren Stoff zur Seite und luchste hinaus.

Als sie die hellen brüchigen Mauersteine sah, verfluchte sie sich selbst, nicht einfach still im Wagen hocken geblieben zu sein, wie Berlot es ihr geraten hatte. Von der Mauer hing etwa ein Dutzend Männer, an Seilen aufgeknüpft, die an den Zinnen befestigt waren. Aus der Brust eines jeden Gehängten ragte ein zolllanger Holzsplitter, an dem jeweils ein Stofflappen hing. Blut hatte den Stoff durchtränkt und machte es schwer zu lesen, was auf dem Tuch mit schwarzem Ruß geschrieben stand. Es war immer dasselbe Wort, das Aurora schließlich entziffern konnte: Feigling.

Am Fuß der Mauer standen mehrere Frauen und blickten fassungslos nach oben. Zwei knieten auf dem steinigen Boden und beteten, während sich eine andere zusammengerollt hatte und schluchzend im Dreck lag.

Aurora wollte den Blick sofort wieder abwenden. Ihr junges Leben hatte schon zu viel Leid und Elend gesehen, um es genügend betrauern oder verurteilen zu können, doch ihr Blick haftete auf dem vierten Mann von links, der von der Stadtmauer hing. Sein Haar war auf einer Seite blutverkrustet, was darauf hinwies, dass er geschlagen worden war, bevor man ihn gehängt hatte. Sein Hemd hing aufgerissen von seinen Schultern herab. Er hatte einen Schuh verloren, der am Fuß der Mauer lag. Es war nicht immer leicht, einen Toten wiederzuerkennen. Sein Gesicht wirkte bereits wachsartig. Seine Augen zeigten keinen Ausdruck, wie es bei den Lebenden der Fall war. Einem Erhängten hing obendrein noch die Zunge aus dem Hals, die Augäpfel traten hervor, und das Weiße in ihnen färbte sich durch die geplatzten Äderchen rot.

Der Mann, der von der Stadtmauer hing, war Angus. Der Angus, der den Tod von Auroras Mutter zu verantworten hatte.

»Sieh dir das nicht an«, sagte Berlot, der bemerkt hatte, dass Aurora aus dem Wagen spähte. »Das sollte sich kein junges Mädchen ansehen.«

»Was genau meinst du?«, fragte Aurora geistesabwesend.

»Ich meine solche Gräueltaten wie diese hier. Grausamkeiten, die Menschen anderen Menschen nur aus Boshaftigkeit antun.«

»Vielleicht wurden sie nicht von den Soldaten getötet«, erwiderte Aurora halb in Gedanken. »Vielleicht war es Gott, der sie gerichtet hat.«

»Gott hat damit nichts zu tun«, brummte Berlot, dessen Ohren anscheinend besser waren als seine Augen.

»Woher willst du das wissen?«

»Gott hängt die Sünder nicht, er lässt sie krank werden.«

Bemet blickte in das gütige Gesicht eines älteren Mannes mit grauem Bart und kahlem Kopf. Was war passiert? Das Letzte, woran er sich erinnerte, war, dass er auf dem Innenhof der feindlichen Garnison gelegen hatte, verletzt und zusammengekauert wie ein Feigling.

»Na, mein Junge, da bist du ja wieder. Du hast einen Schlag auf den Kopf bekommen. Weißt du, wie du heißt und wo du bist?«

Der Alte schien auf eine Antwort zu warten. Sein Gesicht schwebte genau vor Bemet. Sein Atem roch nach Tran und Bitterwurz. Der Gestank war kaum zu ertragen.

»Ich heiße Bemet«, sagte er in der Hoffnung, dem Alten würde die Antwort genügen, um wieder auf Abstand zu gehen. »Sind wir noch in Niedland?«

»Sind wir, Junge. Die verdammte kleine Insel ist wehrhafter, als sie aussieht. Und mit etwas Pech wäre sie auch gleich deine Grabstätte geworden. Aber ihr Assamer seid hart im Nehmen. Wie auch immer, für dich ist der Krieg hier erst einmal vorbei. Jetzt heißt es nur noch: Ab nach Hause und den Sold verprassen. Ein Offizier wird dir sagen, wann und mit welchem Schiff du in die Heimat fährst. Vielleicht begegnest du ja König Refert auf hoher See. Wie ich gehört habe, ist er gerade auf dem Weg hierher, um Niedland offiziell als Uslager Kolonie zu beanspruchen.«

Etwas an dem Alten störte Bemet. Zwar wirkte seine Miene warmherzig, die Augen hingegen waren kalt und abschätzend. Er trug das Ornat eines Heilers aus Uslag, wenn auch verdreckt und am unteren Saum zerschlissen.

»Der Verband am Kopf muss alle zwei Tage gewechselt werden, der am Fuß nur einmal die Woche. Achte drauf, sonst könnte sich die Wunde entzünden. Am Kopf ist das vielleicht nicht so schlimm bei euch Tiermenschen, aber mit nur einem Fuß würdest du einen schlechten Söldner abgeben.«

Mit diesen Worten wandte er sich von Bemet ab und eilte aus dem Zelt.

Das sollte es jetzt gewesen sein? Sein erster Einsatz als Söldner war mehr als ernüchternd. Wochenlang auf See, um ein einziges Stadttor zu durchbrechen, und dabei hatte er die meiste Zeit am Boden gelegen. Daraus könnte kein Barde ein Lied oder Gedicht machen.

»Was denn, kein Freudenschrei, Dachsbär?«, brummte jemand hinter Bemet – eindeutig Quard.

Bemet musste sich aufsetzen, um seinen Kampfgefährten anblicken zu können. Der massige Krieger lag mit einer bandagierten Schulter und einem selbstgefälligen breiten Lächeln auf einer Pritsche und reinigte seine Fingernägel mit dem Dolch.

»Du bist verwundet worden?«, fragte Bemet überrascht.

»Ja, so könnte man das nennen.« Quard beäugte kritisch seinen Verband.

»Wie, und wann ist das passiert?«

Quard sah Bemet verwirrt an. »Wann soll das schon passiert sein? Beim Stürmen der Festung natürlich. Und wenn ich den Bolzen in meiner Schulter richtig gedeutet habe, hat wohl jemand mit einer Armbrust auf mich geschossen, oder was meinst du? Leidest du unter Gedächtnisverlust?«

»Nein, Unsinn, natürlich nicht. Ich dachte nur … ach, vergiss es.«

»Schon geschehen«, sagte Quard zufrieden. »Freu dich, endlich kannst du wieder mit dem Schiff fahren. Das ist doch was für dich, wenn ich mich richtig erinnere, oder?«

Bemet hatte die Strapazen der letzten Reise nicht vergessen, und bei dem Gedanken, wieder auf ein Schiff gehen zu müssen, wurde ihm jetzt schon schlecht. Doch so weit war es noch nicht. Momentan machte er sich mehr Gedanken um das Hier und Jetzt. Irgendwas stimmte nicht. Nur was?

ALDEN stellte mit Entsetzen fest, dass er sich nicht besonders gut in Königsgrund auskannte, der Stadt, die er später einmal regieren sollte, wie auch den Rest des Königreiches. Was sagte das wohl über einen König aus, wenn er sich in seiner eigenen Thronstadt verlief? Auf jeden Fall zeugte es von einem schlechten Orientierungssinn. Da half es auch nicht, sich damit zu beruhigen, dass er im Armenviertel war. Die Armen waren es schließlich, die einen Großteil der Steuern bezahlten und genau deshalb arm waren. *Lass ihnen gerade so viel, dass sie bei Kraft bleiben und arbeiten können, und zugleich so wenig, dass sie sich keine Rebellion leisten können.* Das war einer der Grundsätze seines Vaters zur Besteuerung des Volkes. Die reichen Händler und Adligen mussten sich anderen, nicht so scharfen Abgabengesetzen unterwerfen. Auch ein König brauchte Freunde.

»Pass doch auf, wo du hinlatschst, Jüngelchen«, keifte eine ältere Frau Alden an, als er aus Versehen mit einem Fuß auf ihre handgefärbten Stoffe trat.

Geistesabwesend stierte Alden zu Boden und betrachtete die ausgelegten Waren: ein Sammelsurium aus bunt gefärbten Segeltuchresten. Ob man die Stoffe als Tisch- oder Kopftücher benutzte oder sie vor die Fenster hängte, blieb wohl dem Käufer überlassen. Einen bestimmten Zweck oder Nutzen schienen sie nicht zu haben.

»Tut mir leid, gnädige Frau«, stammelte er, in der Hoffnung, dass die Alte ihn nicht erkannte.

Er hatte sich extra die Sachen angezogen, die er beim Schwerttraining trug, und darauf gehofft, dass das gemeine Volk ihn noch immer nicht erkennen würde, da er kaum Stadtausflüge unternahm. Jeder kannte zwar den jungen Prinzen Alden, aber keiner wusste so genau, wie er aussah.

»›Gnädige Frau‹, hört euch das an«, juchzte die Alte. »Wo haben sie dich denn freigelassen? Hat dein Papa dir beigebracht, so geschwollen daherzureden?«

Die Frau sprach recht laut und schrill, trotzdem schien ihr kaum jemand zuzuhören. Viele Umstehende lächelten zwar verhalten oder kicherten, gingen aber dann wieder ihrer eigenen Beschäftigung nach.

Alden war zu gut erzogen und sprachlich zu gewandt, um sich von Frivolitäten oder vom Spott anderer verunsichern zu lassen. Er hockte sich zu der Frau und drückte einen Gulden auf einen dunkelblauen Stofffetzen, dessen Saum nur stümperhaft vernäht war.

»Ich suche Marcetta. Kennst du sie?«

Blitzschnell schnappte sich die Alte die Münze, drehte sie zwischen den Fingern und biss mit ihren verbliebenen drei Vorderzähnen darauf. Zufrieden steckte sie sich das Geldstück in ihre Kittelschürze. »Am Ende der Straße links in die Gasse und dann eins der Häuser auf der rechten Seite. Über dem Eingang ist ein Ahornzweig in den Türbalken geschnitzt, du kannst es nicht verfehlen. Außerdem stinkt es da immer nach Talg.«

Alden bedankte sich mit einem kurzen Nicken und folgte dem beschriebenen Weg. Das Haus war tatsächlich leicht zu finden. Obwohl fast alle Gebäude in dieser Gegend ähnlich aussahen, weil sie vom königlichen Architekten entworfen und gleichzeitig gebaut worden waren, hatte jedes im Laufe der fünf Jahrzehnte seinen eigenen Charme entwickelt. Man konnte genau erkennen, wem sein Heim am Herzen lag und wem nicht. Das Haus von Marcetta war nicht nur gut gepflegt, sondern strahlte auch den Charme der Frau aus. Die erwähnten Schnitzereien über der Tür schienen Alden noch das Geringste. Die geschlossenen Fensterläden waren bunt gestrichen, und vom Dachüberstand hingen mehrere Bastkörbe mit Wildblumen aus der Umgebung.

Alden zögerte einen Moment, an die Tür zu klopfen. Die Vorstellung, jene Frau wiederzusehen, die sich in seiner Kindheit überwiegend um ihn gekümmert hatte, rührte ihn irgendwie. Sie wusste so gut wie alles über ihn, den jungen Prinzen. Der Gedanke, dass er einmal König sein würde, und diese im Grunde fremde Frau ihn gebadet, gewickelt und bei Krankheit gepflegt hatte, war eigenartig. Wäre Marcetta überhaupt in der Lage, ihn als Herrscher anzuerkennen, oder würde sie immer den kleinen verletzlichen Jungen in ihm sehen?

Alden wischte diesen Gedanken weg, doch ein trüber Schleier blieb in seinem Hinterkopf. Er trat vor und klopfte, wie es sich gehörte.

»Kommt herein, es ist offen«, schallte eine freundliche Stimme durch die Tür.

Beim Betreten des kleinen Hauses überkam Alden das Gefühl, in eine andere Welt einzutauchen. Die Zimmerdecke war keinen Deut höher als der Türrahmen. Leicht gebeugt dazustehen geziemte sich nicht für einen Prinzen und bereitete ihm Unbehagen. Ein schwerer Duft von Talg, Kräutern und getrockneten Blütenblättern, die in winzigen Netzen hingen, erfüllte die Luft. Mehr als ein Dutzend armdicke Kerzen erhellten den Raum und warfen ein nervöses Schattenspiel an die Wände.

»Wer ist denn da?«, fragte Marcetta, die in einer Nische auf einem Schemel saß und mit den Händen einen Talgstrang um einen Kerzendocht wob. »Kommt näher, damit ich Euch sehen kann. Meine Augen sind nicht mehr die besten.«

»Ich bin's, Marcetta«, antwortete Alden, in dem Glauben, sie würde seine Stimme wiedererkennen.

Erkennen war vielleicht zu viel verlangt, schließlich war er längst aus dem Stimmbruch heraus, doch schien Marcetta eine vage Ahnung zu haben, der sie jedoch nicht glauben wollte.

»Alden?«, fragte sie zögerlich nach einigen Augenblicken und erhob sich vom Schemel. »Königliche Hoheit«, verbesserte sie sich.

»Ja, ich bin es, Marcetta. Ich bin gekommen, weil …«, er suchte nach den richtigen Worten.

»Um mir zu sagen, dass Königin Illes tot ist«, half Marcetta ihm schluchzend aus. »Die Nachricht hat sich rasch verbreitet. Neuigkeiten über Tod und Elend breiten sich schneller aus als die Pest. Vielleicht können die Menschen ihr eigenes Schicksal besser erdulden, wenn sie hören, dass es andere gibt, die noch mehr Leid ertragen als sie selbst.«

Alden erwog, ob das eine allgemeine Feststellung war oder ob sie indirekt die Missstände im Armenviertel anklagte. Er wusste aber, dass Marcetta dem Königshaus treu ergeben war. Natürlich gab es immer etwas auszusetzen, doch das musste nicht gleichbedeutend mit Verrat sein. Auch Alden stimmte nicht mit allen Entscheidungen seines Vaters überein.

»Ich habe Illes noch kurz vor ihrem Tod gesprochen«, erzählte Alden. »Du sollst wissen, dass sie nicht übermäßig gelitten hat. Sie hat sich immer so gefreut, wenn ich sie besucht habe. Es war, als hätten ihre Erinnerungen sie in eine Zeit zurückgetragen, in der sie noch nicht krank war.«

»Sie hat Euch geliebt wie ihr eigenes Kind«, versicherte Marcetta.

»Genau darum geht es. Vor ihrem Tod sprach Illes wie im Fieberwahn. Vielleicht hat ihr die Krankheit nur ein paar Streiche gespielt und in ihrem Geist falsche Erinnerungen erzeugt. Trotzdem gehen mir ihre letzten Worte nicht aus dem Kopf. Sie sprach von der Zeit, als ich noch ein Baby und sie bereits mit Vater verheiratet war.«

Marcetta schien nervös zu werden. Hektisch zupfte sie an dem Talgstrang herum, der sich nur noch schwer formen ließ und brüchig wurde, als sie ihn um den Docht zu legen versuchte. »Das ist alles so lange her. Ich kann mich kaum noch daran erinnern. Im Alter lässt einen das Gedächtnis genauso im Stich wie die Augen. Alles wird verschwommen und liegt hinter einem Nebelschleier.«

»Das mag sein, aber manche Erinnerungen brennen sich so fest in die Seele eines Menschen ein, dass kein Nebel sie je verschleiern kann. Illes sprach davon, dass ihr eine schwere Entscheidung aufgebürdet wurde. Sie sollte zwischen einem eigenen Kind und einem wählen, das sie zwar liebgewonnen hatte, aber nicht ihrem Schoß entsprungen war. Weißt du etwas darüber?«

Marcetta kniff die Lippen zusammen, und Alden hatte den Eindruck, dass sie erblasste.

Sie schüttelte den Kopf.

»Du weißt, dass es schon als Hochverrat geahndet wird, wenn du ein Mitglied der Königsfamilie belügst«, ermahnte Alden sie. »Das würde den Strick bedeuten.«

»Das ist alles schon so lange her«, wimmerte Marcetta. »Es gibt Dinge, die sollte man ruhen lassen, weil sie einfach nichts Gutes bringen.«

»Illes schien es aber wichtig zu sein. Wenn dir dein eigenes Leben nicht genug wertbist, um den Mut zur Wahrheit aufzubringen, dann tu es wenigstens einer toten Frau zuliebe, die große Stücke auf dich hielt. Meine Stiefmutter hätte gewollt, dass ich alles erfahre. Warum sonst hat sie mit mir darüber an ihrem Totenbett geredet?«

Marcetta sank erschöpft auf ihren Schemel zurück. »Ich war auch erst seit Eurer Geburt am Königshof. Ich war noch jung und hatte ständig Angst, irgendetwas verkehrt zu machen. Mit Sicherheit sollte ich nicht in irgendwelche Geheimnisse eingeweiht werden. Aber Illes entschied, die große Bürde, die ihr auferlegt wurde, mit mir zu teilen. Da waren wir, zwei junge Frauen, gefangen im Ränkespiel des Königs. Illes konnte kaum noch einen klaren Gedanken fassen. Sie liebte Euch, trotzdem wünschte sie sich auch ein eigenes Kind. Aber schließlich entschied sie sich für Euch. Ich habe ihr zu keiner Zeit etwas geraten oder versucht, sie zu beeinflussen. Immerhin war sie die Königin und ich nur eine Amme aus dem Armenviertel. Alles, was ich tat, war, ihr zu helfen, ihre Entscheidung dem König richtig zu verkaufen.«

»Was hast du getan?«, keuchte Alden, dem die Gewissheit mehr als bitter aufstieß. »Illes hatte sich entschieden. Warum sollte mein Vater ihren Entschluss anzweifeln oder missachten? Immerhin hat er sie um ihre Meinung gebeten.«

Alden musste sich eingestehen, dass die Vorstellung ein wenig lächerlich wirkte, sein Vater könnte etwas wie Großzügigkeit oder Verständnis zeigen.

»Der König hätte sich Illes' Entschluss zwar angehört, aber sie wusste nicht genau, ober er ihn auch akzeptieren würde. Er wäre zum Äußersten bereit gewesen. Ein totes Neugeborenes ist schließlich keine Seltenheit. Und die Heiler am Hofe hätten sicherlich bestätigen können, dass sein Erstgeborener eines natürlichen Todes gestorben war. Versteht Ihr?«

Alden verstand, doch sträubte er sich gegen die Vorstellung, sein Vater hätte ihn im Kindbett töten wollen, nur um mit seiner neuen Frau ein anderes Kind zu bekommen.

Nüchtern betrachtet, erkannte er die Schwierigkeiten, die ein Halbbruder mit sich gebracht hätte. Der Erstgeborene – er, hätte sich immer gegen seinen neuen Bruder und dessen Mutter behaupten müssen, auch wenn sie ihn zweifelsohne geliebt und akzeptiert hätten. Irgendwann überkommt jeden mit königlichem Blut ein Anflug von Herrschsucht.

»Ich frage dich noch mal. Was hast du getan?«

Marcetta starrte beschämt zu Boden. »Ich habe getan, was in der Macht einer jungen Amme ohne Fürsprecher stand. Ich habe meine Unschuld und meinen Körper gegen ein Elixier eingetauscht, das Illes half, ihre Entscheidung beim König zu untermauern.«

»Was für ein Elixier? Wovon sprichst du?«

»Es war, soweit ich verstanden habe, eine Säure, die ihre Fruchtbarkeit verebben ließ. Sie konnte nach der Einnahme keine Kinder mehr zeugen. Versteht Ihr? Somit hatte der König keine andere Wahl, als Euch, seinen Erstgeborenen und einzigen Sohn, zu behalten.«

Alden spürte eine unbändige Wut in sich aufsteigen. Sie richtete sich gegen jeden, der ihn in das Schicksal getrieben hatte, für das Unglück und die Entbehrungen der Menschen, die ihm am nächsten gestanden hatten, verantwortlich zu sein. Diese Wut kannte keine Ausnahmen.

»Wer hat dir das Elixier gegeben?«

Marcetta schwieg.

»Wer, frage ich zum letzten Mal.«

»Meister Lunas«, schluchzte sie, den Kopf in den Händen geborgen.

MACHT UND HILFLOSIGKEIT

Aurora konnte nicht fassen, wie schön das Meer war. Sie hatte den Nordweiler Lake und die Träne von Sprödholz schon öfter gesehen und sogar darin gebadet, aber nichts war mit dem Meer von Uslag zu vergleichen. Das tiefe Blau des Wassers, das ewig andauernde Muster, das die Wellen auf die Oberfläche zauberten, war so einzigartig und wundervoll, dass ihr bei dem Anblick Tränen in die Augen stiegen.

Alle Menschen, die je versucht hatten, Aurora klein, unbedeutend und hilflos zu machen, hatten versagt. All ihre Bemühungen waren gescheitert am eisernen Willen eines kleinen Mädchens. Wozu sie nicht imstande gewesen waren, gelang dem Meer durch seine bloße Existenz. Noch nie im Leben war Aurora so verzückt gewesen und hatte sich zugleich so unbedeutend gefühlt.

»Es ist so wunderschön«, hauchte Aurora.

»Nicht wahr?«, bestätigte Berlot, dessen Gehör Aurora immer wieder in Staunen versetzte.

Der fahrende Händler hatte fast die ganze Fahrt von Sprödholz zur Küste damit zugebracht, in sein blutiges Tuch zu husten. In regelmäßigen Abständen griff er zu einem Rumkrug und genehmigte sich einen ausgiebigen Schluck. Der Alkohol half ihm dabei, seine Gebrechen für eine Weile als das hinzunehmen, was sie waren – die Vorboten des Todes. Doch die Wirkung der flüssigen Medizin ließ schnell nach.

»Und das hier ist nur das Binnenmeer«, sagte er. »Du solltest mal an die Nordküste reisen, nach Felsacker – endloses Blau, so weit das Auge reicht. Man hat das Gefühl, als würde man darin ertrinken, nur weil man es ansieht.«

Aurora hätte Berlot gern weiter über seine Reisen, sein Leben und das Land ausgefragt, doch die Hustenanfälle des Alten und die damit verbundenen Schmerzen zügelten ihren Wissensdurst. Von ihrer Mutter hatte sie jegliche Bildung bekommen, die sie brauchte, um sich selbst durchzuschlagen. Aurora konnte kochen, alle möglichen Näharbeiten verrichten, und notfalls wusste sie, wie man allein in der Wildnis über die Runden kam. Was Sibbel ihr nicht vermittelt hatte, war, wie es woanders aussah. Sibbel hatte ihr ganzes Leben in und um Nordweiler verbracht. Was sie von anderen Orten wusste, kannte sie selbst nur aus Erzählungen.

Berlot lenkte den Wagen auf den Weg zum Strand, dann trieb er das Maultier an. Aurora war erstaunt, wie bunt die Steine der Bucht waren. Das Kiesbett glich einem riesigen Mosaik.

»Komm schon, lass uns jetzt nicht im Stich«, spornte Berlot das Maultier an. »Es ist nicht mehr weit, dann haben wir es geschafft.«

Erst jetzt sah Aurora die kleine Hütte, die auf Pfählen am Wasser stand. Unweit davon lagen zwei Ruderboote, halb auf den Strand gezogen. Weiter hinten erhob sich die Landschaft zu einer bewaldeten Steilküste.

»Wer wohnt da?«, fragte Aurora.

»Da wohnt niemand mehr«, erwiderte Berlot. »Der Fischer ist schon viele Jahre tot, und sein Sohn ist nach Kreuzfluss gegangen, um sich der Garde anzuschließen. Ab und an kommen Reisende her, um in der Hütte zu übernachten oder um sich eins der Boote auszuleihen.«

Das klang für Aurora mehr als nur merkwürdig. Wenn jemand sein Hab und Gut zurückließ, gab es meistens andere, die es als ihr Eigentum beanspruchten. In Nordweiler hätte man keinen Apfel unbeobachtet auf der Mauer liegen lassen können, ohne dass er gestohlen worden wäre. Eine verwaiste Hütte wäre innerhalb eines Tages in ihre Einzelteile zerlegt und woanders verbaut worden. Doch soweit Aurora erkennen konnte, sah die Fischerhütte tadellos aus, keineswegs wie eine Ruine.

»Wie soll das gehen?«, fragte Aurora. »Jeder darf es nutzen, aber niemand darf es behalten. Ich weiß zwar nicht, was so ein Ruderboot kostet, aber irgendeinen Wert hat es bestimmt. Alles, was von Wert ist, wird jemand stehlen, wenn man nicht darauf aufpasst.«

»Sieh es dir selbst an«, sagte Berlot keuchend, ehe ihn der nächste Hustenanfall schüttelte.

Aurora musste sich korrigieren. Die Fischerhütte war nicht nur keine Ruine, sondern wirkte sogar wie ein Kleinod, eine Kostbarkeit, die keinen Makel duldete. Das kleine Häuschen war besser gepflegt als jede Unterkunft in Nordweiler. Vor dem Eingang hatte jemand sogar zwei Töpfe aufgestellt, in dem frischer Queller wuchs.

»Wie kann das sein?«, wunderte sich Aurora halblaut, als sie vom Wagen sprang.

Berlot unterdrückte seinen Hustenreiz und deutete schweigend auf eine Schiefertafel am Haus.

Aurora bestaunte die äußerst sauber in den dunklen Stein geritzte Schrift. Anscheinend hatte jemand die winzigen Buchstaben mit einem Messer nachgearbeitet und so besser lesbar gemacht.

An alle Reisenden, stand etwas größer als Anrede über dem Text.

Wer ein Dach über dem Kopf für ein paar Tage benötigt, sich ein Boot ausleihen möchte, um hinauszufahren auf das Meer,

oder eine Angel und ein Netz leihen möchte, um sich eine Mahlzeit zu fangen, der kann sich bedienen. Jeder, der diese Einladung dankend annimmt, möchte sich an die Regeln der Gastfreundschaft halten. Verflucht sei derjenige, der es wagen sollte, sich an meinem Hab und Gut zu bereichern.
Ubra, der Fischer

Aurora war eher belustigt als erstaunt oder ergriffen.

»Das soll helfen, damit niemand die Boote stiehlt oder die Hütte zu Feuerholz verarbeitet? Ich finde, dieser Ubra vertraut doch etwas zu sehr auf die Ehrlichkeit der Menschen.«

Berlot gesellte sich kopfschüttelnd zu ihr und nahm einen Schluck aus dem Tonkrug. »Hättest du den alten Ubra gekannt, würdest du dich nicht über ihn lustig machen. Er war ein Mann wie ein Baumstamm und düster wie eine Bärenhöhle. Wenn er jemandem gesagt hat, er soll ihm aus dem Weg gehen, dann tat der Betreffende gut daran, ihm zu gehorchen. Die Fischer genießen ein besonderes Ansehen, weil sie sich jeden Tag der stärksten Naturgewalt stellen. Der Fluch eines Fischers kann dich töten, egal, ob du ein kleines Mädchen bist, ein Adliger oder der König selbst.«

»Ich glaube nicht an Flüche«, erwiderte Aurora. »Bei uns gab es ein Weib im Dorf, Bama war ihr Name, die hat alles und jeden verflucht. Sie war einfach nur eine böse Vettel, die anderen gern Angst machte.«

»Hat sie dich jemals verflucht oder jemanden deiner Familie?«

»Jedes Mal, wenn sie uns gesehen hat«, gab Aurora genervt zu.

»Und?«

Das *Und* brachte Aurora aus dem Konzept. Verzweifelt suchte sie nach den richtigen Worten. Bamas Flüche hatten doch nichts damit zu tun, in welcher Lage sie sich befand und dass Sibbel tot war. Dafür waren Angus und Bathram verantwortlich, oder etwa nicht?

Aurora wollte noch etwas sagen, doch Berlots übler Hustenanfall hinderte sie daran. Mittlerweile war das Tuch des Händlers so blutdurchtränkt, dass es zwischen seinen Fingern hervorquoll, wenn er es vor den Mund presste.

Er breitete eine Decke neben dem Aufgang zum Fischerhaus aus, stellte seinen Krug darauf und signalisierte Aurora, sich zu setzen.

»Wollen wir nicht lieber hineingehen?«, fragte sie. »Vielleicht ist das besser für deinen Husten.«

»Nein«, krächzte Berlot und deutete aufs Meer, was so viel bedeutete, dass er den Ausblick genießen wollte.

Schweigend saßen sie nebeneinander und warteten auf den Sonnenuntergang. Mit jedem Tag wurde es schon etwas wärmer, sodass es bereits reichte, sich eine leichte Decke überzuwerfen, um nicht zu frieren.

Das Abendrot war atemberaubend. Es sah aus, als würde eine glühende Scheibe im Meer versinken und das Wasser zum Kochen bringen. Auf der Oberfläche zeigten sich mehr Rottöne als in der Esse eines Schmiedes.

Als die Sonne ihre letzten Strahlen über das Wasser schickte, entzündete Berlot eine Laterne. Der alte Händler rückte näher an das junge Mädchen heran und legte den Arm um sie.

Aurora beschlich ein ungutes Gefühl. Sie mochte nicht, wie der fahrende Händler sie anfasste. Bislang hatte sie seine Übergriffe geduldet, weil Berlot für sie sorgte und sie nichts besaß, womit sie ihn hätte entlohnen können. Er hatte sie schon öfter unsittlich berührt, war dabei aber immer auf Abstand geblieben, sodass sie jederzeit hätte aufspringen und weglaufen können. Jetzt jedoch war es anders. Er presste sich an sie, und sein Arm hinderte Aurora daran, einfach aufzuspringen.

Seine Hand glitt unter ihr Wams. Er betastete ihren Bauchnabel und streichelte ihn mit der Fingerspitze. Dann schob er seine Hand nach oben und packte ihre Brust, die Warze zwischen zwei Finger geklemmt.

Sibbel hatte ihr gesagt, dass es ein schönes Gefühl sein würde, wenn man vom richtigen Mann liebkost würde. Berlot war eindeutig nicht der richtige Mann für sie. Sein Atem roch nach Alkohol, und an seiner Unterlippe klebte getrocknetes Blut. Einige Zeit verharrte der Händler in dieser Pose, und Aurora hoffte, dass der Alkohol und die Müdigkeit nun ihren Tribut fordern würden, doch dann regte sich in dem Händler eine neue Woge der Lust. Der andere Arm glitt von ihrer Schulter und suchte sich seinen Weg zu Auroras Hosenbund. Berlots Finger zwängten sich etwas grob zwischen Stoff und Haut. Aurora spürte, wie er nach ihrer Scham tastete. Ein falsches, unangenehmes Gefühl. Übelkeit stieg in ihr auf. Sie wollte nur noch weg von ihm, konnte sich aber auch nicht befreien. Wenn sie um sich geschlagen und geschrien hätte, wäre sie vielleicht entkommen, oder Berlot wäre noch aufdringlicher und rabiater geworden. Doch anstatt sich mit Gewalt aus ihrer misslichen Lage zu befreien, begann sie, eine Melodie zu summen. Die Töne fanden einfach zu ihr, ohne dass sie wusste, zu welchem Lied sie gehörten oder ob sie dazu singen musste. Es dauerte nicht lang, bis die Melodie einen eindeutigen Charakter annahm. Noch immer konnte Aurora sich nicht erinnern, es jemals vorher gehört zu haben. Doch ob richtig oder falsch, es tat seine Wirkung. Auroras Atmung verlangsamte sich, ihre Aufregung ging zurück, und das unangenehme Gefühl legte sich allmählich. Auch Berlot blieb nicht unberührt. Seine Aufdringlichkeit ließ nach, sein leises Stöhnen verwandelte sich in ein gequältes Keuchen. Das Blut in seiner Lunge und der Luftröhre hörte sich an, als würde es vor sich hinköcheln. Sein fester Griff wurde zu einem sanften Streicheln.

Ein wortloser Gesang kam Aurora über die Lippen. Wörter einer fremden Sprache, die völlig fremdartig wirkten und von niemandem je entschlüsselt werden konnten.

Aurora vergaß, was um sie herum passierte. Sie ruhte ganz in sich und dem Lied. Die Zeit schien die Luft anzuhalten und darauf zu warten, dass sie den letzten Ton von sich gab. Nicht sie entschied, wie lange es dauerte und wann es endete. Das Lied selbst stellte die Regeln dazu auf.

Als Aurora verstummte, brauchte sie einen Moment, um sich zu orientieren. Sie saß noch immer an der Treppe zur Fischerhütte. Berlot war in sich zusammengesunken, sein Kopf ruhte auf ihrem Schoß, das Gesicht zwischen ihren Schenkeln vergraben. Aurora wagte kaum, sich zu regen oder zu atmen, um den Händler nicht aufzuwecken und ihm die Möglichkeit zu geben, dort weiterzumachen, wo er aufgehört hatte. Berlots Hand steckte immer noch unter ihrem Hosenbund. Sie fühlte sich schmutzig und hätte beinahe angefangen zu weinen.

Ganz behutsam versuchte sie, die Hand des fahrenden Händlers von sich zu lösen. Es gelang ihr, und als sie Berlots Arm losließ, fiel er schlaff zur Seite. Aurora betrachtete ihn eine Weile, dann wanderte ihr Blick zum Oberkörper des alten Mannes. Der Brustkorb hob und senkte sich nicht.

»Berlot«, flüsterte sie leise.

Er reagierte nicht. Sie tippte mit dem Finger vorsichtig gegen seinen Hinterkopf. Nichts.

Aurora beugte sich vor und zog die Decke hinter ihrem Rücken hervor. Sie winkelte die Beine an und löste sich von dem schweren Händler. Damit sein Kopf nicht auf den Boden schlug, stopfte sie die Decke darunter.

Ihr stockte der Atem, als sie das Blut zwischen ihren Beinen sah. Der Stoff der Hose hatte sich damit vollgesogen. Sie wusste sofort, dass es nicht ihr Blut war. Aurora drehte Berlots Kopf zur Seite und blickte in leblose Augen. Er war tot, gestorben in ihrem Schoß.

Aurora sprang auf und starrte entsetzt und traurig zugleich auf den reglosen Körper. Schon wieder hatte sie alles verloren. Was sollte sie jetzt tun? Sie konnte unmöglich mit Berlots Wagen umherreisen. Man würde sie beschuldigen, ihn gestohlen zu haben, und sie wahrscheinlich in den Kerker oder in ein Waisenhaus sperren, wo Kinder zur Arbeit gezwungen wurden, bis sie an Entkräftung starben.

Auroras Gefühle brachen sich Bahn. Sie kniete vor Berlot und schlug ihm in ihrer Trauer, Angst und ihrem Zorn immer wieder mit der flachen Hand auf den Rücken. »Wie konntest du mir das antun, du dummer alter Mann? Du hast versprochen, auf mich aufzupassen und mir schöne Sachen zu kaufen. Du kannst dich jetzt nicht einfach davonstehlen. Ich brauche dich doch. Komm zurück, komm zurück. Mach schon!«

Allmählich wurde Aurora klar, dass sie nicht nur zu Berlot sprach, sondern auch zu ihrer Mutter und zu dem Vater, den sie nie gehabt hatte. Diese Einsicht steigerte nur ihren Zorn, und sie schlug heftiger auf den toten Körper ein, bis ihre Handflächen ganz taub waren.

»Du wirst ihm nicht mehr helfen können, aber bestrafen wirst du ihn mit deinem Wutausbruch auch nicht«, sagte eine Frauenstimme aus der Dunkelheit.

Aurora schnappte sich die Laterne, sprang auf die Füße und richtete das Licht in die Richtung, aus der die Stimme kam. Eine dunkle Gestalt mit langem weißem Haar löste sich aus der Nacht. Aurora glaubte zuerst, einen Geist zu sehen, doch als sie sich die Tränen aus den Augen gewischt hatte, erkannte sie ihr Gegenüber als das, was sie war: eine alte Frau in Schwarz.

»Hab keine Angst, Kleines. Ich tue dir nichts«, sagte die Frau mit sanfter, beruhigender Stimme.

Aurora bemühte sich, entschlossener zu klingen, als sie in Wirklichkeit war. »Ich hab keine Angst. Was macht Ihr hier mitten in der Nacht am Strand? Wolltet Ihr auch Unterschlupf in der Fischerhütte suchen?«

Anstatt zu antworten, ging die Frau an Aurora vorbei und hockte sich zu Berlots Leichnam. Mit zwei Fingern tastete sie seinen Hals ab und hielt ihren Handrücken vor sein Gesicht. Nachdem sie sich vergewissert hatte, dass der Händler tot war, kniete sie sich neben ihn, schloss mit Zeige- und Mittelfinger seine Augenlider und begann zu beten.

»Ich, äh, ich …«, stotterte Aurora, als die Frau sich erhob und sie anblickte.

»Er war schwer krank und wusste, dass sein Ende nahte. Du kannst nichts dafür«, beruhigte die fremde Frau sie. »Du musst dir keine Vorwürfe machen. Ich tu es auch nicht. Du hast nichts falsch gemacht.«

Stimmte das? Aurora wusste es nicht. Sie wusste, sie hatte gesungen und Berlot ebenso wenig helfen können wie ihrer Mutter. Das bedeutete, sie war vielleicht nicht schuld am Tod der beiden, aber sie hatte ihn auch nicht verhindert.

»Ich hätte ihm helfen sollen«, schluchzte Aurora.

»Das hast du, mein Kind. Das hast du.«

Aurora fragte sich, wie lange die Frau dort im Dunkeln gestanden und Berlot und sie beobachtet hatte. Immerhin hatte sie bemerkt, dass der fahrende Händler krank war. Das hätte sie unmöglich wissen können, nur weil sie ihn ein, zwei Mal husten gehört hatte. Doch wenn sie alles mitangesehen hatte, warum war sie Aurora nicht zu Hilfe gekommen, als Berlot so zudringlich geworden war?

»Wie heißt du, Kindchen?«, fragte die Frau.

Aurora erwog, sie anzulügen, entschied sich aber dagegen. »Aurora.«

»Ein schöner Name. Er bedeutet so viel wie Sonnenaufgang, wenn ich mich recht entsinne.«

»Morgenröte«, korrigierte Aurora. »Meine Mutter gab ihn mir wegen meiner roten Haare.«

Die alte Frau nickte zufrieden. »Das passt. Mein Name ist Nelka. Das bedeutet so viel wie die Leise.«

»Das passt auch.« Aurora lächelte.

»Was hast du jetzt vor, Aurora, die Morgenröte?«

»Ich weiß nicht genau. Meine Mutter wollte mit mir nach Buchtenheim. Vielleicht gehe ich dorthin. Mit etwas Glück bekomme ich eine Anstellung als Flickerin und könnte mich zur Näherin hocharbeiten.« Jetzt, wo Aurora ihre Pläne artikulierte, überkam sie ein Gefühl der Unsicherheit. Ohne ihre Mutter würde sie es nie schaffen, sich als Flickerin ihren Lebensunterhalt zu verdienen. Niemand stellte ein Straßenkind ein, ohne dabei Hintergedanken zu haben. Selbst Berlot, der ihr aus der Klemme geholfen hatte, war dabei nicht ganz selbstlos geblieben. Falls sie es bis nach Buchtenheim schaffte und an den Stadtwachen vorbeikäme, war die Wahrscheinlichkeit, dass sie in die falschen Hände geriet, um einiges größer, als eine Anstellung zu bekommen.

»Ich will dich natürlich nicht von deinem Plan abhalten«, sagte Nelka, »aber, falls du dir nicht sicher bist, kannst du gern mit mir reisen. Ich könnte dir eine Unterkunft und Essen bieten, wenn du dich nützlich machst.«

Dieses Angebot klang mehr als verlockend und kam auch noch genau zur rechten Zeit. Irgendwo musste es einen Haken geben. Vielleicht war die Alte so etwas wie eine Kinderhändlerin, die Streuner auflas und als Leibeigene verkaufte.

»Wohin reist Ihr denn, wenn ich fragen darf?«

Nelka zeigte gen Norden über das Wasser. Der silbrig glitzernde Streifen Mondlicht auf dem Meer bildete dabei eine perfekte Verlängerung ihres Armes, was noch unheimlicher wirkte, als es ohnehin schon war.

»Mit dem kleinen Boot schafft Ihr es nie ans andere Ufer«, sagte Aurora. Sie wusste zwar nicht, wie weit die Nordküste des Binnenmeeres entfernt war, aber da sie bei Tageslicht kein Land hatte sehen können, musste es sehr weit weg sein. Zu weit, um hinüberzurudern.

»Ich will zu einer kleinen Insel, ungefähr vier Meilen vor der Küste. Einige Frauen und ich leben dort und bewirtschaften eine kleine Zitadelle.«

»Da leben nur Frauen?«, fragte Aurora ungläubig.

»Nur Frauen. Manchmal legen Händler an, um uns Waren zu verkaufen, und ab und zu bieten wir verlorenen Seelen wie dir Unterkunft.«

Aurora hatte nichts dagegen einzuwenden, in einer Frauenwelt unterzukommen. Die Erfahrungen, die sie in den letzten Wochen mit Männern gemacht hatte, reichten ihr. Ein mulmiges Gefühl blieb aber dennoch, obwohl Nelka freundlich und fürsorglich wirkte. »Wenn es mir nicht gefällt, kann ich dann wieder gehen?« Aurora fiel auf, wie sinnlos diese Frage war, doch irgendwie brauchte sie noch diesen letzten Rest an Zusicherung.

»Wenn es dir bei uns nicht gefällt, kannst du mit einem der Händler, die uns regelmäßig besuchen, mitfahren. Ich würde dann ein gutes Wort für dich einlegen. Außerdem fahre ich oder eine der anderen Frauen einmal die Woche ans Festland. Dann könnten wir dich hier wieder absetzen.«

Das klang alles sehr einladend und stellte ihr sogar in Aussicht, unter Umständen nach Kreuzfluss oder vielleicht Königsgrund zu kommen. Einmal in der Stadt des Königs sein – der Traum eines jeden Mädchens.

»Gut, ich komme mit Euch. Aber was machen wir mit Berlot und seinen ganzen Sachen?«

»Es scheint mir, der alte Mann hat genau gewusst, wie es um ihn stand. Und ich glaube, dass er sich diesen Ort und seine Begleiterin nicht grundlos für seinen letzten Gang ausgesucht hat. Ich würde sagen, du kannst dir von seinen Dingen nehmen, was du brauchst, den Rest legen wir ins Fischerhaus, als Gemeinwohl, wie alles hier. Den Wagen lassen wir stehen, und das Maultier lassen wir laufen. Den alten Mann selber nehmen wir mit raus auf das Meer und geben ihm ein Seebegräbnis. Einverstanden?«

Und wie einverstanden Aurora war. Wie sehr hatte sie sich nach jemandem gesehnt, der mit klarem Verstand klare Anweisungen gab und bereit war, sie auch gleich umzusetzen.

Bemet hatte gehofft, ein kleineres Schiff und seine Erfahrungen bei der letzten Seereise würden die Seekrankheit erträglicher machen. Doch dem war nicht so. Immerhin bot die Zweimastbark den Vorteil, dass die Reling schnell zu erreichen war und er sich nicht ständig unter Deck in einen Eimer erbrechen musste.

Das Schiff, mit dem man ihn, Quard und neun andere Söldner nach Hause brachte, hieß Nebelwind und war ein Proviantschiff. Nachdem es Lebensmittel und Trinkwasser auf Niedland abgeliefert hatte, wurde es kurzerhand zum Lazarettschiff umgerüstet. Die Besatzung bestand aus nur sechs Seeleuten und Kabal, einem gestandenen Kapitän aus Uslag. Im Gegensatz zu den meisten Menschen, die Bemet aus dem Königreich kannte, waren diese sieben äußerst schweigsam. Man bekam aus ihnen kaum heraus, wie die Wetterlage für die nächsten Tage sein würde, geschweige denn, wie gut es voranging oder wie es um den Krieg in Niedland stand. Die meist einsilbigen Antworten brachten Bemet keine erhellenden Erkenntnisse. Zudem fiel ihm auf, dass die Männer oft tuschelnd zusammenhockten. Bemet vermutete, dass die zweifelhaften Gerüchte um die Söldner aus Assamad bei vielen Menschen Misstrauen schürten. Und Seeleute waren dafür bekannt, Mythen, Legenden und Klatschgeschichten besonders ernst zu nehmen. Vielleicht lag es daran, dass sie die meiste Zeit von so wenig Greifbarem umgeben waren.

Was Bemets Kameraden anging, hatte er ähnlich viel

Glück mit ihnen. Außer Quard und einem Krieger, der Klaue namens Hissik, waren die anderen so schwer verletzt oder geschwächt, dass sie nicht als Gesprächspartner taugten. Außer einem Stöhnen oder der Bitte nach Wasser kam von ihnen nicht viel. Dafür redeten Quard und Hissik umso mehr. Die beiden schwelgten in Erinnerungen und schmiedeten Pläne, was sie mit ihrem verdienten Sold alles anfangen wollten.

Bemet kannte die Gerüchte, dass ein Krieger seinem Totem immer ähnlicher wurde, je länger er dem Clan angehörte, und Hissik sah fast aus, als könnte er der Gründer der Klauen sein. Seine Augen waren stechend, kreisrund und lagen tief in den Höhlen, die zusammengewachsenen Augenbrauen waren auffällig dunkel, die Nase so groß, dass sie einem Schnabel glich. Zudem lachte er viel und laut, auf eine Weise, die an einen Habichtruf erinnerte.

Beide Männer waren sich jedenfalls einig, dass sie sich schon bald wieder anheuern lassen wollten. Quard und Hissik schienen nur den Kampf zu kennen. Ihre Geschichten, die sich auf Assamad bezogen, handelten meist von Frauen, die sie nur wenige Stunden gekannt hatten, oder von Saufgelagen mit ihren Kameraden. Beide taumelten ziellos durchs Leben, ohne echte Pläne zu schmieden. Sie lebten von Krieg zu Krieg, immer in der Hoffnung, noch ein weiteres Mal in die Schlacht ziehen zu können. Bemet hörte unterschwellig aus ihren Erzählungen heraus, dass sie nicht damit rechneten, sich eines Tages zur Ruhe zu setzen, wenn sie zu alt für die Schlachten waren. Quard wie auch Hissik planten ihr Ende auf dem Schlachtfeld.

Bemet hatte den frisch geleerten Eimer gerade wieder zwischen seinen Füßen positioniert, da hörte er die schweren Schritte an Bord. Ohne lastreiche Ladung an Bord war das Schiff einfach zu manövrieren und verlangte nur wenig Arbeit von der Mannschaft. So saßen die Seeleute meist unter Deck zusammen in ihrer separaten Unterkunft und spielten Glücksspiele. Die einzigen Momente, in denen man sie hörte, waren, wenn sie neue Segel setzen mussten oder es Essen gab. Jetzt war es an der Zeit für das Abendbrot.

»Na endlich«, stöhnte Quard. »Es wird jeden Tag etwas später mit dem Essen. Wahrscheinlich versuchen sie, eine Mahlzeit zu überspringen, um noch etwas einzusparen.«

»Hauptsache es gibt nicht wieder diesen Eintopf mit Pökelfleisch«, brummte Hissik. »Das Zeug ist so salzig, dass ich danach die doppelte Ration Wasser brauche, um wieder Luft zu kriegen.«

»Immer noch besser als der Fisch«, fügte Quard hinzu, und Hissik nickte zustimmend.

Bemet war gar nicht nach Essen zumute. Er hatte noch genug damit zu tun, seine letzte Mahlzeit von Bord zu schaffen. Ein bisschen Wasser und Brot hätten ihm vollkommen gereicht.

Die krummen Beine und die schwarzgrau gestreifte Hose auf der steilen Treppe zum Oberdeck verrieten Sikiel schon, bevor er die Luke durchschritten hatte. Der junge Kalfatergehilfe und Sekundant des Kapitäns trug ein breites Tablett mit einem dampfenden Topf und einem Stapel Holzschüsseln nach unten. Der Seegang, die steile Treppe und das Gewicht, das er in den Händen hielt, schienen ihm keine Mühe zu machen. Mittlerweile hatte Bemet Hochachtung vor dem Können und der Leichtigkeit, mit der die Seeleute ihre Arbeiten verrichteten. Sikiel war einer der Gesprächigsten an Bord. Er erzählte oft von seiner Heimat und hörte gern zu, wenn die alten Assamer von ihren Schlachten berichteten.

»Oh nein, Sikiel, nicht schon wieder Eintopf«, stöhnte Quard, als der den Topf sah.

»Jechot hat gesagt, erst müssen die Reste gegessen werden, bevor er neu kocht.«

»Klingt irgendwie nach einer Drohung«, kommentierte Hissik.

»Er ist eben von der alten Schule und hasst Verschwendung«, erklärte Sikiel.

»Dann sag Jechot, es ist vergeudete Zeit, wenn er etwas Essbares zu kochen versucht, und er verschwendet jedes Stück Fleisch, das er in diesen Topf wirft«, frotzelte Quard. »Man kann das Zeug unmöglich essen. Wenn wir diesen Eintopf über die Mauer von der Festung in Niedland geworfen hätten, wäre der Krieg längst gewonnen.«

Sikiel wirkte überaus amüsiert, als er das Tablett abstellte. Seine gute Laune lag unmöglich nur an Quards Posse.

»Was ist los, warum grinst du so?«, wollte Hissik wissen.

Sikiel fummelte am Lederband des Beutels, den er am Gürtel trug und aus dem immer ein Strunk Sisal hing.

»Was hast du da?«, wollte Quard wissen.

Stolz präsentierte der Kalfatergehilfe eine bauchige Tonflasche mit Henkel und Korken.

»Ist es das, was ich vermute?«, juchzte Quard.

Sikiel nickte aufgeregt wie ein Junge, den sein Vater zum ersten Mal zur Jagd mitnahm.

»Gib schon her, mein Bester«, verlangte der Söldner der Pranke. »Dafür mache ich dich zum Ehrenmitglied des Clans. Falls mal ein Barde ein Gedicht oder Lied über meine Heldentaten schreiben sollte, sage ich ihm, dass er eine Zeile für dich freilassen soll.«

»Sie ist aus dem Vorratsschrank des Kapitäns«, verkündete Sikiel stolz. »Das ist einer seiner edelsten Tropfen, aber ich glaube nicht, dass er bemerkt, dass eine fehlt. Soweit ich weiß, kommt diese Flasche aus Rienland. Der Alkohol darin wird aus Mais gewonnen, habe ich gehört.«

Er zögerte, die Flasche zu übergeben. »Aber dafür füttert ihr eure Kameraden, abgemacht?«

Quard schaute sich kurz im Laderaum um. Die anderen Assamer lagen schlafend oder in Fieberträumen gefangen auf ihren Kojen. Kaum einer von ihnen konnte mehr als ein paar Löffel zu sich nehmen, so geschwächt waren sie.

»Klar, abgemacht«, versicherte Quard und schnappte sich die Flasche.

Sichtlich zufrieden mit dem Geschäft, lächelte Sikiel und stapfte wieder hoch an Deck.

Quard und Hissik füllten sich jeweils eine Schüssel mit dem Sud aus dem Eintopf auf und begannen ihre verletzten Kameraden zu füttern. Bemet musste nicht helfen, weil seine Seekrankheit ihn fast ebenso außer Gefecht setzte wie die schwer verwundeten Krieger. Obwohl die beiden Veteranen nach außen einen schroffen und bärbeißigen Eindruck machten, gaben sie sich doch alle Mühe, ihre Freunde zu verpflegen. Die Mitglieder der Clans waren eben wie eine Familie für die meisten.

Bemet schlürfte nur einige Löffel des Eintopfes, bis er merkte, dass sein Magen wieder rebellierte.

»Vielleicht hilft das«, brummte Quard ihm zu und reckte ihm die Flasche des Kapitäns entgegen.

»Nein, lieber nicht«, sagte Bemet. »Es wäre schade um jeden Tropfen, den ich mir in den Schlund gieße. Außerdem ist mir schon schwindelig genug.«

»Von mir aus können wir ruhig noch ein bisschen Seegang nachlegen.« Hissik schnappte sich das Tongefäß und nahm einen ausgiebigen Schluck.

Quard und Hissik tranken abwechselnd aus der Flasche. Die beiden Männer waren sich einig, dass der Kapitän zwar ein unangenehmer und launischer Zeitgenosse war, aber einen guten Geschmack besaß. Kurz nachdem die Sonne untergegangen war, hatten sie die Flasche geleert. Quard schlug mit der flachen Hand den Korken fest, begab sich zur Luke und schleuderte das Gefäß im hohen Bogen über die Reling ins Wasser. Auf dem Rückweg zu seiner Koje schwankte der bärige Mann wie ein altersschwacher Greis.

»Was ist los mit euch Pranken-Clan-Männern?«, lallte Hissik kaum verständlich. »Der eine trinkt keinen Schluck, der andere verträgt weniger als eine Jungfrau.«

Dann sahen sich die beiden Männer einen Moment verunsichert an. Quard war der Erste, der in schallendes Gelächter ausbrach. Hissik stimmte einen Atemzug später mit ein. Sie bekamen sich kaum wieder ein. Bemet fand ihr Verhalten mehr als kindisch, doch konnte er ihre ausgelassene Stimmung nachvollziehen. Trotz seiner Übelkeit war er ähnlich froh, lebend aus der Schlacht um Niedland zurückgekehrt zu sein.

Die drei Söldner ließen sich in ihre Kojen fallen und lauschten dem monotonen Klatschen der Wellen am Rumpf des Schiffes.

Quard und Hissik schliefen schnell ein, wobei der Mann der Klaue die Geräusche des Meeres mit seinen tief gurgelnden Schnarchgeräuschen begleitete. Bemet konnte einfach kein Auge zumachen, was aber nicht nur am Geschnarche lag. Er scheute sich einfach, die Augen zu schließen. Sobald er das tat, drehte sich alles, und ihn überkam der Drang, sich zu erbrechen. So lag er in seiner Koje und lauschte dem Meer und Hissik.

Irgendwann wurden auch Bemets Gedanken träge. Obwohl er die Augen geöffnet hatte, schliefen seine Sinne ein. Ähnlich wie bei der Trance, die er heraufbeschwor, bevor er seinem Totem die Kontrolle übergab.

Ein Knarren auf der Decksleiter riss ihn aus dem Dämmerzustand. Er drehte den Kopf und stierte angestrengt in den vorderen Teil des Laderaumes. Bemets Augen hatten sich an die Dunkelheit gewöhnt. Mehrere Gestalten schlichen die enge Stiege in den Frachtraum hinab. In den Händen hielten sie armlange Knüppel, und im Mondlicht sah er das Blitzen von Messern.

Die Situation war mehr als eindeutig, und jetzt ergab auch Sikiels geheimnisvolles Geschenk einen Sinn. Er hatte versucht, sie betrunken zu machen, um in der Nacht leichtes Spiel mit ihnen zu haben. Wahrscheinlich hatte ein Offizier diesen Plan schon in Niedland ausgeheckt, um sich vor der Auszahlung des Restsolds zu drücken. Womöglich handelte die Besatzung sogar im Namen des Königs.

Insgesamt schlichen sich fünf Männer an. Bemet vermutete, dass der Kapitän Kabal noch hinter dem Ruder stand, und der Schiffskoch unten in seiner Kombüse war. Der Smut taugte ohnehin nicht für einen nächtlichen Meuchelmord, da er viel zu dick war, um zu kämpfen, und außerdem ein Bein nachzog.

Bemets Herz raste. Erst lag er stundenlang da und bekämpfte seine Übelkeit, um endlich schlafen zu können, und jetzt, wo es so weit war, sollte er um sein Leben kämpfen. Er dachte kurz darüber nach, die anderen zu wecken, verbannte aber diesen Gedanken gleich wieder. Quard und Hissik waren sturzbetrunken. Sie würden den Angriff nicht schnell genug abwehren können. Alles, was er mit einem Warnruf erreichen würde, wäre, die Meuchelmörder zu warnen. Es lag jetzt an ihm allein, dieses Attentat zu verhindern.

Bemet wartete, bis die Männer auf ein paar Schritte heran waren. Der Vorderste blieb unerwartet stehen.

Bemet kniff die Augen zusammen, damit seine Pupillen nicht das Mondlicht reflektierten und ihn womöglich verrieten. Er sah, wie der Mann die Arme ausbreitete und damit seinen Kameraden signalisierte zurückzubleiben. Dann deutete er in einer schnellen Bewegung auf Quard, Hissik und Bemet – eine stille Anweisung, die weniger Verletzten zuerst zu töten. Zwei dunkle Gestalten traten an Bemets Koje heran, die anderen drei wandten sich seinen Kameraden zu.

Dies war der perfekte Zeitpunkt, um seinen Überraschungsangriff zu starten. Noch aus der Koje heraus trat Bemet einem der Männer mit voller Wucht gegen den Oberschenkel. Er hatte gehofft, ihm vielleicht das Bein zu brechen, doch sein Gegner stolperte nur rückwärts, riss aber wenigstens einen seiner Kameraden mit um. Bemet sprang auf und ergriff den Knüppel des zweiten Schergen. Ein Kopfstoß und eine geschickte Drehung entwaffneten den Angreifer.

»Wacht auf, Assamer!«, brüllte Bemet. »Sie wollen uns umbringen.«

Er verschwendete keine Zeit mit weiteren Erklärungen, sondern ging auf die Meute los. Schon nach den ersten Schlägen, die er austeilte, und den zögerlichen Remplern, die er einstecken musste, spürte er die Veränderung in sich. Der Bär war bereit, wie auch immer er geweckt worden war.

Zuerst kümmerte sich Bemet um die drei, die seinen Kameraden auf den Pelz rückten. Er musste sie unbedingt davon abhalten, sie mit wenigen Schlägen außer Gefecht zu setzen. Er stieß einen Mann beiseite und schlug dem zweiten mit dem Knüppel aufs Knie. Mit einem Schritt nach vorn war er an Quards Koje. Er riss am Hemd des Clankriegers, der mittlerweile schon den Kopf gehoben hatte und versuchte, den Schlaf abzuschütteln.

»Aufstn«, war alles, was Bemet über die Lippen brachte. Der Bär hatte bereits Besitz von ihm ergriffen.

Im selben Moment spürte er einen stechenden Schmerz in der Seite. Der dritte Angreifer hatte seine Überraschung überwunden und ihm seinen Dolch zwischen die Rippen gestoßen. Anscheinend selbst entsetzt von seiner Tat, sprang der Mann zurück.

Bemet riss sich die Klinge aus dem Körper und ließ sie achtlos fallen wie auch den Knüppel in der anderen Hand. Beide Waffen waren für den Kampf in Totemgestalt nicht von Nutzen. Er musste sich jetzt allein auf seine Kraft, die Instinkte und Reflexe des Totems konzentrieren.

Bemet versuchte, seine beiden Kameraden vor den Angriffen der Seeleute zu schützen. Quard und Hissik waren noch wie benebelt. Sie bemühten sich, aus ihren Kojen herauszukommen, taumelten und schwankten aber wie zwei Volltrunkene. So konnten sie sich niemals der Angriffe der Seeleute erwehren.

Bemet stand mit ausgebreiteten Armen vor seinen Angreifern. Das Überraschungsmoment war verloren. Sie wussten jetzt, mit wem sie es zu tun hatten. Geschickt täuschten die Männer mehrere Angriffe an, bevor sie zuschlugen. Einer der Seeleute – Bemet glaubte, es war der Steuermann – schnellte vor und stieß mit einem langen Messer zu. Ein weiterer kam von der anderen Seite und holte mit einem Knüppel zum Schlag aus. Bemet packte den Messerstecher am Handgelenk und vereitelte den Angriff. Dafür traf ihn das schwere Holz schmerzhaft an der Schulter. Er brüllte auf und schreckte selbst vor dem tierischen Laut aus seiner Kehle zurück. Bemet zog den Steuermann zu sich heran, entwand ihm die Klinge und schlug ihm mit der anderen Hand ins Gesicht. Es war zwar seine Hand, die den Mann am Kopf traf, aber es war die Kraft des Totems, die Knochen, Fleisch und Muskeln zerreißen ließ. Bemet spürte, wie er seinem Gegner etwas aus dem Gesicht riss. Der Gepeinigte brüllte auf wie ein Tier, das an seinem eigenen Blut erstickte.

Ein weiterer Schlag traf Bemet am Oberschenkel, warf ihn aber nicht zurück. Er sah, wie ein Seemann mit einem

Kantholz auf Quard einschlug. Der Clankrieger wusste sich nicht anders zu helfen, als die Arme über den Kopf zu halten und die Schläge über sich ergehen zu lassen.

Erneut stürmten zwei Gegner auf Bemet ein. Seine Instinkte bewahrten ihn vor dem Schlimmsten. Er konnte die Angriffe zwar abwehren, verlor aber nach und nach die Kontrolle über den Kampf. Ein dritter Mann drängte von hinten vor und wollte Bemet mit einem Bootshaken ans Leder.

Es half alles nichts. Er musste hier raus und seine beiden Kameraden in Sicherheit schaffen, was so viel hieß, wie von Bord zu springen.

Bemet schlug wild um sich und brüllte dabei wie von Sinnen. Einen Angreifer konnte er gegen die Bordwand stoßen, der andere wich entsetzt zurück. Dies war der Moment, den er gebraucht hatte. Bemet packte Quard und Hissik an den Armen. Die beiden waren zum Glück noch so weit bei Verstand, dass sie selbstständig vorwärtsstolperten. Bemet drängte sie durch den Laderaum und die Treppe hinauf. Der Bootshaken traf seine Schulter. Er spürte, wie Blut an seinem Arm herunterlief.

»Lauft nach oben«, schrie Bemet die beiden Clanmänner an.

Sie gehorchten, wenn auch immer noch träge und benommen. Auf Deck angekommen, packte Bemet die beiden und schleuderte sie über die Bordwand, woraufhin sie stumm ins Meer stürzten.

Schon drängten die ersten Verfolger aus der Frachtluke. Bemet hechtete auf sie zu, verpasste dem vordersten einen Fußtritt, sodass er gegen seine nachfolgenden Kameraden prallte. Die Männer polterten zurück in den Laderaum, standen aber sofort wieder auf den Beinen. Sie machten sich bereit, die Treppe erneut zu erklimmen.

Vom Achterdeck kam Kapitän Kabal angestürmt. Mit

blankgezogenem Säbel sprang er aufs Mitteldeck, bereit, sich dem Söldner zu stellen.

Bemet konnte sich nicht auf einen Kampf einlassen. Quard und Hissik trieben halb besinnungslos im Meer. Niemand wusste, wie lange sie sich ohne Hilfe über Wasser halten konnten.

Bemet packte einen türgroßen Flügel der Frachtluke und riss daran wie ein Bär, der hinter einer Baumrinde eine Honigwabe witterte. Zu seinem Erstaunen besaß er tatsächlich die Kraft, die Luke abzureißen und sprang mit ihr über Bord.

Hinter sich hörte er die Verwünschungen des Kapitäns, der an der Reling stand. »Sollen euch doch die Haie fressen, ihr verdammten Lykanthen!«

ALDEN wollte es zuerst nicht wahrhaben, doch er hatte tatsächlich ein Problem mit Türen. Andere Menschen dachten nicht lange nach: Sie drückten die Klinke herunter und traten ein. Alden hingegen plagten zuvor meist komplizierte Gedanken.

Der eigentliche Vorgang war für ihn natürlich genauso einfach wie für jeden Menschen. Was ihn jedoch von den meisten unterschied, war die Rolle, die er beim Betreten eines Raums einnahm. Alden war nicht lediglich eine Person. Er war stets jemand anderes, hatte eine höhere Stellung, wichtigere Aufgaben und mehr oder weniger große Befugnisse. Somit war er immer gezwungen zu durchdenken, welche Rolle er einnahm, wenn er eine Tür durchschritt. Am Hofe des Königs war zwar vieles leichter als anderswo, was allein der Tatsache geschuldet war, dass weder Armut noch Einfältigkeit in diesen Mauern zu Hause waren. Aber es gab auch Dinge, die sich wesentlich schwieriger gestalteten als in den bürgerlichen Vierteln einer Stadt. Durch Türen zu gehen gehörte dazu. Und die Tür, vor der der junge Prinz nun stand, war eine der kompliziertesten, die man durchschreiten konnte.

Alden starrte auf die Gravur im Messingschild: Audienzzimmer Meister Lunas, ehrenwert.

Alden erinnerte sich noch, wie sein Vater sich darüber aufgeregt hatte, dass Meister Lunas vor einigen Jahren dieses Schild beantragt hatte. »Eine Audienz am Hofe kann nur der König geben«, hatte er gesagt. Aber Lunas war hartnäckig geblieben. Er hatte damit gedroht, sich andernfalls der Belange des Königshauses nur noch im Tempel von Königsgrund anzunehmen.

Die Krone stand zwar offiziell über der geistlichen Führung, war aber zugleich abhängig von ihrer Fürsprache. Kein Reich ließ sich dauerhaft lenken, wenn der Klerus nicht dahinterstand. Aldens Vater hatte es einmal ganz treffend ausgedrückt: »Für die kleinen und großen Wunden, die wir diesem Volk tagtäglich zufügen, brauchen wir die heilenden Hände der Priesterschaft, damit es uns nicht unter den Fingern wegstirbt.«

Alden fasste sich ein Herz, klopfte kurz an und trat ein.

Meister Lunas schien verwundert und verärgert zugleich, dass es jemand wagte, seine Kammer ohne Aufforderung zu betreten. Mit verkniffenem Gesicht inspizierte er den Eindringling. »Ah, Ihr seid es, Königliche Hoheit«, sagte er. »Was verschafft mir die Ehre Eures Besuches?« Zumindest war die Verwunderung aus Lunas' Gesicht verschwunden.

»Verzeiht mein plötzliches Auftauchen«, entschuldigte Alden sich. »Ich weiß, Ihr habt bestimmt eine Menge zu tun, und …«

»Ihr könnt euch gar nicht vorstellen, was alles«, unterbrach Meister Lunas Aldens Ansprache. »Der Krieg mit Niedland, die schlechte Ernte dieses Jahr und diese ständigen Gerüchte über den schwarzen Tod. Ich weiß gar nicht, auf was wir uns zuerst konzentrieren sollen.« Nachdem er dem Prinzen einen kurzen Blick zugeworfen hatte, fuhr er damit fort, irgendwelche vergilbten Papiere zu sortieren.

Alden schloss die Tür hinter sich und trat an den Schreibtisch heran. Er zögerte einen Moment, sein Anliegen vorzutragen, da Lunas tatsächlich sehr beschäftigt wirkte. Gerade, als er Mut gefasst hatte und loslegen wollte, fiel ihm der Geistliche abermals ins Wort.

»Habt Ihr von dem schrecklichen Brand im Armenviertel gehört? Natürlich habt Ihr das. Der Rat hat extra eine Sitzung deswegen einberufen. Vierzig Häuser, einfach dem Erdboden gleichgemacht, nur weil irgendjemand vergessen hat, die Kerzen zu löschen. Wie ich gehört habe, versuchen wir jetzt, Baumaterial aus dem Süden zu beschaffen. Wer hätte gedacht, dass es uns einmal an Balken und Brettern fehlen sollte? Das wird die Krone einiges kosten, Geld, das die Schatzkammern nicht hergeben.«

»Und soweit ich gehört habe, sind auch viele Menschen bei dem Brand umgekommen«, hielt Alden Lunas entgegen.

»Äh, wie meinen?« Der Geistliche sah auf. »Ah, ja natürlich. Schrecklich.«

»Na ja, die meisten haben ohnehin nicht viel zum Wohlstand des Landes beigetragen, stimmt's, Meister Lunas?«, sagte Alden provokant.

»Das zu beurteilen steht mir nicht zu. Aber wenn Ihr es sagt, entspricht es bestimmt der Wahrheit. Deswegen seid Ihr sicher nicht hier, oder? Was führt Euch in meine bescheidene Kammer?«

Jetzt hatte Alden zwar die gewünschte Aufmerksamkeit, sich aber auch den Argwohn des alten Mannes zugezogen.

»Meine Frage ist ein wenig prekär«, begann Alden. »Da Ihr Euch gut mit Heilkräutern und Tinkturen auskennt, habe ich mir gedacht, Ihr könntet mir bestimmt Auskunft geben.«

Alden machte eine Pause, doch Lunas sprang nicht auf seine Einleitung an, sondern sah ihn nur erwartungsvoll mit großen Augen an.

»Angenommen, ich würde eine junge Frau kennen, die sichergehen möchte, kein Kind zu bekommen. Wie kann man eine Schwangerschaft am besten verhindern? Versteht mich nicht falsch, ich weiß durchaus, wie man es anstellt.

Aber gibt es auch Mittelchen, die zum selben Ergebnis führen?«

Meister Lunas blickte etwas verdutzt und nachdenklich drein. Doch dann zauberte sich urplötzlich ein Lächeln in sein Gesicht.

»Ah, so eine Art prekäres Problem«, schnaubte er. »Gebt es zu, Ihr habt ein junges Ding kennengelernt, das nicht von Adel ist oder deren Familie nicht über genügend Geldmittel verfügt, um am königlichen Hofe willkommen zu sein.«

»Wenn Euch diese Vorstellung zusagt, können wir gern Eurer Annahme folgen. Aber sagen wir mal, ich möchte mich nicht nur eine Nacht darauf verlassen können, sondern dauerhaft.«

Das Gespräch tendierte in eine Richtung, die ihm Unbehagen bereitete und ihn an die Grenzen seiner jugendlichen Scham brachte. Er war schließlich noch ein unerfahrener junger Mann und Meister Lunas alles andere als keusch, wenn die Gerüchte stimmten.

»Äh, wie meint Ihr das? Ich verstehe nicht ganz«, stammelte Lunas, der eigentlich nie stammelte.

»Ich meine, gibt es ein Mittelchen, das aus einer fruchtbaren Frau eine unfruchtbare macht, und das für immer?«

Unerwartet schnell fand Lunas aus seiner Begriffsstutzigkeit. Alden hatte gehofft, ihn mehr verunsichern zu können, doch das Verhalten des Geistlichen glich fast schon einem Geständnis.

»Solche Mittel gibt es«, erwiderte Meister Lunas kühl. »Ich würde aber jedem davon abraten, sie anzuwenden.«

»Warum?«, fragte Alden, »Vielleicht, weil diese Mittel den Körper auch krank machen? Weil man unter Umständen daran sterben könnte? Womöglich sogar erst viele Jahre später?«

»Nein, ich würde diese Präparate niemandem geben, weil

ein Leben lang sein kann und die Menschen sich manchmal umentscheiden«, erklärte Lunas.

»Aber Ihr würdet sie jemandem geben, der euch vorher einen Gefallen getan hat, oder?«

Meister Lunas sprang vom Stuhl auf und stierte Alden voller Zorn an. »Wir sollten dieses Thema schnellstens fallenlassen, ansonsten wäre ich gezwungen, Euren Vater über diese Unterhaltung zu unterrichten.«

»Tut das nur«, erwiderte Alden in ruhigem, triumphierendem Ton. »Ich kann auch einiges zu diesem Thema beitragen, was den König, *meinen Vater*, interessieren würde.«

Nach diesen Worten machte Alden auf dem Absatz kehrt und verließ die Gemächer von Meister Lunas.

VIER TAGE

Aurora, du sollst zu Schwester Nelka kommen, wenn du die Teller gespült hast«, sagte Grede, die Köchin.

Vier Tage war es jetzt erst her, seit Aurora die kleine Insel mit der Zitadelle betreten hatte. Es kam ihr allerdings vor, als sei sie schon Monate hier. Alle Schwestern behandelten sie wie ein vollwertiges Mitglied des Ordens. Die Oberin, Schwester Dorothen, hatte sie begrüßt und ihr ein Zimmer zugewiesen. Es lag im sechsten Stock des schwer befestigten Zitadellenturms. Rund um den Turm war ein breiter überdachter Bau angelegt, der nichts anderes als ein Labyrinth aus Säulen und Separees war. Die Schwester Oberin hatte Aurora erklärt, dass die Insel früher als Bollwerk gegen feindliche Schiffe genutzt worden war, die die Meerenge durchqueren und Uslag angreifen wollten. Seit sich das Wasser aber vor über dreihundert Jahren dazu entschlossen hatte, das Land weiter zurückzudrängen und die Passage zu verbreitern, war die Zitadelle aus militärischer Sicht nutzlos geworden. Vor hundert Jahren hatte der Orden der Sanften Schwestern das kleine Eiland übernommen. Seither war es die Heimat der Ordensschwestern und eine Zuflucht für Menschen, die einen abgeschiedenen Ort zur Heilung suchten.

Aurora hatte zuerst nicht verstanden, warum es gut sein sollte, fernab von allem gesundgepflegt zu werden. Die Schwester Oberin hatte ihr erklärt, dass es viele Gründe dafür gab. Zum Beispiel wollten die Patienten oft nicht, dass die Familie, Angehörigen oder Nachbarn von ihrer Krankheit erfuhren. Manchmal war es so, dass die Menschen sich schämten und deswegen woanders hingingen. Es gab auch geistige Erkrankungen, die die Isolation der Patienten erforderten. Mitunter ging es auch darum, eine hochansteckende Krankheit einzudämmen.

Die Schwester Oberin hatte noch vieles mehr erzählt, aber Aurora war außerstande gewesen, sich alles zu merken. Die neuen Eindrücke ringsum hatten sie ganz in ihren Bann geschlagen.

Neben den vielen Annehmlichkeiten wie einem Bett, festen Mahlzeiten, freundlichen Gesichtern und der familiären Atmosphäre war Aurora von einer Sache ganz besonders angetan: vom Ausblick aus ihrer Kammer. An klaren Tagen konnte sie über das Meer bis in die Bucht von Sprödholz sehen. Sie ertappte sich manchmal dabei, wie sie am Fenster stand, hinaussah und alles um sich herum vergaß, sogar die schweren Schicksalsschläge, die sie in den letzten Wochen hatte hinnehmen müssen. In solchen Momenten erinnerte sie die Küchenklingel stets daran, dass das Leben nicht nur aus Träumen bestand.

Jedes Zimmer hatte eine Klingel, deren Seil durchs Mauerwerk nach unten ins Erdgeschoss führte und dort geläutet werden konnte, um die jeweilige Ordensschwester herbeizurufen. Aurora war zwar keine von ihnen, trotzdem machte Grede gern Gebrauch von der Klingel, nicht zuletzt, weil die Küche ebenfalls im Erdgeschoss lag.

»Bin schon fertig«, antwortete Aurora. »Alles blitzblank.«

Grede hatte ein rundes Gesicht, rote Wangen und krauses graues Haar. Sie konnte lächeln wie keine andere. Ihr Gesicht wirkte so gütig, und die Augen strahlten immer fröhlich und voller Lebenskraft, obwohl sie bestimmt schon über sechzig war. »Na dann lauf schon, Liebchen, und lass die ehrenwerte Schwester nicht warten.«

Aurora trocknete sich die Hände an der Schürze ab und eilte zur Tür. Die Kammer von Nelka lag im fünften Stock, was eine Menge Treppensteigen bedeutete. Doch Aurora war noch jung und vom Leben in der Wildnis Strapazen gewöhnt. Viele Ordensschwestern hatten es da schon schwerer.

Oben angekommen band sie eilig die Schürze ab, legte sie neben der Tür auf den Boden und strich sich die Kleidung glatt. Sie klopfte an, wurde hereingebeten und betrat die Kammer der Ordensschwester.

»Ah, Aurora, schön dass du schon da bist. Ich habe etwas mit dir zu besprechen. Setz dich bitte«, sagte Nelka freundlich.

Aurora beschlich ein ungutes Gefühl. Sollte dies schon das Ende ihres kleinen Ausfluges in ein normales Leben gewesen sein? Diese förmliche, übertrieben höfliche Art passte gar nicht zu Schwester Nelka.

»Aurora, du bist schon ein paar Tage hier und konntest dir ein Bild vom Leben in der Zitadelle machen. Dir ist mit Sicherheit klar geworden, dass die Schwesternschaft eine Art Glaubensgemeinschaft ist, die sich der Heilung und Pflege von Kranken und Verletzten widmet. Jede Ordensschwester hier hat eine lange und anstrengende Ausbildung hinter sich. Ebenfalls wird dir aufgefallen sein, dass Grede die Küchenarbeit mühelos allein schafft …«

»Hab ich irgendwas falsch gemacht?«, brach es aus Aurora heraus. »Es gibt doch bestimmt auch andere Aufgaben, die ich übernehmen könnte. Egal was, ich kann eine Menge Dinge. Ich würde allein für Essen und Unterkunft arbeiten. Bitte werft mich nicht raus.« Aurora war den Tränen nahe.

»Darum geht es nicht, Liebes. Du hast nichts verkehrt gemacht«, erwiderte Nelka mit unangenehm verständnisvoller Stimme. »Und allein für Essen und Unterkunft arbeiten wir hier alle.«

»Dann eben nur für etwas Essen. Ich würde unten am Wasser schlafen und niemandem zur Last fallen. Bitte!«

Die Ordensschwester schaute Aurora mitleidig an und schüttelte traurig den Kopf. »Das kann ich nicht machen, Kleines. Ich habe mich mit den anderen Schwestern und natürlich Oberin Dorothen beraten, und wir sind zu dem Schluss gekommen, dass du, wenn du möchtest, bei uns eine Ausbildung zur Ordensschwester anfangen kannst.«

»Aber warum, wenn ich doch nichts verkehrt gemacht habe?« Erst jetzt wurde ihr klar, was Schwester Nelka gesagt und welches Angebot sie ihr unterbreitet hatte. Mit großen, glänzenden Augen starrte sie die Schwester an. »Ihr meint, ich kann hierbleiben und eine Ausbildung zur Heilerin machen?«

»Ganz genau, Aurora. Wir glauben, dass du Talent hast. Du musst wissen, dass wir zwar Ordensschwestern sind und dem Glauben dienen, aber in allererster Linie sehen wir uns als eine Gemeinschaft, die sich für das Wohlergehen von Alten und Kranken einsetzt. Verstehst du, was ich damit sagen will?«

Aurora nickte. »Ja, Schwester Nelka, das verstehe ich.« Dennoch verschwand ihr Unbehagen nicht ganz. Meinte Nelka mit dem Talent, das sie in ihr zu erkennen glaubte, vielleicht die Gabe der Liedmagie? Und wenn sie sagte, dass sie zwar eine Ordensgemeinschaft waren, sich aber vornehmlich um die Heilung Kranker kümmerten, sollte das heißen, dass sie heidnische Bräuche guthießen oder zumindest akzeptierten? Soweit Aurora ihre Mutter verstanden hatte, war es enorm wichtig, die Liedmagie nicht offen anzuwenden, da sie als gotteslästerlich betrachtet und mit dem Tode bestraft wurde.

Aurora war mehr als glücklich, solch eine Chance zu bekommen, auf den Einsatz ihrer Gabe indes würde sie vermutlich vorerst verzichten. Immerhin konnte es sein, dass alles nur eine Falle war, um Ungläubige zu überführen.

»Natürlich möchte ich«, sagte Aurora, den Freudentränen nahe. »Ich bin Euch so dankbar, Schwester Nelka. Ihr wisst gar nicht wie sehr.«

»Ich kann es mir vorstellen, Kleines. Aber lass mich dir erst einmal etwas über die Zitadelle der Sanften Schwestern erzählen. Ich vermute, so viel hast du bei deinem Küchendienst noch nicht mitbekommen.«

Nelka erklärte Aurora den Aufbau und die Organisation des Ordens. Was von außen betrachtet für die meisten wie ein provisorisches Feldlazarett wirkte, war in Wirklichkeit eine straff organisierte Gemeinschaft, die versuchte, die wenigen Ressourcen bestmöglich einzusetzen. Nelka betitelte die vier Ordensabteien mit Imaginatem, Vulnaris, Morbutus und Spiritosum. Jede der Abteien behandelte andere Krankheiten oder Verletzungen. Nach der allgemeinen Einweisung in die Heilkunst, Kräuterkunde und Tinkturenalchemie sollte Aurora die einzelnen Abteien durchlaufen. Nach einer gewissen Ausbildungszeit entschieden dann die Ordensschwestern, welcher Abtei Aurora endgültig zugewiesen werden würde.

Das alles klang nach einer extrem anstrengenden und langwierigen Ausbildung – aber auch nach einem spannenden Neuanfang.

Bemet klammerte sich nur noch instinktiv an die schwimmende Holzluke. Sein Körper hatte ihm längst signalisiert, loszulassen und sich einfach treiben zu lassen. Doch sein Verstand bläute ihm ein, dass er dann und für immer auf dem Meeresgrund enden würde. Ein Bär, gefangen in seinem nassen Grab. Ein Clankrieger sollte im Kampf sterben, und wenn ihm ein solches Ende nicht beschieden war, dann sollte er wenigstens altersschwach und betrunken in den Armen einer hübschen Frau abtreten. Das jedenfalls hatte Keil ihm erzählt.

Bemet zweifelte langsam daran, wirklich ein Krieger des Clans zu sein. Anscheinend taugte er als Söldner genauso viel wie als Seemann. Seit seiner Weihe konnte er auf nichts zurückblicken, das ihn mit Stolz erfüllte. Die letzten Wochen waren geprägt gewesen von Übelkeit, Bewusstlosigkeit und endlosem Warten.

Bemet war sogar zu kraftlos, um sich seiner Schwermut hinzugeben. Immer wieder glitt er in eine stundenlange Dämmerphase und spürte nur noch seine Finger, die sich krampfhaft ans Holz klammerten, das ihn über Wasser hielt.

»Ich sag's dir, die können es über hundert Meilen weit riechen.«

Hissiks Stimme holte Bemet aus seinem Delirium zurück. Er glaubte zwar nicht, dass die Worte an ihn gerichtet waren, aber der zischende Tonfall des Kriegers verriet, dass etwas nicht in Ordnung war.

»Spürst du, wie das Wasser langsam wärmer wird? Wir treiben immer weiter nach Süden, ins Uslager Meer. Du weißt, was das heißt.«

»Mir ist egal, was es heißt« grollte Quards tiefe Stimme.

»Barkenhaie und Klingenaale«, verkündete Hissik unheilvoll. »Diese Viecher werden von Blut angelockt wie Söldner von einer vollen Kriegskasse. Sie durchqueren das gesamte Meer, wenn ihr Blutrausch es ihnen befiehlt.«

»Wir haben ihn so gut verbunden, wie es ging. Ich hab Krieger gesehen, die von Heilern nicht halb so gut zusammengeflickt wurden.«

»Willst du es nicht begreifen, Quard? Es ist egal, wie viel Mühe wir uns gegeben haben. Ein einziger Tropfen reicht aus, um diese Räuber anzulocken. Es geht nicht darum, ob sie ihn finden, nur wann und ob wir dann noch bei ihm sind oder nicht. Wenn diese Viecher erst einmal im Blutrausch sind, fressen sie alles, was ihnen vors Maul kommt. Ich für meinen Teil wäre lieber hundert Meilen weit weg, wenn das passiert.«

»Niemand hält dich zurück«, brummte Quard. »Schwimm einfach los.«

Hissik zischte verächtlich. »Würde ich ja tun, aber leider klammert sich der kleine Dachsbär an diese Holzluke wie ein Säugling an die Brust seiner Mutter, und ohne Hilfe könnte ich mich keine Stunde mehr über Wasser halten.«

»Er auch nicht. Und soweit ich mich erinnere, hat *er* die Luke ins Wasser geworfen. Was so viel bedeutet, dass sie ihm gehört.«

Obwohl die Stimmen für Bemet wie aus einem Traum klangen, schnitten sie sich tief in seinen Geist. Anscheinend berieten sich Quard und Hissik gerade darüber, ob sie ihn seinem Schicksal überließen oder nicht. Zu gern hätte Bemet auch etwas dazu gesagt, doch leider fand er nicht die

Kraft, seine Stimme zu erheben. Er konnte nicht einmal mehr die Augen aus eigenem Antrieb öffnen, nur zuhören und abwarten, wie sich die beiden entschieden.

»Willst du wirklich hier sterben?«, keifte Hissik. »Du wirfst unser Leben einfach weg, nur um jemanden zu retten, der ohnehin so gut wie tot ist. Was für einen Unterschied macht es, ob er von den Fischen gefressen wird oder wir ihn einfach ertrinken lassen? Tot ist er so oder so.«

Kurz kehrte Schweigen ein. Bemet glaubte sogar wahrzunehmen, dass die Wellen seichter wurden und das ewige Klatschen in einen Flüsterton verfiel. Er stellte sich darauf ein, jeden Moment eine Hand auf der Schulter zu spüren, die ihn vom rettenden Holz riss und ihn in die Tiefe drückte.

Nichts davon passierte. Stattdessen hörte er einen dumpfen Schlag und kurz darauf, wie etwas Großes, Schweres ins Wasser glitt. Es hörte sich an wie ein großer Fisch, den man aus den Händen zurück ins Wasser gleiten ließ.

Dann war es wieder still.

Eine Unruhe erfasste Bemet, die ihn innerlich auszubrennen drohte.

Da war die Hand, die seine Schulter packte!

»Schön festhalten, kleiner Dachsbär«, murmelte Quard ihm zu. »Wir wollen doch nicht, dass du uns untergehst. Immerhin verdanke ich dir mein Leben. Pranken halten immer zusammen. Vergiss das nicht.«

ALDEN blinzelte gegen das Licht der tiefstehenden Sonne an und beobachtete das Treiben in den Gassen von Königsgrund. Von hier oben aus seinen Gemächern hatte er einen guten Überblick. Jedoch bezweifelte er, dass sich das, wonach er Ausschau hielt, einfach zeigen würde.

Vier Tage war es jetzt her, dass er mit Meister Lunas gesprochen hatte. Vier Tage ohne eine Reaktion des alten Mannes.

Es gab zwei Dinge, die Alden besonders hasste: Das eine war, auf etwas zu warten, das andere, in Ungewissheit zu schweben. Von beidem hatte er mehr als genug, und am meisten ärgerte ihn, dass er selbst Schuld daran trug. Hätte er Lunas nicht so unbesonnen von Angesicht zu Angesicht beschuldigt, könnte er jetzt in Ruhe weitere Pläne gegen den Mörder seiner Mutter schmieden. Nun war es genau andersherum. Dass der Meister eine Reaktion auf die Anschuldigungen zeigen würde, war äußerst wahrscheinlich. Die einzige Rechtfertigung, die er vorbringen könnte, wäre, im Namen des Königs gehandelt zu haben. Ein logischer Schluss und vielleicht sogar die Wahrheit, aber sicherlich nichts, womit er sein Leben verlängern könnte. Lunas blieb also nur der Ausweg, seinen Ankläger aus dem Weg zu räumen.

Einen Prinzen zum Schweigen zu bringen war keine leichte Aufgabe, aber eingedenk der weitreichenden Beziehungen und fast unbegrenzten Mittel eines Geistlichen nicht unmöglich.

Jetzt hockte Alden hier oben in seinen Palastgemächern und grübelte darüber nach, was der Alte gegen ihn plante, gefangen wie ein Kaninchen in seinem Bau. Egal, aus welchem Loch er gekrochen käme, er musste damit rechnen, dass einer von Lunas' Hunden bereits darauf lauerte, ihm den Kopf abzubeißen. Andererseits konnte er sich unmöglich dauerhaft in seinen Gemächern verstecken. Er wäre nicht der erste junge Prinz, der an einer Dosis Gift starb.

Aldens Vater hätte seinen Sohn schlecht erzogen, wenn er ihm beigebracht hätte, bei Gefahr wie ein Kaninchen im Bau zu hocken und abzuwarten. Ein zukünftiger Herrscher musste das Zepter in die Hand nehmen und sein Schicksal selbst bestimmen. Genau das hatte sein Vater ihn gelehrt, wenn auch vieles andere nicht.

Doch leider reichte mitunter der gute Wille nicht immer aus. Alden war zwar der Kronprinz, trotzdem standen ihm momentan nur begrenzte Kontakte und kaum Geld zur Verfügung. Seinen Vater um Hilfe zu bitten war grundsätzlich von vornherein zum Scheitern verurteilt, und in dieser besonderen Angelegenheit glich das Vorhaben zudem eher einem Räuber, der den Hausbesitzer darum bat, ein Fenster aufzulassen. Es blieb ihm nichts anderes übrig, als die Sache selbst in die Hand zu nehmen, und das möglichst, ohne umgebracht zu werden.

Alden wartete, bis es dunkel geworden war. Für einen jungen Prinzen gehörte es sich zwar nicht, mitten in der Nacht allein in die Stadt zu schleichen, doch konnte er nur so seine Identität verbergen.

Sein Plan ging auf. Kaum jemand trieb sich zu dieser Zeit auf den Straßen von Königsgrund herum. Die Wenigen, die es taten, waren entweder betrunken oder führten ähnlich dunkle Absichten im Schilde wie Alden. Etwas schwieriger wurde es, als er von der Hauptstraße Richtung Hafen abbog.

Seine Ortskenntnisse waren hier nur marginal und beruhten auf Hörensagen. Das lautstarke Zetern einer geprellten Prostituierten zeigte ihm indes, dass er auf dem richtigen Weg war.

Der Ort, den Alden suchte, verriet sich durch ein windschiefes Schild über dem Eingang mit der Aufschrift »Nymphenteich«. Was sich anhörte wie der Name eines öffentlichen Badehauses oder wie ein Ort, an dem sich junge Verliebte das erste Mal küssten, zählte in Wirklichkeit zu den miesesten Kneipen der Stadt, wenn nicht sogar des ganzen Landes. Wer hier als Stammgast geführt wurde, gehörte mit Sicherheit an den Galgen.

Alden hatte keine Angst, sich mit Gesindel einzulassen. Er hatte bereits an so vielen Ratssitzungen teilnehmen müssen, dass ihm keine Freveltat und kein Verbrechen mehr fremd waren. Doch im Gegensatz zum üblichen Abschaum sah man den Mitgliedern des Rates ihre Gräuel nicht an, was sie noch gefährlicher machte als jeden Galgenvogel.

Alden zuckte zurück, als die Tür zum Nymphenteich aufgestoßen wurde und ein alter Mann mit grauem Haar und flickenbesetztem Lederumhang auf ihn zugestolpert kam. Er packte Alden an der Schulter und vollführte ein Tänzchen um ihn herum.

»Pass auf, Jüngling, da drin ziehen sie dir die letzten Gulden aus der Tasche, und dafür bekommst du nichts weiter als die Lebensweisheiten von ein paar Halunken und Gaunern.«

Der Mann war offensichtlich stark angetrunken und entfernte sich in Schlangenlinien, so schnell, wie er gekommen war.

Alden sah ihm kurz nach, entschloss sich dann aber, in die Taverne zu huschen, solange die Tür noch einen Spalt offen stand.

Der Schankraum war mäßig gefüllt, was in Anbetracht der Uhrzeit erstaunlich war, da die meisten Menschen, die einer Arbeit nachgingen, schon seit Stunden im Bett lagen.

Alden wollte nicht lange herumstehen und den Verdacht erwecken, unbeholfen oder unsicher zu sein. Leuten wie diesen offenbarte man am besten keine Schwäche, sonst war man schnell ihr nächstes Opfer. Alden setzte sich beim Ausgang an einen Fensterplatz. Die kleinen Butzenscheiben waren aus dunkelblau gefärbtem Glas, was vor Gaffern schützen sollte. Den neugierigen Blicken aus dem Schankraum war er dennoch ausgeliefert. Soweit Alden erkannte, schien sich für ihn jedoch niemand mehr zu interessieren als die Schankmaid, und selbst die hatte ihn nur am Rande wahrgenommen. Alden saß da, den Blick starr auf den Tisch gerichtet, in der Hoffnung, gelangweilt auszusehen. Es dauerte nicht lange, bis er die graue Kittelschürze aus dem Augenwinkel bemerkte. Die Schankmaid, eine junge Frau Mitte zwanzig, musterte ihn. Ihre knabenhafte Figur passte zu dem kurzen Haar und dem hageren Gesicht. Auf ihren Unterarmen prangten Tätowierungen, rankenförmige Gebilde, die entfernt an ein Dornengestrüpp erinnerten.

Sie blickte Alden erwartungsvoll an.»Etwas zu trinken?«

Alden kannte sich nicht gut damit aus, was in einer solchen Kneipe ausgeschenkt wurde. Am Hofe wurde das gereicht, was in der Küche passend zur Mahlzeit ausgesucht wurde oder was sein Vater bestimmte. Meist waren es spezielle Weine aus anderen Ländern, die kaum ein Mensch kannte, geschweige denn aussprechen konnte. Alden bezweifelte, dass sie hier im Nymphenteich eine ähnliche Auswahl boten wie im Weinkeller am Hof.

»Was könnt Ihr denn empfehlen?«

Die Schankmaid verzog den Mundwinkel, was eigentlich ganz niedlich wirkte.

»Wenn ich jemanden treffe, der mich mit ›Ihr‹ oder ›junges Fräulein‹ anspricht, empfehle ich meist eine andere Kneipe. Da es aber mittlerweile spät ist und alle anderen geschlossen haben, würde ich sagen: ein kräftiges Gewürzbier. Und bitte nenn mich Sigrid, das tun alle hier. Den Klaps auf den Hintern kannst du dir dafür gern verkneifen.«

»Das hört sich doch gut an«, erwiderte Alden. »Das mit dem Gewürzbier, mein ich natürlich.«

»Kommt sofort«, sagte Sigrid mit keckem Lachen.

»Ach, eins noch.« Alden stützte sich mit den Unterarmen auf den Tisch und reckte sich der jungen Frau entgegen. »Ich würde gern mit Vasil sprechen«, flüsterte er halblaut.

Sie nickte.

Alden beobachtete Sigrid aus den Augenwinkeln, um zu sehen, welchem Gast sie ein Zeichen gab oder wen sie ansprach. Er war ein Meister darin, versteckte Anspielungen oder unbedeutende Gesten als das zu deuten, was sie wirklich waren, nämlich Absprachen, Bündnisse oder Verschwörungen. Bei den Sitzungen des Kleinen Rates sah man lauter solche Gesten. Alden fiel jedoch nichts Ungewöhnliches auf. Sigrid ging einfach ihrer Arbeit nach, ohne bei jemandem zu verweilen oder ihn mit einer Geste auf Alden aufmerksam zu machen.

Bevor er noch einmal nachfragen konnte, ob Sigrid sein Anliegen auch richtig verstanden hatte, kam der Wirt mit dem Gewürzbier und stellte es vor dem jungen Prinzen auf den Tisch. Doch anstatt ihm ein »zum Wohlsein« zu wünschen, stand der wohlbeleibte Mann mit der schmutzigen Schürze vor ihm, wischte sich die Hände an seinem triefenden Handtuch ab und starrte ihn an.

»Oh, danke, ich möchte nichts essen«, sagte Alden höflich.

»Das ist gut, wir haben nämlich auch nichts. Meine Tochter meinte, hier sitzt ein junger Bursche, der mit mir sprechen möchte. Ich bin Vasil.«

»Oh, verzeiht. Ich dachte, ich suche nach einem der Gäste.«

»Und, hat sich dein Anliegen damit erledigt?«

»Nein, nein, ganz und gar nicht. Aber wollt Ihr Euch nicht zu mir setzen? Was wir zu bereden haben, ist nicht für fremde Ohren bestimmt.«

Vasil blickte sich um.

»Alle Ohren in diesem Raum gehören mir, bis auf deine beiden. Also sag einfach, worum es geht, wenn du sie behalten möchtest.«

Einen solchen Umgangston war Alden nicht gewöhnt, doch offenbar musste er sich diese Frechheiten hier gefallen lassen. Außerdem wusste der Mann ja nicht, wen er vor sich hatte.

Alden schilderte sein Problem in aller Kürze. Vasil hörte zu und nickte dann und wann zustimmend. Nachdem alles gesagt war, ohne Namen oder irgendwelche Details zu verraten, warf der Wirt das nasse Tuch auf den Tisch und setzte sich Alden gegenüber auf einen Stuhl.

»Vielleicht sollte ich die Sache doch lieber vergessen und meiner Wege ziehen«, sagte Alden unsicher, als er den bohrenden Blick des Wirtes nicht mehr ertrug. Er wollte sich gerade erheben, da spürte er die Spitze einer Klinge zwischen seinen Beinen.

»Nicht so schnell, mein junger Freund«, zischte Vasil. »Ich hab nicht gesagt, dass ich nicht interessiert bin. Aber vorher wüsste ich gern, wie du gerade auf mich gekommen bist, einen unbescholtenen Bürger und Gastwirt einer rentablen Schenke.«

Beides entsprach sicherlich nicht der Wahrheit, doch hielt Alden es für falsch, seine Zweifel laut zu äußern. Ebenso wäre es ein Fehler, Vasil eine Lügengeschichte über seine Quellen aufzutischen. Es musste genügen, ihm einfach nicht alles zu erzählen.

»Ich habe ein Gespräch belauscht zwischen Hauptmann Sinosil und einem Lehnsmann aus einem Dorf im Süden. Seinen Namen weiß ich nicht. Es ging um einen bekannten Mitgiftjäger, der hinter der Tochter des besagten Lehnsmanns her war, und darum, ihn loszuwerden … für immer. In diesem Zusammenhang fiel Euer Name. Herauszufinden, wo man Euch findet, war dann nicht mehr schwer.«

Vasil zog beeindruckt eine Augenbraue hoch. »Du sagst mir, um wen es geht, und ich nenne dir meinen Preis. Es gibt keine Verhandlung oder sonstiges Geschachere, wir sind schließlich nicht auf dem Markt. Wenn du Zeit oder Ort bestimmen möchtest, kostet das extra. Verstanden?«

Alden nickte zögerlich.

»Es geht um Meister Lunas.«

Allein schon der Name schien den sonst so abgebrühten Vasil zu verunsichern. Seine Mundwinkel erstarrten, und sein linkes Auge begann nervös zu zittern. Nach wenigen Augenblicken hatte er seine Fassung zurückerlangt.

»Zweitausend Gulden.«

»Zweitausend?«, wiederholte Alden erschrocken. »Woher soll ich so viel Gold bekommen? Es wäre billiger für mich, wenn ich mir ein paar Söldner aus Assamad anheuere.«

»Zweitausend Gulden plus tausend dafür, dass ich nicht zu deinem Vater gehe und ihm von deinen Plänen berichte, *kleiner Prinz*. Ja, ich weiß, wer du bist. Und ich finde, das ist ein angemessener Preis dafür, dass ich jetzt direkt für das Königshaus arbeite, findest du nicht?«

Erneut spürte Alden die Klingenspitze zwischen seinen Beinen. Er hatte sie fast schon vergessen.

»Abgemacht!«

IMAGINATEM, VULNARIS

Aurora hätte schreien können vor Wut. Ihr ganzes Leben musste sie nun schon Ungerechtigkeit ertragen. Dass der Stärkere sich gegenüber dem Schwächeren durchsetzt, war nichts Neues. Die Natur machte es einem vor. Ob Tiere oder Pflanzen, es ging immer darum, sein eigenes Überleben zu sichern. Damit konnte sich Aurora sogar noch abfinden, auch wenn es ihr manchmal schwerfiel.

Doch Ungerechtigkeit, die keinem Zweck diente, fand man nur bei Menschen. Und dort auch nur bei denen, die es sich eigentlich leisten könnten, großmütig zu sein.

Für Aurora hatte diese Form der Ungerechtigkeit einen neuen Namen bekommen: Frau Bomens.

Zu Beginn ihrer Ausbildung war alles gut gelaufen. Die Schwester Oberin hatte sie ins dritte Obergeschoss der Zitadelle geführt und ihr Schwester Aerin vorgestellt. Aerin war schon etwas älter, ihr durchgehend graues Haar glänzte wie Silber, und obwohl ihre Haut faltig war, leuchteten ihre Augen wie die eines Kindes.

»Na, wen haben wir denn da?«, begrüßte Aerin sie. »Aurora! Es freut mich zu hören, dass du dich für die Ausbildung bei uns in der Zitadelle entschieden hast. Du wirst sehen, die Arbeit ist zwar anstrengend, aber auch sehr erfüllend.«

Beim Wort *erfüllend* merkte Aurora auf. Dort, wo sie herkam, sprach man selten von Erfüllung. Die meisten waren froh, ein Dach über dem Kopf und etwas zu essen zu haben. Erfüllung stand ganz hinten an. Etwas störte sie an der freundlichen Begrüßung. Aerin sah ihr nicht in die Augen, sondern blickte die ganze Zeit auf Auroras Kittelschürze.

»Ich sehe schon, ihr beiden werdet euch gut verstehen«, unterbrach die Oberin die Begrüßungszeremonie. »Aurora, das ist unser Haus Imaginatem. Die Menschen, die hier gepflegt werden, kommen meist aus gutem Hause und sind äußerst wohlhabend. Sie reisen aus dem ganzen Land an, aus Kreuzfluss, aus Felsacker und sogar aus Königsgrund. Das Wohlwollen, das sie uns entgegenbringen, ist überlebenswichtig für uns. Pass also gut auf, was dir Schwester Aerin erzählt, und sei immer nett und zuvorkommend. Wenn ihr mich bitte jetzt entschuldigen würdet, es wartet noch eine ganze Menge Arbeit auf mich.« Mit diesen Worten und einem kurzen Nicken verließ Schwester Dorothen das Zimmer.

Aerin lächelte leicht angespannt und nickte ebenfalls. Als ihr Blick wieder auf ihren neuen Schützling fiel, spitzte sie die Lippen. »So möchtest du deinen ersten Tag hier doch sicher nicht beginnen, oder?«

Sie zeigte mit dem Finger auf einen unscheinbaren Fettfleck auf Auroras Kittelschürze, als sei er ein Höhleneingang zur Unterwelt.

So fing es an.

Im Laufe der nächsten Wochen stellte sich jedoch heraus, dass Schwester Aerin eine sehr angenehme Ausbilderin war. Sie legte zwar äußerst viel Wert auf Sauberkeit und Höflichkeit, doch darauf konnte man sich gut einstellen. Ihr leicht übertriebener Sinn für Disziplin hatte auch sein Gutes. Ihre Zusagen waren verlässlich, und suchte man etwas, fand man es immer an seinem angestammten Platz. Aurora musste feststellen, dass ein gewisses Maß an Ordnung, das Sibbel und ihr sicherlich gefehlt hatte, vieles im Alltag erleichterte.

Was die Arbeit und die Alltäglichkeiten überhaupt nicht

erleichterte, waren die einzigen beiden Patientinnen im Hause Imaginatem. Genau genommen war es nur eine, denn Frau Roners lag den ganzen Tag im Bett, musste gefüttert und gewaschen werden und schien auch nur selten ansprechbar, da sie in ihrer eigenen Welt lebte.

Frau Bomens hingegen brachte Aurora an den Rand der Verzweiflung. Die große schlanke Frau mit dem hochtoupierten Haar musste schon weit über sechzig sein, besaß aber das Durchsetzungsvermögen eines Monarchen und das Feingefühl eines Holzfällers. Vom ersten Tag an hatte die alte Dame versucht, es Aurora schwer zu machen. Mit jeder Bemerkung äußerte sie sich abfällig über Auroras Herkunft, ihre fehlende Lebenserfahrung oder ihre angebliche Inkompetenz.

»Das junge Ding soll mir die Haare waschen? Na ja, solang sie dann nachher nicht so aussehen wie ihre, soll es mir recht sein; na Kindchen, setz erst mal eigene Kinder in die Welt, bevor du einer richtigen Frau Ratschläge gibst; bist du denn nie auf einer Schule gewesen?; merk dir, Kleines, Armut trifft einen niemals grundlos.«

Mit solchen und anderen Sprüchen versuchte sie Aurora das Gefühl zu geben, nichts wert zu sein.

Das war aber nichts Neues für Aurora. Auch in Nordweiler waren solche Sticheleien an der Tagesordnung. Anderen ein schlechtes Gefühl zu geben war nämlich keine Eigenheit der Reichen, auch die unteren Schichten übten sich fleißig in Gemeinheiten. Am besten konterte man solches Gespött mit einem lustigen Spruch oder einer Anekdote, die einem Sympathie einbrachte. Doch manchmal bedurfte es auch einer rüden Zurechtweisung. Da Aurora aber weder in Nordweiler noch unter Freunden oder Nachbarn war, musste sie sich hier in der Zitadelle zusammennehmen und den Spott und die Sticheleien über sich ergehen lassen. Ihr Ärger über die Unverschämtheiten von Frau Bomens wuchs von Tag zu Tag und brachte sie langsam zum Platzen. Bis es dann endlich so weit war.

Aurora wusch der alten Dame wie jeden Morgen die Haare. Das war etwas, was sie gut konnte, glaubte sie zumindest. Früher hatte sie ihrer Mutter immer dabei geholfen. Es war schwierig, die Seife ganz auszuwaschen, wenn man nicht gerade in einem See baden konnte.

Ich bin der Lehnsherr meines Kopfes, hatte Sibbel immer gesagt. *Alle Vasallen, die keine Pacht zahlen, müssen raus.*

Damit hatte sie natürlich nicht nur die Seife gemeint, sondern insbesondere kleine Tierchen, die sich dort eingenistet hatten. Bei Frau Bomens waren keine Tiere zu vermuten. Ihr prächtiger Garten, von dem sie ständig sprach, war alles an Natur, mit dem sie bislang in Berührung gekommen war.

»Au, pass doch auf, du ungeschicktes Ding«, krächzte Frau Bomens.

»Tut mir leid, gnädige Frau«, entschuldigte sich Aurora, wie es sich gehörte.

»*Entschuldigung, entschuldigung*, das ist alles, was ich von dir höre«, stichelte sie weiter. »Anstatt dich ständig zu entschuldigen, solltest du lieber aus deinen Fehlern lernen.«

»Ja, gnädige Frau.«

»Ihr jungen Dinger vom Land wollt nichts und könnt nichts. Das ist auch der Grund, warum ihr nie zu etwas kommt.«

»Vielleicht, gnädige Frau.«

»Nicht vielleicht! Genauso ist es. Ihr lernt nichts, weil ihr nichts lernen wollt. Ihr habt euch mit eurer Rolle als ewige Bittsteller abgefunden. Ihr seid Schmarotzer.«

»Wie Ihr meint, gnädige Frau.«

Frau Bomens gab keine Ruhe. »Au! Siehst du? Genau das

meine ich. Schon wieder. Hat dir denn deine Mutter überhaupt nichts beigebracht? Wahrscheinlich hatte sie dasselbe Stroh auf dem Kopf, das du da drinnen hast. Verfilzt und zerzaust, wie es sich für Gesindel gehört. Frag dich einfach mal, wie du deiner Mutter die Haare gewaschen hättest. Das kann doch nicht zu viel verlangt sein.«

Aurora standen die Tränen in den Augen, und vor Wut knirschte sie mit den Zähnen. Sie nahm die Schüssel mit Wasser, in der sie immer den Schwamm auswrang, und hob ihn über Frau Bomens, die mit dem Kopf tief in der anderen Schüssel hing und darauf wartete, gespült zu werden. Nach kurzem Zögern leerte sie die Schüssel über Frau Bomens aus.

Schlagartig kehrte Leben in die Glieder der alten Frau zurück. Sie sprang vom Stuhl auf, riss den Kopf zurück, um die nassen Haare aus der Stirn zu bekommen, und stieß mit voller Wucht gegen die Schüssel in Auroras Händen.

Danach ging alles seinen Gang. Frau Bomens schrie wie eine Furie. Die Platzwunde an ihrem Kopf und das Blut, das an ihrer Stirn herunterlief, verliehen der Szene eine ganz eigene Dramatik. Rasch war eine der Schwestern zur Stelle, und kurz darauf wurde Aurora aus dem Dienst von Haus Imaginatem entlassen.

Nun wartete sie in ihrem Zimmer auf ihre Standpauke. Vielleicht würde man sie ganz der Zitadelle verweisen, damit sie nicht noch weiteres Unheil anrichten konnte. Immerhin hatte Schwester Dorothen sie explizit darauf hingewiesen, wie wichtig die finanzielle Unterstützung war.

Es dauerte noch bis zum frühen Abend, bis es endlich an ihrer Tür klopfte. Erst jetzt wurde ihr klar, wie viel sie mit ihrer Unbeherrschtheit aufs Spiel gesetzt hatte. Ihr wurde eine Zukunft geboten, und sie befand sich an einem Ort, wo anklopfen noch etwas galt und nicht jeder einfach hereinspazierte.

»Ja, bitte«, sagte sie mit zitternder Stimme.

Schwester Nelka trat ein, und Aurora spürte, wie ihre innere Anspannung sofort nachließ.

»Bist du fertig, Kleine?«, fragte sie, als wenn nichts geschehen wäre.

»Fertig wofür?«

»Haus Vulnaris, Dummerchen«, sagte Nelka. »Misera hat alle Hände voll zu tun. Zwei Schwestern sind krank geworden, und nun muss sie mit der einen verbliebenen sechs Patienten versorgen. Sie brennt schon darauf, dich endlich kennenzulernen. Wie sagte sie so schön: ›Endlich mal jemand, der weiß, wie man den Adligen den Kopf wäscht‹.« Nelka lächelte versöhnlich.

Auf dem Weg nach unten bekam Aurora aber trotzdem noch eine kleine Standpauke. Sie sollte ihre Emotionen besser zügeln lernen und an ihren Umgangsformen arbeiten. Zu guter Letzt bekam sie dann noch den Ratschlag, Schwester Misera nicht mit ›Schwester‹ anzureden, da sie das nicht sonderlich mochte. Sie war mit neun Geschwistern aufgewachsen und suchte ihrer Rolle hier in der Zitadelle zu entfliehen.

Misera war ein kleines Energiebündel. Die junge Frau mit ihren kurzen schwarzen Haaren und den mehr als weiblichen Rundungen hatte sich ihren Platz bei den Schwestern durch Arbeitseifer und Sachkenntnis verdient. Sie behauptete, es gebe kein Körperteil, das sie nicht im Laufe der Jahre an ihren ständig raufenden Brüdern hatte zusammenflicken müssen. Sie war eine Meisterin im Nähen von Platzwunden, was ihr auch die Bekanntschaft von Frau Bomens zuteilwerden ließ. Die adlige Frau hatte es in wenigen Minuten geschafft, bei Misera eine ungeahnte Sympathie für Aurora zu erzeugen.

Aurora lernte in den folgenden Wochen alles, was man über das Nähen von Wunden, das Schienen von Brüchen und das Einrenken von Gelenken wissen musste. Misera war eine hervorragende Lehrmeisterin. Sie erklärte jeden Handgriff, sparte nicht mit Lob und sah es Aurora im Gesicht an, wenn sie etwas noch nicht ganz verstanden hatte. Auch Schwester Lisela, die wieder genesen war, nachdem Aurora die erste Woche im Haus Vulnaris gearbeitet hatte, erwies sich als äußerst hilfsbereit. Zudem war die blonde Schwester im selben Alter wie Aurora und wurde schnell zu einer guten Freundin. Die beiden hatten nur wenig gemeinsam, da Lisela die Tochter eines Grafen war, von Haus aus eine gute Bildung besaß und, wie sie selbst sagte, nie auf etwas hatte verzichten müssen, geschweige denn hungern. Die beiden waren sich auf Anhieb sympathisch. Wie es sich für zwei junge Dinger gehörte, gab es immer etwas zu tuscheln oder zu kichern. Es gab sicherlich den einen oder anderen Moment, in dem Misera gern die Nerven verloren hätte, doch sie zeigte Verständnis für die Mädchen.

Die ausgelassene Stimmung endete an dem Tag, als Schwester Fabienne zu ihnen stieß. Fabienne war drei Wochen an ihr Bett gefesselt gewesen. Sie hatte sich mit Wasserpocken angesteckt. Diese Krankheit war weder lebensbedrohlich noch besonders langwierig, dafür jedoch sehr ansteckend und durch die juckenden Bläschen, die sich auf der Haut bildeten, äußerst unliebsam.

Schwester Fabienne war nur etwa fünf Jahre älter als Aurora, wirkte aber wie eine verbitterte alte Frau. Sie hatte keinerlei Sinn für Humor, ganz zu schweigen von Albernheiten. Außerdem sah sie Lisela als eine Art Mündel an, für die sie eine persönliche Verantwortung trug. Dieser Umstand führte dazu, dass sie Aurora als so eine Art Störenfried ansah, der Lisela nur von den wichtigen Dingen des Lebens ablenkte. Fabienne hätte sich darüber nie offen beschwert, doch an ihrer übertrieben distanzierten Art konnte man ihre

Abneigung gegen Aurora spüren. Wo sie nur konnte, versuchte sie die beiden jungen Mädchen voneinander zu trennen. Wenn sie Lisela nicht für sich beanspruchen konnte, übertrug sie wenigstens Aurora Arbeiten, die sie von ihrer Freundin trennten. Ständig nörgelte sie an Aurora herum. Doch fand all das im Rahmen dessen statt, was ihrer Weisungsbefugnis entsprach, und die war nicht sonderlich hoch. Da die Schwestern alle gleichberechtigt waren, solange es nicht um Fachfragen ging, galt allein der Respekt vor dem Alter. Da war durch fünf Jahre Vorsprung nicht viel zu erwarten, und das zeigte Aurora auch offen.

Die Stimmung zwischen Fabienne und Aurora wurde immer angespannter. Die Spitzen, mit denen sie einander bedachten, grenzten schon an offene Feindseligkeit.

Ständig versuchte Lisela zu schlichten, jedoch nur mit mäßigem Erfolg. Aurora war meist dankbar für die Bemühungen ihrer neuen Freundin und lenkte schnell ein, Fabienne hingegen gab einfach keine Ruhe und begann kurze Zeit später, erneut zu sticheln. So ging es Tag für Tag.

Nach einigen Wochen hatte Aurora so etwas wie einen festen Tagesablauf entwickelt. Sie war zu einem vollwertigen Mitglied im Haus Vulnaris geworden, hatte eigene Patienten, ihren Verantwortungsbereich und durfte kleine Wunden selbstständig versorgen. Natürlich alles unter der Obhut und Aufsicht von Misera.

Nach dem Aufstehen sah sie zuerst nach *ihren* Patienten. Besonders ans Herz gewachsen war ihr Grunert, ein alter Bauer aus der Gegend von Buchtenheim. Er hatte sich auf dem Feld eine tiefe Wunde am Oberschenkel zugezogen, bei der Arbeit mit der Egge. Misera hatte die Desinfektion und das Nähen übernommen, danach hatte sie Grunert in die verantwortungsvollen Hände Auroras übergeben. Der alte Bauer war ihr erster eigener Patient und die Bestätigung dafür, dass sie gute Arbeit leistete. Mittlerweile betreute sie zwei weitere Verletzte, einen jungen Reitersmann, der sich beim Sturz vom Pferd beide Beine gebrochen hatte, und eine junge Frau, der ihr eifersüchtiger Gatte mehrere Messerstiche beigebracht hatte. Alle drei waren auf dem Wege der Genesung und guter Dinge, dass sie die Zitadelle bald wieder verlassen konnten. Am liebsten war Aurora Grunert, da er ständig lustige Anekdoten von sich gab und so den tristen Alltag ein wenig versüßte.

An diesem Morgen eilte Aurora noch vor ihrer gewohnten ersten Tasse Tee zu dem Bauern, der am Vorabend über Schmerzen im Bein geklagt und kaum etwas gegessen hatte. Sie kochte noch schnell die Tinktur aus Schwarztee und einem Kräutersud, um Grunerts Wunde damit zu betupfen. Ohne anzuklopfen, betrat sie das Zimmer, und schon beim Schließen der Tür löste der süßlich-bittere Geruch im Raum in ihr Unbehagen aus. Grunert schlief noch, so sah es jedenfalls aus. Doch als sie sich in der kleinen Kammer dem Bett näherte, erkannte sie die schweißnasse Stirn und die ruhelosen Augen hinter den geschlossenen Lidern. Aurora überprüfte sofort Atmung, Herzschlag und Temperatur, wie es ihr Misera gezeigt hatte. Der Mann glühte regelrecht. Aurora schob die dünne Bettdecke beiseite und schreckte beim Anblick des Beinverbandes zurück. Die Wunde hatte zu eitern begonnen und den Stoff durchnässt. Es roch nach verfaultem Fleisch. So schnell sie konnte, entfernte sie den Verband. Als sie die Wundränder sah, die die Farben eines Nachthimmels aufwiesen, und die schwarz gefärbten Adern, die den ganzen Oberschenkel wie teuflische Blitze durchzogen, konnte sie nicht mehr an sich halten. Ein spitzer schriller Schrei entfuhr ihrer Kehle, und Tränen stiegen ihr in die Augen.

Während Aurora wie gelähmt an Grunerts Bett stand, riss Fabienne, die im Nachbarzimmer zu tun hatte, schon die Tür auf. Sie schloss die Tür hinter sich und machte einen Schritt auf Aurora zu. Dann betrachtete sie mit abschätzigem Blick die Szene, die sich ihr bot. »Da siehst du mal, was dir deine ständigen Albernheiten und das ewige Buhlen um Freundschaft und Anerkennung eingebracht haben. Du warst für ihn zuständig und hättest die Wunde jeden Tag desinfizieren müssen. Aber du wolltest ja lieber mit Lisela gackernd durch die Flure laufen. Jetzt werden wir ihm das Bein wohl amputieren müssen.«

Innerhalb eines Herzschlages verwandelte sich Auroras Verzweiflung in Wut. Sie griff nach dem Krug mit Schwarztee und schleuderte ihn Fabienne entgegen. Die war gewandt genug, um sich wegzuducken. Im selben Moment öffnete Misera die Tür, um nachzusehen, was hier vor sich ging.

BEMET, was ist mit dir? Bist du fertig? Die Anderen haben sich schon fast alle in der Grotte versammelt. Ich bin gespannt, was uns dieser Masakall zu sagen hat. Er macht es echt spannend. Vielleicht hat er einen großen Kreuzzug für uns an Land gezogen, der uns reich und berühmt macht. Das wär doch mal was, oder? Sag schon.«

Bemet blickte ihn Quards Richtung, doch sein Gesichtsausdruck ließ vermuten, dass er weder aufgeregt noch neugierig darauf war, was Masakall zu verkünden hatte.

»Was ist los mit dir, Mann?«

»Wenn ich dich etwas frage, gibst du mir dann eine ehrliche Antwort?«

Quard trat überrascht einen Schritt zurück und hob entschuldigend die Hände. »Okay, du hast gewonnen. Ich geb's zu. Ich hatte schon mehrere Hundert und kann nicht ausschließen, dass deine Mutter mit dabei war. Wenn du dich besser fühlst, kannst du mich gern Papa nennen.«Quard grinste breit.

»Lass den Unsinn, ich mein's ernst«, blaffte Bemet ihn an.

Quard verging das Grinsen auf der Stelle. »Jetzt fang nicht wieder *damit* an.«

»Doch, genau damit. Sag mir endlich, was passiert ist. Warum lebe ich noch, und warum ist Hissik tot?«

»Ganz einfach – du hast es geschafft und er nicht«, antwortete Quard gelassen.

»Das ist das Resultat«, fauchte Bemet. »Ich will wissen,

wie und warum es dazu kam. Und tu nicht wieder so, als könntest du dich nicht erinnern, was auf dem Meer geschehen ist. Ich hab euch reden hören. Ich habe gehört, wie Hissik vorschlug, mich untergehen zu lassen.«

»Ich hab's dir schon ein Dutzend Mal gesagt: Das hast du dir nur eingebildet. Du hast fantasiert, weil du schwer verwundet und am Ende deiner Kräfte warst, wie wir alle. Niemand hat gesprochen, die ganze Zeit über nicht.«

»Du lügst«, knurrte Bemet.

»Und wenn schon, was würde es ändern?«

Darauf wusste Bemet auch keine Antwort. Natürlich war er froh, am Leben zu sein, doch wollte er auch nicht verantwortlich sein für den Tod eines verdienten Kriegers aus einem anderen Clan.

»Und wenn er vorgeschlagen hätte, mich zu ersäufen?«, hakte Bemet abermals nach.

»Hat er aber nicht!«

»... und wenn doch?«

»Dann hätte ich ihm meinen Ellenbogen in die Fresse gerammt und dabei zugesehen, wie das Meer ihn verschluckt. Du bist ein Bruder der Pranke. Ein Bruder lässt einen anderen nicht im Stich, egal was passiert.«

Quards Gesichtsausdruck deutete niemals an, ob er eine Geschichte erzählte, die Wahrheit sagte oder nur einen Scherz machte. Vielleicht hatten die vielen Kriege und die gleichsam hasserfüllte Behandlung durch Freund wie Feind dazu geführt, dass er undurchschaubar wurde und womöglich selbst die Wahrheit nicht mehr kannte.

»Jetzt hör auf zu grübeln«, knurrte Quard. »Die anderen warten, und ich bin gespannt, ob wir endlich wieder von dieser Insel runterkommen. Komm schon!«

Bemet dachte noch immer darüber nach, was Quard über die Brüder der Pranke gesagt hatte, als sie sich mit den anderen in der Grotte trafen. Er hatte schon viele der Männer gesehen. Es waren ausnahmslos Assamer Totemkrieger, erfahrene Veteranen wie auch Frischlinge. Rund zwei Dutzend Schiffe lagen in der Bucht des kleinen Eilandes, darunter auch die Fräulein Sprödholz, ein Handelsschiff aus Uslag, das Bemet und Quard gerettet hatte. An Bord waren jedoch keine Händler gewesen, nur Krieger aus Assamad. Auf die Frage hin, woher das Schiff kam und wo die ursprüngliche Besatzung geblieben war, hatte Bemet nur ein müdes Lächeln geerntet.

Insgesamt mussten es um die fünfhundert Söldner sein, die sich hier versammelt hatten, um der Ansprache des geheimnisvollen Masakall zu lauschen. Geheimnisvoll war der Krieger deswegen, weil er sich nur selten auf der Insel zeigte und seine Anweisungen stets durch andere übermitteln ließ. Irgendwie hatte er es geschafft, die Leute mit seinen Andeutungen neugierig zu machen. Niemand war hier auf der Insel gefangen, die sich angeblich sechzig Seemeilen westlich von Assamad befand. Alle kamen freiwillig her, um zu hören, was Masakall zu verkünden hatte.

Masakall gehörte zum Clan der Klaue. Sein Totemtier war der Bergpuma, was ihm die Kraft zur Geduld, Schnelligkeit und Hinterlist beschied. Diese Söldner waren besonders begehrt bei den Königshäusern, weil sie sich bestens für kleine Kampftrupps und als Assassinen eigneten.

Es dauerte noch eine Viertelstunde, bis sich Masakall zeigte, und man spürte, wie die Anspannung bei den Männern wuchs. Als er auf den schmalen Sandstreifen trat, der zwischen Grottenausgang und offenem Meer lag, war Bemet fast ein bisschen enttäuscht. Der Mann, der so viel reden von sich machte und um dessen Ansprache mehr Geheimnisse gemacht wurden als um die Jungfrauen der Assanti, ging wie ein alter Mann zum Redestab, den man für ihn in den Sand gebohrt hatte. Er legte die Hand auf den knorrigen Stab, was ihm erlaubte, auch zu anderen Clans in offizieller Funktion zu sprechen.

»Männer der Clans der Pranke, der Fänge, der Klaue, der Schwinge, Tatze, Hufe, Hörner und ja, ihr hört richtig, der Schuppen«, er wartete, bis die Begeisterungs- und Verwunderungsrufe vereinzelter Gruppen verstummten.

Bemet sah Quard ungläubig an.

»Die Schuppen sind ein kleiner Wüstenclan, der als ausgestorben galt. Ihre Totems umfassen eine Reihe von Schlangen, Echsen und ein Gürteltier, soweit ich weiß. Alles kleines Viehzeug«, erklärte er.

Bemet hatte noch nie von einem Schuppenclan gehört, ließ es aber erst einmal auf sich beruhen.

»Dass ihr alle hier seid«, fuhr Masakall fort, »zeigt mir, dass ich eure Neugier geweckt habe. Aber Neugier allein reicht nicht aus, um fünfhundert Männer auf einer kleinen Insel festzuhalten, fernab von ihren Familien und der Möglichkeit, ihren schwer verdienten Sold mit hochprozentigem Fusel und billigen Dirnen zu verprassen.«

»Du kennst meine Alte?«, brüllte jemand dazwischen und erntete dafür allerhand Gelächter.

Masakall hob beschwichtigend die Hand, und sofort verstummte das Gegacker.

»Ja, ich soll dich von ihr schön grüßen und dir bestellen, dass du ruhig hier versauern kannst.« Masakall unterdrückte einen erneuten Lachanfall seiner Zuhörer mit einer einzigen Geste. »Neugier reicht nicht aus, um Söldner, die ständig ihr Leben riskieren, von ihrer verdienten Erholung abzuhalten. Soll ich euch sagen, was der wahre Grund dafür ist, dass wir uns hier heute versammelt haben? Warum ihr teilweise seit Wochen hier ausharrt?«

Vereinzelte Ja-Rufe wurden laut.

»Ich sage es euch.« Masakall breitete die Arme aus wie ein Priester, der die Weihe sprach. »Es ist der Unmut und der Frust, der euch hier bindet. Ihr wollt genau wie ich ein besseres Leben führen.«

»Unser Sold ist doch in Ordnung«, rief ein Krieger der Fänge dazwischen. Auf seinem Hals prangte die Tätowierung eines Seeadlers. »Vor Jahren hat man versucht, höhere Bezahlung auszuhandeln. Und was war das Ergebnis? Die anderen Königreiche haben auf eigene Soldaten zurückgegriffen und nur noch wenige Söldner der Assamer angeheuert.«

»Ich bin auch gar nicht darauf aus, den Preis für uns in die Höhe zu treiben. Abgesehen davon ist es Aufgabe der Zwischenhändler, die Preise zu diktieren. Und sehe ich oder einer von euch aus wie diese piekfeinen, in Seide gekleideten Jüngelchen, die der Totemrat heranzieht? Nein! Ich habe ein ganz anderes Anliegen. Ich möchte von euch nur eines wissen: Mit wie vielen eurer Clanbrüder seid ihr in den letzten Krieg gezogen? Mir ist es egal, ob für Lambrass, Uslag, Nuros oder Beremos, sagt mir nur, wie viele von euch dort hingereist sind und wie viele zurückkamen, um den Abschlusssold zu erhalten.«

Nach anfänglicher Zurückhaltung riefen plötzlich alle durcheinander, und es begann ein regelrechter Wettstreit um die höchsten Verluste.

»Drei von sieben.«

»Vier von zwölf.«

»Drei von acht.«

»Einer von zehn!«

Quard und Bemet beteiligten sich nicht, sondern tauschten nur einen fragenden Blick aus. Die ruhige, besonnene Art der Bären ließ sie lieber erst einmal abwarten, worauf das Ganze hinauslief.

Masakall bat wieder mit einer Geste um Ruhe.

»Seht ihr, die Möglichkeit, seinen hart verdienten Sold auch ausgeben zu können, wiegt gar nicht so viel. Viele Clankrieger sterben bereits bei ihrem ersten Einsatz. Ich glaube, Freunde, sie hatten sich ihr Leben anders vorgestellt, als sie die harte Ausbildung zum Söldner antraten.«

»Wir sind Krieger, und Krieger sterben nun mal auf dem Schlachtfeld«, rief ein Mann aus der Menge.

Masakall suchte nach dem Zwischenrufer. Als er ihn erblickte, streckte er den Arm aus und zeigte mit dem Finger auf ihn. Der junge Krieger mit den langen blonden Zöpfen wirkte verunsichert und schaute seine Clanbrüder hilfesuchend an.

»Da hast du ganz recht, junger Krieger der Hufe. Aber nun frage ich dich, wie viele eurer Männer sind gestorben, weil ihnen nicht die Hilfe zuteilwurde, die ein Clanbruder dem anderen gewährt hätte. Und ich gehe noch weiter. Wie viele von uns mussten schon sterben, weil ihnen absichtlich nicht geholfen wurde? Und um das Ganze auf die Spitze zu treiben, behaupte ich sogar: Einige unter euch können bestätigen, dass man sich verletzter Brüder entledigt hat, um sich die Kosten für deren Heimfahrt und ihren Abschlusssold zu sparen. Männer wie wir sind in den Augen unserer Nachbarkönigreiche nicht einmal so viel wert wie eine Schiffspassage von Lambrass nach Assamad. Wenn unsere Arbeit auf dem Acker des Krieges erledigt ist, will man uns nicht mehr füttern, sondern schlachten.«

»Was können wir schon dagegen tun?«, rief der Blondschopf dazwischen, in der Hoffnung, dass auch Masakall keine Lösung hatte.

Aber er hatte eine.»Wir sind jetzt fünfhundert. Wenn ihr euren Freunden in Assamad Bescheid sagt, sind wir bestimmt bald tausend. Es gibt weitere tausend, die meine Ansicht teilen, wie hoffentlich auch ihr. Damit sind wir zweitausend. Wenn ich den Clans in Assamad reiche Beute garantiere und ihnen anbiete, alles fair aufzuteilen, unter allen tapferen Kriegern, Überlebenden und den Familien der Gefallenen, schließen sich uns weitere dreitausend Mann an. Wenn wir das erst mal geschafft haben, kommen noch einmal fünftausend dazu, weil sie sich die reiche Beute nicht entgehen lassen wollen. Unser nächster Sold wird kein magerer Leinenbeutel mit ein paar läppischen Münzen sein. Unser nächster Sold ist ein Königreich.«

Der Großteil der Männer stimmte zu einem ohrenbetäubenden Jubel an. Sie waren Söldner. Gab man ihnen die Aussicht auf einen Krieg und einen schönen Batzen Gold, hätten die meisten von ihnen dafür ihre Frau weggegeben. Doch nach der anfänglichen Euphorie kamen die ersten Fragen und Bedenken auf.

Masakall hatte vor, das Königreich von König Refert dem Dritten anzugreifen. Ein wahrlich ambitioniertes Ziel. Die zehntausend Mann vorausgesetzt, wollte er jedoch Uslag nicht einfach den Krieg erklären. Er hatte einen stufenweisen Schlachtplan erstellt. Wie dieser genau aussah, wollte er verkünden, wenn sie zurück in Assamad waren und die Clanbrüder und Freunde für die Sache gewonnen hatten.

ALDEN wunderte sich weder über die offene Tür zu seinen Gemächern noch über das schmächtige Mädchen, das er darin vorfand. Ein Leben am Hofe brachte eine Menge Annehmlichkeiten mit sich. Das bedeutete aber auch, dass man sich an die ständige Anwesenheit von Bediensteten gewöhnen musste, die jede Gelegenheit nutzten, um ihre Arbeit ohne großes Aufsehen zu verrichten. So konnte man davon ausgehen, dass, wenn man sein Zimmer verließ, wenig später jemand kam, um es aufzuräumen.

Was Alden jedoch irritierte, war die Tatsache, dass die Kammerzofe in seinem Gemach ihm den Rücken zukehrte und interessiert aus dem Fenster starrte. Sie hätte ihn eigentlich hören müssen. Die Fußböden knarrten jämmerlich bei jedem Schritt, seine Stiefel hallten in den langen Gängen fast wie Pferdegetrampel, und selbst die Türscharniere quietschten bei der kleinsten Bewegung. Dennoch schien das Hausmädchen ihn nicht bemerken zu wollen. Eine Dreistigkeit, die nicht selten die Kündigung am Hofe nach sich zog.

Alden versuchte es mit einem gekünstelten Räuspern, das ebenfalls keine Reaktion auslöste.

Das junge Mädchen legte es anscheinend regelrecht darauf an, ihre Stellung zu verlieren.

»Kundschafter hat das Reich sicher mehr als genug«, sagte Alden, als er hinter das Hausmädchen trat. »Mir persönlich wäre es wichtiger, dass mein Zimmer aufgeräumt ist, wenn ich von meinem Frühstück zurückkomme.«

»Mein Vater sagt immer: Wer es hinschmeißt, muss es auch aufheben«, antwortete die schmächtige junge Frau, ohne sich zu dem Prinzen umzudrehen. »Aber wenn es dir so wichtig ist und du nicht imstande bist, deinen eigenen Kram wegzuräumen, werde ich auf dem Weg nach unten noch einmal einem Dienstmädchen Bescheid sagen.«

Alden blieb beinahe die Luft weg bei so viel Unverfrorenheit. »Was fällt dir ein, du freches Biest«, begehrte er auf und packte das Dienstmädchen beim Arm.

Als sich seine Hand um ihr Gelenk schloss und er die großflächige Tätowierung unter ihrem hochgekrempelten Blusenärmel sah, wusste er, dass dieses Gespräch anders verlaufen würde als geplant. Fieberhaft versuchte er, sich an den Namen der Frau zu erinnern.

»Sigrid! Falls dir mein Name entfallen sein sollte,« kam sie Alden zuvor. »Normalerweise wäre ich sehr gekränkt, wenn ein junger Bursche wie du meinen Namen vergisst. Da unsere Bekanntschaft aber eher beruflicher als privater Natur ist, mache ich mal eine Ausnahme.«

Alden hatte immer noch Schwierigkeiten einzuordnen, was die Schankmaid des Nymphenteichs in seinen Gemächern zu suchen hatte.

»Was machst du hier?«

»Du hast uns angeheuert, um ein geistliches Problem zu lösen. Schon vergessen? Gewürzbier ist anscheinend nicht dein Getränk, was?«

Alden ließ Sigrid erschrocken los und trat einen Schritt zurück.

»Die Abmachung hatte ich mit deinem Vater getroffen«, erwiderte Alden steif. »Ich war davon ausgegangen, er kümmert sich selbst darum und schickt nicht …«

»… ein dummes kleines Ding?«

»… seine Tochter.«

»Er hätte es sicher gern selbst erledigt, wenn er gekonnt hätte.«

»Was ist denn mit ihm? Ist er tot oder im Kerker?«

»Noch nicht. Das Problem ist eher, dass mein Vater ein sehr einprägsames Gesicht hat und Stadtwachen und Leibgarden schnell misstrauisch werden, wenn sie ihm begegnen. Außerdem passt ihm keins meiner Kleider, was ihn als Zimmerzofe sehr unglaubwürdig wirken ließe. Zumal die meisten jungen Mädchen weder einen Bierbauch noch eine Glatze haben.«

»Dann hättet ihr einen anderen Plan schmieden müssen«, sagte Alden gereizt, als er seine Verwirrung überwunden hatte.

»Warum? Der Plan ist gut.«

»Nein! Der Plan ist ganz und gar nicht gut. Er ist Mist. Von hier aus kommst du nie in die Arbeitszimmer der Geistlichen. Die Wachen lassen dich nicht passieren. Ein einfaches Zimmermädchen hat keinen Zugang zum Tempelbereich.«

Sigrid drehte sich wieder zum Fenster um und widmete ihre Aufmerksamkeit dem Treiben im Schlosshof. Sie deutete hinaus und verleitete Alden mit einer Geste, ihrem Blick zu folgen.

Alden betrachtete das Geschehen unten im Hof, wie er es schon tausend Mal getan hatte. Er ließ den Blick umherschweifen, konnte aber nichts Auffälliges entdecken. Eine Zofe stand mit mehreren Kammerjungfern zusammen und teilte sie zur Arbeit ein. Zwei niedere Offiziere brüteten über einer Karte, die sie auf einer Steinbank am Rosengarten ausgebreitet hatten, und eine Küchenhilfe fütterte die beiden alten Hirtenhunde seines Vaters mit den Resten vom Frühstück.

»Und?«, fragte er.

Sigrid griff ihm ans Kinn und drehte seinen Kopf in

Richtung Norden, wo die Arbeitskammern der Geistlichen zu finden waren. »Da hinten zwischen den Bäumen, wo die Lagerräume für die Festivitäten sind«, flüsterte sie.

Alden kannte den kleinen Raum. Er hatte dort früher oft gespielt. In dieser winzigen vollgestellten Kammer fand man allerlei offiziellen Zierrat. Wimpel, Fahnen, Banner, Fackeln, Gartenschmuck und Girlanden. Bei jedem feierlichen Anlass wurde der passende Schmuck herausgesucht und angebracht. Alden hatte es geliebt, sich all die verschiedenen Wappentiere anzusehen, die auf den Stoffen aufgenäht oder eingestickt waren. Zwischen den Bäumen hindurch sah er, dass drei Stadtwachen vor der Tür postiert waren. Gerade, als er fragen wollte, warum diese drei seiner Aufmerksamkeit bedurften, öffnete sich die Tür zum Lagerraum, und heraus kamen sein Vater König Refert, Trafet Sinosil, der Hauptmann der Stadtwache und eine ältere Dienstmagd, die anscheinend weinte und sich schluchzend die Hände vors Gesicht hielt.

»Was ist da passiert?«, fragte Alden verstört.

»Anscheinend hat sich Meister Lunas bei einem gewagten Liebesspiel mit einer unbekannten, aber sicher äußerst liebreizenden Mätresse selbst stranguliert. Ein tragischer Todesfall, den man aber kaum weiter untersuchen wird, um dem Tempel die Peinlichkeit zu ersparen. Ist schon merkwürdig, auf was für Arten die Menschen umkommen, nicht wahr, Königliche Hoheit?«, antwortete Sigrid vollkommen emotionslos.

Alden war noch immer schockiert darüber, dass Vasil seine eigene Tochter schickte, um so ein riskantes Attentat auszuüben. Außerdem hätte sie niemals Aldens Gemächer betreten und damit eine Verbindung zu ihm offenbaren dürfen. Andererseits war er froh, jetzt nicht mehr auf der Hut vor Lunas sein zu müssen.

»Und jetzt?«

»Und jetzt?«, fragte Sigrid überrascht. »Ist das alles? Seid ihr Adligen alle so unterkühlt? Ich sage dir, was jetzt. Du gibst mir die andere Hälfte des Geldes, das du uns schuldest, ich verschwinde, und wir sehen uns nie wieder.«

»Ich hab das Geld nicht hier. Ich kann es erst am Abend holen.«

»Dann warten wir hier zusammen. Du kannst mir ja mal deinen kleinen Prinzen zeigen. Wer weiß, vielleicht bin ich so beeindruckt, dass ich auf einen Teil des Honorars verzichte.«

Alden schluckte nervös.

MORBUTUS, SPIRITOSUM

Aurora hockte zusammengekauert in der Ecke der kleinen Kammer. Mit den Armen hielt sie ihre Beine umklammert und drückte ihren Kopf, so tief es ging, in den Schoß. Die Tränen waren ihr schon vor einer halben Stunde ausgegangen, und mittlerweile spürte sie ihren Hintern kaum noch. Der Steinboden war kalt und feucht. Nur durch ein vergittertes Fenster oben in der gegenüberliegenden Mauer fiel etwas Sonnenlicht auf sie und wärmte ihre Schultern und den Nacken.

»Orsi weiß, warum du gekommen bist«, keuchte der fettleibige Mann in der Mitte der Kammer. Er warf Tisch und Stühle um, um sich Platz zu schaffen.

Aurora nahm an, dass Orsi mit ihr sprach, doch genau wissen konnte man das nie.

Ein Holzlöffel traf sie am Kopf, was ebenfalls dafür sprach, dass sie gemeint war. Sie durfte jetzt nicht durchdrehen, nicht die Nerven verlieren. Ruhe bewahren, hatte Schwester Marla ihr durch die Tür zugerufen. Ein schlichter Rat, der nur schwer umzusetzen war. Mittlerweile hörte sie niemanden mehr an der massiven Eichentür mit den genieteten Eisenbeschlägen. Solche Türen waren sonst nur für die Kerker bestimmt, doch diese Tür gehörte nur zu Orsis Kammer. Hätte sie das allein schon stutzig machen sollen?

»Sie haben dich geschickt, um mich zu prüfen«, brüllte Orsi.

Aurora hörte, wie der mächtige Mann auf sie zugestampft

kam. Kurz darauf trafen sie mehrere Schläge mit der flachen Hand am Kopf.

Du musst ruhig bleiben, sagte sie zu sich selbst. *Wenn du jetzt schreist und zeterst, prügelt er nur noch mehr auf dich ein.*

Alles hatte damit angefangen, dass sie um ein Gespräch mit Schwester Dorothen, der Oberin, gebeten hatte. Sie hatte zuvor einige Tage überlegt, ob sie lieber mit ihrer Patin Nelka oder der Leiterin der Zitadelle sprechen sollte. Schlussendlich war sie zu der Entscheidung gelangt, ihr Gespräch mit der Oberin zu führen.

Noch als sie auf der schmalen Holzbank vor dem Ordenszimmer gesessen hatte, hatte sie nach den richtigen Worten und dem besten Tonfall gesucht. Und als sie hereingerufen worden war, hatte sie so gut wie alles vergessen, was sie hatte sagen wollen, und sich gefragt, ob sie das Richtige tat.

Schwester Dorothen zeigte viel Geduld und Einfühlungsvermögen, als Aurora ihr in langen Umschweifen erklärte, dass die Arbeit im Hause Morbutus ihr nicht zusagte.

Aurora wollte unbedingt vermeiden, dass ein schlechtes Licht auf die beiden Schwestern fiel, mit denen sie zusammengearbeitet hatte. Sie erklärte der Oberin, dass beide ausgezeichnete Arbeit leisteten und sie hervorragend angelernt hatten. Beide verhielten sich stets höflich und nett zu ihr – wenn auch etwas unterkühlt, was Aurora jedoch verschwieg. Sie machte deutlich, dass es einzig und allein an der Arbeit im Haus Morbutus lag, das sich der Heilung ansteckender Krankheiten widmete.

Als Schwester Dorothen noch einmal nachhakte, erklärte Aurora ihr, dass die Patienten und ihre Erkrankungen sie dazu veranlasst hätten, ihr Rücktrittsgesuch einzureichen. Aurora wollte den Menschen helfen, genau wie ihre Mutter. Doch die Patienten im Haus Morbutus litten weniger an lebensgefährlichen Krankheiten als vielmehr an hochansteckenden Infektionen: nicht selten Geschlechtskrankheiten, aber auch Purpurfieber und Feuchtblattern. In den meisten Fällen beschränkte sich die Behandlung darauf, den Patienten bis zu seiner Genesung zu isolieren und zu versorgen. Das war nicht die Arbeit, die Aurora sich vorgestellt hatte.

Sie war sich bewusst, dass sie in drei der vier Abteilungen der Zitadelle schon versagt hatte. Nur noch Haus Spiritosum bot ihr die Möglichkeit, sich zu beweisen.

Schwester Dorothen hatte ein Einsehen und kam Auroras Bitte nach.

Noch am selben Tag hatte sie im Haus Spiritosum ihren Dienst angetreten. Sofort waren ihr die verstärkten Türen aufgefallen – zu jedem Zimmer, zum Treppenaufgang und dem Flur. Jedes Türblatt bestand aus mehreren doppelt verleimten Bohlen, die von geschmiedeten Flacheisen zusammengehalten wurden. Solche Türen hatte Aurora nur bei Kerkerzellen oder Schatzkammern erwartet, wobei ihr die Vorstellung von Schatzkammern mehr behagte.

»Ein Großteil der Patienten ist ganz harmlos«, erklärte Schwester Ninah, als sie Auroras zweifelnden Blick bemerkte. »Sie sind fast immer mit sich selbst beschäftigt, brabbeln unsinniges Zeug oder schlafen.«

»Und die anderen?«

»Welche anderen? Ach so, du meinst die nicht Friedlichen. Genau genommen musst du nur bei einer älteren Frau achtgeben. Frau Splitterweh. Sie ist aus Kreuzfluss. Ihr Mann hat sie vor zwei Jahren zu uns gebracht, weil er sich nicht mehr um sie kümmern konnte. Sie hat eine Nachbarin mit einem Schürhaken niedergeschlagen, weil sie nicht mit ihrer Katze sprechen wollte.«

»Ist die Frau gestorben?«, erkundigte sich Aurora ängstlich. »Die Nachbarin, meine ich.«

»Nein, soweit ich weiß, hat sie aber ein Auge verloren.

Der Richter in Kreuzfluss verurteilte Frau Splitterweh daraufhin zu vier Jahren Kerker, sofern sie nicht hier in die Zitadelle eingewiesen würde.«

»Konnte sie ihre Katze mitnehmen?«

Schwester Ninah sah Aurora mit geheimnisvollem Blick an. »Frau Splitterweh hat nie eine Katze besessen. Aber es ist besser, du sprichst sie nie darauf an.«

Aurora schwante Böses. Sollte das jetzt ihre Zukunft sein? Türen so dick wie Stadttore und Menschen, die einen töteten, weil man ihre unsichtbare Katze nicht streicheln wollte?

Schmeiß nicht gleich alles hin, nur weil dir der erste Eindruck nicht zusagt, hörte sie die Stimme ihrer Mutter in ihrem Kopf.

Aurora hatte sich entschieden, sich erst einmal alles genau anzusehen, ehe sie beschloss, wie es weiterging. Nicht zuletzt auch deswegen, weil sie nicht wusste, was merkwürdiger war: Stimmen im Kopf oder eine unsichtbare Katze.

Aurora musste zugeben, dass die Arbeit in Spiritosum bei Weitem nicht so seltsam war, wie der erste Anschein vermuten ließ. Im Gegenteil: Viele Tätigkeiten ähnelten denen, die sie schon in Haus Morbutus verrichtet hatte. Der Unterschied lag darin, dass die Patienten in Spiritosum auf Hilfe angewiesen waren. Einige mussten gefüttert werden, manche gebadet, und einigen musste man alle täglichen Entscheidungen abnehmen. Das allein hätte die Arbeit aber nicht interessanter gemacht. Es war etwas anderes, das Aurora einen Funken Hoffnung schöpfen ließ, ihre Gabe als Heilerin doch noch einsetzen zu können: Orsi, ein fetter, geistig verwirrter und ewig lächelnder Mann, der unablässig eine traurige Melodie vor sich hinsummte.

In Haus Spiritosum gab es elf Patienten. Zwei Schwestern und eine Leiterin mussten praktisch rund um die Uhr Dienst leisten.

Die Schwester an Auroras Seite hieß Rila, eine kräftige

junge Frau aus der Nähe von Königsgrund. Sie war auf dem Hof ihres Vaters aufgewachsen und die dritte Tochter im Hause. Da sie keine Möglichkeit sah, den Hof später einmal zu übernehmen und einen fürsorglichen Ehemann zu finden, hatte sie sich den Schwestern der Zitadelle angeschlossen. Rila besaß das Herz einer Heiligen, aber auch das Gesicht eines Pferdes, und soweit Aurora beurteilen konnte, auch dessen Stärke. Rila hatte ihre Großmutter bis zu deren Tod gepflegt. Die alte Frau war die letzten drei Jahre ihres Lebens geistig verwirrt gewesen und hatte ihr Umfeld zwar kaum wahrgenommen, aber von Zeit zu Zeit aggressive Schübe bekommen. Rilas Engelsgeduld und ihre körperliche Stärke, mit der sie notfalls auch durchgreifen konnte, machten sie zu einer perfekten Schwester für diesen Bereich.

Die Leiterin des Hauses hieß Schwester Marla und gehörte zum älteren Semester. Dennoch war sie eine Frau, die zupacken konnte. Zierlich war an ihr so gut wie nichts, allein ihre kleinen Augen wirkten ein wenig verloren zwischen den wulstigen Brauen und hohen Wangenknochen.

Aurora lebte sich schnell ein, lernte viel über die Patienten und deren verrückte Marotten. Eine Menge von dem, was sie von ihrer Mutter und in den anderen Abteilungen der Zitadelle gelernt hatte, konnte sie hier anwenden. Die Patienten zogen sich häufig kleinere Verletzungen zu oder hatten Fieberschübe. Ihre Entrücktheit, so nannte es Schwester Marla, machte sie anfällig für jegliche Wehwehchen. Sie erkälteten sich, verletzten sich bei den einfachsten Tätigkeiten oder stürzten grundlos. Es gab immer etwas zu tun und kaum Zeit für Müßiggang. So oft Aurora konnte, besuchte sie den lächelnden Orsi.

Zu Anfang nahm der dicke Mann sie kaum wahr. Wenn sie ihn fütterte, mit ihm sprach oder sein Zimmer aufräumte, saß er nur da, summte vor sich hin und blickte durch sie hindurch. Eines Tages jedoch, als sie seine Hand berührte, sah er plötzlich zu ihr auf. Nur für einen kurzen Augenblick brach er aus seiner Welt in die ihre aus.

Tagelang versuchte Aurora zu ergründen, woher sie das Lied kannte, das Orsi summte, doch es wollte ihr einfach nicht einfallen. Es war Ninah, die ihr auf die Sprünge half.

»Das ist ›*Des Königs großer Schatten*‹«, erklärte sie. »Das Lied wird oft in irgendwelchen Spelunken zum Besten gegeben. Man ist aber gut beraten, es nicht in der Öffentlichkeit zu trällern. Königstreue und Stadtwachen könnten es einem übel nehmen. Ich hab gehört, dass man einen fahrenden Händler hat auspeitschen lassen, weil er die Melodie auf dem Marktplatz in Königsgrund gepfiffen hat.«

Jetzt erinnerte sich Aurora wieder. Das Bardenlied handelte vom großen mächtigen König, dessen Antlitz zwar das Reich erstrahlen lässt, der aber auch einen Schatten auf die einfache Bevölkerung wirft, der Hunger und Armut mit sich bringt. Der Text selbst war etwas zu bissig für die Adligen, und sie behaupteten, er verspotte das Reich. Somit war es verboten, das Lied in der Öffentlichkeit vorzutragen.

Für Orsi war dieses Verbot, wie jedes andere Gesetz im Königreich, nicht von Belang. Alles, was nicht in seiner Welt existierte, überging er mit einem Lächeln. Das war anscheinend auch der Grund für seinen Aufenthalt in der Zitadelle. Ninah wusste zwar nicht genau, warum Orsi bei ihnen war, doch war dieses Lied gewiss einer der Gründe. Aurora konnte sich den Rest schnell zusammenreimen.

An diesem Morgen hatte sie Orsis Kammer betreten, um ihm beim Frühstück zu helfen. Es war ein Kinderspiel, ihn zu füttern, ganz im Gegensatz zu einigen anderen Patienten. Orsi öffnete mit jedem Bissen bereitwillig den Mund, kaute, schluckte und wartete freudig auf den nächsten Happen. Zwischendurch summte er die Melodie von *Des Königs gro-*

ßer Schatten. Er kam immer nur bis zur ersten Strophe, dann öffnete er abrupt den Mund, bereit, den nächsten Leckerbissen zu schlucken.

Aurora war mittlerweile wieder die ganze Melodie des Liedes eingefallen und sogar einige Textzeilen. Sie war sich sicher, nie das ganze Lied gehört zu haben, sondern nur die Passagen, die die Leute in Nordweiler hinter vorgehaltener Hand gesungen hatten. Irgendwann stimmte sie in Orsis Summen ein. Dem dicken Mann schien das zu gefallen. Aurora tauchte den Löffel tief in den Weizenbrei und bemerkte gar nicht, dass sie das Lied allein weitersummte. Urplötzlich verzog Orsi das Gesicht zu einer grauenvollen Fratze, und seiner Kehle entfuhr ein entsetzlich gequälter Ton.

Aurora fiel vor Schreck der Löffel aus der Hand, und etwas Brei spritzte ihr ins Gesicht und auf die Bluse. Sie hörte auf zu summen, sog panisch den Atem ein, rückte mit dem Stuhl von Orsi ab und starrte ihn voller Entsetzen an. Vor lauter Angst vergaß sie auszuatmen, bis ihr Körper sie schließlich dazu zwang.

Orsi tobte, warf das spärliche Mobiliar um und trampelte darauf herum. Als er bemerkte, dass Aurora zum Ausgang blickte, stürmte er auf die Tür zu und verbarrikadierte sie mit einigen Tischtrümmern. Damit vereitelte er jede Hilfe von außen, und Aurora sah sich ihrem Peiniger allein gegenüber.

»Sie haben dich geschickt, um Orsi in den Kerker zu sperren«, brüllte der sonst ewig lächelnde Mann. »Orsi hat nichts Böses getan. Orsi lässt sich nicht einsperren.«

Erneut flogen einige Trümmerstücke des Mobiliars durch den Raum. Zum Glück traf keines davon Aurora.

»Orsi ist kein Verbrecher!«

»Natürlich nicht«, quiekte Aurora panisch.

»Sei still!« Orsi versetzte seiner Gefangenen einige leichte Fußtritte. »Leute, die mit Orsi sprechen, wollen ihn nur hinters Licht führen, weil sie besser mit Worten umgehen können als er.«

Aurora verzweifelte. Eine Flucht war unmöglich, und jetzt konnte sie nicht einmal mehr beruhigend auf Orsi einwirken. In ihrer Ausweglosigkeit begann Aurora, erneut das Lied zu summen, das Orsi anscheinend so mochte. Ohne darüber nachzudenken, summte sie die erste Strophe, erst leise, kaum hörbar, und als ihr Peiniger plötzlich mit einstimmte, lauter. *Nur die erste Strophe*, ermahnte sie sich.

Orsi spielte das Spiel mit. Er schien sich zu beruhigen, aber genau konnte sie das nicht sagen, weil sie sich noch nicht traute, ihm in die Augen zu sehen. Als sie das Ende der Strophe erreichte, begann sie von vorn.

»Es sind keine speziellen Worte, die die Liedmagie hervorbringen«, hörte Aurora die Stimme ihrer Mutter im Kopf.

Sie begann, ihre Summtöne mit Worten zu spicken, keine verständlichen Wörter, doch waren sie deutlich genug, dass sie in ihrem Kopf existierten.

Erneut wiederholte sie die erste Strophe, ganz so, wie Orsi es mochte. Er war mit voller Inbrunst dabei und übertönte Aurora sogar. Sie spürte die Worte, die ihr Mund nicht artikulierte, ebenso wie die Magie, die ihren Gesang durchflutete.

Orsi steigerte seinen Einsatz nochmals. Seine Stimme begann, der Melodie und Tonlage nicht mehr standzuhalten. Sie überschlug sich und klang krächzend. Als Orsi vollkommen aus dem Takt geriet, wagte Aurora einen kurzen Blick auf ihn. Er stand keine zwei Schritte von ihr entfernt kerzengerade im Raum und starrte über sie hinweg die leere Wand an. Er blutete aus der Nase und zog die Unterlippe beim Summen schräg nach unten.

Aurora hatte so etwas schon bei anderen Patienten gesehen. Schwester Marla nannte es Gedankenkrampf. Es verging nach einigen Minuten, wenn sich der Patient wieder beruhigte. Um das zu erreichen, redete man mit sanfter Stimme auf ihn ein, kühlte seine Stirn oder streichelte ihn behutsam. Keine dieser Möglichkeiten zog Aurora in Betracht. Sie hatte Angst, dass Orsi wieder einen Wutanfall bekam, sobald sie nicht mehr nur dasaß und summte. Also machte sie weiter, und Orsi verkrampfte sich noch mehr. Seine Hände ballten sich zu Fäusten. Die Knöchel traten weiß hervor. Sein linkes Auge verdrehte sich so sehr, dass nur noch das Weiße zu sehen war.

Dann verstummte er ganz unverhofft. Sein Mund öffnete sich, und Blut tropfte aus dem Mundwinkel. Er blutete auch aus den Ohren, und im linken Auge schienen einige Adern geplatzt zu sein.

»Wirft den Schatten übers Land, raubt den Menschen den Verstand«, gurgelte es aus Orsis Kehle.

Dann kippte er vornüber und schlug mit dem Gesicht auf den Boden. Aurora blieb starr vor Angst vor ihm hocken. Sie musste ihn nicht anfassen oder sich in Sicherheit bringen. Sie wusste, dass er tot war.

BEMET umklammerte den Mast der kleinen Kogge.

»Ich hatte gehofft, die Scheiße hört irgendwann mal auf«, stöhnte er leise.

»Du bist Söldner«, antwortete Quard, der vor ihm auf Deck saß, mit dem Rücken an die Ladeluke gelehnt. »Es hört erst auf, wenn du mit einer Axt im Rücken auf dem Schlachtfeld liegst.«

»Ich meinte nicht das Kämpfen, sondern die Seekrankheit. Woher zum Teufel weiß diese Übelkeit, wann sie kommen muss? Es ist stockdunkel. Ich kann weder das Meer sehen noch das verdammte Schiff. Der Mast hier könnte genauso gut ein Baum sein, und das Plätschern ein naher Bach. Außerdem bin ich einmal übers Meer und wieder zurückgereist. Irgendwann sollte man sich doch daran gewöhnt haben.«

»Haltet das Maul, wir sind nahe dran!«, ertönte eine Stimme aus der Dunkelheit.

»Hast du gehört, Dachsbär? Wenn du kotzt, dann leise«, flüsterte Quard.

Er nennt mich wieder Dachsbär.

Masakalls Plan sah vor, dass sie leise und unsichtbar sein sollten. Jedes Schiff, das von der kleinen Insel aufgebrochen war, sollte auf der Heimreise ein Handelsschiff kapern, möglichst eines aus Uslager Gefilden, und es mitsamt der Ladung übernehmen. Was mit der Besatzung passierte, konnte jeder selbst entscheiden. Falls einigen die Flucht gelang, sollte man sie laufen lassen. Sie sollten berichten, was ihnen widerfahren war und wem sie es zu verdanken hatten.

Das Beutegut, das jedes Schiff nach Assamad mitbrachte, sollte die anderen Söldner der Clans davon überzeugen, sich ihrer Sache anzuschließen. Es war sozusagen ein Vorschuss auf den Sold. Und einen Vorschuss mochte jeder Assamer. Die gekaperten Schiffe dienten zum Ausbau der Flotte.

Sobald König Refert anbiss und Teile seiner Flotte aussandte, um die Assamer Piraten zur Rechenschaft zu ziehen, würde Masakalls Plan aufgehen. Mit den neuen Schiffen und den neuen Männern würde er auch mit einer Flotte aus Uslag fertig. Mit dem Sieg über Refert würden viele neue Freiwillige kommen, die ebenfalls der Ungerechtigkeit der Uslager Krone überdrüssig waren. Das Assamer Söldnerheer würde jeden Tag anwachsen, und die Uslager Truppen würden schrumpfen. Irgendwann wäre Assamad stark genug, um den Kampf an Land zu beenden – im Territorium von König Refert.

Soweit der Plan. Niemand wusste, was geschah, falls die Assamer sich nicht dazu überreden ließen, gegen ihre Geldgeber in den Krieg zu ziehen, oder falls König Refert nicht nur einen Teil seiner Flotte sandte, sondern alle Schiffe. Aber jeder konnte es sich ausmalen.

Die Bark, der sie folgten, war fast doppelt so groß wie ihr Schiff. Sie war gut beladen, lag tief im Wasser und kam trotz der frischen Brise nur langsam voran. Der Kapitän der Bark hatte nicht alle Segel hissen lassen. Vielleicht hatte er es nicht eilig, oder die Fracht war zu empfindlich, um unter vollen Segeln zu fahren. Als die Nacht hereingebrochen war, waren die Positionsleuchten auf dem Handelsschiff entzündet und auf der Kogge alle Lichter gelöscht worden. Die Jagd hatte begonnen.

Vier Stunden vergingen, dann hörten sie das Knarren der Wanten und die Gischt, die sich am Bug der Bark teilte.

Bemet war mit acht Kriegern an Bord. Außer Quard kannte er keinen von ihnen, doch machten sie einen äußerst entschlossenen Eindruck. Auf der Bark mochten gut zwanzig Seeleute sein. Wahrscheinlich waren es nicht die härtesten Burschen, die die See hervorgebracht hatte. Trotzdem durfte man Männer, die ihr Hab und Gut verteidigten, nie unterschätzen, schon gar nicht, wenn man sie auf ihrem Schiff attackierte, wo es keine Rückzugsmöglichkeit gab.

»Macht euch bereit, gleich sind wir nahe genug zum Entern«, zischte es aus der Dunkelheit.

Bereitmachen hieß, sein Totem zu beschwören. Zu Beginn seiner Reise hatte es noch eine kleine Ewigkeit gedauert, bis Bemet sich auf sein Totem hatte konzentrieren können. Inzwischen brauchte er nur die Augen zu schließen und drei Mal tief durchzuatmen. Es war, als müsste er sich nur eine Traumszene vor Augen rufen. Er wusste nicht, ob die Person in seinem Traum er selbst war oder jemand anders. Er sah nur einen Fuß in einer felsigen Landschaft und einen dunklen Höhleneingang. Er ließ die Szene wenige Sekunden auf sich wirken, dann trat der Fuß auf einen trockenen Ast, der mit lautem Knacken brach. Im nächsten Moment stürmte ein Bär aus der Höhle, riss das Maul auf und brüllte.

Das Totem hatte nun von ihm Besitz ergriffen.

Alles, was er danach wahrnahm, gehörte zu einem anderen Traum, einem selbstbestimmten und durchaus realem. Für seine Gegner war es ein wahrer Albtraum.

Bemet der Bär stürmte zum Vorderdeck der Kogge und sprang mit einem gewaltigen Satz hinüber, auf den abgesenkten Ladebereich der Bark. Der Sprung war überhastet und unsauber ausgeführt. Bemet krachte durch die Reling und schlitterte über das Ladedeck. Er landete genau vor einer der Luken, die zu den Kajüten hinabführte. Die Mannschaft war schon in Alarmbereitschaft. Vielleicht hatte der Steuermann den Verfolger bereits vor einiger Zeit bemerkt und alle gewarnt. Der Mann, der neben Bemet aus der Luke sprang, war jedenfalls mit Rapier und Enterhaken bewaffnet. Was die Seeleute der Bark nicht wussten, war, wer sie überfiel.

Bemet packte den schmächtigen Jüngling am Hals und schleuderte ihn mit dem Rücken gegen den Mast. Das Knacken des brechenden Rückgrats war trotz des Tumults an Deck gut zu hören. Die nächsten Seeleute rückten bereits nach. Bemet verpasste dem vordersten einen Hieb mit seiner Menschenpranke und verwandelte dessen Gesicht in eine blutige Fratze. Der Mann stürzte zurück und riss einige Kameraden mit sich. Bevor Bemet den nächsten Gegner attackieren konnte, hechtete ein Krieger der Klaue an ihm vorbei in die Luke zu den Kajüten. Mit wildem Fauchen schlug er erbarmungslos um sich, schlitzte Brustkörbe auf und zerfetzte Kehlen wie ein Wolf in einer Schafsherde. Bemet blieb nichts weiter übrig als zuzusehen, wie die Männer zur Beute eines anderen wurden.

FÜR DEN JUNGEN PRINZEN – mehr stand nicht auf dem gefalteten Pergament, das unter dem Sattel des Reitpferdes herauslugte. Die Handschrift war die eines einfachen Mannes und das Papier schon öfter benutzt und gebleicht worden. Nicht einmal die Diener am Hof wären so unverfroren gewesen, einem Mitglied des Königshauses solch einen Fetzen vorzulegen.

Alden sah sich um. Er war allein im Reitstall. Der Stallmeister stand draußen im Hof und erteilte den Burschen die letzten Anweisungen zur Vorbereitung auf den Jagdausflug. Alden zupfte das Pergament mit zwei Fingern unter dem Sattel hervor und öffnete es vorsichtig. Auf dem Zettel stand nur ein einziger Satz.

Wo ist meine Tochter?

Alden wusste genau, von wem diese Nachricht stammte und was sie zu bedeuten hatte.

Dieses wortkarge Gekritzel sollte sicherlich energisch und entschlossen wirken, untermauern, dass der Verfasser keine Geduld hatte und nicht verhandeln würde, auf Alden indes wirkte es nur hilflos.

Er stand da, betrachtete die freie Fläche unter der Zeile und überlegte, was er als Antwort draufschreiben könnte.

Verehrter Vasil, mit Bestürzung höre ich, dass Eure geliebte Tochter Sigrid nicht zu Euch zurückgekehrt ist. Ich kann Euch jedoch versichern, dass sie ihre Aufgabe zur vollsten Zufrie-

denheit erledigt hat und darüber hinaus noch einiges mehr. Ich habe sie wie vereinbart bezahlt und ihr geholfen, unerkannt den Palast zu verlassen.
Ich möchte Euch nicht zu nahe treten, aber habt ihr in Betracht gezogen, dass Sigrid das Gold genommen haben könnte, um ein neues Leben zu beginnen? Ohne Euch, Mord, Erpressung und Hurerei? Kurz gesagt: ohne in Armut zu leben.
Hochachtungsvoll
Prinzregent Alden der Dritte vom Hofe in Königsgrund.

Lächelnd schüttelte Alden den Kopf, zerknüllte den Zettel und ließ ihn in seiner Hosentasche verschwinden.

OFFENE TÜREN

Aurora steckte der Schock noch immer in den Gliedern. Das Gespräch mit den Leiterinnen der Zitadelle war zwar unausweichlich, doch hatte sie darauf gehofft, dass der Vorfall mit Orsi im Haus Morbutus ihr ein wenig Schonfrist verschaffen würde. Weit gefehlt. Ein Tag Ruhe war ihr vergönnt gewesen, um den ersten Schrecken abzulegen, dann, am nächsten Morgen, musste sie vor die Kommission.

Das Gespräch war ebenso kurz wie unterkühlt. Die leitenden Schwestern sowie die Oberin, Schwester Dorothen, bekundeten ihr Bedauern über den Vorfall mit Orsi.

Aurora schilderte knapp, was an besagtem Tag geschehen war. Sie fand einfach nicht die Kraft für Beschönigungen oder Rechtfertigungen. Sie beschrieb alles so, wie es sich zugetragen hatte. Auch ihren Gesang erwähnte sie, und die Schwestern nahmen es teilnahmslos zur Kenntnis. Zum Abschluss nickten sie einander zu wie bei einem höfischen Tanz, und Oberin Dorothen verkündete das Ergebnis von Auroras Prüfungen.

Keines der vier Häuser wollte ihr einen Platz zur Ausbildung als Heilerin anbieten.

Aurora hatte diesen Entscheid schon befürchtet, doch erst ausgesprochen entfaltete er seine ganze Wirkung. Sie hatte das Gefühl, kaum noch Luft zu bekommen, und ihre Beine wurden ganz schwach. Nachdem man ihr ein Glas Wasser gereicht und sich nach ihrem Befinden erkundigt hatte, führte Schwester Nelka sie auf ihr Zimmer, damit sie ihre Sachen packen konnte. So schnell konnte eine hoffnungsvolle Zukunft zerstört werden.

Nun trottete Aurora hinter ihrer Patin her wie bei ihrer Ankunft in der Zitadelle, nur dass man sie nicht willkommen hieß, sondern verabschiedete.

Nelka blieb unvermittelt stehen und blickte abwechselnd hinunter zum Bootsanleger und zu einem schmalen Ziegenpfad, der sich in der zerklüfteten Steilküste verlor.

»Und schon wieder stehst du vor einer Entscheidung«, sagte Nelka. »Unser ganzes Leben wird von Entscheidungen gelenkt. Wichtig ist, dass du sie selbst triffst und nicht die anderen.«

»Was für eine Entscheidung?«, fragte Aurora verwirrt. »Die Schwestern haben beschlossen, dass ich die Zitadelle verlassen muss.«

»Dann hast du nicht richtig zugehört und weißt noch nicht alles, Kleines. Die Schwestern haben entschieden, dass keine der vier Abteien dich ausbilden wird. Es gibt hier aber noch ein fünftes Haus. Wenn du möchtest, kannst du dich dort einer weiteren Prüfung stellen. Aber ich warne dich, die Prüfung ist um einiges schwieriger, und falls du durchfällst, wird man dafür sorgen, dass du keinem erzählen kannst, was du erlebt hast.«

»Sie würden mich umbringen, wenn ich die Prüfung nicht schaffe?«, fragte Aurora entsetzt.

»Nicht unbedingt umbringen. Man kann Menschen auch auf andere Weise dazu zwingen, ein Geheimnis zu bewahren.«

»Und wie?«

Nelka lächelte vieldeutig.

»Warum sollte ich das tun?«

»Weil du eine verlorene Seele bist, die nicht weiß, wo sie

hingehört, und niemanden hat, der sie aufnimmt. Am Ende dieses Pfades ist eine Tür am Fuße der Klippe. Wenn du sie durchschreitest, findest du vielleicht alles, wonach du gesucht hast.«

Aurora starrte auf ihre Füße … und traf eine Entscheidung. Wenn sie die Zitadelle verließ, würden höchstwahrscheinlich wieder andere über ihr Schicksal bestimmen. Es gab zu viele Menschen dort draußen, die einen manipulierten, ausnutzten und nur den eigenen Vorteil im Auge hatten. Ein junges Mädchen wäre ein gefundenes Fressen für – jeden. Wenn sie sich entschied hierzubleiben, um eine weitere Prüfung abzulegen, könnte sie dabei vielleicht endlich den Platz finden, an den sie gehörte.

»Ich stelle mich der Prüfung«, sagte Aurora nachdrücklich.

»Es freut mich sehr, dass du dich so entschieden hast, Aurora«, sagte Schwester Nelka. »Ich hatte schon befürchtet, ich müsste dich tatsächlich den weiten Weg zurück ans Festland rudern.«

»Ist das alles?«

»Nein, natürlich nicht. Komm her!« Nelka umarmte Aurora stürmisch und gab ihr einen Kuss auf die Stirn. »Ich wünsche dir alles Gute. Mögest du finden, wonach du so lange gesucht hast. Du schaffst das schon. So, und jetzt beeil dich, du wirst wahrscheinlich schon erwartet.«

Nach diesen Worten machte die Schwester kehrt und ließ ihren ehemaligen Schützling zurück.

Ein merkwürdiges Gefühl beschlich Aurora. Obwohl sie die kleine Insel nicht verließ, fühlte es sich trotzdem wie ein Abschied an.

Die Tür in der Klippe war leicht zu finden, obwohl sie versteckt lag und vom Meer aus nicht zu sehen war.

Aurora atmete tief durch und öffnete sie. Dahinter lag ein

langer schmaler Tunnel, der durch Bohlen und Balken gestützt wurde. In regelmäßigen Abständen steckten Fackeln in den Wänden, die zwar Licht spendeten, aber auch unheimlich wirkten. Soweit Aurora sehen konnte, verlief der Tunnel in leichter Steigung geradeaus.

»Hallo, ist da jemand?«, rief sie verunsichert.

Als niemand antwortete, fasste sie sich ein Herz, zog die Tür hinter sich zu und folgte dem unterirdischen Gang. Mit jedem Schritt stiegen ihre Zweifel und Ängste. Was, wenn man ihr eine Falle gestellt hatte? Nelka und die anderen Schwestern hatten sie zwar behandelt wie eine der ihren, doch was, wenn das alles nur vorgespielt gewesen war? Vielleicht versuchten sie geheimzuhalten, was sie hier taten. Eingeweihte bestanden entweder die Prüfungen und wurden eine Ordensschwester, oder man lockte sie hier in den Tunnel, um sich der Mitwisser zu entledigen.

Aurora verlangsamte ihr Tempo. Sie zögerte bei jeder Fackel, die sie erreichte, und blickte zurück, um zu sehen, ob die Tür hinter ihr noch zu erkennen war.

Als ihre Zweifel und Ängste so groß wurden, dass sie umkehren wollte, erspähte sie eine weitere Tür am anderen Ende des Tunnels. Ein schmaler blasser Lichtschein fiel durch den Spalt über der Schwelle.

»Eine letzte Prüfung«, flüsterte sie, um sich Mut zu machen und die finsteren Gedanken zu verwerfen.

Aurora folgte dem Tunnel bis zur Tür. Ihr Orientierungssinn sagte ihr, dass sie sich irgendwo unter der Zitadelle befinden musste. Es gab zwar einen Keller im Ordenshaus der Schwestern, doch war er nur klein und wurde im Sommer zur Aufbewahrung verderblicher Vorräte benutzt. Eine weitere Tür oder gar einen Gang gab es dort nicht.

Aurora verharrte kurz und legte ihr Ohr an die dunkel verfärbten Eichenbohlen der Tür.

Nichts zu hören.

Mit zitternder Hand griff sie nach dem Türknauf. Er ließ sich leicht drehen. Jemand schien ihn geölt zu haben. Vorsichtig drückte sie die Tür auf.

Vor ihr lag eine kleine Halle von der Größe einer Schenke. In der Mitte des Raumes stand ein Bett, in dem eine alte weißhaarige Frau lag. Auf einem wacklig aussehenden Beistelltisch stand eine Öllampe, die die Szenerie beleuchtete. Eine ältere Ordensschwester saß auf einem Schemel im Hintergrund und betrachtete die Greisin wie bei einer Totenwache.

Sie musste Aurora auf jeden Fall gesehen haben. Für ein Versteckspiel war es jetzt zu spät.

Aurora trat ein und schloss die Tür hinter sich. »Mein Name ist …«

»Aurora«, kam ihr die Schwester zuvor. »Ich weiß, wer du bist. Komm näher, Kind, dann müssen wir nicht so laut sprechen. Frau Ollinard ist gerade erst eingeschlafen.«

»Ist sie tot?«, rief Aurora erschrocken und hielt sich sogleich die Hand vor den Mund.

»Nein, sie schläft einfach nur.«

Aurora trat zu der Schwester, blieb aber drei Schritte entfernt stehen, als sie den langen Dolch mit der dünnen Klinge zu Füßen der Frau liegen sah. »Warum bin ich hier?«

»Ich weiß es nicht, Kind, sag du es mir.«

Aurora sah sich noch einmal um und achtete darauf, den Dolch dabei stets aus dem Augenwinkel sehen zu können. Der Raum war nicht richtig eingerichtet. Außer dem Bett und dem Schemel gab es keine Möbelstücke. Der Anblick wirkte auf Aurora wie eine Theaterkulisse der fahrenden Schausteller, die nur das an Requisiten auf ihre Bühne brachten, was unbedingt nötig war.

»Ist Frau Ollinard krank?«

»Sie stirbt«, sagte die Schwester trocken.

»Was hat sie?«

»Sie ist alt, und der Tod greift nach ihr.«

»Könnt Ihr ihr nicht helfen?«

»Kannst du es?«

Aurora blieb auf Abstand zu Frau Ollinard. Wer wusste schon, ob sie an einer ansteckenden Krankheit litt? Auch zur Ordensschwester mit dem Dolch blieb sie auf Distanz.

Frau Ollinard begann im Schlaf zu hüsteln, als hätte sie einen Krümel verschluckt. Der Husten klang kraftlos und wiederholte sich alle paar Sekunden.

Aurora fiel auf, dass die Frau zwar kräftig einatmete, aber beim Ausatmen enorme Probleme hatte. Es schien, als bliebe bei jedem Atemzug etwas Luft in ihrer Lunge zurück. Ihr Brustkorb blähte sich auf, sackte wieder ein wenig in sich zusammen, um sich dann beim nächsten Luftholen noch weiter zu heben. Frau Ollinard quälte sich im Schlaf.

»Könnt Ihr nichts für die alte Frau tun?«, fragte Aurora besorgt.

»Etwas für sie tun?«, wiederholte die Schwester.

»Ja, irgendeine Medizin, die ihr hilft, wieder gesund zu werden, oder etwas, das ihre Schmerzen lindert.«

Die Ordensschwester schüttelte den Kopf. »Nein, leider nicht. Die ehrenwerten Schwestern im Haus Morbutus haben alles getan, was in ihrer Macht stand. Frau Ollinards Tod ist unabwendbar.«

Das konnte Aurora nachvollziehen. Dem Tod war sie mittlerweile schon oft begegnet, und er war immer unabwendbar. Manchmal war er wie ein Felsen, der durch das Dach eines Hauses krachte, mitunter wie ein eisiger Wind, der durch die Wände drang, und zuweilen wie Wasser, das selbst durch die kleinste Ritze seinen Weg ins Innere fand.

Frau Ollinard begann im Schlaf zu krampfen. Ihr Körper

wehrte sich dagegen, langsam anzuschwellen. Ihr Schlaf war mehr als nur ein Eintauchen in die Traumwelt. Aurora sah ihr die Schmerzen und die Panik an, die sie erfassten. Tief in ihrem Unterbewusstsein musste die alte Dame wissen, dass es zu Ende ging. Der Tod ereilte sie nicht im Dahindämmern oder Einschlafen. Er zeigte sich mit seiner hässlichsten Fratze. Frau Ollinard würde einen langsamen, quälenden Tod sterben. Mit jedem Atemzug, der in ihrer Lunge blieb, würde sie ein bisschen schlechter einatmen können. Ihr Brustkorb würde sich aufblähen, bis die Rippen zum Bersten gespannt waren. Es würde Stunden dauern, bis sie endlich erstickte. Zu ertrinken dauerte nur eine Minute, und selbst da geriet man in so unfassbare Panik, dass sie das Herz zu zerreißen drohte. Frau Ollinard würde hundertfach stärker leiden.

»Können wir ihr nicht irgendwie helfen?«, fragte Aurora verzweifelt, als sie es nicht länger ertrug, der alten Frau beim Sterben zuzusehen.

»Ich weiß nicht, Kleines. Kannst du es?«

Aurora sah zu dem Messer auf dem Boden. Dann verwarf sie den Gedanken und ging hinüber zum Bett von Frau Ollinard. Sie setzte sich ans Bettende und legte eine Hand auf die vor Krämpfen zuckenden Füße. Dann begann sie zu singen. Es war ein Kinderlied, eins von denen, die die anderen Kinder immer auf dem Dorfplatz von Nordweiler gesungen hatten. Es handelte davon, dass man keine Angst vor den Schrecken der Nacht haben sollte, weil die Sonne sie am nächsten Morgen vertreiben würde.

Sofort wurde die alte Dame ruhiger. Ob es am Gesang oder der Berührung lag, konnte Aurora nicht sagen. Bei der zweiten Strophe hatte sich der Körper von Frau Ollinard vollkommen entspannt. Es schien, als hätte sie vergessen zu atmen. Dann nahm sie über Mund und Nase einen letzten tiefen Atemzug. Ihr Kopf fiel zur Seite, und ihre Lippen verzogen sich zu einem Lächeln.

Die Ordensschwester kam herbei, legte zwei Finger an Frau Ollinards Hals und bedeckte ihren Kopf mit dem Laken.

»Du hast die Prüfung bestanden, Aurora. Du hast zwar noch viel zu lernen, aber wir würden uns freuen, wenn du die Ausbildung im Haus Mortem beginnen würdest. Ich bin Schwester Puris.«

Bemet hatte sich freiwillig für den kleinen Vorstoß an der Küste Uslags gemeldet. Von einem jungen Bären des Clans erwartete man, dass er auszog, um sich die Klauen zu wetzen. Bemet legte zwar Wert darauf, den Erwartungen gerecht zu werden, doch hatte er sich in Wahrheit aus einem anderen Grund gemeldet: Er hielt es auf diesen kleinen schaukelnden Kähnen einfach nicht mehr aus. Diese ewige Leere in seinem Magen und die ständige Übelkeit brachten ihn körperlich wie emotional an den Tiefpunkt.

Seit drei Tagen hatte er endlich wieder festen Boden unter den Füßen. Die ersten zwei Meilen lief er wie ein Graufußtölpel auf dem Rand seines Nests, doch mittlerweile hatte er sich dem strammen Marschtempo seiner Kameraden angepasst.

»Es ist nicht mehr weit, Dachsbär«, versuchte Quard den jungen Krieger aufzumuntern. »Am Fuß dieser Klippen gehen wir in Stellung und warten auf die Nacht. Sie erwarten uns ebenso wenig wie Schnee im Sommer und werden genauso schnell dahinschmelzen.«

Bemet war es egal, wie stark die Männer waren, die sie überfallen würden, oder was mit ihnen geschah. Er befürchtete eher, dass seine Kameraden sich nicht an ihre Anweisungen halten könnten. Und die waren mehr als eindeutig: Wachen ausschalten, die Signalfolgen für die Leuchtfeuer herausfinden und die intakte Anlage übernehmen. Die *intakte* Anlage!

Masakall machte keinen Hehl aus seinen Plänen. Er hatte vor, mit seiner Flotte in das Binnenmeer von Uslag vorzudringen und Königsgrund anzugreifen. Er wollte den Krieg direkt vor die Tore des Königs bringen. Ein Plan, der auf viel Zustimmung bei den Assamern stieß, jedoch auch die Gefahr der Selbstüberschätzung barg, ohne Chance auf einen Rückzug. Das jedoch würde ein Assamer niemals in Betracht ziehen, und wenn doch, gab es sicherlich irgendwo etwas zu trinken, um die Bedenken wegzuspülen. Niederlagen waren keine Option und der Tod nur ein ruhmreiches Ende.

Für Bemet allein hätte schon ein Anfang genügt, der nicht von Schmach und Täuschungen durchzogen war.

Der kleine Trupp Assamer war an der Südküste angelandet, unterhalb von Sprödholz. Sie umrundeten die Stadt weitläufig im Schutze des Waldes und hielten sich dann nördlich. Wichtig war, dass sie nicht auffielen oder zufällig auf einen Trupp Soldaten stießen. Von ihren Beutezügen auf See hatten sie genügend Kleidungsstücke erobert, um jede beliebige Tarnung anlegen zu können. Egal ob Händler, Holzfäller, Jäger oder adlige Spaziergänger, sie konnten alles sein. Jedoch würde die Verkleidung keinem genauen Blick standhalten. Dafür war die Haut der Assamer zu dunkel, ihre Nasen zu lang und ihr Akzent zu verräterisch. Doch hatten sie Glück und waren nur auf vereinzelte Händler und Reisende gestoßen, die sie vorüberziehen ließen, ohne sie eines Blickes zu würdigen.

Auf Quards Ankündigung hin, dass sie bald ihren Zielort erreicht hätten, wurde der Trupp langsamer und bereitete sich darauf vor, das Dickicht des Waldes zu verlassen. Weit entfernt war die Brandung des Meeres als dunkles Grollen zu hören, und fahles Mondlicht schien durch die Baumwipfel. Wenn Bemet die Schmerzen in seinen seemannsverwöhnten Oberschenkeln richtig deutete, gingen sie jetzt schon einen halben Tag lang leicht bergauf. Was wiederum dazu passte, dass die Leuchtfeuer an Klippen oder Hängen standen, damit sie über viele Meilen weit zu sehen waren. Die Aussicht darauf, von halb Uslag beobachtet zu werden, wenn sie die Anlage einnahmen, erfüllte Bemet mit Unbehagen. Immerhin war es wichtig, unentdeckt zu bleiben, damit ihr Einsatz erfolgreich verlief. Unauffälligkeit und Besonnenheit waren nicht gerade die Stärken des Bärenclans, und ihr Trupp bestand nur aus Kriegern der Pranke.

»Seht euch das an«, grollte Quard. »So etwas bauen die Uslager also als Verteidigungsanlage. Lächerlich! Wie soll man so was einnehmen, ohne es zu zerstören? Es sieht aus, als könnte man es einfach umtreten.«

Bemet und die anderen drängten sich vor, um zu sehen, wovon ihr Truppführer sprach.

Sie hatten das Ende des Waldes im Norden erreicht und blickten über ein karges Felsplateau, das einen beeindruckenden Ausblick auf das Binnenmeer von Uslag gab. Am Rande des Plateaus stand das Ziel ihrer Reise, das Leuchtfeuer. Ohne die handwerkliche Arbeit des Bauwerkes zu schmälern, ließ sich mit Fug und Recht behaupten, dass die Leuchtfeuer einen Signalwert, aber keinerlei Verteidigungswert besaßen.

»Da kann man mal sehen, wie überheblich und arrogant diese Uslager sind«, sagte einer der Männer. »Hätten sie auch nur die geringste Befürchtung, jemals angegriffen zu werden, hätten sie eine Palisade um den Zahnstocher gebaut.«

Das entsprach der Wahrheit. Wenn es allein darum gegangen wäre, das Signalfeuer zu zerstören, hätten schon ein paar Brandpfeile und ein Trupp Waldarbeiter mit Äxten genügt, um den Turm zu Kleinholz zu machen. Zum Schutz der Anlage standen zwei Soldaten vor der Tür des knapp vierzig Fuß hohen Turms.

Bemet vermutete, dass sich mindestens zwei weitere Uslager im Inneren der Anlage aufhielten. Da das nächste Dorf zu weit entfernt für regelmäßige Wachablösungen war, musste irgendwo in der Nähe ein Lager sein, das wenigstens vier Soldaten bereithielt. Im besten Falle bedeutete das, dass sie sich mit acht Gegnern herumschlagen mussten. Für sechs Assamer kein Problem.

»Wollen wir warten, bis die Wachablösung kommt?«, fragte Bemet.

»Ich rieche Hammelfleisch und Gewürzbier«, zischte Quard. »Wenn wir warten, laufen wir Gefahr, dass nicht mehr genug für uns alle da ist, und ich hab keine Lust, meinen Krug weiterzureichen wie ein Bettler unter der Brücke. Wenn wir denen da das Fell über die Ohren ziehen, lassen sich die anderen schon blicken.«

So etwas hatte Bemet befürchtet. Quard nahm den Kampf auf die leichte Schulter und wollte ihn schnell hinter sich bringen, um sich mit den anderen zu lobpreisen und anschließend volllaufen zu lassen. Wenn die Ablösung unerwartet in den Kampf eingriff, würde niemand mehr daran denken, Gefangene zu machen, die die Signalfolgen erklären könnten. Dann wäre der Feuerturm tatsächlich nur Brennholz und ihre Mission gescheitert.

»Ich kümmere mich um die Männer im Turm«, schlug Bemet vor. »Dann könnt ihr die Wachen und die Reserve unschädlich machen.«

»Angst, dass es zu viele sind?«, brummte einer der Krieger.

»Der Dachsbär hat sich schon im Kampf bewiesen und mir außerdem das Leben gerettet. Er denkt eben mit. Mehr als du von dir behaupten kannst«, blaffte Quard den Mann an. »Wir machen es so, wie Bemet sagt.«

Keiner der Männer widersprach, immerhin war Quard

der Erfahrenste von ihnen, und sie vertrauten und respektierten ihn.

»Jodrun und Kallas, ihr brecht die Tür auf. Bemet kümmert sich um die Männer im Inneren. Wenn es mehr als zwei sind, helft ihr ihm. Wir anderen überrollen die Wachen und kümmern uns um die Nachhut, wenn es denn eine gibt. Lasst keinen flüchten. Sie würden uns in der nächsten Stadt verraten. Bemet, achte darauf, dass die Männer im Turm kein Signal geben können. Verstanden?«

Alle brummten einvernehmlich.

»Dann los!«

Mittlerweile genügten Bemet die knapp vierhundert Fuß zum Feuerturm, um sein Totem zu beschwören. Bevor er die Wachen erreicht hätte, würde der Rindenbär in ihm erwacht sein.

Die Wachposten vor dem Turm sahen die Assamer erst kommen, als sie bereits die Hälfte der Strecke zurückgelegt hatten. Wie erwartet reagierten sie so, wie es jedermann täte, der ein Rudel Bären auf sich zustürmen sah – sie vergaßen, warum sie dort waren, was sie gelernt hatten und erstarrten. Zwei Prankenhiebe und ein brutaler Rempler beförderten die Wachen zu Boden. Den Rest besorgte des Totems Gier nach Blut und Fleisch. Die Assamer waren voller Hass auf die Uslager und ließen ihren Gelüsten freien Lauf.

Auch Bemet kannte diesen unstillbaren Blutdurst, trotzdem besann er sich auf seine Aufgabe. Einer musste schließlich die Kontrolle behalten.

Ob die Tür wirklich schon offen gewesen war, als er in den Turm stürmte, konnte er nicht sagen. Splitter und Trümmer regneten auf ihn nieder, und Staub umhüllte ihn wie ein verfluchter Nebel. Die panischen Bewegungen der Männer am Tisch vor ihm deuteten darauf hin, dass der Tod sie überraschte. Noch bevor sie ihre Waffen blankziehen konnten, hatte Bemet den ersten an der Kehle gepackt und gegen einen massigen Stützpfeiler gedrückt. Die anderen beiden sprangen zurück und versuchten, sich in eine Abwehrstellung zu bringen. Einer von ihnen trat den Tisch um, um ihn als Barrikade oder Schutz zu nutzen. Ein Tisch gegen eine Bestie! Bemet spürte, dass er dem Mann mit seiner Pranke das Genick brach. Das Lachen eines Bären wirkte auf Menschen offenbar nicht gerade belustigend. Die beiden Soldaten pressten sich mit dem Rücken an die Turmwand und hielten die Schwerter am ausgestreckten Arm zitternd vor sich. Sie sahen aus wie Mädchen, die das erste Mal eine Klinge führten, um sich ihres Angreifers zu erwehren.

Aus dem Augenwinkel nahm Bemet eine Bewegung im oberen Teil des Turmes wahr. Ein weiterer Soldat verschanzte sich dort und schien zu hoffen, unbemerkt zu bleiben. Zum Glück fehlte ihm der Mut, um ein Signalfeuer zu entfachen; er war vollends damit beschäftigt, sich zu verbergen. Irgendwann jedoch würde er begreifen, dass es keinen Ausweg gab, und dann würde er sich vielleicht auf seine Aufgabe besinnen. So weit durfte es nicht kommen.

Bemet stieß ein verächtliches Knurren aus, was so viel hieß wie: Ihr könnt sie haben, meine hungrigen Freunde. Dann stieg er die gewundenen Holzstufen zum Turmdach hinauf. Unter sich hörte er, wie seine Kameraden über die zwei Uslager herfielen und sie in Stücke rissen. Ihre Schreie waren verebbt, bevor Bemet die Hälfte der Treppe erklommen hatte. Von dem Mann oben war nicht mehr zu sehen als eine schnelle Bewegung, an der Öffnung vorbei, in den äußersten Winkel des Turmdaches.

Als Bemet durch die offene Luke kroch, sah er den Mann an der zwei Fuß hohen Palisade kauern. Er hatte sich tatsächlich eingenässt und weder eine Waffe noch sonst etwas zur Verteidigung in der Hand. Er erinnerte Bemet an die

Ziege, die man ihm im Maahi als Prüfung vorgeführt hatte, nur eben noch verängstigter. Genau dieser Gedanke war es auch, der Bemet half, den Mann zu packen, der wie ein Blitz an ihm vorbeihechtete und sich kopfüber in die Tiefe stürzen wollte. Ihn festzuhalten war ein Leichtes, ihn nicht auszuweiden umso schwieriger.

Ich darf dich nicht fressen, kleine Ziege. Ich darf nicht!

Bemet spürte, wie das Totem in ihm zurückwich. Seine menschliche Stimme kehrte langsam zurück.

»Hab dich.«

ALDEN – mehr stand nicht auf dem blütenweißen Umschlag, den der junge Kronprinz in den Händen hielt.

Sima, die Zimmerzofe, ein frühreifes Mädchen aus Kreuzfluss, erntete zum Dank nur ein knappes Nicken von Alden. Das flachsblonde Mädchen war schon die dritte Zofe, die sich in diesem Jahr um die Gemächer des Prinzen kümmerte. Am Hofe machte man sich bereits lustig darüber, dass es kein Dienstmädchen lange bei Alden aushielt. Man munkelte, sie kämen alle mit der Erwartung an, ein kleines Techtelmechtel zu beginnen und dafür das eine oder andere Geschenk aus dem Königshaus zu bekommen.

Vielleicht mag er Jungs. Er ist ein Geizhals, wie sein Vater. Er war als Kind schon etwas merkwürdig. Vielleicht weiß er nicht, wie er es anstellen soll. Derlei Gerede konnte man hinter verschlossenen Türen munkeln hören, wenn man die Ohren aufhielt. Alden war dieses Getuschel egal.

Als Sima mit ihren kleinen Tippelschritten verschwunden war, öffnete er den Umschlag. Es gab keinen Zweifel, von wem der Brief war. Kein Titel, keine Anrede, keine Herzlichkeit und kein Wort zu viel. Das roch förmlich nach seinem Vater. Es wunderte Alden, dass sich der Umschlag nicht auch noch kalt anfühlte – kalt wie seine ganze Kindheit. Die Zeilen waren in der Handschrift seines Vaters verfasst, natürlich in aller Eile.

Ich bin heute Morgen vor Sonnenaufgang mit der Harpyie ausgelaufen. Vier weitere Schiffe der königlichen Flotte begleiten mich. Die Übergriffe der Assamer auf unsere Handelsschiffe vor der Küste kann ich nicht dulden. Ich werde diesen Tiermenschen eine Lektion erteilen, die sie so schnell nicht vergessen.

Es wird eine oder zwei Wochen dauern, bis ich zurück in Königsgrund bin und die Regierungsgeschäfte wieder aufnehmen kann.

Bis dahin wirst du mich in allen nötigen Belangen vertreten. Alles, was nicht sofort geklärt oder entschieden werden muss, kann warten, bis ich zurück bin. Ich habe den kleinen Rat ebenfalls informiert und ihn gebeten, dich bei deinen Regierungsgeschäften zu unterstützen.

König Refert

Wenn eine Tür sich schloss, ging irgendwo anders eine auf – das sagte sein Vater immer, und er sollte recht behalten.

Alden betätigte den Brokatzug der Klingel, der zu den Zofenräumen führte. Keine zwei Minuten später klopfte jemand fast zärtlich an der Tür zu seinem Gemach.

»Komm schon herein, Sima.«

Das junge Mädchen öffnete die Tür, zaghaft und unbeholfen, wie sie fast alles zu tun schien.

»Sag Hauptmann Sinosil, dass ich mit ihm sprechen möchte. Er soll bitte sofort zu mir kommen.«

Sima stand in der Tür und schien auf etwas zu warten.

»Was ist denn?«, fauchte Alden sie an.

»Entschuldigung, Königliche Hoheit. Möchtet Ihr mit dem Hauptmann hier in Euren Gemächern sprechen?«

»Ja natürlich, oder dachtest du, ich will in diesem Aufzug quer durch das Schloss rennen und ihm im Morgenrock im Sitzungssaal gegenübertreten?«

»Verzeiht, natürlich nicht, Königliche Hoheit.«

Mit diesen Worten verschwand sie ebenso verängstigt, wie sie gekommen war.

Wenige Minuten später klopfte es erneut an die Tür. Dieses Klopfen war energisch, kräftig und ließ auf einen vollen Tagesplan schließen. Alden hatte vor, ihn noch mehr zu füllen.

»Kommt herein, Hauptmann.«

Trafet Sinosil trat ein. Wie immer sah er aus wie aus dem Ei gepellt. Kein einziger Knopf seiner Uniform war auch nur ansatzweise angelaufen. Alden vermutete, er knöpfte die Jacke mit einem Paar weißer Handschuhe zu, wie die Diener sie benutzten, wenn sie das Silberbesteck inspizierten.

»Ihr habt nach mir rufen lassen, Königliche Hoheit?«

»Ja, Hauptmann. Wie Ihr wahrscheinlich schon wisst, hat mein Vater mich für die Dauer seiner Abwesenheit mit den Regierungsgeschäften beauftragt. Er hat sich vor einigen Tagen etwas besorgt über die dunklen Machenschaften in Königsgrunds Gassen geäußert.«

»Dunkle Machenschaften?«, hakte Sinosil nach.

»Genau, dunkle Machenschaften, Herr Hauptmann. Und zwar solche, bei denen gern einmal weggesehen wird und der eine oder andere pralle Geldbeutel den Besitzer wechselt.«

»Wollt Ihr damit etwa andeuten, dass die Stadtwachen …«

»Ich will gar nichts andeuten«, fiel Alden Sinosil ins Wort. »Ich sehe nur, dass es in den letzten Monaten vermehrt zu Unruhen kommt. Ob durch Brände, ungelöste Todes- oder Vermisstenfälle soll hier und jetzt egal sein. Ich möchte, dass meinen Vater nach seiner Rückkehr nicht noch mehr Schwierigkeiten erwarten. Die Assamer bereiten ihm schon genug Kopfzerbrechen. Versteht Ihr, was ich meine?«

»Natürlich, Königliche Hoheit. Aber wie gedenkt Ihr das Problem anzugehen?«

Da war sie, die offene Tür.

»Am besten fangt ihr mit dieser widerwärtigen Spelunke in den Slums an, dem Nymphenteich. Dort treibt sich allerhand Gesindel herum. Soweit mir zu Ohren gekommen ist, sind anscheinend nicht nur die Gäste von fragwürdiger Gesinnung. Ach, und Hauptmann, wenn ich Euch einen Rat geben darf, klärt die Situation möglichst endgültig. Es wäre nicht gut, wenn jemand verlautbaren würde, dass die eine oder andere Stadtwache Geld dafür bekommen hat wegzusehen. Das würde schließlich auf euch zurückfallen.«

KRIEG

Aurora hielt das Stück Pergament in ihren zitternden Händen und drückte es mit der Kante an den Hals von Frau Hasan. Als das Papier nachgab und einknickte, schreckte Aurora zurück wie von einem Schlag getroffen.

»Was hast du jetzt verkehrt gemacht?«, fragte Schwester Puris in entspanntem, aber mittlerweile leicht ermüdeten Tonfall.

»Ich habe das Papier zu steil und kräftig gegen die Haut gedrückt.«

»Siehst du, du weißt doch, was du verkehrt gemacht hast. Dann noch mal von vorn.«

Aurora stand vor dem robusten Tisch, auf den sie Frau Hasan gelegt hatten, und starrte auf den bleichen Hals der alten Frau. Der Kragen ihrer dunkelgrünen Rüschenbluse war umgekrempelt und zeigte die dunkelblaue Halsschlagader, die Schwester Puris mit einem Kohlestrich gekennzeichnet hatte.

»Was ist los mit dir?«, fragte die Ordensschwester, die Auroras Zögern bemerkte. »Frau Hasan ist schon tot, du kannst ihr nicht mehr wehtun.«

»Ich weiß, dass sie tot ist. Ich war dabei. Aber die Übung hier dient nicht den Toten. Ich soll mit dieser Technik Patienten ihr Leben nehmen. Meine Mutter hat, soweit ich mich entsinne, immer anderen helfen wollen. Und wie gehe ich mit ihrem Erbe um? Ich lerne, wie ich Menschen töten kann.«

Da war es wieder, dieses Grinsen, das nur Oberschwestern aufsetzen konnten und mit dem sie ihren Schützlingen sagen wollten: *Ach mein Kind, du bist ja noch so naiv und weißt nicht, wie es im Leben läuft. Lass dir von einer erfahrenen Frau sagen, was richtig und was falsch ist, und hör endlich auf, deinen Träumen nachzuhängen.*

»Ich wollte Menschen helfen und sie nicht umbringen«, platzte es aus Aurora heraus. »Das hier ist grauenvoll. Und ich glaube nicht, dass meine Mutter sich das für mich gewünscht hat.«

Schwester Puris trat an den Tisch und nahm ihrer Schülerin das Pergament aus den zitternden Händen. »Ich kann mir vorstellen, was du dir erhofft hast. Allerdings bin ich mir sicher, dass deiner Mutter etwas anderes für dich vorschwebte.«

»Sie kannten meine Mutter doch gar nicht!«

»Das stimmt! Aber aus deinen Erzählungen schließe ich, dass sie dir die Gabe der Liedmagie zögerlich und nicht ohne Vorbehalte erklärt hat.«

Aurora zuckte noch immer zusammen, wenn die Schwester von Liedmagie sprach. Sibbel hatte ihr stets eingebläut, wie wichtig es war, mit niemandem darüber zu reden, weil die Kirche jeden, der diese Gabe ausübte, verfolgte, einkerkerte oder hinrichtete.

»Wahrscheinlich war sie so zögerlich, weil ich noch zu jung war«, konterte Aurora.

»Vielleicht. Aber wahrscheinlicher ist es, dass sie die Art deiner Gabe und die außergewöhnliche Macht in dir erkannt hatte. Ich glaube, sie hatte selbst ein wenig Angst davor.«

»Meine Mutter hatte vor gar nichts Angst.«

»Oh, jeder Mensch sollte vor etwas Angst haben, ansonsten gäbe es keine Rücksichtnahme auf dieser Welt, und niemand würde die Konsequenzen seiner Taten fürchten.«

»Die Bösen und Rücksichtslosen werden ohnehin nie bestraft«, sagte Aurora. »Meiner Mutter und mir wurde so viel Leid zugefügt, und keiner hat sich für uns eingesetzt oder die Bösen bestraft. Wer reich, stark oder mächtig ist, kann sich alles herausnehmen.«

»Das stimmt leider häufig, Kleines, aber vielleicht werden sie von Gott gerichtet und erfahren ihre Strafe erst nach ihrem Tod. Aber wir sind nicht die Sanften Schwestern geworden, um andere zu verurteilen. Wir sind hier, um den Menschen zu helfen. Jeder, der zu uns kommt, braucht Hilfe, und wir gewähren sie ihm.«

»Das verstehe ich ja auch. Ich möchte den Menschen helfen. Von mir aus benutze ich die Liedmagie, auch wenn ich lieber richtig heilen würde, wie meine Mutter es getan hat. Doch Ihr wollt mir beibringen, wie ich Menschen töte. Einen Stift ins Ohr rammen, mit einem Blatt Papier eine Halsschlagader durchtrennen, Gift einflößen oder mit einem Kissen ersticken. Das hat für mich nichts Gutes an sich. Wenn ich das tue, fühle ich mich wie eine Mörderin. Woher wollt Ihr wissen, dass Gott mich nicht dafür bestraft?«

»Das weiß ich, weil Gott dir diese Gabe gegeben hat. Aber um seine Aufgabe zu erfüllen, reicht es nicht, sich allein darauf zu verlassen. Viele Menschen scheiden nicht einfach sang- und klanglos aus dem Leben. Sie quälen sich, haben Schmerzen und leiden. Die meisten haben nicht die Kraft oder den Mut, sich selbst zu erlösen. Und unter diesen Menschen gibt es viele verschiedene Persönlichkeiten. Einige gehen bereitwillig, warten nur darauf, dass sie erlöst werden von ihren Qualen. So wie Frau Ollinard, die du bei unserer ersten Begegnung kennengelernt hast. Es gibt aber auch Menschen, die Angst vor dem Tod haben. Sie laufen weg, schreien, schlagen um sich oder versuchen, dich zu töten, bevor du ihnen das Leben nehmen kannst. Viele verschiedene

Faktoren spielen dabei eine Rolle: die Zeit, der Zustand des Patienten, die Einstellung zum Leben und zum Tod. Alles ist zu beachten. Und wir müssen entscheiden, welcher Weg der richtige ist.«

»Reicht es denn nicht, wenn ich für sie singe?«

»Das mag oft die richtige Wahl sein. Deshalb bin ich auch so froh, dass du dich entschieden hast, deine Ausbildung in diesem Haus zu beginnen. Aber was ist, wenn jemand taub ist, dich unerwartet angreift, schreit und tobt, sodass du weder singen kannst, noch mit deiner Magie zu ihm durchdringst? Genau für diese Fälle sind diese Übungen gedacht. Aber zwei Dinge musst du immer beachten. Erstens, du musst sicher sein, dass es für die Person keine Rettung gibt und ihr restliches Leben nur aus Qualen bestehen würde, falls du sie nicht erlöst. Zweitens, die Kirche und auch sonst niemand darf je etwas von deiner Gabe oder von Haus Mortem erfahren. Der Klerus weiß nichts von uns, und das soll auch so bleiben. Die Kirchenoberhäupter sind der Meinung, dass Menschen, die einem schweren Tod entgegensehen, sich eine Linderung bei Gott erkaufen sollten. Wir Sanften Schwestern finden es nicht richtig, falsche Hoffnungen zu verkaufen.

Dafür gibt es das Haus Mortem.«

BEMET strauchelte, als er durch den feinen Sand der Bucht zum Wasser rannte.

»Komm schon, Dachsbär«, brüllte ihm Quard zu, der bereits das kleine Ruderboot erreicht hatte. »Sie werden nicht auf uns warten. Oder willst du die größte Seeschlacht in der Geschichte Assamads verpassen?«

Bemet hätte liebend gern darauf verzichtet, eine Seeschlacht zu bestreiten, egal, wie groß sie war, wer gegen wen kämpfte, oder wie viel Ruhm man ernten konnte. Lieber hätte er sich der ganzen Uslager Armee hier am Strand gestellt.

Trotz seiner Eile erreichte er das Boot als Letzter. Der Strand, an dem sie hier waren, lag einen Tagesmarsch nordwestlich des Leuchtfeuers. Die Kundschafter hatten ihn gefunden, genau wie das einsame Ruderboot. Zudem hatten sie von einer unbewohnten Hütte am Strand berichtet. Bemet hatte die Hütte gesehen, konnte sich aber nicht vorstellen, dass niemand darin wohnte. Es standen sogar Blumen vor der Tür. Wer sollte so etwas tun, wenn er sie nicht nutzte? Es lohnte sich nicht, sich darüber den Kopf zu zerbrechen, Uslager waren eben ein wenig merkwürdig. Wichtig war nur, dass der Plan aufgegangen war. Der Mann an der Feuerwache war recht gesprächig gewesen, besonders nachdem Quard lauthals verkündet hatte, dass er am liebsten menschliche Oberschenkel verzehrte. Das Signalfeuer unterlag weder einem Geheimcode, noch war es in irgendeiner Weise schwer zu bedienen. Bei Sonnenuntergang entzündeten alle Türme die Feuerschalen und achteten darauf, dass sie bis zum Morgengrauen brannten. Falls Gefahr drohte, sollte der Mann oben im Turm einen Beutel mit einer geheimnisvollen Pulvermixtur in die Flammen werfen. Daraufhin würde sich das Feuer für mehrere Minuten in ein hellgrünes Inferno verwandeln. Das war alles. Der Uslager hatte auch erzählt, was das für eine Mixtur war – etwas aus Phosporium und irgendetwas mit B, das Bemet sich aber nicht hatte merken können. Was er sich indes gemerkt hatte, war, dass dieses Pulver heißer brannte als jede Esse und nicht einmal mit Wasser zu löschen war. Für ihn so etwas wie Magie, obwohl der Soldat versicherte, dass die Alchimisten in Kreuzfluss das Pulver herstellten. Als Belohnung für seine Redseligkeit hatten sie den Uslager nicht getötet, sondern nur gefesselt und im Turm eingesperrt. Mit etwas Glück fand ihn jemand, bevor er verdurstete.

Mittlerweile war die Sonne nur noch als rotglühender Ball zu sehen, der im Westen ins Wasser sank. Womöglich würden sie in ein paar Stunden auf die ersten Schiffe ihrer Kameraden treffen, die sie hoffentlich aufnahmen.

»Was schleppst du da alles mit?«, grunzte Quard. »Wenn ich mich recht erinnere, bekommst du auf See keinen Bissen runter, also wird es wohl kein Proviant sein.«

Bemet zog den Rucksack von der Schulter, öffnete ihn und hielt seinem Kameraden den Inhalt vor die Nase.

Quard schreckte zurück wie vor einer Grubenotter. »Bist du nicht ganz bei Trost, Junge? Ist das das verfluchte Zeug aus dem Feuerturm?«

»Ganz genau, der komplette Vorrat«, bestätigte Bemet.

»Hast du nicht richtig zugehört, Dachsbär? Das verdammte Zeug ist schlimmer als Drachenfeuer. Es entzündet sich von selbst an der Luft, verbrennt sogar Metall und ist noch nicht einmal mit Wasser zu löschen.«

Bemet zog den Rucksack wieder zu und klemmte ihn sich zwischen die Beine – nicht nur, um Quard zu beruhigen, denn auch die anderen sahen ihn vorwurfsvoll an.»Es ist wirklich schlimmer als Drachenfeuer«, knurrte er. »Drachen gibt es nämlich nur in Kindergeschichten. Dieses Höllenfeuer ist echt.«

»Dann lässt du es besser schön in deinem Rucksack.«

»Es ist ungefährlich, solange es im Wachspapier eingewickelt ist, hat der Uslager gesagt.«

Quard grinste ihn an. »Die Uslager haben auch erzählt, dass sie uns bezahlen, sobald wir zurück sind. Schon vergessen?«

Darauf wusste Bemet keine Antwort. Er lehnte sich einfach zurück und ertrug die vorwurfsvollen Blicke der anderen. Er hatte sich daran gewöhnt.

Sie ruderten noch mehrere Stunden und lösten einander an den Riemen ab. Sie passierten mit einer halben Meile Entfernung eine kleine Insel, auf der eine Zitadelle stand. Einer der Männer schlug vor, dort anzulanden und Zeichen zu geben, sobald die Schiffe vorbeikamen. Doch Quard lehnte ab, weil er befürchtete, auf weitere Uslager Soldaten zu treffen. Er wollte auf keinen Fall die große Seeschlacht verpassen.

Wenig später zeigten sich die ersten weißen Segel im Mondlicht. Es musste ein gutes Dutzend Schiffe sein, die auf sie zuhielten. Von Koggen über Karavellen bis hin zu zwei Dreimastbarken war alles in der kleinen Flotte zu finden. Masakall hatte einen Teil seiner kriegsfähigen Schiffe ausgesandt, um eine Handelsblockade vor der Meerenge zu errichten. Der Plan war, mehr Schiffe zu kapern und Beutezüge zu unternehmen, um den König von Uslag zu reizen. Währenddessen sollten sich immer mehr Streitkräfte unbemerkt hinter der Blockade versammeln, um die königliche

Flotte zu vernichten, sobald sie den aufsässigen Assamern den Garaus machen wollte.

»Was im Namen aller Totems ist das?«, keuchte einer der Männer plötzlich.

Bemet, Quard und die anderen blickten in die Richtung, in die der Späher zeigte. Hinter der kleinen Insel mit der Zitadelle tauchte eine Schiffsflotte auf. Sie standen unter vollen Segeln. Die Positionsleuchten verrieten, dass es wenigstens ein Viermaster, zwei Dreimastbarken und zwei weitere kleine Barken waren. Bemet hatte den Eindruck, dass die Schiffe genau auf sie zuhielten. Was noch schlimmer war, sie hielten auch auf Masakalls kleine Flotte zu.

»Torrik, gib mir dein Sehrohr«, zischte Quard.

»Das heißt Fernrohr«, berichtigte ihn der Krieger der Pranke.

»Ist mir scheißegal, gib schon her!« Quard brauchte einen Moment in dem schaukelnden Boot, um in der Dunkelheit sein Ziel auszumachen, doch schließlich sah er es. »Ich kenne das Schiff. Das ist die Harpyie, ein Schiff des Königs. Damit haben sie schon mal Söldner in Assamad angeworben.«

»Und, was bedeutet das jetzt?«, fragte einer der Männer verunsichert.

Quard reichte das Fernrohr zurück. »Das bedeutet, dass auf den Schiffen keine hilflosen Händler oder Fischer sind, sondern ausgebildete Soldaten, die im Seekampf geübt sind.«

»Vielleicht fahren sie auch vorbei«, warf einer der Männer ein. »Du hast selbst gesagt, dass sie normalerweise nach Assamad fahren, um Söldner anzuheuern. Vielleicht wollen sie genau das tun.«

»Hast du dich mal reden gehört, du Schwachkopf?«, blaffte Quard zurück. »Wir befinden uns mit Uslag im Krieg. Für wie wahrscheinlich hältst du es, dass sie unsere Leute rekrutieren wollen? Und selbst wenn, was für ein Glück! Dann müssen sie gar nicht so weit fahren. Da vorn ist ja ein ganzer Trupp, den müssen sie nur einladen, nachdem sie uns überrollt haben.«

Das stimmte zwar, doch verlieh das Quard nicht das Recht, einen Kameraden anzublaffen. Die Männer waren verunsichert, das konnte man ihnen nicht verübeln. Bemet wusste nicht, wie ausgereift Masakalls Plan war. Sicher, er hörte sich gut an, doch schon so früh auf einen Teil der königlichen Flotte zu treffen gehörte sicher nicht dazu und konnte den Krieg vorschnell beenden.

»Wir müssen etwas tun«, verkündete Quard. »Vielleicht können wir Masakall ein wenig Zeit verschaffen, damit er eine Entscheidung fällen kann.«

»Was gibt es da zu entscheiden?«, entgegnete Torrik. »Er muss den Gegner auf den Meeresgrund schicken.«

»Manchmal ist es besser, sich zurückzuziehen«, knurrte Quard kaum hörbar.

»Zurückziehen? Und was wird dann aus uns?«

Die Frage blieb unbeantwortet, da sich jeder selbst ausrechnen konnte, wie ihr Schicksal aussehen würde.

»Wir versuchen, längsseits an den Viermaster zu kommen«, entschied Quard. »Mit etwas Glück bemerken sie uns erst, wenn wir an Deck springen. Die ersten vier müssen die Wachen überrumpeln, der Rest stürmt das Steuerdeck und bringt das Schiff vom Kurs ab. Am besten wäre es, wenn wir eine Kollision mit einer Barke provozieren können. Wenn ihr merkt, dass wir hoffnungslos unterlegen sind, springt von Bord und hofft, dass Masakalls Plan aufgeht.«

»Da sind mindestens zweihundert Mann an Bord des Viermasters. Was ist, wenn sie uns kommen sehen?«

Quard schien nach einer Antwort oder einem Ausweichplan zu suchen, doch seine Miene verriet, dass er am Ende seiner taktischen Möglichkeiten angelangt war.

»Wir müssen nicht an Bord und kämpfen«, warf Bemet unverhofft ein. »Wir versenken sie.«

Aller Augen ruhten auf Bemet.

»Jetzt bin ich aber gespannt, Dachsbär. Deine Qualitäten als Kommandant bei Seeschlachten waren mir noch gar nicht aufgefallen. Ich hatte immer das Gefühl, du kotzt nicht nur deinen Mageninhalt, sondern auch deinen Verstand aus, wenn du auf einem Schiff bist.«

Bemet ließ sich durch den Spott nicht beirren. »Wir halten frontal auf sie zu. Die Gefahr, dass sie unsere Nussschale über den hohen Bug ihres Viermasters hinweg bemerken, ist gering. Sobald sie weniger als hundert Fuß entfernt sind, schmeißen wir die hier an Deck.« Bemet hielt eines der Bündel mit Phosphorus aus seinem Rucksack hoch. »Bevor wir sie werfen, reißen wir an jeder Packung eine Ecke an, damit sie auch mit Sicherheit an Deck zerplatzen. Wenn es stimmt, was uns der Uslager gesagt hat, fängt das Zeug an der Luft Feuer, und das heißer als jede Esse.«

»Dann legen wir also jetzt unser Schicksal in die Hände eines Uslager Soldaten?«, wollte Quard wissen.

»Das hast du doch schon dein ganzes Leben lang getan«, konterte Bemet.

»Also, an die Ruder, Männer«, grollte Quard. »Zeigen wir den Uslagern, was eine Handvoll Pranken mit ihrer königlichen Flotte anstellen kann. Der Dachsbär hat das Kommando.« Die Männer legten sich in die Riemen und machten gut Fahrt. Quard lenkte das Boot auf direkten Kollisionskurs zur königlichen Flotte. Bemet entleerte unterdessen seinen Rucksack und stapelte die in Wachspapier eingeschlagenen Pakete zu seinen Füßen. Er wartete so lange wie möglich damit, die Päckchen anzureißen. Falls sich eines davon im Boot entzündete, wäre ihr Plan dahin und sie selbst wahrscheinlich auch.

Als sie so weit heran waren, dass sie das Achterdeck des Führungsschiffes nicht mehr sehen konnten und keine Signalpfeife ertönte, wusste Bemet, dass sie unentdeckt geblieben waren. Er riss hektisch die Päckchen auf und verteilte sie auf dem Bootsboden. Einiges von dem Pulver verteilte sich über seiner Hand. Es glitzerte wie Silber im Mondlicht.

»Riemen los«, befahl Quard. »Macht euch bereit!«

»Wartet auf mein Kommando, bis ihr die Päckchen werft«, fügte Bemet hinzu. »Zielt auf die Aufbauten oder die Segel. Die Pranke stehe uns bei.«

Dann war es so weit. Ihr kleines Ruderboot war vollends im Schatten des Viermasters verschwunden. »Wartet … Wartet …«

Mit dem Geräusch von raschelnden Blättern im Wind entzündeten sich die Pulverreste auf Bemets Hand. Er spürte keinen Schmerz, dazu war der Schock zu groß. Einen Augenblick betrachtete er seine gleißend grün leuchtende Faust, die das Päckchen umklammerte.

Wie der Zauberer aus den Geschichten meiner Kindheit. Wie hieß er noch? Ach ja, Pestaquetzal, der Bezwinger des Drachenfeuers.

»Werft!«

Ein halbes Dutzend kleine Bündel flogen durch die Luft. Einige davon zogen einen grünen Schweif aus Feuer hinter sich her.

Bevor die Wurfgeschosse auf dem Deck landeten, rammte der Bug des Viermasters das kleine Boot. Einige der Männer gingen über Bord. Andere, wie Bemet und Quard, klammerten sich krampfhaft fest. Ihr Ruderboot wurde durch das Wasser gedrückt, als wäre es eine Forelle in der Pranke eines Bären. Immer mehr Wasser türmte sich vor ihnen auf, bis das Boot schließlich unter der Last auseinanderbrach. Der Bug des Kriegsschiffs schmetterte gegen Bemets Rücken.

Trotz des ganzen Lärms und Durcheinanders hörte er, wie seine Rückenwirbel brachen. Er spürte gar nichts mehr, als er unter dem Bug des Schiffes herumgewirbelt wurde und immer tiefer sank.

Das war also meine Aufgabe. Viele Jahre Ausbildung für diese eine Nacht. Ich hoffe, die Geister der Totems sind mit mir zufrieden. Lebt wohl, Freunde. Leb wohl, Quard. Ich bin bereit loszulassen.

Bemet starrte auf seine Hand, die tief unter Wasser immer noch brannte und ihm das letzte bisschen Licht spendete. Weit über ihm war nur der nachtschwarze Rumpf eines Schiffes zu sehen, umrandet von einem hellgrünen Licht.

ALDEN, gut dass Ihr endlich kommt, Königliche Hoheit, entschuldigt,« eröffnete Baron Heckenstein das Gespräch. Der Kleine Rat war vollständig versammelt, nur noch Alden fehlte – und natürlich sein Vater. Das brachte auch die Frage auf, wo Alden sitzen sollte. Sein angestammter Stuhl war neben Hauptmann Sinosil, doch als Vertreter seines Vaters stünde ihm der Platz an der Stirnseite der Tafel zu. Alden setzte sich neben den Hauptmann.

»Tut mir leid, meine Herren, irgendwie muss ich den Termin für die Sitzung vergessen haben«, entschuldigte er sich. »Es ist so viel los in letzter Zeit, und mit den ganzen neuen Aufgaben bin ich noch nicht so richtig vertraut.«

»Ihr müsst Euch nicht entschuldigen, Königliche Hoheit. Die Sitzung ist ohne Protokoll einberufen worden, und der Termin war nicht mit Euch abgestimmt.«

»Das verstehe ich nicht. Wieso? Was ist denn passiert?«

Alle Ratsmitglieder senkten bedrückt den Blick.

»Ich weiß nicht genau, wie ich es Euch sagen soll. Ihr wisst ja, Euer Vater ist mit einem Teil der Flotte in See gestochen, um sich ein Bild von den Überfällen der Assamer auf unsere Handelsschiffe zu machen. Wir haben einige Streitkräfte aus dem Verband lösen können, als Begleitschutz, Ihr versteht. Das Binnenmeer gilt nicht als gefährdetes Gebiet. Es ist so, als würde Euer Vater im Wald jagen gehen. Dort hat er ja auch keine Truppen dabei. Die Gefahr eines feindlichen Überfalls bestand im Grunde genommen nicht.«

»Redet nicht um den heißen Brei herum«, ging Trafet Sinosil dazwischen. »Sagt es einfach, wie es ist. Seine Königliche Hoheit hat ein Recht darauf.«

Baron Heckenstein räusperte sich. »Euer Vater ist bei einem Angriff der Assamer auf See ums Leben gekommen.«

Alden saß da und konnte weder denken noch sprechen. Die Nachricht löste indes auch keine Gefühlsregung in ihm aus.

Manchmal schließt sich eine Tür, und ein Tor öffnet sich.

TOD

Aurora stach zu. In Windeseile landete sie mehrere Treffer. Ein Stich in den Hals. Zwei weitere in Herz und Lunge. Ein langer Schnitt von der Armbeuge zum Handgelenk. Ein kraftvoller Stich in die Magengrube. Ein letzter tiefer Schnitt auf der Innenseite des Oberschenkels.

»Sag es laut«, forderte Schwester Puris sie auf. »Und mach es noch mal!«

»Hals, Herz, Lunge, Pulsader, Magen und Oberschenkelarterie«, sagte Aurora, während sie ihren tödlichen Tanz erneut aufführte. Sie konnte ihren Stolz nicht verhehlen, als sie schließlich einen Schritt zurücktrat, den Griff des Brieföffners noch immer fest umklammert. Die Puppe auf dem Drehpfahl machte nicht gerade einen besiegten Eindruck, doch darum ging es auch nicht.

»Langsam scheint es dir Spaß zu machen, Kleines. Ich erkenne dein Engagement und sehe die Fortschritte. Ich bin mehr als zufrieden.«

»Danke, Schwester Puris. Ich glaube, ich bin bereit für die nächste Lektion.«

Sich an einer Puppe austoben zu können, war etwas ganz anderes, als an Leichnamen zu üben. Die neusten Übungen wirkten spielerischer als zuvor. Sie hatten etwas von dem Imponiergehabe der Jungs auf den Straßen von Nordweiler, wenn sie davon träumten, ein Ritter zu sein. Die Puppe verharmloste ein wenig den eigentlichen Zweck der Übung – das Töten von Menschen – und rückte den Aspekt der Geschicklichkeit und Akrobatik mehr in den Vordergrund.

»Ich gebe zu, du bist gut und talentiert«, sagte Schwester Puris. »Doch die Lektion ist noch lange nicht vorbei. Dies ist nur der Anfang, der erste Schwierigkeitsgrad.«

»Dann machen wir doch am besten gleich weiter«, tönte Aurora. »Vielleicht bin ich ja gut genug, um gleich eine oder zwei Übungen zu überspringen.«

»Dann lass mal sehen, was du kannst.«

Schwester Puris trat hinter die Puppe und nahm die beiden Lederriemen, die am Rücken befestigt waren. Jetzt konnte sie sie in beide Richtungen drehen und die strohgefüllten Arme schlackern lassen.

Aurora trat an die Puppe heran und wartete, bis sie sich nicht mehr bewegte. Dann stieß sie zu. Der Stich war genau auf den Hals gerichtet. Doch bevor die Klinge ihr Ziel traf, fuhr die Puppe herum und ließ den Angriff ins Leere laufen. Aurora setzte sofort nach, doch die Puppe drehte sich zurück und vereitelte erneut den Treffer.

»Ganz schön beweglich für jemanden, der im Sterben liegt«, beschwerte sie sich.

»Die Angst vor dem Tod setzt in so Manchem unglaubliche Kräfte frei.«

»Genau wie die Angst vor dem Scheitern«, antwortete Aurora und duckte sich unter den baumelnden Stroharmen hindurch, um von hinten einen tödlichen Stich zu setzen.

Schwester Puris hatte jedoch damit gerechnet. Mit einem Ruck zog sie am Lederriemen und ließ die Puppe herumschnellen. Bevor Aurora in Deckung gehen konnte, traf einer der ausgestopften Handschuhe sie im Gesicht.

»Aua, was ist da drin, ein Hufeisen?«

»Ein paar Steine«, gab Schwester Puris zu. »Was hilft eine

Lektion, die keine Konsequenzen hat, wenn man sie verpatzt. Schmerz ist der beste Lehrer.«

Aurora rieb sich die Wange. »Meine Mutter war die beste Lehrerin.« Unvermittelt täuschte sie einen erneuten Angriff an. Schwester Puris riss an einem der Lederbänder. Die Puppe schnellte in einer Pirouette herum und kam erst zum Stillstand, als Aurora einen Arm packte, hochriss und die Klinge wie im Wahn ein halbes Dutzend Mal tief in die strohgefütterte Achselhöhle stach. »Stirb, du dämliche Vogelscheuche!«

In diesem Moment öffnete sich die Tür zur Übungskammer, und Schwester Nelka trat ein. »Was ist denn hier los?«, fragte sie entsetzt.

»Aurora zeigt mir gerade, was ihre Mutter ihr über Selbstverteidigung beigebracht hat.«

Nelka neigte den Kopf zur Seite und inspizierte Aurora und die zerfetzte Stelle unter der Achsel der Strohpuppe.

»Eine Mutter, die Angst um ihre Tochter hat«, kommentierte sie. »Ein wenig brachial, aber effektiv. Ihr müsst euer Training leider unterbrechen. Es gab ein Seegefecht zwischen der königlichen Flotte und einigen Assamern, ganz in der Nähe der Zitadelle. Es gibt viele Schwerverletzte. Die meisten sind Brandopfer. Drei von ihnen haben wir in die Halle des Abschieds gebracht. Wir können nichts weiter für sie tun. Sie haben große Schmerzen, leiden Qualen, und ihr solltet sie euch umgehend ansehen.«

Schwester Puris warf einen Blick zu Aurora und nickte ihr Mut machend zu. Das hieß, ihr Training war für heute beendet, und die richtige Arbeit in Haus Mortem begann.

Nelka blieb in der Tür stehen und wartete darauf, dass Schwester Puris die Führung übernahm. Ein ungeschriebenes Gesetz der Zitadelle: Die leitende Schwester des jeweiligen Hauses ging voran, egal, ob sie gerufen wurde oder selbst einen Trupp Schwestern führte.

»Na, hast du dich eingewöhnt?«, fragte Nelka. »Es ist vielleicht ein wenig speziell hier unten, aber die Arbeit in Haus Mortem ist wichtig.«

»Wichtig und geheim«, fügte Aurora hinzu. »Ich hatte sie mir bei meiner Ankunft anders vorgestellt, aber vielleicht hatte ich damals auch nur nicht genug Vorstellungskraft. Schwester Puris ist zurückhaltend, aber nett und verständnisvoll. Das Essen ist gut – es ist dasselbe, was ihr oben bekommt. Nicht so toll ist, dass mein Zimmer keine Fenster hat. Das ist im Keller eben so.«

Nelka verlangsamte ihr Tempo und vergrößerte den Abstand zu Schwester Puris. »Das war die Antwort eines kleinen Mädchens, das zum ersten Mal in der Schule war. Ich wollte wissen, wie es dir geht.«

Aurora blieb stehen und presste die Lippen zu einem schmalen Spalt zusammen. »Es geht mir gut. Warten wir ab, wie ich mich fühle, wenn ich die ersten Menschen umgebracht habe und mich frage, ob sie wirklich sterben wollten oder mussten.« Sie wandte sich von Nelka ab und eilte Schwester Puris nach.

Als die drei die Halle des Abschieds betraten, erblickten sie drei leichte Bahren, bespannt mit vergilbtem Tuch, in der Mitte des Raumes. Einige Schritte dahinter warteten fünf Schwestern der Zitadelle. Schwarze Leinensäcke verbargen ihre Gesichter. Durch den Stoff konnten sie bestenfalls die Lichtquellen erkennen, um sich zu orientieren. Auf diese Weise blieben die Träger anonym und mussten nicht mitansehen, was hier unten geschah. Doch auch Schwestern des Hauses Mortem trugen mitunter solche Masken, um unerkannt zu bleiben.

Einer der Männer auf den Liegen schrie wie am Spieß. Seine Stimme hallte im Raum wider und übertönte jegliches Geräusch. Aurora fragte sich, wo er so viel Luft und

Kraft herbekam, wo er doch kaum zu atmen, sondern nur zu schreien schien. Der Mann war festgeschnallt, genau wie sein Kamerad auf der Nachbarliege. Dieser krümmte sich wie ein Wurm, krampfte und brach dann wieder kraftlos zusammen, bis die Tortur von vorn begann. Der letzte Neuzugang lag regungslos auf seiner Bahre. Er gab keinerlei Lebenszeichen von sich, und auf die Entfernung konnte man nicht einmal erkennen, ob sich sein Brustkorb hob und senkte. Vielleicht hatte er sich bereits selbst geholt, was das Haus Mortem ihm erst bringen wollte – den Tod.

Nelka trat von hinten an Aurora heran. Ihre zarte, sanfte Stimme war trotz des Lärms zu vernehmen. »Niemand will sterben. Aber ewig leiden will auch keiner.« Sie wandte sich von Aurora ab und trat zu den anderen Schwestern. Sie fasste eine von ihnen an der Hand und führte den ganzen Tross wie im Gänsemarsch aus der Halle des Abschieds, ohne einen Blick zurückzuwerfen.

Schwester Puris' Stimme war durchdringender als jede andere in der Zitadelle, daher vernahm Aurora sie auch trotz des Lärmes, ohne direkt neben ihr zu stehen.

»Immer zuerst die, die Krämpfe haben. Sie leiden am meisten und können ihren Schmerzen keinen Ausdruck verleihen. Dann kümmern wir uns um den Schreihals und dann um den, der bewusstlos ist oder schon durch Gottes Segen erlöst wurde. Hast du dir einen ausgesucht?«

Aurora zeigte stumm auf den Mann, der von Krämpfen geschüttelt wurde.

»Gute Wahl! Dann zeig mal, was du kannst.«

Schwester Puris kniete schon vor der Tragbahre ihres Schützlings und untersuchte ihn schnell und zielstrebig, als suchte sie in der eigenen Wäschetruhe nach einem passenden Kleidungsstück.

Aurora hingegen schlich sich an ihren Patienten heran,

als wäre er eine giftige Feuerkröte. Bei jedem Krampfanfall des Mannes zuckte sie kurz zurück.

Er ist weder ansteckend noch gefährlich, sagte sie sich. *Er leidet, und du musst ihm helfen.*

Als sie endlich heran war und ihre Hand auf die Stirn des Fremden legte, spürte sie das Feuer in ihm. Er glühte regelrecht. Die Anstrengung der Krämpfe brachte sein Blut fast zum Kochen. Die Berührung schien ihm dennoch gutzutun. Die Qualen in ihm flauten ein wenig ab.

Aurora stimmte ein Lied an. Es war eines der wenigen Schlaflieder, die sie noch vollständig in Erinnerung hatte. Ihre Nachbarin Sencha aus Nordweiler hatte es immer ihrem kleinen Sohn vorgesungen, bis er im Kindbett gestorben war. Später hatte sie es dann wieder gehört, als Urlof, Senchas Mann, es vorsang, um seine Frau zu trösten.

Aurora spürte das Lied und die Kraft dahinter, aber wie so oft wollte sich die Magie nicht zeigen.

Das Krachen eines Knochens brachte sie aus dem Konzept. Das Geräusch kam von hinten, wo Schwester Puris sich um ihren Patienten kümmerte. Die leisen Schritte ließen vermuten, dass Puris ihre Schuldigkeit getan hatte.

Aurora konzentrierte sich und wollte schon erneut beginnen, als sie die Hand der Schwester auf ihrer Schulter spürte.

»Die Überlegung war gut, und ich glaube, im Normalfall hätte dein Lied auch Wirkung gezeigt, doch ich vermute, der arme Kerl ist schon zu weit weg, um dich zu hören. Er würde es wahrscheinlich gern, aber er kann es nicht.«

Sie drehte seinen Kopf etwas zur Seite und deutete auf das schmale Rinnsal Blut, das aus dem Ohr tropfte.

»Ich hätte ihn zuerst untersuchen müssen«, gestand Aurora peinlich berührt.

»Hättest du! Hast du aber nicht, weil du die Schülerin

bist und ich die Lehrerin. Im Nachhinein ist es immer leicht, alles zu betrachten und zu bewerten. Und ich sehe in diesem Moment eine junge Schülerin, die unheimlich viel Mut bewiesen und sehr viel richtig gemacht hat. Und die kleinen Fehler, die ihr unterlaufen sind, kann sie mit Leichtigkeit korrigieren.«

Schwester Puris hielt Aurora eine Faustklinge hin. Das aus einem Stück geschmiedete Metall war geformt wie ein T. Den Griff der kleinen Waffe umschloss man mit der Faust, und die schmale, stilettartige Klinge ragte zwischen Mittel- und Zeigefinger hervor. Aurora kannte die Waffe auch unter einem anderen Namen: Meucheldorn.

»Er leidet immer noch«, sagte Schwester Puris. »Willst du das?«

Aurora nahm die Klinge, legte den Griff in die Handfläche und schloss die zarten Finger darum. Mit einer Hand hielt sie den Kopf des Mannes, mit der anderen rammte sie den blanken Stahl in dessen Kehle. Sie wusste nicht, wen es mehr schmerzte – ihn oder sie. Aber sie war die Einzige, die weinte.

Auroras Verstand setzte erst wieder ein, als Schwester Puris den letzten Mann untersuchte.

»Hörst du mir zu, Kleines?«

»Äh, tut mir leid, ich hab nicht alles mitbekommen«, gestand sie.

»Ich sagte, es steht nicht gut um ihn. Unterhalb der Brust ist fast jeder Knochen zertrümmert. Ganz zu schweigen von den vielen schweren Quetschungen. Einige seiner Organe sind sicherlich auch in Mitleidenschaft gezogen. Etwas unglaublich Schweres muss auf ihn herabgestürzt sein. Er könnte kein normales Leben mehr führen, erst recht nicht in seiner Heimat.«

Der letzte Satz ließ Aurora aufhorchen. »Woher wisst Ihr,

dass er nicht aus Uslag stammt? Von wo sollte er denn kommen?«

Schwester Puris hob den Arm des Mannes an und zog den zerrissenen Stofffetzen zurück, der wohl einmal zu einem Hemd gehört hatte.»Seine Haut ist sonnengebräunt«, erklärte sie. »Ich war zwar schon länger nicht mehr draußen, aber solche Bräune bekommt man nicht in den wenigen Wochen Sommer auf Uslag. Außerdem ist sein Haar dunkel und so kräftig wie Pferdeborsten, seine Augen mahagonifarben, und die Tätowierungen an seinem Körper lassen darauf schließen, dass er einem fremden Glauben anhängt. Vermutlich ist er einer dieser käuflichen Söldner aus Assamad, denen man nachsagt, sie können sich in Tiere verwandeln. Wenn du mich fragst, ist das alles Aberglaube und vom Pöbel erfundener Unsinn.«

Aurora wagte einen halb scheuen, halb neugierigen Blick unter die Kleidungsreste des Mannes. Sie verrenkte den Kopf, bis sie halbwegs sicher war, die schwarzen Abbildungen auf der Haut aus der richtigen Perspektive zu sehen. Einige sahen aus wie Tierköpfe, die um einen Bären kreisten. Auch Sternbilder und eine schwarze Sonne konnte sie erkennen.

»Bei ihm könntest du es mit deiner Liedmagie versuchen. Hören scheint so ziemlich alles zu sein, was er noch kann«, sagte die Ordensschwester.

Aurora empfand Mitleid für den jungen Mann auf der Bahre – doch auch Faszination. Schließlich hatte ihre Mutter ihr erzählt, dass die Assamer eine ähnlich absonderliche Begabung besaßen wie sie.

»Er ist ein Lycanth«, flüsterte sie.

»Papperlapapp«, zischte Schwester Puris. »Langes dunkles Haar, Lumpen und der Verzicht auf Körperpflege lassen aus einem Menschen keine Bestie werden. Auch wenn er so riecht.«

Bevor die Ordensschwester weiter ihrem Unmut über Aberglauben und Hirngespinste Luft machen konnte, legte Aurora dem Mann die Hand auf die Stirn und stimmte ein leises Lied an. Es war dasselbe wie zuvor, das Gefühl indes ein anderes. Wo sie zuvor genug Freiraum gespürt hatte, um mit der Melodie die Magie zu entfalten, die Aurora noch immer nicht ganz verstand, wirkte jetzt plötzlich etwas Körperliches. Ihre Finger wurden regelrecht angezogen von der Stirn des Assamers. Er schien die Magie aufzusaugen, ja fast danach zu gieren. Wollte er tatsächlich sterben? Mit so viel Entgegenkommen eines Dahinsiechenden hatte Aurora nicht gerechnet. Sie wusste, dass es alte, leidende Menschen gab, die sich den Tod herbeisehnten, doch selbst sie fürchteten sich davor. Nicht so dieser Assamer.

Ausgehend von der Magie gesellte sich zu Auroras Gesang ein tiefes dunkles Grollen, das aus der Brust des jungen Mannes zu kommen schien. Zuerst hörte es sich wohlig an, wie das Schnurren einer großen Katze. Dann wurde es intensiver, lauter und bedrohlicher.

Aurora bekam es mit der Angst zu tun, doch konnte sie die Finger nicht von der Stirn lösen. Verzweifelt blickte sie zu Schwester Puris.

»Hör auf«, sagte die. »Wir finden einen anderen Weg.«

Doch da war es schon zu spät.

Der Arm des Assamers schnellte hoch. Mit der Hand packte er Aurora an der Kehle. Er zog sie an sich, funkelte sie mit seinen dunklen Mahagoniaugen an und brüllte. Nicht wie ein Mensch, sondern wie ein wütender Bär. Die Kraft in seiner Hand war übermenschlich, und sein stickiger Atem schlug ihr entgegen.

Mit kaum mehr als einer Geste stieß er Aurora von sich. Das zierliche Mädchen taumelte rückwärts, den Blick auf die Bestie gerichtet.

Geschwind näherte sich Schwester Puris dem Mann von der anderen Seite. In ihrer Hand blitzte ein langes silbernes Stilett.

»Nein, nicht!«, schrie Aurora auf. »Er will nicht sterben. Er darf nicht sterben. Ich werde mich um ihn kümmern. Bitte verschont ihn.«

ALDEN betrachtete die Menschenmassen in der Kathedrale des Lichts mit gemischten Gefühlen. Er kannte einen Bruchteil von ihnen persönlich und weniger als die Hälfte vom Sehen. Doch wenn es stimmte, was man ihm erzählt hatte, waren hier und heute der gesamte Adel und alle hochrangigen Würdenträger vertreten. Das wiederum bedeutete, dass hundert Prozent des Landbesitzes und nicht weniger als drei Viertel des Vermögens unter dem Kuppeldach der Kathedrale hockten und darauf warteten, dass Alden die Nachfolge seines Vaters antrat.

Ja, dies war Aldens Tag. Für ihn früher als erhofft, für die meisten anderen früher als befürchtet. Es würde sich einiges ändern unter seiner Herrschaft, und nicht wenig davon zum Unmut der meisten. Dennoch drohte ihm keine Gefahr, denn in Uslag war Königstreue nichts, das seine Untertanen erst akzeptieren mussten. Sie war ihm gewiss.

Alden grinste bei dem Gedanken, was wohl die Assamer unternehmen würden, wenn sie wüssten, dass die gesamte Macht von Uslag hier versammelt war, und das ohne nennenswerten Schutz. Seine Herrschaft wäre von kurzer Dauer, aber dafür für Jahrhunderte ein Gesprächsthema. So konnte man sich auch einen Namen machen. Alden jedoch hatte andere Pläne.

Seine Vorstellung von einem geeinten Königreich sah anders aus als die seines Vaters. Eine Teilung der Gewalten in geistlich und weltlich war zu viel für Land und Leute.

Es ließ Uslag ausbluten wie ein angestochenes Schwein. Steuern wurden fällig, der Leibzins musste bezahlt werden, zusätzlich zum Gunstgroschen und Wehrzoll für die Unterhaltung der Truppen. Als wäre das noch nicht genug gewesen, kassierte auch die Kirche zum Wohle des Glaubens ab, und wer sichergehen wollte, nach dem Tod die Gnade Gottes zu erfahren, trennte sich von allem, was dann noch übrig war.

»Ihr mögt ihn nicht sonderlich, habe ich recht?«, ertönte plötzlich die Stimme von Trafet Sinosil hinter Alden.

Der junge Prinz versuchte, nicht erschrocken zu wirken, als er sich umdrehte – ein sinnloses Unterfangen, da Trafet ihn von Kindesbeinen an kannte und jede Gemütsregung schon bemerkte, bevor Alden sie überhaupt empfand.

»Hauptmann, Ihr sollt Euch nicht so an mich heranschleichen. Das geziemt sich nicht.«

»Es geziemt sich erst in ein paar Stunden nicht mehr, wenn die Krone auf Eurem Haupt ruht, Königliche Hoheit. Solange nutze ich noch jede Gelegenheit, Euch ein paar wichtige Lektionen zu erteilen und Eure Schwächen aufzuzeigen. Schwächen könnt Ihr Euch ab morgen nicht mehr leisten.«

»Ihr klingt wie mein Vater, Gott habe ihn selig.«

»Euer Vater war vielleicht ein strenger Mann, aber auch ein kluger.«

Alden ließ die Behauptung im Raum stehen und wandte sich wieder dem Geschehen in der Kathedrale zu.

Zu gern hätte er dem Hauptmann widersprochen, doch wofür sollte das gut sein? Über Tote sprach man nicht schlecht. Für Alden war sein Vater vielleicht ein strenger Mann, wenn man mit Strenge Kälte und Brutalität meinte. Und klug? Klug nur, wenn man die Überheblichkeit ausschloss, ohne großen Schutz in See zu stechen, wo der Feind schon auf ihn lauerte. Insofern war König Refert klug, streng und tot, nur ein Vater war er nie gewesen.

»Wen meint Ihr?«, nahm Alden den Faden wieder auf.

»Wie meinen, Eure Hoheit?«

»Wen mag ich Eurer Ansicht nach nicht besonders?«

Hauptmann Sinosil räusperte sich und fuhr flüsternd fort. »Ich meine den Nachfolger von Meister Lunas, den neuen Hohepriester Digares. Wie mir zu Ohren kam, wolltet Ihr explizit von ihm gekrönt werden.«

Alden drehte den Kopf gerade so weit, dass er den Hauptmann nicht anblickte und trotzdem niemand mithören konnte. »Und wie kommt Ihr darauf, dass ich ihn nicht mag? Schließlich habe ich doch nach ihm verlangt, wie Ihr sagtet.«

»Ihr wart bei seiner Amtseinführung nicht zugegen, und Euer Blick verrät wenig Wertschätzung für den Mann. Ihr solltet vorsichtig sein, wen Ihr Euch zum Feind macht und wen Ihr als Verbündeten wählt.«

Alden überlegte einen Moment, um eine möglichst unverfängliche Antwort zu geben. »Ich wollte, dass Digares die Krönung vollzieht, weil er jetzt ein Teil meines Hofstaates ist und ich ihm eine Freude bereiten wollte. Bei seiner Amtseinführung war ich nicht, weil ich mich um den Nachlass meines Vaters kümmern musste. Er ist kürzlich verstorben, erinnert Ihr Euch?«

»Wie Ihr meint, Königliche Hoheit. Ich wollte damit nur sagen, dass Euer verehrter Vater den Beistand der Geistlichkeit zu schätzen wusste.«

»Das war klug von ihm, denn jetzt ist er tot und auf ihren Segen angewiesen. Hoffentlich erinnern sie sich noch an ihn. Ich hingegen habe nicht vor, in absehbarer Zeit zu sterben.«

DIE GABEN

Aurora öffnete den Sehschlitz in der Tür und wagte einen Blick in die dunkle kleine Kammer. Sie schnaubte verächtlich, drehte sich um und sah Schwester Puris vorwurfsvoll an.

»Musste das wirklich sein? Ihr hattet doch gesagt, dass er so gut wie hilflos ist und sich ohne fremde Hilfe nicht mal allein waschen oder anziehen könnte.«

»Das war, bevor ich wusste, dass er ein Feind Uslags ist und obendrein noch ein Lycanth. Wer weiß schon, über welche Selbstheilungskräfte die Assamer Gestaltwandler verfügen oder was für eine Magie ihnen innewohnt?«

Aurora hatte nicht vergessen, wer die Lehrmeisterin und wer die Schülerin war, aber zu viel war zu viel.

»Es ist dieselbe Magiequelle, der auch meine Gabe entspringt. Ich habe es gespürt, als ich ihn berührt habe. Er ist weder böse noch unser Feind. Er ist einfach nur ein junger Mann, der sich von den falschen Menschen hat anheuern lassen. Ihr selbst habt gesagt, dass die Assamer auch schon oft für Uslag gekämpft haben und dass es ein Handelsbündnis zwischen beiden Ländern gibt. Und selbst wenn er ein Feind Uslags ist, heißt das nicht, dass er auch *unser* Feind ist. Wenn ich eines hier in der Zitadelle der Sanften Schwestern gelernt habe, dann, dass hier jedem geholfen wird.«

Schwester Puris verschränkte die Arme vor der Brust. »Und diese Hilfe haben wir ihm bislang auch gewährt. Du hast darum gebeten, ihn nicht von seinen Qualen erlösen zu müssen, und dem habe ich zugestimmt. Ich habe aber nicht versprochen, dass er behandelt wird wie jemand, der uns um Hilfe bittet. Solange wir nicht wissen, was er im Schilde führt und zu was er trotz seiner Verletzung imstande ist, verfahren wir mit ihm wie mit einem Gefangenen. Oder wenn es dir besser gefällt: wie mit einem neuen Patienten im Haus Spiritosum. Nicht nur Feinde können uns in Gefahr bringen. So, und jetzt geh zu ihm. Aber vergiss nicht, er hat wochenlang geschlafen und könnte desorientiert und verwirrt sein. Beantworte ihm erst seine Fragen, ehe du selbst welche stellst. Das wird ihm die Angst nehmen, wenn er überhaupt welche hat. Ich warte vor der Tür. Ein Ruf von dir, und ich komme und …«

»… bringe das zu Ende, wozu ich nicht imstande war«, vollendete Aurora den Satz ihrer Ausbilderin trotzig.

»Aurora, ich habe nie an deiner Urteilskraft gezweifelt. Du bist für die Arbeit hier im Haus Mortem mehr als geeignet. Das hast du inzwischen bewiesen. In diesem Fall hast du aber entschieden, dass es den Versuch wert ist, den Mann zu retten. Ich habe das auch so gesehen und dich deshalb unterstützt. Dennoch bestimme ich hier die Regeln. Wenn ich entscheide, dass er gefährlich ist, wird er sterben.«

Aurora zweifelte nicht im Geringsten daran, dass Schwester Puris den Assamer umbringen könnte, egal, über welche Kräfte er verfügte. In ihren Augen war sie so etwas wie der Tod im Kostüm einer alten Frau. Ihre freundliche Erscheinung und das gütige Lächeln in ihrem Gesicht machten sie nur noch unheimlicher. Dennoch war sie eine gute Ausbilderin und hatte Aurora stets gerecht behandelt.

»Danke, Schwester«, sagte Aurora aufrichtig. Dann drehte sie sich um, zog den Riegel zurück, öffnete die Tür und betrat die kleine Kammer.

»Hallo, bist du wach?«, fragte sie mit sanfter Stimme.

Der Mann antwortete nicht, sondern warf den Kopf hin und her, als wäre er in einem Albtraum gefangen. Aurora zögerte einen Moment, näherte sich ihm dann aber doch. Sie nahm den feuchten Lappen aus der Schüssel vor dem Bett und tupfte dem Assamer vorsichtig die Stirn ab, in der Hoffnung, es würde ihm ein wenig Linderung verschaffen. Dennoch konnte sie ihren Blick nicht von den Händen des Mannes lassen. Obwohl seine Handgelenke am Bettrahmen gefesselt waren, befürchtete sie, er könnte sich losreißen und sie erneut packen.

Urplötzlich kam Leben in den geschundenen Körper. Der Assamer spannte die Armmuskeln an, bog den Rücken durch und starrte Aurora mit weit aufgerissenen Augen an.

Aurora schreckte in Panik zurück und wäre fast gestürzt, doch dank der Übungen mit Schwester Puris blieb sie auf den Beinen.

Wer am Boden liegt, hat keine Kontrolle, und glaub mir, Kleines, im Hause Mortem ist Kontrolle wichtiger als alles andere, hörte sie die Worte der Ausbilderin in ihrem Kopf.

Die Agilität des Assamers war nicht von langer Dauer. Schon nach wenigen Herzschlägen verflog seine Kraft. Der Kopf sank zurück auf das harte Kissen, und die Augen verengten sich zu zwei schmalen trüben Schlitzen.

»Wo bin ich?«, fragte er mit kraftloser, heiserer Stimme.

Aurora war sofort zur Stelle und versuchte, ihm etwas Wasser einzuflößen, doch der Assamer warf angewidert den Kopf zur Seite. »Kein Wasser«, keuchte er. »Schlechtes Omen.«

»Du bist hier in der Zitadelle der Sanften Schwestern. Wir kümmern uns um Verwundete, Verletzte und Kranke.«

»In Uslag?«

Aurora nickte zögerlich.

Ein unbehagliches Schweigen trat ein. Man konnte die Anspannung fast spüren. Keiner der beiden wollte etwas sagen, das ihn später in Schwierigkeiten bringen könnte.

»Ruh dich noch etwas aus und komm erst mal zu Kräften«, sagte Aurora schließlich. »Ich komme nachher wieder und bringe dir was zu essen.«

Als sie bereits an der Tür war, hörte sie ein leises »Danke«.

Draußen war es bereits dunkel geworden, als Aurora erneut ihren Patienten aufsuchte. Für das Haus Mortem und deren Bewohner machte es keinen Unterschied, welche Tageszeit gerade war, weil es in den Räumen keine Fenster gab. Aurora ließ es sich jedoch nicht nehmen, wenigstens einmal am Tag vor die Tür zu gehen, um etwas frische Luft zu schnuppern. Heute war es später geworden als sonst, da Schwester Puris noch einige neue Verhaltensregeln in Bezug auf den Assamer verkündet hatte, eine schier endlose Liste von Anweisungen, die letztlich alle für den Notfall vorsahen, dass der Patient »erlöst« werden sollte.

Schwester Puris vermied die Formulierung »umbringen« oder »töten«, da diese Taten meist mit einer Sünde einhergingen und ihre Arbeit im Haus Mortem ein Akt der Gnade sein sollte, keine Verfehlung.

Der Assamer war wach und drehte den Kopf in Auroras Richtung, als sie eintrat.

»Ich hab dir was zu essen mitgebracht«, verkündete sie stolz. »Ich hatte nicht so viel Hunger und dachte, du magst bestimmt frischen Fisch.«

»Bekommen eure Gefangenen normalerweise nur dann etwas zu essen, wenn ihr etwas übrig lasst?«

Aurora stockte kurz. Der Sachverhalt war zu verzwickt, um ihn mit einem Satz zu erklären. »Mit Gefangenen kenne ich mich nicht aus. Die Menschen in unserer Obhut sind

Patienten, und die Schwestern tun alles, was in ihrer Macht steht, um ihr Wohlbefinden zu sichern.«

»Und sind bei euch alle Patienten ans Bett gefesselt?«, wollte der Assamer wissen.

»Natürlich nicht. Ich nehm sie dir gleich ab. Sie sollten nur deinem Schutz dienen«, log sie. »Wie gesagt, du hast gefiebert und unruhig geschlafen.«

»Ja, verstehe, ein Sturz aus dem Bett. Kein seltener Tod für einen Söldner aus Assam. Ich vergaß.«

Aurora ging nicht darauf ein. Sie stellte den Teller ab und löste die Lederriemen von den Handgelenken des jungen Mannes.

»Die um die Füße bitte auch«, sagte er. »Ich habe gar kein Gefühl mehr in den Beinen.«

Es half wohl nichts, weiter nach Ausreden und Lügen zu suchen, um dem Assamer etwas vorzumachen. Schwester Puris hatte sie zwar gewarnt, ihm nicht allzu viel über seine Lage preiszugeben, doch die letzten drei Bemerkungen des Mannes zeigten deutlich, dass es wenig Zweck hatte, ihn anzulügen.

»Hör zu, ich erzähl dir jetzt, was ich weiß, auch wenn die Schwester gesagt hat, dass ich dich schonend behandeln soll. Du musst mir aber versprechen, dass du ruhig bleibst und keine Dummheiten machst.«

Der Assamer nickte. »Mein Name ist Bemet.«

»Hallo, Bemet. Ich bin Aurora.«

Dann erzählte sie ihm, was sie wusste. Sie berichtete davon, wie die Schwestern der Zitadelle ihn und einige andere aus dem Meer gerettet hatten. Sie erklärte ihm, dass er aufgrund seiner Verletzungen als unheilbar gegolten und man deshalb entschieden hatte, ihn in das Haus Mortem zu bringen. Was das Haus Mortem genau war, verschwieg sie ebenfalls nicht. Auch ihre kleine Rolle bei ihrem Zusammentreffen ließ sie nicht aus. Das alles erzählte sie ohne große Ausschmückungen und so nüchtern wie möglich.

Bemet lag nur da und verzog keine Miene. Er zeigte auch keine Reaktion, als Aurora ihm erklärte, dass er nie wieder laufen könnte und einige seiner Organe so großen Schaden genommen hatten, dass ein Liebesleben, wie er es kannte, nicht mehr möglich war. »Vom Krieg zwischen Assamad und Uslag habe ich erst erfahren, als wir dich in diese Kammer gebracht haben«, sagte sie schließlich. »Das heißt aber nicht, dass wir Feinde sein müssen.«

Einen Moment lang schien Bemet die Neuigkeiten verarbeiten zu müssen. Dann sagte er plötzlich: »Du hättest tun sollen, wozu sie dich geholt haben. Mein Leben als Söldner war nicht gerade von Ruhm gekennzeichnet. Eigentlich habe ich nur eine Schmach nach der anderen erlebt. In meinen Fieberträumen sah ich immer wieder, wie König Refert vom Deck seines Schiffes aus zusah, wie ich in den Fluten versank. Das war alles so real, obwohl ich nicht einmal weiß, wie der König in Wirklichkeit aussieht.«

»Manchmal wollen uns unsere Träume in die Irre führen, und manchmal erzählen sie die Wahrheit«, erwiderte Aurora. »Vielleicht war es aber auch kein Traum, und König Refert hat dir tatsächlich beim Ertrinken zugesehen. Er war nämlich auf einem der Schiffe, mit denen ihr kollidiert seid. Und soweit ich gehört habe, ist Refert selbst dabei ums Leben gekommen. Sein Sohn Alden hat jetzt die Nachfolge angetreten. Die offizielle Krönung war vor zwei Wochen in der Kathedrale des Lichtes in Königsgrund, wenn ich mich nicht irre.«

Jetzt zeigte Bemet doch einige Reaktionen. Seine Augen strahlten, und der Mund verzog sich zu einem zufriedenen Lächeln. »Dann hat sich mein Einsatz gelohnt«, flüsterte er. »Refert ist tot, und mit etwas Glück konnten meine Kameraden doch flüchten. Vielleicht ist damit der Ausbeutung der Assamer ein Ende gesetzt, und wir können neu beginnen, als Gleichberechtigte. Wie ist dieser Alden, der Sohn von Refert? Ist er ein guter König, ein gerechter?«

»Ich weiß zwar nicht, wie es sich mit dem Herrscher in Assamad verhält, aber in Uslag kennt das einfache Volk den König nicht. Man hört zwar Geschichten über ihn und seine Familie, und wenn man in Königsgrund lebt, bekommt man ihn wahrscheinlich auch schon mal zu Gesicht, aber das ist auch alles. Ob er gerecht ist oder nicht, kann ich nicht sagen. Gerechtigkeit wird den Armen nicht zuteil. Wenn man sein Recht will, muss man es selbst durchsetzen. Der König steht für größere Sachen. Er kümmert sich um die Ausweitung seines Reiches und um den Handel mit anderen Ländern. Ob König Refert gerecht war oder sein Sohn es sein wird, kann dir jeder Assamer wahrscheinlich besser beantworten als ich. Als sie meine Mutter und mich aus unserem Dorf vertrieben haben, hat sich jedenfalls kein König um uns gekümmert. Des Königs Wort hört man alle sechs Monate, wenn seine Schergen durch die Dörfer reisen, um die Steuern einzutreiben. Aber wer weiß, vielleicht wird jetzt alles viel besser, wo Refert tot ist und sein Sohn das Zepter in der Hand hat.«

Aurora konnte sich nicht vorstellen, dass Bemet nichts über die Gepflogenheiten in seinem Nachbarland wusste, doch überraschenderweise zeugte sein Gesichtsausdruck von Unverständnis.

»In Assamad haben wir keinen König«, erklärte er. »Es gibt Stammesfürsten, die sich um ihre Sippen kümmern. Wenn man ein Problem hat, ob mit den eigenen Leuten oder einem anderen Stamm, kann man zu ihm gehen und um Hilfe bitten.«

Aurora musste sich eingestehen, dass sie ebenso wenig von Bemets Land wusste wie er über ihres.

»Wenn euer Volk seinen König nicht kennt, wie wählt ihr ihn dann?«, wollte er wissen.

»Ein König wird nicht gewählt. Wenn der Vater König war, wird der älteste Sohn nach seinem Ableben der neue König. Man nennt das Thronfolge.«

»Und wenn es ein schlechter König ist, kann man ihn nicht seines Amts entheben?«, fragte Bemet verwundert.

»Nein, ein schlechter König bleibt König, bis jemand entscheidet, ihn umzubringen.«

Für einen Augenblick herrschte bedrücktes Schweigen.

»Dein König wollte mich zuerst umbringen«, erklärte Bemet. »Er heuert uns Söldner in Assamad an und verspricht uns einen guten Lohn. Aber seine Offiziere achten darauf, dass wir in der Schlacht hohe Verluste in den eigenen Reihen erleiden. Und diejenigen, die überleben, versucht er auf der Rückreise in die Heimat loszuwerden. Wir waren es leid, wie Vieh behandelt zu werden, und sind deshalb gegen Uslag in den Krieg gezogen. Dass wir gleich bei unserem ersten Einfall ins Land auf die königliche Flotte treffen, war wohl Schicksal. Genau wie der Umstand, dass mich deine Schwestern aus dem Wasser geholt haben. Aber mir ist nicht klar, warum ihr mich nicht habt sterben lassen – einen Feind des Landes und lebensuntüchtigen Krüppel.«

»Du wolltest nicht sterben«, sagte Aurora. »Ich konnte es spüren, als ich dich berührt habe.«

»Ich wollte schon sterben, aber der Bär in mir kämpft bis zum letzten Atemzug.«

»Der Bär ist deine Gabe, nicht wahr? Die Götter haben dir die Macht gegeben, dich in ein Tier zu verwandeln.«

»Nicht ganz. Wir erlangen einige geistige und körperliche Eigenschaften unseres Totems oder Krafttiers, wie ihr es nennen würdet. Eine echte Verwandlung findet aber nicht statt. Das sind Geschichten, die man sich in anderen Ländern erzählt, um die Angst des Feinds zu schüren. Aber wenn ich so an einige Clanbrüder denke, die ihr Totem schon seit vielen Jahren heraufbeschwören, muss ich zugeben, dass sie allmählich das Aussehen ihres Totems annehmen. Ich habe alte Krieger aus dem Greifenclan gesehen, deren Nasen an Geierschnäbel erinnerten.« Bemet musste lachen, was ihm sichtlich Schmerzen bereitete.

Aurora hätte ihm helfen können, doch ihn lachen zu sehen war besser, als ihm den Schmerz zu ersparen. Wer lacht, hat Lebensmut, hatte ihre Mutter immer gesagt. Und den brauchte Bemet mehr als alles andere.

»Ich habe auch eine Gabe«, gestand Aurora. »Meine Mutter konnte mit ihrem Gesang Menschen heilen. Von ihr habe ich die Gabe geerbt. Aber meine Heilungsfähigkeiten sind eher beschränkt, um nicht zu sagen, nicht vorhanden. Ich kann leidenden oder sterbenden Menschen den … Übergang öffnen.«

Bemet sah sie verwirrt an und zuckte mit den Schultern.

»Mein Gesang lässt sie sterben«, sagte Aurora angewidert.

»Dann war deine Mutter eine Liedmagierin, und du bist auch eine«, stellte Bemet fest. »Bei uns gibt es nur wenige dieser Frauen. Sie sind heilig. Einige von ihnen können heilen wie deine Mutter, andere bauen mit ihrem Gesang eine emotionale Bindung zu Tieren auf, und wiederum andere können mit der Liedmagie in die Zukunft sehen. Von einer Todsängerin habe ich noch nie gehört.«

»Außer meiner Mutter kannte ich niemanden, der ähnliche Gaben besitzt wie ich. Du bist der erste Mensch, den ich treffe, der so offen darüber spricht. In Uslag ist es ein Verbrechen, seine Gaben einzusetzen. Sie gelten als unrein. Wenn sie herausfinden, dass man anders ist, wird man eingesperrt, gefoltert oder hingerichtet.«

»Es ist mir ein Rätsel, wie Uslag es zu solcher Größe und Macht gebracht hat. Ihr habt einen König, der sein Volk ausbeutet, ihr leugnet eure Fähigkeiten, unterdrückt sie und versucht, eure Nachbarländer zu betrügen. Uslag ist wie ein faules Geschwür. Nur wenn man es herausschneidet, kann man den Rest retten.«

Mittlerweile zeigte Bemet Anzeichen von Erschöpfung.

»Iss erst mal, was ich dir mitgebracht habe und ruh dich dann aus. Dein Körper ist immer noch sehr geschwächt. Ein wenig Schlaf wird dir guttun. Ich komme morgen früh wieder und bringe dir mehr zu essen. Wenn es meine Zeit erlaubt, können wir gern noch weiter über die Gaben sprechen. Du scheinst mehr darüber zu wissen als jeder andere hier. Ach, eines noch. Die Frauen in Assamad, die die Liedmagie anwenden – kennst du Lieder von ihnen?«

Bemet schüttelte den Kopf. »Es ist weniger ein Gesang als mehr ein rhythmisches Summen. Ich weiß das aber auch nur aus Erzählungen. Ich hab noch nie eine Liedmagierin getroffen. Ich glaube, das Volk der Assamer ist wenig musikalisch. Das einzige Lied, das ich kenne, ist das Schlachtenlied des Bärenclans.«

»Du kannst es mir morgen vorsingen. Und was euer Talent für Musik betrifft, vergiss nicht: Ich bin die, bei der andere sterben, wenn sie singt.«

Erneut musste Bemet unter Schmerzen lachen, und erneut genoss Aurora es.

Als sie den Raum verließ, hörte sie, wie er versuchte, sich das Lied seines Clans in Erinnerung zu rufen. Sie konnte nicht umhin, auf dem Flur noch an der Tür zu lauschen.

»Das Banner geführt, in sicherer Hand
Die Pranke zum Angriff erhoben
Die Angst aus unseren Herzen verbannt

Das Totem des Bären, es lächelt von oben
Bruder und Freund schärft nun eure Klingen
Die Stärke des Clans wird den Feind schnell bezwingen«

Dann wurde Bemets Stimme so leise und schwach, dass Aurora nichts mehr verstand.

ALDEN zog die dunkelblaue Robe mit den weißen Hermelinsäumen zurecht. Dieses königliche Kleidungsstück schien ihn daran erinnern zu wollen, wie jung er war und dass die Zeit, ein König zu sein, noch in weiter Ferne lag. Aber er war der König und würde so lange an seiner Amtstracht herumzupfen, bis sie es endlich einsah.

Doch bis dahin gab es wesentlich wichtigere Dinge zu erledigen. Ein Herrscher konnte nur herrschen, wenn man ihm nicht ständig Knüppel zwischen die Beine warf, an seinen Ressourcen knabberte und ihn öffentlich zurechtwies für unbedeutende Verfehlungen.

»Nun sprecht schon, Hauptmann! Was habt Ihr für mich?«

Trafet Sinosil nahm erst eine offizielle Haltung ein, ehe er dem jungen König antwortete. »Ich habe leider nur wenig, Majestät. Der Klerus gibt sich bei all seinen Projekten sehr bedeckt. Die typischen Hierarchien verhindern, dass sie ihr Wissen mit niederen Geistlichen teilen. Und deren Verfehlungen werden schnell unter dem Deckmantel des Glaubens verhüllt. In der Bevölkerung gibt es kaum jemanden, der reden wird. Sie sind zu verängstigt oder sie wurden bezahlt.«

»Bezahlt mit dem Geld, das ihnen zuvor aus den Taschen gezogen wurde«, unterbrach Alden den Hauptmann. »Wie dumm und blind ist das Volk denn?«

»Sie sind genauso dumm und blind, wie die Ordensbrüder sie haben möchten.«

»Dann zwingt jemanden zum Reden. Macht ihnen Angst. Ihr seid Hauptmann von Königsgrund. Die königliche Garde untersteht euch. Das sollte doch wohl reichen, um einige Zungen zu lösen.«

Dem Hauptmann wurde sichtlich unwohl. Er kannte Alden schon von Kindesbeinen an, doch ihn als König zu erleben, war für ihn offenbar eine neue Erfahrung. »Die Angst vor Bestrafung, Einkerkerung oder anderen Sanktionen ist groß, Majestät, übertrifft aber leider nicht die Angst vor Gottes Zorn.«

»Seht Ihr, Hauptmann? Genau das ist mein und somit auch Euer Problem. Die einfachen Leute unterstützen die Krone nicht mit ganzem Herzen. Die Menschen sind immer hin- und hergerissen. Wenn die Krone und das Land sie brauchen, zögern sie, weil sie befürchten, dass eine höhere Macht ihnen das Wohlwollen entzieht. Ein Hund braucht nur einen Herrn, sonst wird er nie gehorchen. Geht los und dreht jeden Stein in Königsgrund um. Irgendjemand weiß etwas.«

Hauptmann Sinosil nahm erneut Haltung an.

Alden wusste, dass er seinen früheren Schwertmeister vor eine schwierige Aufgabe gestellt hatte, und wenn sich in Uslag etwas ändern sollte, brauchte er seine Unterstützung. Der Hauptmann kannte sich in den Straßen aus, und seine Stadtwachen hörten alle möglichen Gerüchte und Geschichten.

Sinosil wollte sich gerade abwenden, als ihm noch etwas einzufallen schien.»Eine Sache noch, Majestät, an der aber womöglich nichts dran ist.«

»Heraus damit, Hauptmann. Das Eis ist so dünn, dass wir auch nach kleinen Ästen greifen sollten.«

»Als Euer Vater ums Leben kam, haben die anderen Schiffe nach Leichen und Überlebenden gesucht. Die Suche gestaltete sich schwierig, weil der Seegang recht rau war, dementsprechend lange hat es gedauert, und die Flotte war gezwungen, den Radius zu erhöhen. Sie kreuzten von der Meerenge bis hin zur Zitadelle der Sanften Schwestern. Ihr wisst, das kleine Eiland im Süden des Uslager Meeres. Natürlich waren unsere Soldaten auch vor Ort und haben mit den Schwestern geredet. Sie haben bestätigt, dass elf Männer irgendwie die Insel erreicht hatten. Nach langen Diskussionen hat man uns erlaubt, die Gestrandeten zu beäugen. Es waren elf Mann, ausnahmslos Soldaten der königlichen Armee.«

»Mein Dank an die Sanften Schwestern, Hauptmann«, unterbrach Alden Sinosil ungeduldig. »Kommt endlich zur Sache.«

»Einer der Männer war nur leicht verletzt und konnte gleich mit den anderen Truppen zurück nach Königsgrund reisen. Er schwört, dass vierzehn Männer angespült wurden und dass wenigstens einer von ihnen ein Assamer war.«

Manchmal war ein dünner Ast alles, was man brauchte.

»Hauptmann, die Geschichte sollte erst einmal unter uns bleiben. Wir wollen doch nicht, dass der Klerus davon Wind bekommt und wieder alle Beweise verschwinden lässt. Die Kirchenmauern sollten zwar jedem Schutz bieten, der danach verlangt, doch Königsmördern Unterschlupf zu gewähren ist immer noch Hochverrat. Achtet darauf, dass auch Eure Leute nicht darüber reden. Soldaten neigen in Kneipen dazu, Geschichten zu verbreiten.«

ZERSTÖRUNG

Auroras Tage waren arbeitsreicher als die eines Rattenfängers in Sprödholz. Nach dem Aufstehen eilte sie meist sofort zu Bemet, um nach ihm zu sehen und mit ihm zu frühstücken. Schwester Puris war nicht sonderlich begeistert davon, akzeptierte es aber, wenn keine anderen Aufgaben darunter litten. Danach kam Auroras Ausbildung an die Reihe, die nie enden zu wollen schien. Die Schwester stellte sie vor immer neue Aufgaben in unterschiedlichen Situationen. Mal wurden Sterbende aggressiv, mal hatten sie noch letzte Wünsche oder flehten um Erlösung. Es ging darum, den richtigen Weg zur richtigen Zeit zu wählen und das beste und schnellste Ende zu finden.

Aber das Wichtigste bestand nach wie vor darin zu erkennen, ob man auch wirklich die richtige Entscheidung traf. Nur weil die Schwestern der anderen Häuser glaubten, dass jemandem nicht geholfen werden konnte und er den Rest seines Lebens Qualen erleiden würde, hieß das noch lange nicht, dass Haus Mortem diese Diagnose ungeprüft hinnahm. Schwester Puris bestand darauf, sich immer zuerst selbst ein Bild von dem Patienten zu machen. Und das sollte auch Aurora in Zukunft tun, genau wie sie es schon bei Bemet praktiziert hatte. Schwester Puris indes hegte den Verdacht, dass ihre junge Schülerin bei dem Assamer ein wenig zu viel Eigennutz, Mitleid und Forschungsdrang an den Tag gelegt hatte. Dennoch akzeptierte sie die Entscheidung.

»So, ich muss wieder los«, sagte Aurora nach dem Frühstück zu Bemet. »Puris hat heute Großreinemachtag in der Küche angesetzt. Sie glaubt, weil es hier unten keine Fenster gibt, fühlt sich der Schimmel besonders wohl. Jetzt darf ich alle Flächen, den Boden und die Wände mit ihrem sauren Wein abreiben. Danach stinkt wieder alles wie in der schlimmsten Spelunke in Sprödholz.«

»Für einen vollen Krug Roten würde ich mein linkes Bein hergeben«, frotzelte Bemet. »Auf Bäume werde ich ohnehin nicht mehr klettern können.«

»Kein Alkohol für den Assamer«, imitierte Aurora die Stimme von Schwester Puris. Die Schwester hatte sogar ein Dutzend Verbote für Bemet aufgestellt. Bis auf »keine Waffe in seiner Nähe« orientierten sich die meisten davon an seinem Gesundheitszustand. Nach genaueren Untersuchungen hatte sich herausgestellt, dass der Assamer wegen seines gebrochenen Rückgrats seine Beine nicht mehr bewegen konnte. Die Lunge war stark in Mitleidenschaft gezogen, was ihn kurzatmig machte. Sein linker Arm war durch eine Vielzahl von Brüchen nicht mehr voll beweglich, und durch massive Quetschungen in der Bauchregion funktionierten einige Organe nicht mehr so, wie sie sollten. Bemet war gezwungen, viele kleine Mahlzeiten zu essen. Trinken konnte er nur in winzigen Schlucken, und scharfes Essen oder Alkohol brachten ihn zum Erbrechen.

Schwester Puris erklärte ihm, dass durch seine Bewegungsunfähigkeit im Laufe der Zeit noch weitere Symptome auftreten würden – Druckstellen vom Liegen, geschwächte Abwehr von Krankheiten aller Art und Muskelrückbildung.

Bemet nahm es mit Gelassenheit und einer gehörigen Portion Gleichgültigkeit auf, einer Emotion, der Aurora seit Monaten entgegenzuwirken versuchte. Zum einen wollte sie Bemet wieder in den Alltag zurückführen und in ihm seine Lebensfreude wecken. Zum anderen war ihr seine Gleichgültigkeit ein Dorn im Auge, der ihre Entscheidung, den jungen Assamer nicht getötet zu haben, immer wieder infrage stellte.

»Wir sehen uns nachher, dann kannst du mir noch etwas über die Totems der Clans erzählen und warum nicht jedes Tier ein Totem sein kann.«

Bemet imitierte eine Ente, um Aurora mit ihren ständigen Fragen nach den Göttern Assamads aufzuziehen. Sie glaubte fest daran, dass sie als Assamer Amazone einen Platz im Schlangenclan gefunden hätte. Bemet stellte das gern und bei jeder Gelegenheit infrage.

Als Aurora die Küche betrat, sah sie, dass sich auf dem Tisch das schmutzige Geschirr stapelte. Offenbar hatte Schwester Puris festgestellt, dass Aurora den Küchendienst vom Vorabend geschwänzt und stattdessen Zeit mit Bemet verbracht hatte. Jetzt hieß es, die Ärmel hochzukrempeln. Puris hasste es, wenn sich der Tagesablauf verschob und die Mahlzeiten nicht rechtzeitig auf dem Tisch standen. Geschirr säubern, Küche putzen und das Mittagsmahl vorbereiten erschien Aurora in weniger als zwei Stunden kaum machbar, doch gab sie ihr Bestes. Mit etwas Glück würden die Kartoffeln heute schon geschält und das Gemüse geputzt angeliefert. Schwester Grede in der Küche kannte Aurora genau und wusste, wie ungern sie häusliche Aufgaben verrichtete. Wenn genug Zeit blieb und in den anderen Häusern nicht allzu viele Patienten lagen, unterstützte sie das Haus Mortem und somit Aurora gern. Erst letzte Woche hatte sie einen fertigen Nachtisch mit Heidelbeeren runtergeschickt.

Der Krieg lag in seinen letzten Zügen, und die Assamer standen kurz vor der Kapitulation. Bis vor zwei Wochen waren noch fast täglich Verletzte in der Zitadelle angekommen, und wenn Aurora richtig gezählt hatte, fanden siebenunddreißig davon Erlösung im Haus Mortem. Acht verließen das Leben mit Auroras Hilfe, und jeder einzelne nahm einen kleinen Teil von ihr mit. Mit Schaudern dachte sie daran, wie es wohl Schwester Puris gehen musste, die schon viele Jahre in diesem düsteren Gemäuer Dienst tat. Wie viele Leben hatte sie wohl beendet? Als Aurora sie eines Tages darauf angesprochen hatte, hatte sie gütig gelächelt und erklärt, dass mit jedem Toten auch ein Stück von ihr verlorenging. Aber alles, was sie dabei einbüßte, hätte sie nur davon abgehalten, in extremen Situationen das Richtige zu tun. Also werde man mit der Zeit nur stärker.

Jedes Mal, wenn die Schwestern der anderen Häuser Männer an Haus Mortem übergaben, brachten sie auch die neusten Nachrichten vom Krieg mit. Zu Beginn hatte es ausgesehen, als ob die Assamer wirklich eine Chance hatten, gegen Uslag zu bestehen. Der Tod König Referts des Dritten hatte das Land und die Armee in eine Art Starre versetzt. Der Söldnerarmee waren sogar einige Durchbrüche ins Landesinnere gelungen, da sie auf wenig Gegenwehr gestoßen waren. Zahlreiche Plünderungen entlang der Küste schürten allerorts Angst und Schrecken. Immer mehr Assamer hatten sich dem Krieg angeschlossen und auf See gegen die allmählich zurückweichenden Uslager gekämpft. Dann jedoch hatten die Assamer es gewagt, die Meerenge zu besetzen und Uslag vom Handel abzuschneiden. Ein grundsätzlich guter strategischer Zug, doch leider hatten sie nicht mit dem Unmut der Uslager Handelspartner gerechnet. Innerhalb einer Woche kreuzten ein Dutzend großer Kriegsschiffe aus Lambrass vor Uslag. Die Lambrosi waren nicht gerade für ihr Deeskalationsgeschick bekannt. Ohne selbst im Krieg mit den Assamern zu sein, steuerten sie ihre Galeeren mit Rammsporn in die bunt zusammengewürfelten Beuteschiffe der Söldner. Die Verluste waren gewaltig und zwangen Assamad zur Aufgabe ihrer Stellung. Von diesem Rückschlag konnten sie sich nicht mehr erholen und wurden fortan vom Angreifer zum Verteidiger. Gefechte auf See fanden zwar noch statt, doch jetzt weit abseits vom Heimatland.

Aurora spürte, dass die Neuigkeiten an Bemet nagten. Natürlich machte er sich Sorgen um die Männer seines Volkes und besonders um die Clanmitglieder der Pranke. Er sprach oft von einem Freund namens Quard. Er erkundigte sich immer wieder bei Schwester Puris, ob noch weitere Assamer, Männer mit dem Bärensymbol, in die Zitadelle kamen, doch er blieb der einzige.

Aurora setzte einen Kessel mit heißem Wasser auf, um das Geschirr von angetrockneten Essensresten zu befreien. Ein enormer Vorteil des Küchendiensts im Haus Mortem bestand darin, dass bis auf Bemet niemand versorgt werden musste. Somit hielten sich verdreckte Teller, Tassen und Schüsseln in Grenzen. Als das Wasser heiß genug war, wollte Aurora den Topf mit einem Lappen vom Feuer heben, doch eine leichte Erschütterung im Boden ließ sie innehalten.

Die Mauern des Kellergewölbes waren massiv. Seit sie hier unten ihren Dienst leistete, hatte sie noch nie Geräusche von außen gehört. Die überirdischen Häuser hatten mit Stürmen zu tun, mitunter schlug der Blitz ein und Regen prasselte gegen die Fenster. Allein Auroras Spaziergänge vor dem Gewölbe sorgten dafür, dass ihr Gefühl für die Außenwelt mit ihren Tages- und Jahreszeiten nicht völlig abriss.

Einen Moment stand sie regungslos da, doch die Erschütterung wiederholte sich nicht. Getrieben von der Arbeit setzte sie den Kessel mit dem heißen Wasser vor der Spüle ab.

Erneut ließ etwas den Boden erzittern, diesmal stärker. Das Geschirr im Schrank klirrte, und auf der Wasseroberfläche im Topf zeichneten sich Ringe ab.

Bevor Aurora sich einen Reim darauf machen konnte, hörte sie schon Schwester Puris rufen.

»Ich bin in der Küche«, antwortete Aurora.

Sogleich kam Schwester Puris herbeigeeilt. Die rundliche Frau stand schwer atmend und mit rotem Gesicht in der Tür.

»Was ist los, Schwester?«, fragte Aurora verwirrt.

»Das weiß ich auch noch nicht. Du bleibst hier! Sieh ruhig nach deinem Assamer Freund, wenn du möchtest. Nicht dass er noch auf dumme Gedanken kommt. Aber verlasse nicht das Haus, bis ich wieder da bin.«

Aurora verstand die Welt nicht mehr. Was war denn nur los? »Die Erschütterung, ist es ein Erdbeben? Sollten wir dann nicht lieber alle hier unten bleiben?«

»Das ist kein Erdbeben. Es kommt von oben aus der Zitadelle. Du tust, was ich dir gesagt habe.«

Mit mahnend erhobenem Finger machte Puris kehrt und eilte davon.

Aurora sah sich außerstande, weiter in der Küche aufzuräumen, ohne zuvor nach Bemet zu sehen. Sie lief zu seiner Kammer und öffnete die Tür. Der junge Assamer hatte sich im Bett aufgesetzt, stützte sich auf die Arme und lauschte an der Wand.

»Was machst du da?«, fragte Aurora verwundert.

Bemet wies sie barsch an, leise zu sein, und presste sein Ohr gegen den kalten Stein.

Irgendwie schienen alle zu wissen, was sie tun sollten, nur Aurora nicht.

»Eure Zitadelle wird angegriffen«, verkündete Bemet in seiner gelassen gleichgültigen Art.

»Von wem? Das ergibt doch keinen Sinn. Die Assamer sind doch so gut wie zurückgeschlagen.«

»Keine Assamer«, sagte Bemet. »Sie schießen mit großen Geschützen. Wahrscheinlich mit einer Blide oder einem Steinkatapult, montiert auf einem Schiff. Vielleicht haben sie auch mehrere davon. Die Geschosse sind nördlich und östlich im Turm eingeschlagen, kurz nacheinander. Kein einzelnes Schiff wechselt so schnell die Position und trifft dann noch aus voller Fahrt mit einer Blide.«

»Was zum Teufel ist eine Blide?«, wollte Aurora wissen.

»Ein Trebuchet?«

Aurora schüttelte den Kopf.

»Ein Tribock«, versuchte es Bemet weiter.

Nach wie vor schüttelte Aurora den Kopf.

»Eine riesige Schleuder, die Felsbrocken verschießt«, erklärte Bemet schließlich. »Manchmal hat man sie auf Schiffen montiert, doch ihr Einsatz ist nur in ruhigen Gewässern möglich. Nur wenige Länder besitzen solche Spielereien. Assamer würden nie auf die Idee kommen, mit so behäbigen Belagerungsmaschinen anzugreifen. Wir setzen auf Taktik und Mut.«

»Belagerung?«, fragte Aurora. »Wer sollte uns denn hier mitten in Uslag belagern und vor allem – warum?«

»Ich würde ja rausgehen und nachsehen«, sagte Bemet, »aber ich finde meine Schuhe gerade nicht. Wahrscheinlich ist es eins der anderen Länder, die dein König verärgert hat. Sie haben gehört, dass die Assamer Uslag angegriffen haben und König Refert gestorben ist. Vielleicht wollen sie die Schwächung nutzen, um alte Schulden einzufordern. Ich glaube, die Liste der heimlichen Feinde Uslags ist lang. Wer die Seinen schlecht behandelt, ist auch zu seinen Nachbarn nicht nett.«

Für Aurora ergab das alles keinen Sinn. Refert war tot, und vielleicht war sein Sohn ein viel besserer König. Außerdem brachte es niemandem einen Nutzen, die Zitadelle anzugreifen. Sie war schon seit Ewigkeiten keine Verteidigungsanlage mehr, und der einzige Krieger auf dem Eiland lag gelähmt im Bett.

»Was sollen wir denn jetzt tun?«, fragte Aurora.

Bemet sah an sich herab und verzog den Mund. »Ich würde sagen, da ich nicht in den Krieg ziehen kann, warten wir, bis der Krieg zu uns kommt. Es wäre gut, wenn du mir wenigstens eine Waffe besorgen könntest, damit man mich nicht wehrlos in diesem Bett abschlachtet.«

»Hier unten gibt es nichts, was du als Waffe bezeichnen würdest. Außerdem hat Schwester Puris mir verboten, dich auch nur in die Nähe eines Schwertes kommen zu lassen. Und selbst wenn du eins hättest, wärst du in deinem jetzigen Zustand kein ernstzunehmender Gegner.«

»Na, dann halt du sie mir vom Leib«, grunzte Bemet störrisch. »Wenn sie dir blöd kommen, kannst du ja versuchen, sie mit dem widerlichen Haferbrei zu ersticken, den ihr mir in den ersten Wochen gegeben habt.«

Die beiden verschanzten sich in Bemets Kammer, nachdem Aurora den Übungsdolch aus ihrem Zimmer geholt hatte. Ganz wehrlos wollte auch sie sich nicht dem Schicksal überlassen.

Zwei Stunden vergingen, und Aurora hoffte, dass die Erschütterungen vielleicht doch einen anderen Ursprung hatten. Womöglich waren sie doch auf ein Beben zurückzuführen, und oben in der Zitadelle brauchte man ihre Hilfe.

»Du bleibst hier und ich sehe draußen nach, was vor sich geht«, erklärte sie, als ihr das Warten zu lang wurde. »Außerdem musst du was trinken. Ich bringe dir auf dem Rückweg Wasser aus der Küche.«

»Zu Befehl, Schwester«, stöhnte Bemet.

Aurora stand auf und schlich zur Tür. Sie lauschte, hörte aber nichts. Als sie sie ein Stück aufzog, stieg ihr sofort der Geruch von Rauch in die Nase.

»Es brennt irgendwo«, flüsterte sie.

Sie verließ die kleine Kammer und hörte kurz darauf Männerstimmen aus der Halle des Schweigens. Schnell zog sie sich wieder zurück, lehnte die Tür leicht an und horchte.

Jemand öffnete die Tür zur Halle des Schweigens. Schritte näherten sich. Männer sprachen miteinander.

»Ich sag dir, Mann, hier ist keiner mehr. Das ist einfach ein dunkler leerer Keller. Lass uns zurück, ich muss irgendwie die Blutung stillen.« Der Mann sprach schwerfällig und unter Schmerzen.

»Hör auf rumzuheulen, du Memme. Die Alte ist vollkommen ausgerastet, als sie gemerkt hat, dass wir ihr folgen. Du hast doch gesehen, wie sie Ollig angegangen ist. Mein Gott, ich dachte, sie schneidet ihn in kleine Streifen. Das tut man nicht, wenn man nichts zu verbergen hat. Ich könnte wetten, sie verstecken hier unten ein paar schöne Schmuckstücke, die sie den Alten und Kranken abgenommen haben. Also lass dich gefälligst erst verbinden, wenn wir etwas gefunden haben, das die Sache wert war.«

Aurora drehte sich hilflos zu Bemet um.

Der Assamer hob zwei Finger, um anzuzeigen, dass er sicher war, dass nur diese beiden sich ihnen näherten.

Aurora fasste einen Plan. Alles, was sie in den letzten Wochen gelernt hatte, kreiste darum, anderen das Leben zu nehmen. Das Haus Mortem ging davon aus, dass es sich dabei um einen Akt der Nächstenliebe handelte. Aber in Notsituationen konnte man das Erlernte auch anders einsetzen. Schwester Puris schien das ebenso gesehen zu haben, wenn Aurora die beiden Männer richtig verstanden hatte.

Sie hechtete zurück zu Bemets Bett. »Tu so, als ob du im Sterben liegst«, flüsterte sie ihm zu.

»Gib mir das Messer«, forderte er.

»Ich mach das schon, vertrau mir«, erwiderte Aurora.

Sie kniete sich vor das Bett und tat so, als würde sie beten. Da sie nie ein richtiges Gebet gelernt hatte, sagte sie einen Kinderreim auf, den sie noch aus Nordweiler kannte.

»Tanz, Kindlein, tanz.
Dein Schühlein ist noch ganz.
Lass es dich nicht gereuen.
Der Schuster macht dir einen neuen.
Tanz, Kindlein, tanz.«

Aurora hatte den Text bereits ein drittes Mal wiederholt, als hinter ihr die Tür aufgestoßen wurde.

»Sag ich doch, irgendetwas ist hier noch«, brummte eine Männerstimme. »Was soll das hier sein, so etwas wie ein Mantelzelt? Kannst du mich hören, Mädchen?«

Aurora reagierte nicht und flüsterte leise weiter den Reim vor sich hin.

»Vielleicht ist sie taub«, sagte der andere Mann.

Die beiden standen jetzt hinter ihr. Der eine links, der andere rechts, so wie Krieger es lernten. Nur auf Armeslänge waren sie noch nicht heran.

Bemet warf den Kopf wie im Fiebertraum hin und her.

Aurora verstand die Geste sofort. Sie sollte noch warten. Die Männer waren wahrscheinlich groß und hatten mit ihren Waffen eine deutlich höhere Reichweite als sie mit dem Dolch.

»He, was ist mit dir, Kleine, hörst du uns nicht, oder bist du einfach nur dumm?«

Der andere Mann gluckste schäbig. Bemet deutete ein Nicken an, kurz bevor Aurora eine Hand auf der Schulter spürte. Jetzt kam es darauf an, ihr erlerntes Wissen einzusetzen. Zuerst musste sie den Mann erledigen, der unverletzt zu sein schien. Von ihm ging die größte Gefahr aus.

Einen winzigen Augenblick zögerte Aurora noch. Dann hörte sie den schweren Atem des schmerzgequälten Kriegers rechts von sich. Noch immer kniend, fuhr sie mit dem Messer in der Hand herum und griff in der Reihenfolge an, die sie so lange einstudiert hatte.

Der Schnitt durch die Oberschenkelarterie war wie aus dem Lehrbuch. Noch während sie die Dolchspitze durch das feste Lederwams in den Magen stieß, spritzte ihr das warme Blut aus dem Bein des Mannes auf die Brust. Ihr Widersacher drohte, nach vorn zu kippen und sie unter sich zu begraben, doch Aurora stemmte sich hoch und stützte den Mann am Hals, während sie den Dolch in sein Herz zu rammen versuchte – vergeblich. Er trug ein Kettenhemd, was den dritten Angriff ihrer Abfolge vereitelte. Der Angreifer hatte jedoch schon seine Körperspannung verloren, sodass Aurora sich dem zweiten Mann widmete. Am ausgestreckten Arm führte sie die Klinge in weitem Bogen und durchtrennte ihm die Kehle mit einem sauberen Schnitt. In den Augen des Mannes stand nur Verwunderung, sonst nichts. Dann fiel er hinten über, während sein Freund zu Auroras Füßen verblutete.

Bemet blickte zwischen den beiden Kriegern hin und her. »Ach du heilige Scheiße.«

»Ich muss dich hier rausschaffen«, sagte Aurora benommen. »Wer weiß, ob noch andere von diesen Plünderern hierherfinden?«

Mit dem blutigen Messer in der Hand trat sie an Bemet heran, der sichtlich irritiert war. Mit dem Dolch bohrte sie ein handgroßes Loch ins Kopfende der Matratze und steckte ihn anschließend ein. Dann nahm sie eins der bereitliegenden frischen Laken und schob das eine Ende des Lakens durch das neu geschaffene Loch. Sie verknotete beide Lakenenden zu einer Schlaufe, die sie sich über die Schulter legte.

»Halt dich gut fest«, sagte sie zu Bemet. »Es könnte etwas holprig werden.«

Dann stapfte sie los wie ein Brauereipferd, das einen Wagen voll mit Bierfässern die Straße entlangzog.

Bemet musste sich festkrallen, um nicht herunterzufallen, als er mitsamt der Matratze aus seiner Koje gerissen wurde.

Aurora gab ihr Bestes, um die Verlegung des Assamers so angenehm wie möglich zu gestalten, doch da ihre Last fast doppelt so viel wog wie sie, war sie gezwungen, etwas rabiater vorzugehen. Mit ruckhaften Schritten durchquerte sie die Kammer. Draußen auf dem Flur kam sie besser voran, da der Stein abgewetzter und glatter war.

»Hilf ein bisschen mit«, forderte sie Bemet auf, der sie sogleich mit beiden Armen unterstützte.

Als sie die Halle des Schweigens erreichten, hörten sie das leise Weinen und Schluchzen einer Frau. Aurora spähte vorsichtig um die Ecke. An der Tür am anderen Ende lag Schwester Puris reglos am Boden. Vor ihr hockte Nelka, das Gesicht in beiden Händen geborgen.

»Ich bin gleich zurück«, versprach Aurora und befreite sich von der Schlinge.

Die ersten Schritte lief sie, doch dann verlangsamte sie ihr Tempo. Zum einen hatte sie Angst davor zu sehen, was mit ihrer Lehrherrin geschehen war, zum anderen wollte sie Schwester Nelka nicht erschrecken. Ein paar Schritte entfernt hielt sie einen Moment inne. »Ist sie tot?«, fragte sie, als ihre Anspannung zu groß wurde.

Nelka fuhr herum, ein Holzscheit schlagbereit in der Hand. »Oh, Gott sei Dank, es geht dir gut«, stöhnte sie auf, als sie Aurora erkannte.

Innerhalb eines Herzschlages änderte sich Auroras Weltbild. Schwester Puris, die so etwas wie eine letzte Instanz gewesen war und immer überlegen schien, lag tot am Boden.

Und Nelka, die ewig Hilfsbereite, die auf alles eine Antwort fand und stets Rat wusste, blickte Aurora verängstigt an.

Plötzlich war sie es, die Schülerin, das Küken, die für sich und die anderen einstehen musste. Aurora musste Schwester Puris, Nelka und ihre Mutter in einer Person sein. Doch wenn es eines gab, das Aurora gut konnte, dann war das, in andere Rollen zu schlüpfen. Als Kind einer alleinerziehenden Mutter war es unabdingbar gewesen, Küchenhilfe, Tochter, Kameradin, Außenseiterin und Trostspenderin zugleich zu sein. Die Rolle der Beschützerin war Aurora zwar neu, aber nicht unbedingt herausfordernder.

Sie nahm ihre Schürze ab, trat an den Leichnam von Schwester Puris und deckte sie damit zu. Dann umarmte sie Nelka. »Schön, dass es dir gut geht«, flüsterte sie sanft. »Ich hab da hinten noch einen Patienten. Wir müssen ihn irgendwie in Sicherheit bringen. Hilfst du mir?«

Nelka nickte mit Tränen in den Augen. »Natürlich!«

Doch bevor sie sich ihrer neuen Aufgabe widmen konnten, hörten sie Stimmen vor der Tür.

»Ach du Scheiße, was ist hier passiert?«, grunzte ein Mann mit merkwürdigem Akzent. »Wo sind die anderen zwei?«

Jemand beantwortete die Frage in wimmerndem Ton. Er war nicht zu verstehen.

»He, he, bleib bei mir! Kacke!«

Es war klar, dass jeden Moment die Tür aufgehen würde, und wer immer hindurchtrat, war kein Freund.

»Hock dich zu Schwester Puris«, flüsterte Aurora Nelka zu. »Rühr dich nicht vom Fleck, egal, was er sagt. Tu am besten so, als würdest du beten.«

Im Nu war Aurora mit einigen Schritten bei der Tür und drückte sich daneben an die Wand.

Die Tür wurde aufgetreten und flog Aurora entgegen. Im letzten Moment schaffte sie es, den Fuß so zu drehen, dass sie mit der Hacke den Aufprall stoppte. Alles andere hätte sie wahrscheinlich verraten.

Der Eindringling, den sie noch immer nicht sehen konnte, bedachte Nelka und Puris mit einem verächtlichen Schnauben. »Kantar, Rasuk, seid ihr hier? Wo zum Teufel steckt ihr?«

Der Mann blieb noch einen Augenblick im Türdurchbruch stehen und wartete auf Antwort seiner Kollegen. Als er keine bekam, versuchte er, Nelka zum Sprechen zu bewegen.

»Heilerin, wo sind die beiden Männer, die deine Freundin erledigt haben? Mach endlich das Maul auf, oder ich öffne es für dich.«

Nelka hielt sich an den verabredeten Plan und tat so, als bete sie für Puris. Womöglich betete sie tatsächlich.

»Von wegen, Sanfte Schwestern. Ihr scheint eher schweigende Schwestern zu sein. Mal sehen, ob ich dich zum Quieken bringen kann.«

Der Mann trat durch die Türöffnung und hielt zielstrebig auf Nelka zu, ein Breitschwert in der Hand.

Jetzt konnte Aurora ihn endlich sehen. Er war ein Hüne von einem Mann. Ein hochgeschlossenes Kettenhemd bedeckte seinen Oberkörper, er trug eine Lederhose mit verstärkten Flicken, einen Stachelhandschuh und mit Metall beschlagene Stiefel. Sein mittellanges krauses Haar wurde von einem ledernen Stirnband in Zaum gehalten.

Der Mann war nicht aus Uslag. Die Namen, die er rief, sein Akzent und die Kluft waren fremdartig. Doch falls Bemet sein Volk zutreffend beschrieben hatte, war dieser Kerl auch kein Assamer.

Lass dir Zeit, die Schwachstelle zu finden, hörte Aurora Schwester Puris' Stimme in ihrem Kopf.

Das war sicherlich ein gut gemeinter Rat, doch manchmal fehlte für diese Taktik schlicht die Zeit. Außerdem war der Mann an vielen Stellen so gut gerüstet, dass ein stumpfes Messer wenig bewirken würde.

Aurora schlüpfte aus ihren Schuhen, um sich ihm möglichst lautlos nähern zu können. Das Messer umklammernd, wartete sie ab, bis zwischen ihr und dem Mann genügend Abstand für einen ordentlichen Sprint war.

Dann stürmte sie los. Abgesehen vom leisen Platschen ihrer nackten Füße auf dem Steinboden, näherte sie sich ihm völlig lautlos. Der Angriff kam für den Fremden unerwartet. Als Aurora zum Hechtsprung ansetzte, zuckte er kurz zusammen und duckte sich, doch sie landete auf seinem Rücken. Mit den Beinen umklammerte sie seine Taille und legte ihm einen Arm um den Hals. Mit der freien Hand stieß Aurora den Dolch mit ganzer Kraft in sein rechtes Ohr. Die Klinge verschwand fast bis zur Hälfte in seinem Kopf, blieb jedoch im Schädel stecken.

Der Stich durchs Ohr zählte nicht zu den tödlichen Hieben auf Schwester Puris' Liste, und nun stellte Aurora auch fest, warum. Der Fremde reagierte wie ein Bär, dem man einen Pfeil in den Hinterlauf geschossen hatte – panisch und aggressiv. Er packte Aurora am Schopf und schlug ihr Gesicht immer wieder gegen seinen Hinterkopf. Auroras Nase brach, und ihr rechtes Auge schwoll schneller zu, als man einen Wasserschlauch am Brunnen füllen konnte.

Falls er sie abschüttelte und sie erst am Boden lag, wäre der Kampf mit einem einzigen Fußtritt des Hünen beendet. Aurora klammerte sich fester um Hals und Hüfte und drückte ihm die Luft ab. Der Fremde geriet ins Straucheln. Aurora versuchte, ihn wie ein Pferd zu lenken, was ihr auch zum Teil gelang. Der mittlerweile schwerfällige Mann torkelte einige Schritte seitwärts. Wie es aussah, wollte er seine Peinigerin zwischen sich und die Wand bekommen, um sie daran zu zerquetschen wie ein lästiges Insekt. Doch bevor ihm die endgültige Drehung gelang, riss Aurora seinen Kopf herum. Er stieß mit der Schläfe hart gegen die Wand und versenkte mit dem eigenen Schwung die Klinge bis zum Heft in seinem Schädel. Er brach unter Aurora zusammen wie ein verdurstendes Muli und blieb reglos liegen.

Diese Gefahr war gebannt, doch wer wusste schon, wie viele Krieger noch herkämen? Aurora musste sich und die anderen schleunigst in Sicherheit bringen. Ohne sich um die Blessuren zu kümmern, stolperte sie auf Nelka zu, die sie mit offenen Armen auffing.

»Wir müssen weg«, krächzte sie halb benommen.

»An der Nordseite der Insel gibt es am Steilhang noch eine kleine Segeljolle. Wenn wir Glück haben, schaffen wir es damit weg von hier.«

»Dann lass uns Bemet holen. Ich hoffe, du kannst mit einem Segelboot umgehen«, stöhnte Aurora.

Mit vereinten Kräften schafften sie es, Bemet aus dem Haus Mortem zu bringen. Die Zitadelle stand in Flammen. Es war kein Kampflärm mehr zu hören, und die Angreifer waren vollauf damit beschäftigt, ihre potenzielle Beute vor dem Feuer zu retten. Der Mann am Eingang war tot. Die zahlreichen, gezielt gesetzten Messerschnitte ließen vermuten, dass er Schwester Puris' letztes Opfer gewesen war.

Die beiden Frauen setzten all ihre Reserven ein, um Bemet unversehrt zum Strand hinunterzubringen und in das kleine Segelboot zu schaffen. Dann warteten sie bis zum Einbruch der Dunkelheit und stachen Richtung Norden in See.

ALDEN wusste mittlerweile genau, an welchen Fäden man ziehen und welchen Tonfall man anschlagen musste, um sich durchzusetzen.

»Ich kann Euch in dieser Sache nicht weiterhelfen, ehrwürdigster Vater. Ihr kennt die Gesetze so gut wie ich. Die Länder der drei Meere und die Kirche haben sie gemeinsam erlassen. Wenn ich das Treiben der Lambrosi unterbinde, verstoße ich gegen diese Vereinbarung und breche das Bündnis. Wir sind angewiesen auf die Hilfe von außen, gerade wenn jemand wie die Assamer unsere Handelsrouten angreift. Es tut mir leid, aber ich kann in dieser Sache nicht einschreiten.«

Alden mochte den Hohepriester Digares. Im Grunde genommen waren ihm die Kirche und ihre Vertreter zuwider, doch der neue Würdenträger schaffte es, die Kluft schmaler werden zu lassen. Während Lunas wie ein Lehrmeister mit ihm gesprochen hatte, fügte sich Digares in die Rolle des Untertanen. Er wirkte hilflos und unentschlossen. Er ließ sich leicht lenken, und Widerworte nahm er mit beschämtem Stirnrunzeln hin.

Digares bemühte sich um einen möglichst energischen Ton. Anscheinend setzten seine Ordensbrüder ihn unter Druck, sich gegen den jungen König zu behaupten.

»Die Lambrosi haben den Orden der Sanften Schwestern zerschlagen, die Zitadelle geplündert und bis auf die Grundmauern niedergebrannt. Jetzt streifen sie die Küste entlang und bedienen sich am Hab und Gut jedes kleinen Tempels, Gotteshauses und jeder Gebetskapelle. Die Kirche sieht das nicht als Akt der Hilfsbereitschaft zwischen zwei benachbarten Ländern an, sondern als kriegerische Handlung.«

Alden hielt das Argument für den kläglichen Versuch, sich Gehör zu verschaffen. Er hatte Bauern gesehen, die mit mehr Schneid auf ihr Recht pochten als Digares. Zugegeben, die meisten davon hatte sein Vater hinrichten lassen, doch hatten sie wenigstens mehr Hingabe für ihre Belange bewiesen. Alden hatte nicht vor, jemanden köpfen zu lassen, trotzdem wollte er seine Position allen klarmachen.

»Die Lambrosi haben uns aus einer misslichen Lage befreit. Die Unterbrechung der Handelsrouten hätte das Land schnell in eine Zwangslage bringen können. Und Ihr wisst genau, dass ein angeschlagenes Tier das Erste ist, das dem Wolfsrudel zum Opfer fällt. Und hungrige Wölfe gibt es da draußen genug. Ihr hättet eure Sanften Schwestern besser mit den Gesetzen des Landes vertraut machen müssen. Feinde in ihre Obhut zu nehmen und sie zu schützen ist ein Kriegsverbrechen. Die Lambrosi nehmen sich nur das, was ihnen zusteht.«

»Aber das Gesetz besagt, dass nur der Besitz der betroffenen Familie beschlagnahmt werden darf, nicht der einer ganzen Organisation.«

Alden gefiel, wie unbeholfen der Hohepriester um Gerechtigkeit rang. »Verzeiht, ehrwürdigster Vater, aber die Lambrosi sind ein einfaches Volk. Unsere Titulierungen und Redewendungen sind ihnen fremd. Sie nehmen das gesprochene Wort gern wörtlich. Wenn Ihr die Mitglieder der Kirche und der verschiedenen Orden selbst Brüder und Schwestern nennt, kann man diesen Barbaren nur schwer vermitteln, dass es sich um Angehörige der Kirchenfamilie handelt. So gesehen ist die Kirche für die Lambrosi der Verräter, den sie zur Rechenschaft ziehen müssten.«

»Ihr selbst nennt mich ›ehrwürdigster Vater‹. Hat das Königshaus auch zu befürchten, dass die Lambrosi in den Palast einfallen und alles niederbrennen?«

Digares' Vorstoß war ebenso unverhofft wie unverfroren. Alden wollte um alles in der Welt vermeiden, ihm die Stirn bieten zu müssen. »Ich bin klug genug, euch ›Hohepriester Digares‹ zu nennen, wenn ein Lambrosi in der Nähe ist. Ihr hättet Euch gleich vom Orden der Sanften Schwestern distanzieren sollen, als Euch zu Ohren kam, dass sie Assamer in der Zitadelle verstecken.«

»Es waren Schiffbrüchige«, rechtfertigte sich der Hohepriester. »Wie hätten die Schwestern erkennen sollen, wer Freund oder Feind ist?«

»So, wie es die Soldaten auf dem Schlachtfeld tun. Wer da einen Mann aus den eigenen Reihen tötet oder einen Feind verschont, wird genauso gerichtet wie eure Schwestern.«

Digares geriet ins Schwitzen. Ihm fehlten einfach die Argumente. »Die Lambrosi plündern und morden. Nicht dass wir als geistliche Instanz einen Würdenträger nach dem anderen verlieren. Ganz zu schweigen von den Besitztümern, die wir benötigen, um in Uslag den Glauben aufrechtzuerhalten. Die Menschen verlieren das Vertrauen in die Kirche. Anstatt zu Gott zu beten, suchen die einfachen Leute Schutz bei irgendwelchen heidnischen Dämonen oder vollziehen abergläubische Riten. Wenn eine Säule der Macht in Uslag bricht, ob nun die weltliche oder die geistliche, wird auch die andere irgendwann unter der Last einknicken.«

Offenbar versuchte der Hohepriester es mit der Mitleidstour. War das nur der Nährboden für eine versteckte Drohung? Ein König ließ sich nicht drohen. Und was das Mitleid betraf – was konnte ein Geistlicher an Erbarmen von jemandem erwarten, der die Mutter durch die Hand der Kirche verloren hatte?

»Eine Säule reicht, sie muss nur stark genug sein. Die Bäume machen es uns vor. Unsere Unterredung ist beendet, ehrwürdigster Vater.«

NEUANFANG

Aurora stand mit weit aufgerissenen Augen an der Reling des Dreimasters *Seidenspinner*, als er über das Flussdelta in den Hafen einfuhr.

»Ist das Kreuzfluss?«, fragte sie einen Matrosen, der das Deck schrubbte.

Der junge Mann sah nicht einmal auf. »Genau, Rotschopf, in seiner ganzen Pracht und Herrlichkeit.«

Aurora hatte noch nie so eine riesige Stadt gesehen und war bis vor Kurzem auch nicht davon ausgegangen, dass sie je die Gelegenheit dazu bekäme.

Nach ihrer nächtlichen Flucht mit dem Segelboot von der Zitadelle waren sie gute drei Tage auf dem Meer getrieben. Ohne Wasser und Nahrung hätte das gut ihr Ende sein können. Der Wind hatte gegen sie gearbeitet, was bei drei segelunerfahrenen Leuten besonders fatal war. Zudem machte das diesige Wetter die Orientierung schwierig. Doch der Zufall brachte sie genau auf eine der Schiffsrouten zwischen Buchtenheim und Kreuzfluss. Ein Stoffhändler, der seine Waren an der Westküste verhökert hatte, fand die drei treibend im Wasser und nahm sie an Bord seines Schiffes, der *Seidenspinner*. Der Kapitän, ein Mann namens Virok, stellte weder Fragen, noch wollte er eine Geschichte aufgetischt bekommen. Seine Besatzung wies er an, die Schiffbrüchigen in Ruhe zu lassen. Er brummelte nur etwas in seinen Bart wie: »Wer zu viel weiß, bekommt früher oder später Ärger« und »Fremde sollten Fremde bleiben.«

Für Aurora, Nelka und Bemet war das genau die richtige Einstellung. Solange sie nicht wussten, was vor sich ging und warum die Zitadelle angegriffen worden war, war es besser, nicht aufzufallen. Das Feuer und den Rauch von der Insel konnte man über Meilen sehen, aber keiner wusste genau, was geschehen war. Alle rätselten nur herum, und jeder spekulierte.

Nelka machte sich schnell nützlich an Bord und kümmerte sich um kleine Blessuren der Mannschaft oder irgendwelche Infekte, die die Männer von ihren Landgängen mitbrachten. Bemet blieb die ganze Zeit über unter Deck in einer leeren Kabine, und Aurora kümmerte sich um ihn.

Als die Küste in Sicht kam, hatte Aurora es in der dunklen muffigen Kajüte nicht mehr ausgehalten. Sie war an Deck gelaufen, um frische Luft zu schnuppern und zu sehen, was auf der anderen Seite des Meeres lag, über das sie ein Jahr sehnsüchtig geschaut hatte.

Sie war gespannt darauf zu sehen, wie die Menschen im Osten des Landes lebten. Der Osten, von dem jeder Habenichts träumte. Hier lebten die reichen Kaufleute, die Adligen und nicht zuletzt die Königsfamilie. Wer in den Osten ging, über Felsacker hinaus, der hatte es geschafft. Aurora gehörte jetzt zu ihnen.

Kreuzfluss glich einer riesigen Festungsanlage. Mit Ausnahme des Hafens umsäumte eine fünfzehn Fuß hohe Mauer die Stadt. In regelmäßigen Abständen erhoben sich Wachtürme aus der steinernen Wand. Dahinter lagen Hunderte von Gebäuden, die teilweise drei Etagen hatten, verschachtelt aneinander standen und mit ihren roten Ziegeldächern protzten. Im inneren Kreis lag die Garnison. Sie wurde von einer hundert Fuß hohen Mauer und vier gewaltigen Türmen geschützt. Wer dort drinnen lebte, war entweder Soldat des Königs oder ein Beamter der Stadt.

»Sie ist so groß«, rief Aurora freudig aus.

»Genau wie die Küche im Mastochsen. Da ist dann jedenfalls genug Platz für Dreck und Ungeziefer«, kommentierte der junge Seemann.

Aurora nahm es als Scherz hin und und labte sich weiter an dem Anblick der großen Stadt. Eine Vielzahl von Schiffen zwängte sich durch das Flussdelta. Kleine Barken und Ruderboote tummelten sich zwischen voll beladenen Handelsschiffen. Jedes hatte eine andere Flagge und zeigte bunte Wappen und Schriftzüge.

Aurora war richtig euphorisch, bis zu dem Moment, als sie die erhängten Menschen links und rechts des Stadttors erkannte und das hoch aufgetürmte Feuer sah, in dem sich eine schwarze Silhouette abzeichnete wie ein Gespenst.

»Was ist das?«, fragte sie ängstlich.

Diesmal gesellte sich der Seemann zu ihr an die Reling und kniff die Augen zusammen. »Ich würde sagen, Deserteure oder Diebe, die zur Abschreckung für die anderen hingerichtet wurden.« Der junge Mann wandte sich einem kleinen Fischerboot zu, an dem sie gerade vorbeizogen. »He, Seemann, was ist da los in der Stadt?«, rief er einem älteren Fischer an Deck zu.

»Wo? Ach, da meinst du.« Der Alte deutete in Richtung des Scheiterhaufens. »Starris lässt die Stadt wieder mal ausfegen. Diesmal hat er es auf Kräuterweiber und freischaffende Heiler abgesehen. Wahrscheinlich hat er Angst, dass er auf seine alten Tage noch zum Bettelstab greifen muss. Seine Schäfchen laufen ihm im Moment weg, als wäre der Wolf zwischen sie gefahren.«

Der junge Seemann an Auroras Seite nickte dem Alten wissend zu. »Starris ist der Hohepriester in Kreuzfluss. Ein habgieriger Mann, der immer fein darauf achtet, dass die Menschen in der Stadt auch ihren letzten Gulden an die

Kirche verschwenden. Jeder, der sein Geschäft unterwandert, indem er Tinkturen oder Heilung anbietet, endet wie die armen Teufel dort. Aber so richtig durchgeputzt hat er schon lange nicht mehr. Irgendwas ist bestimmt wieder passiert. Vielleicht hat König Alden ihn ja zur Ader gelassen, wegen des Kriegs gegen die Assamer. Du verstehst?«

Er rieb Daumen und Zeigefinger aneinander.

»Erdel, bist du der Meinung, das Deck zu schrubben ist eine Aufgabe, die deines Standes nicht würdig ist?«, brüllte der Kapitän, der soeben das Deck betrat.

»Nein Käpt'n, verzeiht. Ich bin schon wieder bei der Arbeit.«

Der junge Seemann machte sich wieder ans Werk und knurrte ein paar bissige Flüche.

Panik erfasste Aurora. Sollte sie schon wieder in ein Leben gestoßen werden, in dem sie sich verstecken und jederzeit befürchten musste, hingerichtet zu werden, weil sie eine Gabe besaß? Es musste doch einen Ort in Uslag geben, an dem sie akzeptiert wurde. Ein Ort wie die Zitadelle der Sanften Schwestern. Sie wandte sich an den Kapitän.

»Käpt'n, welchen Hafen lauft Ihr als nächsten an?«

»Wieso, gefällt dir Kreuzfluss nicht? Ich dachte, da wollt ihr drei hin? Wir nehmen Ladung auf und bringen sie nach Königsgrund. Ladung, verstehst du? Keine Passagiere!«

»Ihr versteht das nicht, wir können hier nicht von Bord gehen.«

Der Kapitän winkte ab. »Oh, ich verstehe schon, Rotschopf. Ihr habt kein Geld und wollt meine Barmherzigkeit ausnutzen, um billig zu reisen.«

»Nein, das ist es nicht. Dieser Ort ist nicht … nicht …«

Sie stierte zum Scheiterhaufen.

Der Kapitän folgte ihrem Blick und schien nachzudenken.

»Nicht so wundervoll, wie du ihn dir vorgestellt hast, stimmt's?«

Aurora nickte stumm.

»Pass auf, Rotschopf, wenn ihr das seid, wofür ich euch halte, können wir vielleicht ins Geschäft kommen. Ich muss nur etwas erledigen, während die Mannschaft neue Ladung aufnimmt. Ich komme zurück, kurz bevor wir auslaufen. Dann sehen wir, ob wir uns handelseinig werden. Bis dahin bleibt ihr unten in der Kabine bei dem Krüppel, verstanden?«

»Danke, Käpt'n.«

»Danke mir erst, wenn du Königsgrund gesehen hast. Scheiße riecht in jeder Stadt gleich, Kleines. Das solltest du wissen.«

Aurora suchte nach Nelka, um ihr von der Planänderung zu erzählen. Sie fand sie in der Kombüse beim Zwiebelschälen. Aufgrund der geänderten Umstände stimmte sie zu, nach Königsgrund weiterzureisen. Ihr Blick verriet jedoch, dass sie wenig Hoffnung hegte, dort einen Neuanfang machen zu können. Dass sie mitkam, war für Aurora erst einmal das Wichtigste. Zusammen gingen sie zu Bemet, erzählten ihm von ihrem neuen Reiseziel und warteten gemeinsam auf den Kapitän.

Der ließ bis zum Abend auf sich warten und kam in Begleitung einer Frau mit langem rotbraunem Haar, das ein wenig an die Mähne eines Löwen erinnerte. Eine gewisse Ähnlichkeit zu Aurora war nicht von der Hand zu weisen.

»Das ist Ewa, meine Frau«, erklärte er. »Sie leidet seit Jahren an Gelenkschmerzen, und egal, was die Heiler in der Kirche auch versuchen, es wird nicht besser. Mittlerweile sind meine angesparten Gulden aufgebraucht, und ich habe Schulden bei etlichen Händlern und Geldverleihern. Sie drohen, meiner Frau etwas anzutun, wenn ich das Geld nicht innerhalb einer Woche zurückzahle. Leider hat der Handel in Buchtenheim nicht genug eingebracht. Als ich euch aus dem Wasser gefischt habe, dachte ich mir, dass ihr aus der Zitadelle der Sanften Schwestern seid. Wenn das stimmt, bitte ich euch, ihr zu helfen. Falls nicht, helft ihr, in Königsgrund irgendwie Fuß zu fassen. Es gibt Tage, da kann sie sich vor Schmerzen kaum bewegen, aber an anderen geht es wieder.«

»Ach, er übertreibt wie immer«, unterbrach Ewa ihren Mann. »Die Schmerzen sind immer da, aber ich kann meinen Teil zu allem beitragen. Und wie ich sehe, gibt es noch jemanden, der Hilfe braucht.« Sie deutete auf Bemet und lächelte ihm zu.

»Uns um Hilfe zu bitten war richtig«, sagte Nelka. »Ich kann nicht sagen, ob ich die Krankheit heilen kann, da ich hier nicht dieselben Mittel habe wie in der Zitadelle, aber ich kann Linderung verschaffen. Wir versprechen zu helfen.«

Der Handel stand.

Vor dem Morgengrauen legten sie wieder ab, fuhren den Fluss hinunter, Richtung Norden nach Königsgrund.

Auf der viertägigen Fahrt erfuhr Aurora so einiges über Ewa und die Königsstadt. Die Frau des Kapitäns hatte vor ihrer Ehe als Seidenspinnerin gearbeitet. Sie hatte einen Bruder, der schon seit Jahren in Königsgrund lebte. Er hatte für sie eine schlichte Unterkunft angemietet, die sie vorübergehend bezogen hatte, bis sie etwas Besseres gefunden hätte oder zurück nach Kreuzfluss könnte. Ihren Schilderungen zufolge hatte sie genügend Platz, um Aurora, Nelka und Bemet zu beherbergen. Das vereinfachte den Start in ein neues Leben sehr.

Ewas Beschreibung zufolge schien Königsgrund eine ganz normale Stadt zu sein, nur eben viel größer als alles, was Aurora kannte. Es gab den Hafen, Marktplätze, Straßen mit Händlern und Kaufleuten und das Armenviertel.

Rund um die Stadt lagen kleine Dörfer, die zu weiten Teilen von der Feldarbeit oder Tierzucht lebten. Der größte Unterschied lag in der Tatsache, dass in Königsgrund der König lebte, König Alden der Erste. Er wohnte, wie es sich für einen König gehörte, in einem Schloss mit anliegender Garnison. Über den neuen König wusste man noch nicht viel. Laut Ewa schwärmten die meisten jungen Mädchen von Alden. Er war anscheinend ein gutaussehender Mann. Sehr höflich, sehr gebildet und ein wenig schüchtern. Sozusagen der Traum aller Mädchen und das genaue Gegenteil seines herrschsüchtigen Vaters.

Für Aurora fühlte sich das alles nach der großen Chance an, ein neues Leben zu beginnen. Doch ihr Gefühl hatte sie schon öfter getrogen. Bemets Begeisterung für seine neue Heimat hielt sich in Grenzen.

ALDEN war hingerissen von dem, was er sah. Das junge Mädchen, das man ihm als Kammerzofe zugewiesen hatte, sah bislang von allen Bediensteten am freundlichsten und bei Weitem am besten aus. Das Mädchen mochte fünfzehn, vielleicht sechzehn Jahre alt sein. Ihr kurzgeschnittenes schwarzes Haar betonte ihre knabenhafte Figur. Ihr Lächeln wirkte schüchtern und leicht verängstigt, aber das war in Ordnung, schließlich war Alden der König und sie eine Zofe.

»Du bist nicht aus Königsgrund, sagte man mir«, eröffnete er das Gespräch.

Das Mädchen schluckte die Aufregung herunter. »Nein, Eure Majestät. Ich komme aus Fürstein. Das ist ein …«

»Ein kleines Dorf im Osten von Kreuzfluss, ich weiß«, fiel Alden ihr ins Wort. »Was wäre ich für ein König, wenn ich mich im eigenen Reich nicht auskennen würde? Da gab es ein Gasthaus am Ortseingang mit einem hervorragenden Hirschbraten. Gibt es das noch?«

»Der bronzene Ochse, Eure Majestät. Es genießt immer noch einen tadellosen Ruf.«

»Schön zu hören, dass einige Dinge trotz der unruhigen Zeiten Bestand haben.«

Das Mädchen lächelte verschämt.

»Wie ist dein Name?«

»Ida, Eure Hoheit.«

»Ida, die Patronin der Arbeit«, erklärte Alden. »Ein schöner und passender Name. Aber ich rede und rede und stelle mein Wissen zur Schau. Erzähl mir lieber etwas von dir. Wie bist du hierher nach Königsgrund gekommen? Hast du Angehörige, bei denen du untergekommen bist? Und was planst du für die Zukunft?«

Ida schien erschrocken und verunsichert zugleich. Vom König so persönliche Fragen gestellt zu bekommen, war nicht alltäglich. Besonders, wenn es Fragen waren, auf die die meisten Menschen kaum selbst die Antwort wussten.

»Ich hatte ein Empfehlungsschreiben von Graf Minnert und seiner Frau«, antwortete sie unsicher. »Wohnen tue ich im Außenbezirk der Stadt. Ein kleines Zimmer, aber es ist ordentlich und sauber. Ich habe nur noch meinen Vater. Er lebt in Kreuzfluss. Er ist alt und wollte sein Geschäft dort nicht aufgeben. Er hat einen Salz- und Gewürzhandel.«

Damit waren ihre Ausführungen beendet. Antworten, die auch eine Zehnjährige hätte geben können.

»Und?«, hakte Alden nach.

»Und was, Eure Majestät?«

»Was denkst du, was die Zukunft dir bringt oder bringen sollte?«

»Ich weiß nicht, Eure Majestät.« Sie beäugte gewissenhaft die Rillen im Parkett.

»Hast du denn keine Träume oder Wünsche?«

»Ich weiß nicht genau, Eure Majestät. Die Anstellung hier bei Hofe kommt mir schon vor wie ein Traum. Gibt es denn noch mehr, was ich erreichen könnte?« Für einen winzigen Moment suchte sie den Augenkontakt mit ihrem König.

Alden glaubte zu wissen, was sich ein junges Mädchen wie sie insgeheim wünschte. Viele Träume nahm man aus der Kindheit mit, und sie lebten in einem fort, bis sie in Erfüllung gingen oder von der Wirklichkeit zunichtegemacht wurden.

»Jeder Mensch sollte Träume haben und nach ihrer Erfüllung streben«, erklärte Alden mit sanfter Stimme. »Träume sind die treibende Kraft in unseren Herzen. Sie sind der Grund, warum wir morgens aufstehen und Dinge tun, die über das hinausgehen, was wir zum täglichen Leben brauchen. Ich zum Beispiel träume davon, einmal König von Uslag zu sein.«

Ida wirkte verwirrt. »Ihr seid doch der König von Uslag, Eure Majestät.«

»Das bin ich nicht!«, erklärte Alden schwermütig. »Ich bin der Thronfolger meines Vaters, der Erbe eines Landes, das er regierte. Ich bin der, von dem alle erwarten, dass er ist wie König Refert der Dritte: ein Eroberer, Unterjocher anderer Völker und ein Monster voller Machthunger. Ich bin aber nicht mein Vater und möchte auch nicht so sein.«

Ida blickte nach wie vor betreten zu Boden. Das Gespräch mit dem König schien ihr mehr als unangenehm zu sein. Doch Alden war noch lange nicht am Ende.

»Die Aufgabe eines Königs kann es doch nicht sein, die Landesgrenzen ohne Rücksicht auf Verluste zu erweitern. Der Preis, den man dafür zahlt, wiegt das Ergebnis nicht auf. Wir haben nach Feinden in fernen Ländern gesucht und Menschen getötet, die wir nicht einmal kannten. Wir haben sogar Söldner dafür angeheuert. Und bezahlt haben wir mit Kindern, die allein aufwachsen mussten und nicht wissen, was Recht und was Unrecht ist. So ein König will ich nicht mehr sein. Ich möchte, dass Kinder mit ihren Eltern aufwachsen, dass Verrat und Niedertracht in diesem Land ein Ende haben und dass falsche Hoffnung nicht genährt, sondern im Keim erstickt wird. Ich möchte König eines Landes sein, in dem die Menschen offen einander gegenübertreten, statt ständig sich oder ihren Besitz verraten zu müssen. Verstehst du das?«

»Ja, das tue ich, Eure Majestät. Es klingt zu schön, um wahr zu sein«, flüsterte Ida.

DER KÖNIG UND DIE MAGD

Aurora, Bemet und Nelka hatten Glück. Ewa, die Frau des Händlers, entpuppte sich als wahre Freundin, die hilfsbereit und gütig war wie kaum jemand, den Aurora kannte. Die stets gut gelaunte Frau hatte immer ein offenes Ohr, obwohl ihre Krankheit sie so manchen Tag schwer plagte.

Auf der Reise nach Königsgrund kümmerte Nelka sich um Ewa. Die Mittel, die ihr zur Verfügung standen, waren zwar begrenzt, doch die Pflege und ihr Wissen um Krankheiten taten ihr Übriges, um der Patientin Linderung zu verschaffen. Nelka gab ihr eine Menge Ratschläge und erstellte eine Liste mit Kräutern und Salben, die Ewa benötigte, um die Gicht im Zaum zu halten. Sie verschwieg ihr nicht, dass die Krankheit nie ganz heilbar war und sie bis an ihr Lebensende verfolgen würde.

Ewa nahm es gelassen hin, mit einem traurigen Blick auf Bemet, dessen Schicksal um einiges härter war. Natürlich erkannte sie die Not, in der die drei Mitreisenden steckten. Kurzentschlossen bot sie Aurora, Bemet und Nelka an, so lange bei ihr zu wohnen, bis sie in Königsgrund Fuß gefasst hätten. Natürlich hoffte sie auch darauf, dass Nelka sie weiterhin behandelte und vielleicht doch ein Heilmittel fand.

Das Zimmer mitten in Königsgrund war groß genug für vier Personen, und dank einiger Stellwände ließ sich sogar ein wenig Privatsphäre schaffen. Die Lage war zentral und die Wege für Besorgungen waren kurz. Leider besaß außer

Ewa niemand irgendetwas von Wert, das man hätte zu Geld machen können. Nelka verdiente zwar als Krankenpflegerin ab und zu den einen oder anderen Gulden, doch reichte es nicht, um auf eigenen Beinen zu stehen. Aurora schlug vor, sich Arbeit zu suchen. Zu Hause hatte sie sich immer etwas dazuverdienen können. Sie war geschickt, fleißig und scheute sich auch nicht, sich die Hände schmutzig zu machen.

Ihre Gefährtinnen stellten Aurora niemals Fragen zu Bemet. Zwar war es offensichtlich, dass er nicht aus Uslag stammte, doch war es ebenso eindeutig, dass er keine Bedrohung darstellte – für niemanden.

Es war Auroras Aufgabe, für Bemet zu sorgen. Eine Tätigkeit, der sie gern und pflichtbewusst nachging. Sie kochte Essen, wusch ihn, unterhielt sich mit ihm und versuchte, ihn bestmöglich am täglichen Leben teilhaben zu lassen. Eine Aufgabe, die nicht nur an Bemets Nerven zehrte.

Der Söldner entwickelte nur wenig Ehrgeiz, ein Leben als Krüppel zu führen. Es war schwer für einen jungen Mann und Krieger, ans Bett gefesselt und auf fremde Hilfe angewiesen zu sein, zumal Bemet wusste, dass sich das nie ändern würde. Außerdem war er weit entfernt von seiner Heimat, seiner Familie und dem Clan.

Aurora hatte alle Mühe, sich nicht von Bemets Gleichgültigkeit anstecken zu lassen. Trotzdem verzagte sie nicht und versuchte, ihn weiterhin zu motivieren. Sie musste zugeben, dass ihr die Aussicht darauf, wenigstens für einige Stunden am Tag eine andere Aufgabe zu haben, mehr als zusagte.

Gleich in der ersten Woche zog sie frühmorgens los, um auf dem Tagelöhnermarkt eine Arbeit zu finden. Aurora war geschockt davon, wie viele Menschen keinem dauerhaften Broterwerb nachgingen. Daheim in Nordweiler hatte fast jeder eine feste Aufgabe. Natürlich brachte nicht alles immer genügend Geld ein, um davon leben zu können, sodass man sich woanders etwas hinzuverdienen musste. In Königsgrund indes schien es an der Tagesordnung zu sein, keine Arbeit zu haben. Am ersten Tag fand sich Aurora mit mehreren hundert Menschen auf einem Platz wieder, der größer war als Nordweiler selbst. Wer Tagelöhner brauchte, stellte sich auf ein erhöhtes Podest, das entfernt an ein Schafott erinnerte, und verkündete brüllend, wie viele Personen er für welche Arbeit brauchte. Alle, die interessiert waren, traten vor und wurden ausgesucht oder wieder zurück in die Menge geschickt. An den ersten beiden Tagen ging Aurora leer aus. Erst am dritten Tag drängelte sie sich vor und ergatterte einen Platz in einer Reihe von Waschfrauen. Zu ihrem Erstaunen wurde sie sogar ausgewählt. Auf die vorsichtige Frage hin, wie die Arbeit entlohnt wäre, erntete sie nur ein herablassendes Grunzen der Gastwirtin, für die sie Laken waschen sollte. Aurora nahm es gelassen hin, da sie ohnehin keine Wahl hatte. Nach vier Stunden Arbeit und einem Dutzend bevormundenden Ratschlägen der anderen Waschfrauen, konnte sie drei Gulden ihr Eigen nennen. Für drei Gulden bekam man zwei Pfund eingelegtes Salzkraut oder einen kleinen Beutel Tabak. Aurora entschied sich für keines von beiden und nahm das Geld mit nach Hause.

Das Leben sei nicht leicht für diejenigen, die ohne Besitz und Titel geboren würden, erklärte Ewa ihr. Das war nichts Neues für Aurora. In Nordweiler gab es auch nichts geschenkt. Wer nicht arbeitete, musste verhungern oder erfrieren. Doch gab es immer etwas zu tun, und somit wurden die Fleißigen auch belohnt. Hier in Königsgrund schien es, als würden nur die Dreisten und Skrupellosen zu etwas kommen. Wer nicht bereit war, sich mit allen Mitteln gegen die anderen durchzusetzen, war verloren.

Am nächsten Tag ging Aurora nicht auf Arbeitssuche, da sie im Auftrag von Nelka einige Kräuter und Salben für Ewa einkaufen sollte. Das Restgeld dürfte sie behalten, was nach ersten zaghaften Berechnungen etwas zwischen vier und sechs Gulden ergab. Ein verlockendes Angebot. Ewa erklärte ihr, dass sie ihren Verdienst noch verbessern könne, wenn sie die Ware vor der Stadtmauer einkaufte, in einem Fronhof oder in den Leibeigenenbaracken. In Königsgrund waren die Preise fast doppelt so hoch. Aurora machte es nichts aus, einmal quer durch die Stadt zu laufen. Außerdem sagten ihr die einfachen Leute vor der Stadt mehr zu, schließlich war sie mit Bauern, Fallenstellern und Köhlern aufgewachsen und kannte ihren derben Umgangston.

Das Stadttor im Norden war leicht zu finden. Die Hauptstraße vom Marktplatz führte genau darauf zu. Unterwegs kam sie durch das Viertel der Tuchhändler. Die ausgestellten Stoffe waren aus fein gewobenem Leinen, und sogar Seide gab es. Sie hatte noch nie so bunte und leuchtende Farben gesehen. Jeder Schmetterling wäre vor Neid erblasst. Es gab noch mehr zu sehen, aber nichts erstaunte sie mehr als die Vielfalt der Stoffe. Eine Frau in einem gelb-grünen Kleid beäugte die Muster und ließ sich von einem jungen Mann beraten, der anscheinend zu dem Laden gehörte. Zu den Füßen der Frau saß ein kleines Mädchen mit schmutzigen Knien und Händen, in Lumpen gehüllt. Augenscheinlich gehörte das Kind nicht zu der Frau, denn es streckte ihr stumm die Hand entgegen, ohne an ihr herumzuzupfen, wie Bettler es gern taten. Sie störte die reiche Dame nicht und unterbrach auch nicht das Gespräch mit dem Händler. Die Frau im bunten Kleid würdigte sie keines Blickes, fast so, als wäre sie unsichtbar. Als der Händler zu guter Letzt den Kopf schüttelte und die Frau enttäuscht mit den Schultern zuckte, bemerkte sie die Kleine doch noch. Sie baute sich vor dem Mädchen auf und schlug ihr mit voller Wucht ins Gesicht. Als die Kleine nach dem ersten Schock zu weinen anfing, erntete sie noch einen Fußtritt vom Händler, der sie auf die Straße beförderte. Niemand nahm Notiz von dem Vorfall, und die feine Dame und der junge Mann verabschiedeten sich höflich voneinander.

Aurora war entsetzt. Wie konnte man so hartherzig und gemein sein? Bama aus Nordweiler war ähnlich gewesen, doch hatte sie wenigstens eine Ausrede gehabt – sie war arm, verbiestert und hatte jeden Tag aufs Neue ums Überleben gekämpft. Dieser Frau fehlte es anscheinend an nichts, und trotzdem war sie so bösartig. Aurora wurde bewusst, dass sie ein ähnliches Schicksal hätte erleiden können wie das arme Mädchen. Am liebsten hätte sie die Frau angeschrien und beschimpft, doch sie wusste, wie so etwas endete, und das konnte sie sich in ihrer derzeitigen Lage nicht leisten. Sie musste sich um Bemet kümmern.

Am Stadttor angekommen ging sie einfach an den vier Wachen vorbei. Die Männer beachteten nur jeden, der die Stadt betreten wollte.

Sie war beinahe vorbei an der langen Schlange aus Menschen, die um Einlass baten, da rief einer der Soldaten sie zurück.

»He, Mädchen, wohin willst du? Warte!«

Erschrocken drehte Aurora sich um. »Ich soll nur etwas einkaufen beim Lehnshof.«

»Hier, du brauchst das rote Bändsel, sonst lassen wir dich nicht wieder rein«, der Mann der Stadtwache streckte ihr ein rotes Stück Stoff entgegen.

Aurora nahm es entgegen und steckte es ein.

»Verlier das nicht, sonst schläfst du heute Nacht bei den Hungerleidern und Strauchdieben da draußen. Glaub mir, das möchtest du nicht.«

Für Aurora war die Vorstellung, außerhalb der Stadtmauern schlafen zu müssen, nicht sonderlich erschreckend. Dennoch gab sie dem Mann mit einem hektischen Nicken zu verstehen, dass sie den gut gemeinten Rat verstanden hatte.

Die ersten Baracken der Leibeigenen waren nicht weit entfernt. Der Lehnshof lag direkt dahinter. Noch bevor Aurora die Menschen im Dorf genau erkennen konnte, wehte ihr der Gestank entgegen, der aus jeder Gasse und aus jedem Haus zu strömen schien. In den nicht befestigten Gassen verliefen Rinnsale mit Abwasser. Überall zwischen den Häusern tummelten sich Ratten. Aber weder der armselige Anblick des Dorfes oder die eingefallenen Dächer noch die herunterhängenden Fensterläden und kaputten Türen weckten in Aurora tiefe Traurigkeit, sondern die Menschen. In ihren Augen gab es kein Funkeln und keinen Lebenswillen. Sie sahen greisenhaft und erschöpft aus, egal, wie alt sie waren. Keiner von ihnen trug ein Kleidungsstück, das nicht durchlöchert oder zerrissen war. Diese Menschen hatten aufgegeben. Aurora hätte eines ihrer Lieder anstimmen können, und sie hätten es bereitwillig empfangen. Ihr Lebenswille war gebrochen.

Aurora näherte sich einem Jungen, der auf einer umgeworfenen Pferdetränke saß. Der Knabe war nur ein paar Jahre jünger als sie selbst, hatte aber kaum noch Haare auf dem Kopf und so gut wie keine Zähne mehr.

»Ich suche nach Kamillenkraut, Heublumen, Knoblauchzehen und Gänsefett«, sagte sie. »Weißt du, wo ich hier so etwas bekommen kann?«

Der Junge schaute zu ihr auf und schien über die Frage nachzudenken. Dann griff er ihre Hand und zog sie zu einem Haus, dessen Tür nur noch vor dem Eingang lehnte. Aurora blieb davor stehen, während der Junge eintrat. Das Haus, das Aurora an ihr Heim in Nordweiler erinnerte, hatte nur einen einzigen Raum. Darin saß eine alte Frau auf einem Schemel, und zwei kleine Mädchen spielten auf dem dreckigen Boden mit einer großen Assel. Nach kurzem Suchen kam der Junge zurück an die Tür und hielt Aurora eine Tonschale hin, aus der eine Ecke gebrochen war. Sie war halb voll mit ranzigem Fett.

»Ist das Gänsefett?«, fragte Aurora.

Der Junge nickte.

»Was willst du dafür?«

Der Junge blickte sich fragend zu den beiden Mädchen um. Eines von ihnen kam sofort herbeigesprungen; die Assel krabbelte über ihren Handrücken. »Er kann nicht sprechen«, sagte sie. »Er ist unser großer Bruder, aber innen drin ist er noch kleiner als wir. Hast du zwei Eier?«

»Nein, ich hab nichts zum Tauschen«, erklärte Aurora. »Ich hab nur etwas Geld und soll noch einige andere Sachen besorgen.«

»Dann kostet es fünf Schäpel«, sagte das Mädchen bestimmt.

Aurora lächelte sie an. Schäpel waren Münzen aus wertlosem Metall. Ihre Mutter hatte sie immer in einen Krug geworfen und gesagt, wenn er voll wäre, würden sie davon eine Angelsehne und einen Haken kaufen. Der Krug war nie voll geworden.

»Was kostet eine Schale Gänsefett in der Stadt?«, fragte Aurora.

»Ich weiß nicht. Ich war da noch nie. Vielleicht einen Gulden?«

Aurora zückte den kleinen Stoffbeutel mit Geld. Sie nahm zwei Gulden heraus und reichte sie dem Mädchen. Dann suchte sie nach dem roten Band und hielt es der Kleinen ebenfalls hin.»Dann wird es Zeit, dass du es herausfindest.«

Aurora sah in den Augen des Mädchens ein Funkeln, und sie verzog die Lippen zu einem Lächeln. Die Flamme des Lebens war also nicht vollkommen erloschen, nicht in jedem.

Mit Hilfe der Kleinen konnte Aurora auch die übrigen Sachen besorgen, doch es blieb nicht so viel Geld übrig, wie sie erhofft hatte, da sie stets mehr bezahlte, als die Menschen haben wollten. Doch das, was sie dafür bekam, war mehr wert als jeder Gulden.

Zurück am Nordtor reihte sie sich in die Schlange derer ein, die in die Stadt wollten. Die Stadtwachen gingen mit harter Hand vor und scheuten auch nicht davor zurück, uneinsichtige Händler gewaltsam zu entfernen. Jeder Reisende wurde genau inspiziert, ehe der Beschluss erging, ob er Königsgrund betreten durfte oder nicht. Waren und Arbeitskräfte, die die Stadt benötigte, wurden durchgelassen, alle anderen abgewiesen.

Als Aurora an die Reihe kam, stand sie etwas verloren vor einem grobschlächtigen Soldaten, der sie abschätzig musterte.

»Was ist mit dir?«, brummte er. »Kein Reisegepäck, nichts, was du verkaufen willst? Woher kommst du?«

»Ich komme aus Königsgrund. Ich bin vorhin erst raus, um ein paar Dinge einzukaufen«, sagte sie und zeigte den Inhalt ihres Beutels vor.

»Wo hast du dein rotes Band?«

»Verloren!«

Der Mann warf einen uninteressierten Blick in den Beutel. Dann sah er sich Aurora genauer an. »Verpiss dich, wir brauchen keine Streuner oder Kinderhuren mehr in Königsgrund. Geh dorthin zurück, wo du hergekommen bist.«

Der Mann der Stadtwache wirkte nicht, als würde er einen Witz machen. Vielmehr wirkte er, als wäre er nie zu Scherzen aufgelegt. Aurora wurde sich ihrer Situation langsam bewusst und bekam es mit der Angst zu tun. War es tatsächlich möglich, dass sie jemanden nicht in die Stadt zurückließen – nicht nur heute, sondern gar nicht mehr?

Wie sollte sie beweisen, dass sie in der Stadt wohnte, wo Freunde auf sie warteten und jemand ihre Hilfe brauchte? Und Bemet stellte gleich das nächste Problem dar: Ihn mit ein wenig Hilfe in die Stadt zu schaffen war leicht gewesen; dass der Assamer jedoch einer genauen Prüfung der Wachen standhielte, bezweifelte sie. Gerüchten zufolge waren die ganzen Unruhen in Uslag, die plündernden Lambrosi an der Küste und die Zerstörung der Zitadelle zum Teil darauf zurückzuführen, dass jemand verwundeten Assamern geholfen oder ihnen Unterschlupf angeboten hatte. Bemet war sozusagen ein Teil des Problems, und jeder, der mit ihm in Verbindung stand, musste mit Kerker oder Schlimmerem rechnen.

»Ich habe es wirklich verloren«, jammerte Aurora.

Der Mann am Tor hatte sich aber schon dem nächsten Händler zugewandt, den er ebenfalls in seiner ganz persönlichen Art begrüßte.

Aurora nahm ihren Mut zusammen. In dem Moment, als der Soldat einen Blick in den Karren des Händlers warf, schlich sie hinter ihm hindurch. Die Stadtwachen waren jedoch darauf trainiert, solche Heimlichtuerei zu bemerken und zu ahnden. Der Mann packte Aurora grob beim Arm und schleuderte sie zurück. Sie stolperte und landete auf dem Schotterboden.

»Du hast mich wohl nicht richtig verstanden«, grunzte er.

»Lass die Kleine in Ruhe«, meldete sich eine andere Stimme von der Stadtmauer. »Ich hab sie vorhin rausgelassen. Das ist schon in Ordnung.«

Aurora wie auch der Mann der Stadtwache richteten ihren Blick nach oben. Es war der Soldat, der sie rausgelassen und anscheinend wiedererkannt hatte.

»Ich hab doch gesagt, verlier das Band nicht«, rief er von oben.

»Tut mir leid, es muss mir irgendwie aus der Tasche gefallen sein«, entschuldigte sich Aurora.

»Mach, dass du reinkommst«, grollte der Mann vor ihr. »Du hältst alle auf.«

Im Nu war Aurora wieder auf den Beinen und lief durchs Tor. Ihr Herz pochte vor Aufregung wie wild.

»He du, warte mal«, rief jemand hinter ihr.

Im ersten Moment verspürte sie den Drang, einfach loszurennen, doch der Verstand riet ihr, nicht noch mehr aufzufallen. Sie drehte sich um. Es war der junge Soldat von der Mauer.

»Suchst du Arbeit?«, fragte er.

»Aber nicht solche«, platzte es aus ihr heraus.

»Es ist gute Arbeit und gut bezahlt. Überleg es dir.« Der Mann reichte ihr einen Zettel. »Lesen kannst du doch, oder?«

Aurora nickte und beäugte den Zettel. Dort stand eine Adresse sowie Datum und Zeit: Schlosshof Königsgrund, Südtor, Gesindeeingang, 11. Neumond zur Glockenstunde.

»Das ist morgen«, stellte Aurora verblüfft fest. »Was ist das für eine Arbeit?«

»Keine, die ich dir zutrauen würde«, schnaubte der Mann. »Aber finde es selbst heraus.«

»Ich danke Euch.«

»Danke mir nicht«, erwiderte er, während er ihr den Rücken zukehrte und wieder auf seinen Posten ging. »Leg lieber ein gutes Wort für mich ein. Ich würde gern in die Nachtschicht verlegt werden.« Er lachte, und zwei seiner Kameraden stimmten mit ein.

Aurora verstand nicht, was er meinte, ließ es aber auf sich beruhen. »Trotzdem danke.«

Wieder in ihrer Unterkunft, berichtete sie den anderen von den Begebenheiten am Stadttor und den erbärmlichen Zuständen vor den Mauern der Stadt.

»Die Menschen haben gehofft, dass die Zeiten sich ändern würden, nachdem die ewigen Kriege vorbei waren, die wir in fernen Ländern geführt haben«, sagte Ewa. »Als König Refert fiel und sein Sohn an die Macht kam, haben viele Menschen gejubelt und gehofft, dass die Armut ein Ende hätte. Doch mit dem neuen König kam auch ein neuer Krieg, nur diesmal nicht fernab, sondern in unserem eigenen Land.«

Aurora warf einen Blick zu Bemet hinüber, der die Unterhaltung mit Sicherheit mitanhörte. Der Assamer lag ruhig in seinem Bett und starrte mit grimmiger Miene zur Decke. Hoffentlich war er schlau genug, sich aus solchen Gesprächen herauszuhalten. »Ich hoffe inständig, dass der junge König sich als guter Herrscher erweist. Man tut ihm unrecht, wenn man ihn jetzt schon anklagt, nichts fürs einfache Volk getan zu haben. Er ist ganz überraschend gekrönt worden, hat seinen Vater verloren und muss sich bestimmt erst in die Regierungsgeschäfte einleben.« Aurora zog den Zettel aus der Tasche, den sie von der Stadtwache bekommen hatte. »Mit etwas Glück bekomme ich den König vielleicht morgen mal zu Gesicht, wenn er vor dem Fenster seines Thronsaals auf und ab läuft. Wer weiß das schon?«

Nelka griff neugierig nach dem Pergament. »Wo hast du das her?«

»Von einer Stadtwache draußen am Tor.«

»Da gehst du besser nicht hin«, mahnte Nelka. »Wer weiß, wo dieser Kerl dich hinlockt und was er dann mit dir vorhat? Vergiss nicht, du bist nicht mehr auf der Zitadelle.«

»Ich glaube nicht, dass der Soldat irgendwelche Hintergedanken gehabt hat«, warf Ewa ein, die ebenfalls einen Blick auf den Zettel geworfen hatte. »Ich glaube sogar, dass er tatsächlich im Auftrag des Königshauses handelt. Das Papier, auf dem die Adresse steht, hat das königliche Wasserzeichen. Hier unten rechts in der Ecke kann man es erkennen. Die

Handschrift ist geschliffen, wahrscheinlich von einer Frau. Ich vermute, davon wurden ein paar Dutzend verfasst und unter den Stadtwachen verteilt. Außerdem ist es allgemein bekannt, dass die Wachen oft Gesinde rekrutieren, für Adlige oder für den Hof, da sie viel rumkommen und ein gutes Gespür für Menschen haben.«

»Dann steht es fest. Ich gehe morgen da hin«, verkündete Aurora glücklich.

ALDEN stand auf dem Balkon des kleinen Sitzungssaales. Hinter den blühenden Hortensien konnte er den Innenhof gut einsehen, ohne selbst entdeckt zu werden. Die sechs jungen Frauen standen in einer Reihe und wurden von einem Schreiberling nach ihrer Herkunft, absolvierten Ausbildungen oder anderen Referenzen gefragt. Der junge Mann, dessen Name Alden beim besten Willen nicht einfallen wollte, notierte alles fein säuberlich auf den Fragebögen.

Von hier oben konnte man nicht viel erkennen, aber darum ging es momentan auch nicht. Alden wollte den richtigen Moment abpassen, um sich den Damen vorzustellen. Wie in der Kriegsführung war der richtige Moment entscheidend. Wenn man jemanden überraschte, konnte man kurz in seine Seele blicken und Dinge herausfinden, die man sonst mit tausend Fragen nicht beantwortet bekam.

Der Schreiberling beendete sein Werk, ordnete seine Papiere und zog von dannen.

Das war Aldens Einsatz. Er verließ das Ratszimmer, ging den Flur entlang, die steinerne Wendeltreppe hinunter und durch den Flur, der zum Innenhof führte.

Vor der Tür nach draußen erwartete ihn schon Hauptmann Sinosil mit zwei Männern.

»Eure Majestät, Ihr müsst euch nicht selbst darum kümmern«, erklärte der Hauptmann und ging ein paar Schritte auf Alden zu. »Ich kann das auch erledigen. Dann habt Ihr noch Zeit, um Euch auf das Gespräch mit den Lambrosi vorzubereiten.«

»Ich brauche keine Vorbereitung, um mit den Gesandten zu sprechen«, wimmelte Alden ihn ab. »Mein Entschluss steht fest, davon wird mich auch kein doppelzüngiger Unterhändler abbringen. Alles, worüber wir noch verhandeln, wird der Preis sein, und der ist begrenzt durch die fast leere Schatzkammer.«

Alden wandte sich dem Schreiberling zu, der etwas abseits wartete. »Wie sieht es aus, was konntet Ihr in Erfahrung bringen? Sind die Referenzen der jungen Damen in Ordnung?«

Der Mann fuhr mit dem Finger über das Papier, stoppte zweimal kurz und sah dann wieder auf. »Die Erste und die Dritte von rechts würde ich ausschließen, Eure Majestät. Die Erste ist die Nichte des Kardinals von Felsacker und die Dritte die Tochter eines gehängten Mörders und Vergewaltigers.«

»Danke, gute Arbeit … äh …«

»Simon, Eure Majestät.«

»Richtig! Aber ich würde Menschen nicht voreilig verurteilen. Nur weil der Vater ein Mörder war, müssen seine Kinder nicht denselben Drang empfinden. Und ich gehe mal davon aus, dass mich keine der Damen vergewaltigen will.«

»Richtig, Eure Majestät. Ich werde mich bemühen, nächstes Mal etwas offenherziger zu sein.«

Alden wandte sich vom Schreiberling ab und schritt auf die Tür zu. »Dann wollen wir die jungen Damen nicht länger warten lassen«, sagte er und richtete seine Krone.

Einer der Soldaten öffnete ihm die Tür, und Alden schritt hindurch in den Innenhof.

Sobald er ins Freie trat, fingen die jungen Damen an, aufgeregt miteinander zu tuscheln, ohne sich dabei anzusehen.

Alden schritt die Reihe der Anwärterinnen ab, machte kehrt und blieb dann mittig vor ihnen stehen.

»Du da!«, er zeigte auf das erste Mädchen von rechts. »Du kannst gehen, deine Dienste werden nicht gebraucht.«

Die junge Frau konnte sich nicht entscheiden, ob sie begeistert sein sollte, dem König gegenüberzustehen, oder verschämt, weil er sie ohne erkennbaren Grund als Erste abgelehnt hatte. Mit halb offenem Mund und anhimmelndem Blick brach sie plötzlich in Tränen aus.

Einer der beiden Soldaten, die Alden begleiteten, führte sie zum Tor. Hauptmann Sinosil stand noch an der Tür zum Schlossflur und beobachtete alles aufmerksam.

»Meine Damen, streckt bitte einmal eure Hände aus, damit ich sie sehen kann.«

Die Anwärterinnen leisteten der Bitte Folge, und Alden sah sich Handrücken und Handflächen von jeder Einzelnen an.

»Und jetzt lächelt bitte einmal nett«, gebot er.

Das Lächeln fiel den Mädchen schwerer als gedacht. Die meisten waren viel zu aufgeregt und schüchtern. Ein verschämtes Schmunzeln war das höchste der Gefühle.

»Na dann probieren wir es doch mal anders«, sagte Alden. »Was macht ein Assamer in Uslag?«

Er sah ein Mädchen nach dem anderen an, aber außer verdutzten und ratlosen Gesichtern zeigten sie keine Reaktion.

»Frieren«, löste Alden lachend das Rätsel auf.

Jetzt stimmte eine nach der anderen in sein Gelächter mit ein.

»Na, geht doch.«

Als die Mädchen sich wieder beruhigt hatten, war Aldens Entscheidung gefallen. »Du, du und du.« Er zeigte mit dem Finger auf drei Mädchen. »Wie sind eure Namen?«

»Emilie, Eure Majestät.«

»Freya, Eure Majestät.«

»Aurora, Eure Majestät.«

»Kommt morgen früh zur selben Zeit in den Schlosshof. Fräulein Breitton, die Küchendame, wird euch ins Schloss bringen und euch eure Arbeitsplätze zuweisen.«

TRÄUMEREIEN EINES MÄDCHENS

Aurora, Kragen richten und Schleife neu binden!«, sagte Sattler und deutete mit dem Finger im Vorbeigehen auf ihren Hals und ihre Hüfte.

Aurora arbeitete seit zwei Wochen im Palast, und noch immer fiel es ihr schwer, sich alles zu merken und richtig zu machen. Die Kleiderordnung hatte oberste Priorität. Jedes Stückchen Stoff musste genau sitzen und faltenfrei liegen. Noch immer war ihr unklar, wie man eine Schleife binden sollte, ohne eine Falte zu erzeugen.

Umso erstaunter war sie, als Sattler, der königliche Haushofmeister, ihr zu Dienstbeginn mitteilte, dass sie ab sofort für die Gemächer Ihrer Majestät zuständig sein würde. Für diese Aufgabe war eigentlich Emilie eingeteilt worden, weil sie schon in anderen Adelshäusern als Zofe gearbeitet hatte und gute Referenzen besaß. Auf die Frage, was mit Emilie sei, bekam Aurora die schroffe Antwort, dass sie ihre neugierige Nase nicht in Dinge stecken sollte, die sie nichts angingen.

Aurora konnte das Geld gut gebrauchen, deshalb bohrte sie nicht weiter nach. So schnell, wie man an den Hof gekommen war, so schnell konnte man auch wieder gehen. Eine falsche Anrede, ein Missgeschick oder eine dumme Frage und man endete meist auf der Straße. Und trotz der ruppigen Art, mit der man das Gesinde behandelte, machte Aurora die Arbeit Spaß. Außerdem musste sie zugeben, einen gewissen Stolz zu verspüren, von einem Gossenkind zur Kammerzofe des Königs aufgestiegen zu sein.

»Gut, ich glaube, dann sind wir so weit«, verkündete Sattler. »Dann ab an die Arbeit mit euch. Aurora, bleib bitte noch hier. Ich will kurz mit dir reden.«

Aurora glaubte, dass der Haushofmeister im Grunde seines Herzens ein netter und freundlicher Mann war, aber seine laute Stimme und die ernsten Züge ließen ihn wie einen Griesgram wirken.

»Aurora, hast du alles behalten, was ich dir erklärt habe?«

»Ja, Herr.«

»Dann wiederhole es noch mal.«

Aurora stellte die Füße aneinander, streckte den Rücken durch und atmete tief ein. Dann betete sie die auswendig gelernten Anweisungen herunter. »Ich fange mit den Zimmern gegenüber der königlichen Gemächer an. Zuerst muss ich die schmutzige Kleidung einsammeln, dann die Betten machen, alle Oberflächen abwischen und alle Dinge an ihren Platz zurückstellen. So gehe ich Zimmer für Zimmer vor. Wenn der König sein Schlafgemach verlässt, lasse ich alles stehen und liegen und kümmere mich zuerst darum. Ich muss schnell sein, denn manchmal frühstückt der König nur sehr wenig und geht in seine Gemächer zurück. Wenn er zurückkommt und ich noch nicht fertig bin, sage ich nur ›guten Morgen, Eure Majestät‹, mache einen tiefen Knicks und verlasse das Zimmer. Ansonsten rede ich nicht, es sei denn, der König fragt mich etwas. Dann senke ich meinen Blick und spreche klar und deutlich und versuche, meine Antwort kurz zu halten.«

»Gut, Aurora«, lobte Sattler sie. »Halte dich daran, und alles wird gut. Vergiss nicht, am Hofe bekommt man keine zweite Chance.«

Die königlichen Gemächer lagen im ersten Stock des Palastes. Man hatte Aurora zuvor bereits herumgeführt, damit sie wusste, welche Zimmer zu ihrem Aufgabengebiet gehörten. Grundregel war jedoch, niemals einen abgeschlossenen Raum zu betreten. Zur Durchsetzung dieser Regel und zur Sicherheit der Palastbewohner standen an allen Aufgängen und langen Fluren Soldaten der königlichen Wache.

Auf der Treppe nach oben nickte Aurora im Vorbeigehen den beiden jungen Männern in Uniform zu. Keiner der beiden machte auch nur Anstalten, den Gruß zu erwidern. Die Wachen im Palast waren stocksteif. Aurora hatte beobachtet, wie einer anderen Zofe ein Tablett mit leeren Tellern zu Boden gefallen war. Die beiden Wachen, die keine drei Schritte entfernt gestanden hatten, rührten nicht einen Finger, um ihr zu helfen. Doch das konnte sie ihnen nicht verdenken. Die Arbeit als Palastwache wurde gut bezahlt, und man musste nicht mit den anderen jungen Männern in den Krieg ziehen. Jedoch führte jede Unachtsamkeit und jedes Fehlverhalten dazu, dass man sich schnell an vorderster Front wiederfand, wenn das Land im Krieg lag. Und im Krieg lag es bislang immer, und sei es nur zur Unterstützung befreundeter Länder.

Als Aurora den langen Flur zu den königlichen Gemächern betrat, kam er ihr noch gewaltiger und pompöser vor als bei ihrer ersten Besichtigung. An den Wänden hingen Gemälde mit Bildern der Königsfamilie, eines prunkvoller gerahmt als das andere. Auf den vereinzelten Kommoden standen reich verzierte Kerzenleuchter, Vasen aus aller Herren Länder und Schalen mit frischem Obst. So viel Prunk hatte Aurora noch nie zuvor gesehen. Wahrscheinlich war jedes einzelne Stück mehr wert als ihr Haus in Nordweiler mitsamt Inventar.

Aurora begann ihre Arbeit in einem der Gästezimmer. Der Raum war nicht benutzt worden, somit fielen einige Aufgaben weg. Dennoch mussten die Betten glatt gezogen werden, ob sie nun glatt waren oder nicht. Wischen musste man ebenfalls und prüfen, ob alles am angestammten Platz stand. Man konnte nie wissen, ob nicht etwas arrangiert worden war, um ihre Arbeit zu überprüfen. Am Ende ließ Aurora noch einmal den Blick durchs Zimmer schweifen. Erst wenn sie der Meinung war, alles ordnungsgemäß hergerichtet zu haben, wandte sie sich dem nächsten Zimmer zu.

Aurora wischte gerade den Tisch im dritten Zimmer, dem Cousinensalon, ab, als sie hörte, wie eine Tür auf dem Flur geöffnet wurde. Laut Herrn Sattler hielt sich nur der König in diesem Trakt des Palastes auf. Trotz all der Regeln, die sie mit auf den Weg bekommen hatte, wusste sie plötzlich nicht, wie sie reagieren sollte. Die Vorstellung, dass der König an der offenen Zimmertür vorbeiging, während sie den Tisch abwischte, kam ihr irgendwie befremdlich vor. Wie grüßte man ihn mit einem schmutzigen Lappen in der Hand? Sie ließ das Wischtuch auf dem Tisch liegen und bewegte sich langsam auf die Tür zu.

Urplötzlich tauchte der König auf dem Flur auf, und so schnell, wie er gekommen war, verschwand er auch wieder. Er war einfach am Zimmer vorbeigegangen und hatte noch nicht einmal einen Blick in Auroras Richtung geworfen. Ihre förmliche Grußformel erreichte den Herrscher von Uslag erst, als er schon außer Sicht war. Aurora glaubte, ein gleichgültiges Schnauben zu vernehmen, doch es konnte genauso gut eine Tür gewesen sein, die sich knarzend geschlossen hatte.

Fassungslos schaute Aurora auf ihre Hände, die sie vor der Brust zu Fäusten geballt hatte. Diese Pose kannte sie von früher, als sie den Jungs beim Ritterspielen zugesehen und mitgeeifert hatte. Sie betete dafür, dass der König sie wirklich nicht gesehen hatte.

Nach dem ersten Schreck konzentrierte Aurora sich wieder aufs Protokoll. Ein zweiter Fehler sollte ihr in der Aufregung nicht passieren. Sie nahm das Wischtuch und den Staubwedel und eilte zum königlichen Schlafgemach. Die Tür war geschlossen, und Aurora zögerte einen Augenblick, die Klinke herunterzudrücken. Sie fragte sich, ob es wirklich der König war, den sie gesehen hatte. Sie hatte den Mann ja nur einen flüchtigen Augenblick lang gesehen. Vielleicht war es nur ein Berater gewesen, und der König war noch immer in seinem Zimmer.

Sie klopfte und hätte sich sogleich dafür ohrfeigen können. In dem Raum regte sich nichts. Sie nahm ihren Mut zusammen, öffnete die Tür und trat ein. Aurora hielt die Luft an, bis sie sicher war, dass niemand im Raum war. Sofort machte sie sich ans Werk. Das Bett musste neu bezogen werden, auf dem Tisch standen eine Karaffe mit einem Rest Rotwein und ein Glas. Zwei Hemden lagen auf dem Boden.

»Du bist neu hier, oder?«

Aurora zuckte zusammen und fuhr herum. In der Tür stand König Alden. Wie geblendet blickte sie zu Boden. »Guten Morgen, Eure Königliche Majestät, Hoheit.«

»Eines von beidem reicht mir vollkommen.« König Alden lachte. »Man sagt Königliche Hoheit oder Majestät. Aber auch dir einen schönen guten Morgen. Ich war eben in Gedanken und bin einfach achtlos vorbeigelaufen. Das tut mir leid.«

»Das macht …«, sagte Aurora und verstummte urplötzlich.

Der König beugte sich vor, um Aurora in die Augen sehen zu können, doch ihr Blick wanderte immer tiefer.

»Du bist lustig. Erst sagst du alles doppelt, und dann verstummst du mitten im Satz. Ist das so eine Art Spiel? Oder liegt das an Sattlers genauen Anweisungen, wie man sich in Gegenwart eines Königs verhalten soll?«

»Tut mir leid, Eure Majestät«, antwortete Aurora. »Ich hatte nicht damit gerechnet, Euch hier anzutreffen … zu sehen, meine ich … zu begegnen, Eure Majestät.«

Wieder lachte der König, und es klang weder überheblich noch abschätzig. »Was würde ich dafür geben, wenn jeder in meiner Gegenwart einfach das sagen würde, was ihm in den Sinn kommt. Alles wäre so einfach. Keine stundenlangen Verhandlungen, die wie auswendig gelernt klingen. Kein steifes Protokoll, das jeden Gedanken im Keim erstickt. Ich glaube, ich nehme dich einfach mal zur nächsten Sitzung des Kleinen Rates mit. Würde dir das gefallen?«

Auroras Herz schlug ihr bis zum Kehlkopf. Der König hätte sie auch fragen können, ob sie nicht gern eines der umliegenden Königreiche regieren wolle. Jedenfalls hätte er sie damit nicht mehr verwirren können.

»Ich glaube, ich wäre keine große Hilfe«, erwiderte Aurora kaum hörbar.

»Das glaube ich schon, aber ich befürchte, dass Sattler dann eine Schar Meuchelmörder auf mich ansetzen würde, weil ich es gewagt habe, mich dem Protokoll zu widersetzen.«

»So etwas würde er nie tun«, entfuhr es Aurora. »Eure Majestät.«

König Alden zeigte nachdenklich mit dem Finger auf sie. »Aurora, richtig?«

»Ja, Eure Majestät.«

»Dein Name bedeutet Morgenröte. Ein sehr schöner Name. Passt zu deinem roten Haar. Weißt du, was Alden bedeutet?«

Aurora schüttelte den Kopf. »Nein, Majestät, verzeiht bitte.«

»Da gibt es nichts zu verzeihen. Ich wurde mein ganzes Leben von Lehrern unterrichtet, die mir solche Dinge beibrachten. Dafür kann ich keine Kuh melken oder mir Essen zubereiten. Wir können nur das, was unsere Rolle uns vorschreibt. Jeder kann irgendetwas, und niemand braucht sich zu schämen, etwas nicht zu wissen. Merk dir das gut.«

»Jawohl, Eure Majestät.«

Ein kurzes Schweigen stellte sich ein, das jedoch nicht unangenehm war. Vor Aufregung formte Aurora lautlose Worte mit den Lippen.

»Was willst du sagen, Aurora?«, fragte König Alden.

»Was bedeutet Alden, Eure Majestät?«

»Es bedeutet ›alter Freund‹ oder ›beliebter Mensch‹. Eine unglückliche Namenskomposition für einen König. Ein König steht in vielen Verbindungen zu anderen Menschen. Die einen sind Untertanen, die anderen Familie und wiederum andere Feinde. Freunde gibt es nicht, wenn man König ist. Und was die Beliebtheit betrifft, so spricht man erst von einem guten oder schlechten König, wenn er tot ist und sein Nachfolger sich als besser oder schlechter erweist.«

Zu gern hätte Aurora gesagt, *Ihr seid ein guter König, Eure Majestät*, doch die Gefahr, König Refert damit zu verunglimpfen, war zu groß.

»Na ja, wie auch immer, ich werde beim Frühstück erwartet. Ich gehe lieber, bevor Sattler mir die Hunde auf den Hals hetzt. Weißt du, was es heute Morgen gibt?«

»Nein, Eure Majestät, tut mir leid.«

»Tut es nicht!«, ermahnte König Alden sie. »Schon vergessen?« Dann wandte er sich ab und sprach anscheinend mit sich selbst. »Ich wünsche mir ein paar Himbeeren. Es kann doch nicht zu viel verlangt sein, wenn ein König einmal Himbeeren essen möchte.«

Mit jedem Schritt, den sich König Alden entfernte, verlangsamte sich Auroras Herzrasen.

Sie hatte mit dem König gesprochen. Kein Gespräch zwischen König und Untertan, sondern fast wie ein Freund mit einem anderen.

Den ganzen restlichen Tag lief Aurora wie beschwingt umher. Der König hatte ihr Mut gemacht, ihr Zuversicht gegeben, dass Uslag ein besserer Ort sein konnte als in der Vergangenheit. Ihr ganzes Leben lang hatte sie gedacht, dass Weisheit, Wissen und Reife nur den Älteren zustanden, und nun traf sie jemanden, der all das in sich trug und obendrein noch König war. Niemand hätte ihr mehr Zuversicht geben können als dieser Mann, der nur wenige Jahre älter war als sie.

Zurück daheim berichtete sie den anderen von ihrer Begegnung mit dem König. Nelka und Ewa hingen an ihren Lippen wie kleine Kinder, die den Geschichten ihrer Großmutter lauschten. Zusammen malten sie sich die Zukunft Uslags aus, und sie wurde schöner und prunkvoller als in jedem Traum.

Bemet kommentierte die Fantasien regelmäßig mit einem missbilligenden Grunzen. Der junge Assamer wollte einfach keinen gütigen König akzeptieren. Er hatte schon zu viele Geschichten von seinen Kameraden gehört. Keine davon endete mit einem dankbaren Herrscher.

»Himbeeren gibt es nur in Assamad, denn dort scheint die Sonne am hellsten«, sagte er. »Euer junger König soll daran ersticken, wenn sie ihm welche bringen.«

Aurora hatte Nachsicht mit dem verbitterten Söldner. Sie wusste, dass Bemet im Grunde seines Herzens ein guter Mensch war. Für sie war er wie ein großer Bruder.

Tag für Tag ging Aurora in den Palast und verrichtete ihre Arbeit. Der Haushofmeister war zufrieden mit ihr, und auch sonst kamen von nirgendwo Beschwerden. Zum ersten Mal hatte Aurora das Gefühl, alles richtig zu machen und dort angekommen zu sein, wo sie hingehörte. Fast täglich traf sie den König, und immer nahm er sich die Zeit, ein wenig mit ihr zu plaudern. Sie redeten über die Zukunft Uslags, über die Bedürfnisse der einfachen Menschen auf dem Land und von Frieden und Wohlstand.

Die ersten zwei Wochen sprach fast nur König Alden und Aurora stimmte ihm zu, begeistert von seinen Zukunftsvisionen. Er ermahnte sie immer wieder auf freundschaftliche Art, eigene Ideen zu spinnen. Nach kurzer Zeit taute Aurora in Gegenwart des Königs auf, aber nur, solange sie allein waren. Sobald Sattler oder Hauptmann Sinosil die Gemächer betraten, verfiel Aurora zurück in das strenge Protokoll.

Niemand wusste von den Gesprächen zwischen ihr und dem König, außer Nelka, Ewa und Bemet. Wenn sie zu Hause vom jungen König sprach, meinten die anderen immer, man sehe ihr an den Augen an, dass sie ihn anhimmelte. Doch sie alle wussten, Alden war ein König und Aurora eine Kammerzofe.

DIE SCHÖNE UND DAS BIEST

Aurora war auf dem Weg nach Hause. Wie so oft machte sie einige Umwege, um die Stadt und deren Bewohner besser kennenzulernen. Sie liebte es, an den Ladengeschäften vorbeizuflanieren und zu sehen, was die Händler anboten. Die Teegasse und der Gewürzring waren für sie magische Orte. Die Gerüche dort waren so intensiv, dass man sie fast schmecken konnte. Zudem roch es vor jeder Tür anders. Und im Tuchviertel bestaunte sie die Aushänge mit bunt gefärbtem Leinen und feinster Seide. Auf sie wirkte es wie eine Parade mit tausend verschiedenen Bannern.

Doch heute gab es in der Stadt einiges mehr zu sehen. Es war der Neunte Bethel, ein Tag, von dem sie dachte, er hätte sich als dunkler Fluch in ihren Kopf gefressen, als sie vor vielen Jahren aus Nordweiler vertrieben worden war. Doch heute erschien ihr der Tag wie ein geschützter Rastplatz auf dem Weg ihres Lebens. Gerade richtig, um einen Moment zu verweilen und zurückzuschauen auf die Etappen, die bereits hinter ihr lagen. Begünstigt wurde dieses Gefühl der Ruhe dadurch, dass Aurora den Tag über frei hatte. Sie war trotzdem früh aufgestanden und in den Palast gegangen. Ewa, ihre Mäzenin, hatte weitere Kontakte spielen lassen und es fertiggebracht, dass Nelka und sie die gewaschenen Bettlaken, Bezüge und Tischdecken vom königlichen Hof mangeln durften. Diese Arbeit brachte nicht viel ein, aber sie war ausbaufähig. Weil Aurora ohne großen Aufwand an den Palastwachen vorbeikam, unterstützte sie ihre Gefährtinnen mit Botengängen. So auch an diesem Morgen, als sie die gemangelten Tischlaken für das Bankett zurückbrachte, das heute Nacht stattfinden sollte.

Aurora war begeistert davon, was die Menschen in Königsgrund zu den Betheln veranstalteten. In ihrer Kindheit hatten diese düsteren Tage nur aus trüber Langeweile bestanden. Alle Menschen im Dorf blieben zu Hause, jeder nutzte die Zeit zum Aufräumen, Flicken oder Stopfen. Alle unangenehmen Arbeiten, für die sonst kaum Raum war, wurden an diesen zwölf Tagen erledigt. Nicht so jedoch in Königsgrund. Hier schien der Bethel als Festtag gefeiert zu werden. In allen Gassen standen Händler mit ihren Karren und boten bunte Lampions und Zierkerzen an. An jeder Ecke wurden Leckereien verkauft, und Musiker spielten auf.

Das größte Schauspiel jedoch bot sich den Menschen am Hafen. An jedem noch so kleinen Stück des Piers und an jedem Steg hatten Boote und Schiffe festgemacht. Überall in den Masten und entlang der Bordwände hingen Laternen und ließen den Hafen aussehen wie einen sternenerfüllten Himmel. Schausteller führten ihre Stücke auf provisorischen Bühnen auf, und Akrobaten tummelten sich zwischen den Menschenmassen und brachten sie zum Staunen. Aurora hätte vor Freude weinen können. So viel Lebenslust und Freude hatte sie schon lange nicht mehr erlebt. Ihr war klar, dass auch dieser Tag enden und Leid und Armut sich wieder in den Vordergrund drängen würden. Doch in Auroras Augen gab es ein Licht in der Dunkelheit wie eine Laterne am Bethel. Dieses Licht war für sie König Alden. Sie war fest davon überzeugt, dass er es schaffen könnte, aus Uslag das Land zu machen, das sich jeder wünschte. Ein Land ohne Armut, in dem Kranken geholfen wurde, egal welchen Stand sie hatten, ein Land, in dem anders zu sein nicht verfolgt wurde und das Recht für jeden galt.

Sie blieb stehen und sah sich die Aufführung eines Feuerspuckers an. Der Mann hatte kleine brennende Spieße in der Hand, und immer, wenn er dagegenblies, verwandelte sich die Luft vor ihm in ein grünes Flammenmeer. Zu seinen Füßen räkelte sich eine Schlangenfrau und zeigte, wie biegsam ihr Körper war. Sie war über und über mit Schlangentätowierungen bedeckt. Aurora musste unbedingt Bemet davon erzählen. Vielleicht könnte sie mit ihm sogar ein wenig rausgehen und ihm zeigen, dass Uslag nicht das Land des Feindes war.

»Himbeeren aus Assamad! Leute, lasst euch diesen Gaumenschmaus nicht entgehen. Himbeeren aus Assamad. Nur noch wenige Schalen übrig.«

Aurora wurde von den Rufen eines nahen Händlers angelockt wie ein Seemann vom Gesang einer Sirene. Ein letztes Mal sah sie den grünen tanzenden Flammen zu, dann suchte sie hektisch nach dem Ursprung der Stimme in der Menge. Alle paar Schritte sprang sie in die Luft, um über die Köpfe vor sich hinwegzusehen. Dann hatte sie den Händler ausgemacht. Sein Stand war direkt am Pier vor einer Dreimastbark aufgebaut. Aurora bahnte sich ihren Weg durch die Menge. Der Stand selbst war nur ein Tisch, und dahinter stand ein bärtiger Mann mit schmutzigem Hemd. Vor sich hatte er ein gutes Dutzend lasierte Tonschalen aufgebaut.

»Sind das die Himbeeren?«, fragte Aurora.

Der Händler sah sie abschätzend an, konnte sich dann aber doch ein Lächeln abringen.

»Das sind sie, meine Kleine. Direkt aus Assamad. Süß und himmlisch, genau wie du.«

»Darf ich sie mir einmal ansehen?«

Der Händler sah Aurora an, als hätte sie ihn gefragt, ob sie ihm einen Dolch ins Ohr rammen dürfte.

»Ansehen?«, fragte er ungläubig. »Wir sind hier nicht auf

dem Viehmarkt, Kleine. Eine Himbeere ist eine Himbeere. Wozu willst du sie dir ansehen? Mach, dass du wegkommst.«

Aurora überfiel ein bitteres Déjà-vu. Händler waren doch überall im Land gleich, oder es war immer ein und derselbe, der sich jedes Mal verkleidete. Sie glaubten, jedem ansehen zu können, ob er Geld besaß oder nicht. Wer als Kunde infrage kam, wurde hofiert wie ein König, alle anderen wurden mit Füßen getreten. Mürrisch erinnerte sich Aurora an die fahrenden Händler in Nordweiler. Für ein Kind, das kaum genug zu essen bekam und täglich schuften musste, war es wie ein Fest, wenn ein fahrender Händler im Dorf war, träumte doch jedes Kind davon, sich etwas von den Leckereien oder dem Spielzeug kaufen zu können. Doch anstatt die Freude und Aufregung zu teilen, waren die meisten Händler barsch und abweisend, wenn man nicht mit ein paar Gulden in der Hand winkte. Doch Aurora war kein Kind mehr, und sich als solches abspeisen zu lassen, ging ihr gegen den Strich.

»Die Fahrt von Assamad hierher dauert bestimmt eine Woche«, sagte Aurora so laut, dass es jeder im Umkreis hören konnte. »Wenn die Himbeeren nicht richtig gelagert werden, verderben sie schnell. Und wer will schimmlige Himbeeren essen?«

In den Augen des Händlers spiegelte sich blanker Hass. Wenn nicht ein Dutzend Augen auf ihn gerichtet gewesen wären, hätte er Aurora sicherlich eine schallende Ohrfeige gegeben. Doch so machte er gute Miene zum bösen Spiel.

»Diese Himbeeren können gar nicht schlecht werden«, verkündete er vollmundig, nahm von einer Schale den Deckel ab und hielt ihn Aurora unter die Nase.

Ein stechender Geruch stieg ihr in die Nase.

»In bestem Branntwein eingelegt«, rief er.

»Wie viel kostet ein Topf?«

Der Händler setzte wieder den Deckel auf die Schale, als

könnte ihr ein Geist entsteigen und ihn am ausgestreckten Arm in die Luft heben.

»Nur zwanzig Gulden für eine Schale Himbeeren aus Assamad.«

Aurora ließ nicht locker, obwohl sie nur acht Gulden besaß.

»Ich soll eigentlich Himbeeren für den Nachtisch heute Abend beim Bankett besorgen. Doch Fräulein Breitton, die Köchin am Hofe, hat gesagt, eine Handvoll darf nicht mehr kosten als fünf Gulden. Von eingelegten Himbeeren hat sie gar nichts gesagt.«

Die Augen des Händlers begannen zu funkeln. Jetzt konzentrierte er sich ganz auf Aurora. »Du bist ein schlaues Mädchen«, brummte er. »Wie du schon gesagt hast, eine Woche auf See halten die Früchte nicht aus. Man muss sie einlegen, damit sie nicht verderben. Ich sag dir was, du nimmst erst einmal einen Topf mit, zeigst ihn deiner Fräulein Breitton, und wenn sie die Beeren gebrauchen kann, holst du den Rest. Ich stelle dir die anderen Töpfe beiseite. Über den Preis werden wir uns dann schon einig. Aber eines musst du mir versprechen, du musst am Hofe erzählen, dass du die Beeren von Rudegast hast. Rudegast, das bin ich. Und das Schiff da hinter mir ist die *Seewind*. Erzähl deiner Fräulein Breitton und allen anderen, die es hören wollen, das Sil Rudegast für sie eine Extraroute einrichten wird. Ab sofort können am Hofe jeden Tag Himbeeren, Zitrusfrüchte und diese anderen gelben Dinger gegessen werden. Was sagst du?«

Aurora gab vor zu überlegen. Dann lächelte sie breit und stimmte dem Handel zu. Als sie in ihrem Geldbeutel kramte, hielt der Händler sie zurück.

»Du nimmst den Topf erst einmal so mit«, sagte er. »Du bezahlst sie, wenn du die anderen holst. Die Krone kann bei mir jederzeit anschreiben lassen. Das wäre ja noch schöner.«

»Müsst ihr die Waren denn nicht in Assamad bezahlen?«, fragte Aurora verwundert.

Der Händler lachte. »In Assamad muss man gar nichts mehr bezahlen. Man fährt einfach hin und holt sich das, was man haben möchte.«

»Und das lassen sich die Assamer Söldner gefallen?«

»Es gibt keine Söldner mehr, nur noch Sklaven. Das Land ist zur Plünderung freigegeben.«

Aurora konnte nicht glauben, was der Händler ihr erzählte. König Alden würde nicht zulassen, dass ein ganzes Land versklavt würde und alle Besitztümer Plünderern in die Hände fielen. Der Krieg war vorbei, und die Assamer hatten verloren. Sich zu rächen und ein Volk zu versklaven war ehrlos.

»Finde ich Euch hier nachher wieder?«, fragte Aurora.

»Ich bin auf der Seewind und warte. Bereit, die erste Fahrt für die Krone zu machen. Sag ihnen das. Sil Rudegast steht zur Verfügung.«

Die Euphorie des Händlers erreichte ihren Höhepunkt, als er ausrief, dass seine Himbeeren jetzt ausverkauft seien. Aber er kündigte sein regelmäßiges Erscheinen im Hafen von Königsgrund an, mit allem, was das Herz begehrte.

Aurora haderte mit sich, ob sie Bemet und den anderen erzählen sollte, was der Händler zu berichten hatte. Sie wusste, dass es ihrem Freund das Herz brechen würde, falls Rudegast die Wahrheit sprach.

Sie entschied sich dagegen. Die Möglichkeit, einem anderen Menschen eine Freude zu bereiten und dabei vielleicht die Wahrheit über Assamad herauszufinden, erschien ihr besser. Sie kehrte zum Palast zurück.

Die Palastwachen kannten sie bereits gut und winkten sie nur durch. Einer von ihnen machte einen anzüglichen Witz über Rothaarige. Anscheinend hatte die ausgelassene Stimmung des Betheltages auch Auswirkungen auf das Verhalten der Stadtwachen, oder sie wussten, dass kein Offizier in der Nähe war.

Der Palast war wie leergefegt. Die meisten Bediensteten hatten in der Küche zu tun, um das Bankett für den Abend vorzubereiten. Auf den großen Fluren standen zwar Wachen, die Aurora jedoch nicht beachteten. Sie konnte einfach in den ersten Stock des Palastes laufen und den Flur mit den königlichen Gemächern betreten. Die Tür zu König Aldens Schlafgemach stand offen. Aurora warf einen vorsichtigen Blick in den Raum. Er war leer, und das Bett war gemacht.

»Eure Majestät?«, fragte sie zögerlich.

Niemand antwortete. Die königlichen Gemächer ohne Anweisung zu betreten, konnte als Hochverrat angesehen und mit dem Tode bestraft werden. Aurora war sich sicher, dass der König so etwas nicht zulassen würde. Außerdem wollte sie auch nur kurz hineinhuschen und das Töpfchen mit Himbeeren auf seinen Sekretär stellen. Er würde wissen, von wem es kam.

Auf Zehenspitzen tänzelte sie zum Tisch. Gerade, als sie das Töpfchen abstellte, hörte sie Stimmen auf dem Flur. Panik ergriff sie. Was würde geschehen, wenn man sie hier fand? Sie sah sich um. Alles war aufgeräumt, und vorzutäuschen, etwas vergessen zu haben, würde schnell als Lüge durchschaut werden. Man würde sie für eine Diebin halten. Aurora konnte kaum einen klaren Gedanken fassen. Tränen stiegen ihr in die Augen, doch bevor alles verschwamm, sah sie das Bücherregal zu ihrer Rechten. Es war leicht von der Wand abgerückt, und ein Spalt war zu sehen. Ein Spalt, der nicht hätte da sein dürfen. Gab es in diesem Raum so etwas wie einen Geheimgang? Ohne weiter darüber nachzudenken, griff sie in die Lücke und zog am Regal. Das Möbelstück bewegte sich wie eine schwere Tür. Aurora schlüpfte hindurch in die Dunkelheit. Nur ein schmaler Lichtstrahl aus dem Zimmer erhellte ihr den Weg. Einige Meter vor sich sah sie etwas, das aussah wie ein glühender Bernstein. Von dem Objekt ging eindeutig ein Licht aus, doch war es so diffus, dass selbst die Umrisse des Dings nicht klar zu erkennen waren. Langsam tastete sich Aurora vor. Sie stieß mit dem Fuß gegen etwas Weiches am Boden und umging es. Dann erreichte sie das glühende Objekt. Es war eine Laterne aus gehämmerter Bronze, mit kleinen Türchen, die das Licht gezielt in eine Richtung lenkten. Aurora verbrannte sich die Finger, als sie die Lampe berührte. Beinahe hätte sie geschrien vor Schreck. Vorsichtig öffnete sie eine der Klappen und durchflutete den kleinen Raum mit gelbem Licht.

Aurora musste sich die Hand auf den Mund pressen, um nicht doch noch loszuschreien. Vor ihr auf dem Boden lag eine tote junge Frau. Die Leiche war schon einige Wochen alt. Sie trug die Kleidung einer Kammerzofe. Die graue Haut spannte sich über die Knochen wie ein Laken. Ihr Hals war entblößt und zeigte einen schwarzen Streifen, der an ein eng anliegendes Collier erinnerte.

Der kleine Raum hatte etwas Gruftähnliches. In die Mauern waren Nischen eingelassen, und in einigen davon lagen bunt zusammengestellte Dinge. In einer standen Tropfkerzen, in einer anderen lag ein großes Seidenkissen und zwei Nischen daneben ein Haarschopf samt Kopfhaut. Aurora traute sich nicht, die Laterne zu drehen, um noch mehr dieser merkwürdigen Artefakte sehen zu können.

Sie hörte die Stimme von König Alden und die von Hauptmann Sinosil, den sie am starken Akzent erkannte. Die beiden Männer standen im Flur.

»Wollt Ihr mir etwa sagen, dass diese gierigen Lambrosi Euch auf der Nase herumtanzen und Ihr nichts dagegen tun könnt?«, fragte der König.

»Es ist nicht so einfach, wie Ihr denkt, Eure Majestät«, erwiderte der Hauptmann. »Als wir die Lambrosi um Hilfe baten, sind wir ein Bündnis eingegangen. Das Kriegsrecht sieht vor, dass bei Allianzen mit anderen Ländern der Beutepakt eingehalten wird. Dass wir ihnen die Plünderungen in unserem Land erlauben, betrachten sie nur als eine Art Anzahlung. Sie sagen, die wahren Nutznießer der Raubzüge sind wir Uslager, weil wir damit den Untergang der Kirche einläuten, was wir damit ja auch bezweckt haben.«

»Kommt vom Flur weg«, zischte Alden. »Ihr müsst ja nicht aller Welt unsere Pläne darlegen.«

Die beiden Männer betraten das königliche Schlafgemach und schlossen die Tür hinter sich.

»Das kann doch wohl nicht wahr sein«, erboste sich der König. »Wir bitten die Scheißlambrosi darum, ein kleines Eiland mit einer zerfallenen Zitadelle dem Erdboden gleichzumachen, das von ein paar Ordensschwestern bewacht wird. Und sie wollen dafür die Hälfte von Assamad. Niemals lasse ich zu, dass diese raffgierige Schlangenbrut Tor an Tor mit uns lebt.«

»Wenn wir den Pakt brechen und den Lambrosi nicht geben, was sie wollen, haben wir alle anderen Königreiche gegen uns«, erklärte der Hauptmann.

Aurora spürte, wie ihre Tränen über ihren Handrücken liefen. Das konnte unmöglich sein. Es war die Stimme von König Alden, die sie hörte, doch das war nicht der König, den sie kannte oder zu kennen glaubte.

»Dann brecht den Pakt eben nicht«, krächzte Alden. »Zieht Eure Soldaten auf Assamad zusammen und besetzt so viele Landstriche wie möglich. Tötet so viele Assamer, wie ihr finden könnt. Stellt sicher, dass sie keine Bedrohung mehr für uns sind. Sie müssen vollständig zerschmettert werden. Hört Ihr? Vollständig! Wir können uns keine Scharmützel mit diesen Eingeborenen leisten, wenn wir mit den Lambrosi um die Vorherrschaft wetteifern.«

»Unterschätzt die Assamer nicht, Eure Majestät. Verletzte Tiere sind die gefährlichsten«, wandte Sinosil ein. »Unsere Armee ist vielleicht nicht groß genug, um gegen die Assamer zu kämpfen und zugleich das Land zu beanspruchen.«

»Dann schickt mehr Soldaten!«

»Mehr haben wir nicht, Eure Majestät.«

»Dann schickt Bauernlümmel mit Forken auf diese Insel. Ihr habt es selbst gesagt, die Assamer sind nur Tiere. Und mit ein paar Viechern werden wir ja wohl noch fertig. Und nun hört auf, mir zu erzählen, was alles nicht geht. Langsam bekomme ich den Eindruck, Ihr seid Eurer Aufgabe nicht gewachsen. Nun verschwindet!«

»Eure Majestät.«

Die Tür wurde geöffnet und gleich wieder geschlossen.

Aurora wagte kaum zu atmen. Wie erstarrt stand sie in der kleinen Kammer. Tränen der Angst und Enttäuschung rannen, doch es war nichts zu hören. Hatten vielleicht beide die Gemächer verlassen?

»Du kannst ruhig rauskommen, Aurora«, sagte König Alden. »Ich weiß, dass du da bist. Die Himbeeren und der Duft nach frischem Lavendel haben dich verraten. Ich vermute mal, du hast alles mit angehört und meine kleine Sammlung dort drinnen gefunden. Es tut mir leid, dass es so gelaufen ist, aber vielleicht kann ich einiges erklären.«

Es hatte keinen Zweck, sich weiter zu verstecken. Aurora zwängte sich durch den Spalt zwischen Regal und Wand aus dem Geheimraum.

Der König sah sie gönnerhaft und amüsiert zugleich an. »Ich glaube, das ist nicht dein Tag, Aurora. Jetzt bist du extra hergekommen, um mir mit dieser Schale Himbeeren eine Freude zu machen. Ich staune, dass du dich noch daran erinnern kannst. Und jetzt ist die Überraschung ganz auf deiner Seite. Das ist ein echtes Dilemma. Was sollen wir deiner Meinung nach jetzt tun?«

Aurora zitterte. Der König machte ihr Angst. Er wirkte so gar nicht wie der junge Thronfolger, den sie kennengelernt hatte. »Lasst mich einfach gehen«, bat sie. »Ich werde niemandem etwas erzählen. Ich nehme einfach meine Sachen, verlasse Königsgrund und vergesse, was ich gehört und gesehen habe.«

»Soso, was hast du denn gehört und gesehen? Ich bin gespannt, wie du das Mosaik zusammensetzt.«

»Es tut mir leid, Eure Majestät, ich verstehe zu wenig von den Dingen, die Ihr tut. Die Kriegsführung und das ganze Drumherum sind ein Buch mit sieben Siegeln für mich. Ich komme, wie Ihr wisst, aus Nordweiler und habe so gut wie keine Schule besucht. Aber ich weiß, dass die Entscheidungen, die Ihr trefft, nur zum Wohl von Uslag sind. Ich weiß, dass Ihr es gut meint.«

Der König lachte belustigt. »Na, aber eine Schauspielschule scheinst du besucht zu haben. Du kannst sehr wohl zwischen Recht und Unrecht unterscheiden und vielleicht sogar zwischen Gut und Böse. Stimmt's, Aurora?«

Aurora war verwirrt. »Recht und Unrecht, Gut und Böse, sind das nicht dieselben Dinge?«

»Eben nicht!«, brüllte der König. »Tu nicht wie ein dummes Ding aus der Provinz. Du weißt genau, wovon ich rede. Manchmal muss man Unrecht tun, um das Böse zu bekämpfen.«

Aurora nickte, jedoch mehr aus Selbstschutz als aus Verständnis.

»Nehmen wir mal die Lambrosi«, sprach der König. »Die Gesetze verlangen, dass wir alle Beute gerecht mit ihnen teilen. Nun sieht es jedoch so aus, dass mehr als die Hälfte unserer Handelsrouten nach Assamad führen. Die Lambrosi haben eine starke Flotte, größer als unsere. Wenn ich es zulasse, dass diese gierigen Schufte die Hälfte Assamads besetzen, ist es nur noch eine Frage der Zeit, bis sie uns diese Routen abgraben. Niemand züchtet Kaninchen in einem Salatfeld. Verstehst du?«

Wieder nickte Aurora.

»Mit unseren Ordensbrüdern verhält es sich ähnlich. Sie belauschen, unterwandern und beeinflussen uns. Obendrein kassieren sie noch ihren Obolus vom Volk und nennen es ›Spenden‹, drohen aber jedem mit Verdammnis, der nicht seinen letzten Gulden gibt. All das ist Geld, das eigentlich mir zusteht. Ich verkaufe nämlich keine Illusionen, sondern kümmere mich um die Sicherheit des Landes. Ich gebe den Menschen Schutz und lasse sie auf meinem Grund und Boden leben. So, jetzt kommt die alles entscheidende Frage, Aurora. Warum liegt in meinen Schlafgemächern eine tote Frau? Wenn du gut aufgepasst hast, wird es dir nicht schwerfallen, diese Frage zu beantworten.«

Die Frage war leicht zu beantworten. Der König war wahnsinnig. Aurora bezweifelte jedoch, dass er das hören wollte. »Sie ist unglücklich gestürzt, und Ihr wolltet sie beiseiteschaffen«, erwiderte sie unsicher.

»Falsch! Du hast noch einen letzten Versuch. Überleg mal, war da wirklich nur die tote Zofe?«

Aurora überlegte, welcher Gegenstand in der Geheimkammer am unverfänglichsten war. »Da war noch ein Kissen.«

»Das könnte zum Beispiel einer Frau gehört haben, vielleicht sogar einer Königin und Mutter, die ihr ganzes Leben weggeworfen hat, um einen Traum zu leben, der ihr nie zustand. Das ist eigentlich nicht verwerflich, wenn sie nicht gerade einen kleinen Jungen großgezogen und ihn jeden Tag ihren Kummer hätte spüren lassen. Machen wir weiter. Was war da noch?«

»Ein paar Kerzen.«

»Die gehörten vielleicht einer anderen Frau, die mit ihrer Zunge Gift in die Ohren anderer spritzte. Die mit Geheimnissen lebte, die sie besser hätte teilen sollen. Weiter.«

»Eine Perücke?«

Der König lachte. »Vielleicht die Perücke einer jungen Frau, die nie genug kriegen konnte, sei es körperlicher oder finanzieller Natur. Ein grundverdorbenes Wesen. Noch mehr?«

»Ich weiß nicht, Eure Majestät. Es war dunkel. Ich konnte nicht viel sehen.«

»Dann werde ich es dir verraten. Was deinen Augen entgangen ist, waren die Schuhe einer anderen Kammerzofe, die vertrauliche Informationen sammelte, sie verkaufte oder für erpresserische Machenschaften nutzte. Gleich daneben lag die Hand eines verkommenen Gastwirtes, der selbst nicht davor zurückschreckte, sein eigenes Kind vorzuschicken, als es gefährlich wurde. In einer anderen Nische liegt der Ring einer Frau, die ihren Mann dazu anstachelte, sich mir zu widersetzen. Und mein liebstes Stück sind die Genitalien eines Kirchenmannes, der statt Freude nur Leid und Missgunst in die Welt brachte und sich dafür auch noch bezahlen ließ. Und gleich vorn an der Tür, kaum sichtbar und recht unspektakulär, wie ich finde, liegen gut ein Dutzend Haarsträhnen von jungen Dingern, die mit falschen Vorstellungen und zu großen Ansprüchen in diese Welt geboren wurden. Das selbst ist keine Verfehlung, ich weiß, aber mit ihren Gedanken verpesten sie die anderen. Und nun sag mir, Aurora, in welche dieser Nischen gehörst du, denn wir beide wissen, dass ich dich nicht gehen lassen kann.«

»Warum habt Ihr Emilie getötet?«, fragte Aurora. »Sie

war doch nur wenige Tage bei Euch?« Die Frage war überflüssig, verschaffte ihr jedoch vielleicht Zeit, die sie dringend brauchte, für was auch immer.

»Emilie war einfach nur dumm und naiv. Ich habe sie von ihrem jämmerlichen Dasein erlöst. Ich hatte Herrn Sattler gebeten, dich zu mir zu schicken, doch er befand, du wärst noch nicht so weit. Vielleicht hatte er damit recht.«

»Ich habe auch schon Menschen getötet, um sie von ihrem Leid zu befreien«, gestand Aurora. »Es ist nichts falsch daran.«

König Alden blickte erstaunt auf. »Das kleine Mädchen aus Nordweiler hat also Geheimnisse«, sagte er. »Interessant. Dann sind wir uns vielleicht ähnlicher, als es den Anschein hat. Sag mir, Aurora, bin ich ein böser Mensch, nur weil ich meine Stiefmutter mit einem Kissen erstickt und meine Zofe in ihrem Haus abgefackelt habe? Bin ich ein Ungeheuer, weil ich einen lüsternen Priester töten ließ und mich dann von den Meuchlern befreit habe? Bin ich unwürdig, ein König zu sein, weil ich verblendete Mädchen, die einem Wunschtraum nachjagen, den sie nie erlangen werden, von ihren Qualen befreie? Sag mir, was du denkst«, schrie Alden.

In diesem Moment riss jemand die Tür zum Schlafgemach des Königs auf. Herein stolperte Hauptmann Sinosil mit hochrotem Gesicht. »Eure Majestät, eine Abordnung der Lambrosi ist gerade …«

Sinosil brach den Satz ab und schaute verwundert auf die junge Kammerzofe, die dem König gegenüberstand.

Das war der Moment, auf den Aurora gewartet hatte. Sie rannte los, vorbei am König, am Hauptmann und an den beiden Wachen im Flur. Hinter sich hörte sie den König brüllen.

»Bringt sie wieder her. Fangt sie ein. Sie darf nicht entkommen, sie ist eine Verräterin. Steht hier nicht so herum. Los, hinterher!«

Auch der Hauptmann brüllte seinen Männern etwas zu, doch das verstand Aurora nicht mehr, weil sie schon auf der Treppe nach unten war.

Die Soldaten verfolgten sie bis vor die Palastmauern, doch Aurora schlug immer wieder Haken in der Stadt, die sie durch ihre Ausflüge bereits gut kannte. Immer wieder hörte sie die Wachen brüllen, aber schlussendlich konnte sie in der Dunkelheit des Neunten Bethels in einer Gasse entkommen.

Bemet schlief, als die Tür zu seiner Unterkunft eingetreten wurde. Er schlief in letzter Zeit viel. Er hatte das Gefühl, von Tag zu Tag schwächer zu werden. Aurora kümmerte sich, so gut sie konnte, um ihn. Sie wusch ihn, rieb ihn mit Nelkas Salben ein, redete mit ihm und hörte zu. Das, was er vom Leben noch erwarten konnte, bot man ihm. Und das, was er in dieser Welt nicht bekommen konnte, holte er sich in seinen Träumen. Sein Totem hatte ihn nicht verlassen, auch nicht, als sein Körper geschunden und zerschmettert auf einer Bahre gelegen hatte. Nur begleitete es ihn nicht länger in den Kampf, sondern zeigte sich ihm in seinen Träumen. Er spürte, wie seine Sinne selbst im Schlaf erblühten. In seinem Unterbewusstsein hörte er Nelka oder Aurora atmen. Er roch, was in der Küche zubereitet wurde. Er hörte die Menschen auf der Straße sprechen und konnte Angst und Hilflosigkeit wittern. Es war vielleicht nicht alles real, aber das Einzige, was ihm geblieben war.

Zu spät stellte er fest, dass der Duft nach Aggressivität, den er vor dem Haus witterte, kein Element seines Traumes war, sondern real.

Er schreckte hoch, soweit es ihm möglich war, und sah durch den Spalt im Vorhang einige Männer in den Wohnbereich stürmen. Ewa schrie vor Schreck auf. Allem Anschein nach handelte es sich um Stadtwachen. Jetzt hatten sie ihn gefunden, den Mörder ihres Königs. Er stellte sich ihre Enttäuschung vor, wenn sie sahen, wie er hier im Bett lag.

»Sag uns, wo sich die kleine Rothaarige versteckt? Ist sie hier?«

»Ihr meint Aurora?«, sagte Ewa.

»Genau, die Zofe, die im Palast arbeitet. Sie wohnt doch hier, richtig?«

»Ja, das schon, aber sie ist heute Morgen in den Palast, um Tischdecken abzuliefern. Seitdem ist sie nicht wieder aufgetaucht. Vielleicht ist sie noch dort und musste helfen.«

»Ist sie nicht, sonst würden wir sie ja nicht suchen.«

Bemet war verwirrt und machte sich zugleich Hoffnung, vielleicht unentdeckt zu bleiben. Schließlich war es möglich, dass der König nur seine Zofe brauchte, um etwas zu erledigen, was Könige eben nicht selbst tun können. Aber dafür hätten sie die Tür nicht eintreten müssen. Vielleicht hatte Aurora etwas aus dem Palast gestohlen? Er verwarf den Gedanken wieder. Das passte nicht zu ihr.

»Hauptmann, sie ist nicht hier«, meldete einer der Soldaten.

Jemand anderes betrat das Haus. Ein gelassener Mensch.

»Hauptmann Sinosil, welch Ehre, Euch in unserem bescheidenen Heim zu sehen«, sagte Ewa. »Ich glaube, es handelt sich hier um ein Missverständnis. Aurora ist ein gutes Mädchen. Wenn sie sich etwas hat zuschulden kommen lassen, können wir das bestimmt klären.«

»Ich glaube, das können wir nicht, so leid es mir tut. Bitte entschuldigt.«

»Ach, die Tür lassen wir einfach repa…«

Der Satz endete in einem Stöhnen. Dann sank ein Körper zu Boden.

»Befehl ist Befehl«, sagte die Stimme traurig. »Los, durchsucht alles. Vielleicht finden wir irgendwas.«

Kurz darauf wurde auch schon der Vorhang zu Bemets Kammer aufgerissen.

»Na, was haben wir denn da?«, rief die Stadtwache, die Bemet entdeckte. »Herr Hauptmann, hier liegt ein Krüppel im Bett.«

Gleich darauf erschienen zwei weitere Wachen in dem Durchbruch. Keiner der Männer trat ein. Vielleicht dachten sie, Bemet litt an einer ansteckenden Krankheit. Dann drängelte sich ein vierter Mann von hinten vor. Er sah traurig aus in seiner Hauptmannsuniform, und Bemet spürte die Last, die er trug. Der Mann steckte seinen Dolch zurück in die Scheide, dennoch roch Bemet das Blut, das an der Klinge haftete. Er konnte es riechen! Das bedeutete, der Bär war bei ihm. Er lag in seiner Höhle und wartete darauf herauszustürmen.

»Wer bist du denn?«, fragte der Hauptmann. »Kennst du das rothaarige Mädchen, das hier wohnt? Ihr Name ist Aurora.«

Bemet gab sich geschwächter, als er in Wirklichkeit war. Er ließ den Kopf von einer Seite zur anderen fallen und stammelte leise: »Aurora gegangen.«

»Was faselst du da?«

Die Männer im Türrahmen feixten, während Hauptmann Sinosil an Bemets Bett trat.

»Wo ist Aurora? Hat sie Verwandte oder Freunde, wo sie hinkann?«

Sinosil zog Bemets Decke mit einem Ruck zurück.

»Na, sieh mal einer an«, sagte er. »Was haben wir denn da?«

Auch wenn Bemets Aussehen mit den kurzen Haaren und der mittlerweile blassen Haut darüber hinweggetäuscht hätte, wer er war, sprachen seine Tätowierungen Bände.

»Aurora Freundin«, wimmerte Bemet.

»Sprich deutlich, Assamer«, grunzte der Hauptmann und verpasste ihm einen Klaps gegen die Schläfe.

»Aurora ist am Hafen bei …«, stammelte er.

Sinosil beugte sich über ihn. »Wo am Hafen ist sie? Komm schon, Junge, sag es mir.«

Bemet hörte den Puls des Hauptmanns und roch seinen Schweiß. Sein Atem kitzelte ihn im Ohr.

»Siehst du den Bären?«, flüsterte Bemet.

»Welchen Bären, Junge? Da ist kein Bär. Wo ist das Mädchen?«

»Doch, er ist da.«

Bemet packte zu. Er klammerte sich fest und biss dem Hauptmann in den Hals. Und dann kam der Bär aus seiner Höhle.

Hauptmann Sinosil versuchte, sich loszureißen, doch er hatte der Kraft und Gewalt eines Bären nichts entgegenzusetzen. Sein Lederwams zerriss wie ein Blatt Papier. Pranken zerfetzten seinen Rücken und rissen ihm das Fleisch von den Knochen. Fangzähne bohrten sich in seinen Hals und rissen ihm die Adern mitsamt Kehlkopf heraus. Die Schreie des Hauptmanns erstarben auf der Stelle, doch sein zappelnder Körper kämpfte noch immer gegen die Bestie an.

Die drei Stadtwachen waren schnell heran, um ihrem Vorgesetzten zu helfen, doch es war bereits zu spät. Sie schlugen mit ihren Schwertern auf den Bären ein. Die Klingen schnitten tief in seine Beine. Sie stachen in den Unterleib und durchbohrten seinen Körper.

Doch der Bär wusste, dass er sterben würde. Alles, was er wollte, war, sich noch einmal satt zu fressen.

DAS HEILMITTEL

Aurora stand vor der eingetretenen Tür zu ihrer Unterkunft. Der Tag des Neunten Bethels wich bereits der Dunkelheit der Nacht.

Sie hätte sich denken können, dass die Palastwachen hier zuerst nach ihr suchen würden. Doch sie hatte sich nach der Hetzjagd quer durch die Stadt verstecken müssen und keine Möglichkeit gesehen, nach Hause zu laufen und die anderen zu warnen.

Am Türrahmen und auf der Schwelle klebte frisches Blut. Aurora zitterte vor Angst. Panik ergriff sie, als sie darüber nachdachte, was sie im Haus finden würde. Vorsichtig schob sie die Reste der Tür zur Seite und zwängte sich durch den Spalt in die Wohnung.

In der Mitte des Wohnraumes stand der Tisch, an dem sie abends immer gemeinsam aßen. Zwei Stühle lagen umgekippt auf dem Boden. Auf dem Tisch lag Ewa, als würde sie schlafen. Ihre Hände waren gefaltet. Nelka kniete vor ihr und schien zu beten.

»Was ist hier passiert?«, fragte Aurora.

Nelka fuhr herum. Ihre Augen waren ganz rot vom vielen Weinen. »Sie haben nach dir gesucht«, erklärte sie wie in Trance. »Ewa hat ihnen gesagt, dass du nicht da bist. Er hat sie trotzdem einfach erstochen. Ich hatte zu viel Angst. Ich hab mich unter dem Regal im Vorratsraum versteckt. Sie hätten mich bestimmt gefunden, wenn Bemet nicht gewesen wäre.«

Sofort fiel Auroras Blick auf den Vorhang zu Bemets Kammer. Eine blutige Schleifspur führte von dem Sichtschutz bis zur Eingangstür. Sie rannte hin. »Bemet!«

Was sie in dem kleinen Zimmer vorfand, ließ ihren Atem stocken. Der Boden war über und über mit Blut bespritzt. Selbst die Wände waren damit besudelt. Bemet lag verkrümmt auf seinem Bett. Sie nahm an, dass er es war, denn der Körper wies so viele Verletzungen auf und schien regelrecht in Blut getränkt worden zu sein, dass es auch ein Stück Vieh im Schlachthaus hätte sein können. Ein Arm hing schlaff herunter. Die Tätowierungen waren eindeutig.

»Wer tut so etwas?«, fragte Aurora, obwohl sie die Antwort schon kannte. Um weinen zu können, war sie noch zu geschockt.

»Drei Stadtwachen kamen rein, und der Hauptmann von Königsgrund. Er war es auch, der Ewa getötet hat. Dann fanden sie Bemet. Kurze Zeit später fingen alle an zu schreien und zu brüllen. Ich hatte das Gefühl, die Männer kämpften gegen einen Bären. Immer wieder war dieses markerschütternde Brüllen zu hören, wie von einer Bestie. Es war wie in einem Albtraum. Später hörte ich die Wachen sagen, dass Bemet den Hauptmann getötet hat. Wie in alles in der Welt sollte er das getan haben? Er konnte noch nicht einmal allein aus dem Bett aufstehen. Dann waren plötzlich alle wieder verschwunden, und ich bin aus meinem Versteck gekrochen. Ewa hat noch gelebt, doch ich konnte ihre Blutung nicht stoppen. Sie ist in meinen Armen gestorben. Was zum Teufel hast du angestellt, dass sie dich und uns alle tot sehen wollen?«

Aurora erzählte von den Himbeeren und dem Gerücht über Assamad. Sie beschrieb, wie sie das leere Gemach des Königs betreten hatte und von ihm und dem Hauptmann überrascht worden war. Dann berichtete sie von der Geheimkammer, den Dingen, die sie dort gesehen hatte, und schlussendlich von dem Gespräch mit dem König und ihrer Flucht. Besonders hob sie heraus, dass der König den Lambrosi erlaubt hatte, die Zitadelle zu zerstören, um die Kirche zu schwächen.

»Was sollen wir jetzt tun?«, fragte Nelka. »Sie werden uns jagen, bis sie uns finden, und dann abschlachten wie die anderen. Wir können nirgends hin. Der König wird uns überall aufspüren.«

Vielleicht lag es am Schock, dass Auroras Gedanken glasklar waren. Vielleicht hatte sie auch einfach schon zu viel Leid und Tod miterlebt, als dass sich ihr Verstand noch durch solche Gräueltaten verwirren ließ. »Hilf mir, Bemet neben Ewa aufzubahren«, bat sie Nelka. »Wir wollen sie würdig verabschieden, so wie man es uns beigebracht hat.«

Die beiden Frauen schafften den Leichnam des Assamers aus der Kammer und legten ihn zu Ewa auf den Tisch. Dann reinigten sie sie und Aurora verband Bemets schlimmste Wunden, damit man ihn halbwegs als den Menschen erkannte, der er gewesen war.

Das Ganze dauerte fast zwei Stunden. Es musste inzwischen Mitternacht sein. Noch hatte der König keine neuen Wachen geschickt, schon bald würden die Männer wieder in den Straßen nach ihnen Ausschau halten.

»Ich weiß gar nicht, wie Krieger in Assamad bestattet werden«, sagte Aurora. »Eigentlich komisch. Bemet war dem Tod immer so nah, aber darüber, was passieren sollte, wenn er ihn tatsächlich erwischt, haben wir nie gesprochen.«

»Wir könnten sie einfach hier liegen lassen. Wahrscheinlich kümmert sich Ewas Mann um die Bestattung. Er scheint ein guter Kerl zu sein. Er wird sich auch Bemets Leichnam annehmen, vermute ich.«

Aurora dachte kurz darüber nach. »Nein«, sagte sie entschlossen. »Menschen, die den Sanften Schwestern übergeben wurden, sind in unserer Obhut. Es ist unsere Aufgabe, sie zu bestatten.«

»Aber wie?«, fragte Nelka. »Wenn wir die Dunkelheit nutzen, können wir vielleicht durch ein Stadttor flüchten und uns irgendwo im Umland verstecken. Wir könnten in den Wäldern leben. Dort finden sie uns nicht so schnell.«

Aurora wusste es besser.

»Ich musste schon mal am Neunten Bethel meine Heimat verlassen. Auch meine Mutter sagte mir, dass wir in Ruhe und Frieden in den Wäldern leben könnten. Das stimmt nicht. Sie finden einen immer, irgendwie und irgendwann.«

»Was wollen wir dann tun?«

»Nicht weglaufen, sondern das Problem lösen.«

»Welches Problem?«, fragte Nelka verwirrt.

»Ich bin eine Schwester des Hauses Mortem. Ich habe geschworen, den unheilbar Kranken Erlösung zu verschaffen. Jetzt verstehe ich meine Aufgabe voll und ganz. Es sind nicht nur die Menschen mit tödlichen Wunden, die sich vor Schmerzen krümmen, oder die, die langsam dahinsiechen und keine Freude mehr haben. Es gibt auch noch andere, die nach Erlösung suchen.«

»Wovon redest du?«

»Von den Menschen, die geistig so krank sind, dass ihnen keine Medizin und kein Heiler mehr helfen kann. Sie selbst leiden, und ihr Umfeld durch sie noch mehr. Sie bringen nur Elend über sich und andere. Aber ich kann sie erlösen.«

Nelka konnte nicht fassen, was sie da hörte und reagierte entsprechend. Der Plan, den König umzubringen, war in ihren Augen Selbstmord, und das sagte sie Aurora auch.

Doch Aurora hörte ihr schon nicht mehr zu. Sie holte ihre saubere Zofentracht aus dem Schrank und zog sie an. Dann nahm sie zwei lange Brotmesser aus der Küche und steckte sie sich zwischen Schürzenschleife und Kleid hinter den Rücken.

Nelka stand wie versteinert in der Stube. Ihr Blick verriet, dass sie Aurora von ihrem Plan abbringen wollte. Doch brachte sie kein Wort hervor, selbst nicht, als die junge Schwester des Hauses Mortem mit einer Öllaterne neben ihr stand und leise betete.

»Wenn wir gleich gehen«, sagte Aurora, als sie ihr Gebet beendet hatte, »warnst du bitte alle Leute im Haus und in der Nachbarschaft. Ich möchte nicht, dass irgendeiner hier im Viertel verletzt wird.«

»Warnen, wovor?« Nelka begriff, was Aurora meinte, als diese die Lampe gegen den Tisch warf und das brennende Öl an den hölzernen Beinen hinabrann.

»Wenn alle wach sind, geh zum Hafen, setz dich in ein Ruderboot und warte bis zum Morgengrauen. Wenn ich bis dahin nicht bei dir bin, ruder los und versuch, die Küste im Westen zu erreichen. Da finden sie dich nicht so leicht, wenn sie dich überhaupt noch suchen.«

»Was ist mit dir? Wo willst du hin?«, fragte Nelka, als ob sie die Antwort nicht schon wüsste.

»Ich gehe zur Arbeit«, antwortete Aurora und wandte sich ab.

†

Viele Zimmer des Palastes lagen zwar im Dunkeln, aber auf den meisten Fluren brannte noch Licht. Das Bankett war mit Sicherheit vorbei, doch in der Küche, in den Speise- und Empfangssälen herrschte bestimmt noch reges Treiben, denn am morgigen Tag musste alles weggeräumt und einsortiert sein. So ein großes Fest bedurfte vieler fleißiger Hände.

»Halt! Wo willst du hin?«, fragte der wachhabende Offizier am Tor. Die drei anderen Wachen musterten Aurora auf die Weise, wie es viele junge Männer mit jungen Mädchen taten.

»Ich bin zum Spülen eingeteilt«, antwortete sie. »Der Kleine Rat kommt morgen wieder zusammen, und bis dahin soll alles sauber sein. Fräulein Breitton war der Meinung, dass es mir nicht viel ausmacht, nachts zu arbeiten, weil ich ja noch so jung bin und wenig Schlaf brauche.« Aurora zog eine Grimasse.

Der wachhabende Offizier verstand den Spaß. »Dann an die Arbeit, du kleine Nachteule. Und richte Fräulein Breitton aus, unsere Wachablösung ist in zwei Stunden. Es wäre schön, wenn wir noch einen Bissen bekommen könnten. Wir sind seit zehn Stunden auf den Beinen.«

»Ich sag's ihr, aber wie ich sie kenne, wird sie ein Donnerwetter loslassen.«

Aurora ging nicht zum Hauptportal weiter, sondern folgte linker Hand einem Pfad durch die Gärten auf ein Nebengelass zu. Hier waren die Küche und einige Schlafräume für Bedienstete wie Fräulein Breitton und Herrn Sattler.

Bevor sie die Küche erreichte, musste sie durch ein weiteres kleines Tor. Es war nur eine Steinmauer mit einem einfachen Durchlass, doch auch hier stand eine Wache. Wahrscheinlich hatte man sie dort postiert, damit Besucher des Banketts nicht wahllos durch die Gärten streunten, sich verliefen oder an Orte gelangten, an denen sie nichts zu suchen hatten.

Aurora schlenderte an der Wache vorbei. Der Mann schien müde und unaufmerksam zu sein. Sie war gerade ein paar Schritte an ihm vorbei, als er sie anrief.

»Warte mal, bist du nicht die Kleine, die alle suchen, die Zofe?«, schnaubte er.

Aurora machte auf dem Absatz kehrt. Ihr Gesicht verriet

Güte und Zuversicht, wie sie es von Schwester Puris gelernt hatte. Damit ließ sich jede Art von Unsicherheit für einen Moment überspielen. Das verschaffte einem die Zeit, die man benötigte.

Als Aurora auf Armlänge an den Wachposten herangetreten war, der sie mit der Laterne inspizierte, zog sie eines der Messer aus der Schürze.

Es war ein sauberer Schnitt über die Kehle. Der Mann sah sie noch an, als sein Blut auf Auroras Schürze spritzte. Mehr bedurfte es nicht, jemanden zu töten. Er ging vor ihr auf die Knie und besudelte ihre Zofentracht noch mehr. Dann kippte er zur Seite.

Aurora war nicht egal, ob er ein guter oder ein schlechter Mann gewesen war. Ihr war nicht egal, ob er eine Frau oder Kinder gehabt hatte. Doch manchmal musste man auch Teile des guten Fleisches herausschneiden, wenn man die brandigen Stellen entfernen wollte.

Sie ging weiter auf die Küche zu. Durch die Fenster konnte sie sehen, dass noch gut ein Dutzend Diener am Werk waren. Sie umlief den kleinen Anbau und gelangte zur Dreckwasserpforte. So nannten sie die Tür zu dem gepflasterten Innenhof, auf dem das schmutzige Wasser aus der Küche ausgekippt wurde. Tagsüber tummelten sich dort die Hühner, um ein paar Leckerbissen aus den Resten zu picken.

Als Aurora die Küche betrat, achtete niemand auf sie. Erst, als sie das Wort ergriff, starrten alle sie an. Die beiden Messer in ihrer Hand und die blutdurchtränkte Schürze taten ihr Übriges.

»Hört gut zu. Ich will keinem vom euch etwas zuleide tun, aber ihr solltet jetzt den Palast verlassen. Wer bleibt, wird sterben. Sagt das jedem Bediensteten, den ihr auf dem Weg nach draußen trefft.«

Die Männer und Frauen in der Küche schauten sie fassungslos an. Keiner sagte ein Wort. Sie standen nur da und starrten.

Aurora gab ihnen den Moment, den sie brauchten, um die Situation zu bedenken. Der Haushofmeister war der Erste, der reagierte, jedoch nicht so wie gedacht.

»Was ist los mit dir, Aurora? Bist du verrückt geworden? Die Wachen suchen überall nach dir. Was hast du ausgefressen? Komm her und gib mir die Messer, sonst verletzt du noch jemanden.«

Sattler trat auf Aurora zu und streckte die Hand aus, um ihr die Messer abzunehmen.

Es brauchte nur einen Hieb mit der Klinge, und drei Finger der rechten Hand des königlichen Haushofmeisters fielen zu Boden.

Im nächsten Augenblick rannten alle kreischend aus der Küche, den Flur hinunter, auch Sattler.

Aurora wartete einen Moment. Die Dienerschaft würde gut zwei Minuten brauchen, bis sie die Palastmauer und die Wachen erreichte. Natürlich würden die Soldaten nicht fliehen, sondern nach ihr suchen. Aber auch sie müssten erst ihre Vorgesetzten benachrichtigen und auf Befehle warten.

Diese Zeit nutzte sie, um sich Bemets Lied in Erinnerung zu rufen, von dem sie nur eine Strophe kannte. Sie wollte ihm und seinem Volk keine Schande bereiten, indem sie den Text falsch wiedergab.

Nach einer Weile war sie so weit. Noch in der Küche begann sie laut zu singen, während sie sich in Bewegung setzte, die Messer in beiden Händen.

»Das Banner geführt, in sicherer Hand.
Die Pranke zum Angriff erhoben.
Die Angst aus unseren Herzen verbannt.
Das Totem des Bären, es lächelt von oben.

Bruder und Freund schärft nun eure Klingen.
Die Stärke des Clans wird den Feind schnell bezwingen.«

†

Aurora kam aus dem Nebengelass in den eigentlichen Palast. Ein langer Flur erstreckte sich vor ihr. Alles war beleuchtet. Sie hörte die ersten Wachen herbeieilen.

»Sie ist im Ostflügel«, rief einer der Männer.

Aurora ließ sich nicht beirren. Sie kannte den Weg zu den königlichen Gemächern und war nicht bereit, davon abzuweichen. Da sie lauthals sang, konnte jeder hören, wo sie sich befand.

Die Schritte kamen näher. Sie waren nicht mehr im Gleichschritt und klangen langsamer als zuvor. Schwerter wurden aus den Scheiden gezogen und schlugen klappernd gegen Rüstungsteile.

Zwei Soldaten bogen um die Ecke und betraten den Flur, auf dem Aurora war. Einer der Männer strauchelte und schlug der Länge nach hin. Er blieb einfach liegen und rührte sich nicht mehr. Der andere wankte stark und versuchte, die junge Kammerzofe zu fixieren. Er wirkte wie angetrunken.

Aurora hielt auf ihn zu, die Messer in der Hand und das Lied auf ihren Lippen.

Der Mann blutete aus dem Mund und hielt sich mit der einen Hand die Brust, während er das Schwert in der anderen mit der Spitze über den Boden schleifen ließ. Er war nicht in der Lage, sich zu wehren.

Aurora stach ihm im Vorbeigehen in den Hals und ließ das Messer stecken. Sie war schon einige Schritte weiter, als er hinter ihr auf dem Boden aufschlug. Aber noch etwas nahm sie wahr. Das Lied, das sie sang, verselbstständigte sich. Nach und nach tauschte sie die Worte aus und ersetzte sie durch Begriffe, die sie noch nie gehört hatte und auch nicht verstand, doch ähnelten sie der Sprache, der sich ihre Mutter früher bei ihren Liedern bedient hatte.

Die ersten Schmerzensschreie hallten durch die Flure. Männer gingen zu Boden und brüllten ihre Qualen heraus. Niemals hätte Aurora gedacht, dass die Liedmagie in ihr so groß war. Ihre Mutter hatte es vielleicht geahnt und sie schützen wollen. Bemet hatte es ihr gesagt, und sie hatte es mit einem Lachen abgetan.

Aurora gelangte auf den Flur der königlichen Gemächer. Vor der Tür zu König Aldens Schlafgemach standen zwei Wachmänner. Einer von ihnen lag bereits am Boden, der andere trat hölzernen Schrittes auf sie zu. Er wollte nicht aufgeben. Er versuchte, gegen die Magie anzukämpfen.

Aurora hielt kurz inne und intensivierte ihren Gesang. Ihre Stimme war lauter als die eines gewöhnlichen Menschen. Man konnte die Worte in der Luft spüren. Wie winzige Klingen durchdrangen sie Haut und Fleisch, drangen ins Innere der Körper.

»Tre Tannert debart, in zenere Hand.
Die Profte tum Mendreak kazoven.
Tuen das Valdit aus unseren Gaarsen verbannt.«

Die Brust des Soldaten vor ihr schwoll an. Jeder Atemzug, den er tat, füllte seine Lungen weiter. Es schien ihm unmöglich zu sein, auszuatmen. Mit letzter Kraft hob er die Klinge und zeigte mit der Spitze auf Aurora. Dann fiel ihm die Waffe aus der Hand, und er brach zusammen.

Achtlos stieg Aurora über ihn hinweg und schritt zur Tür des Königs. Mit laut erhobener Stimme ergriff sie die Klinke, stieß die Tür auf und trat ein.

König Alden lag nicht in seinem Bett. Bevor sie den

Raum nach ihm absuchen konnte, traf sie ein harter Schlag ins Gesicht. Aurora verlor die Orientierung und stürzte. Für einen Moment war sie wie benommen.

König Alden stand über ihr. Er schwankte leicht und sah um etliche Jahre gealtert aus.

»Du Hexenweib, was hast du mit mir gemacht?«, lallte er.

Die Kraft verließ seine Beine, und er hockte sich auf Auroras Bauch. Seine Hand suchte nach ihrer Kehle. Er umklammerte ihren Hals, doch seine Kraft reichte nicht, um ihr die Luft abzudrücken. Aurora wollte ihr verbliebenes Messer hochreißen, doch König Aldens Knie drückte auf die Klinge.

Aurora besann sich auf ihr Talent. Trotz der würgenden Hand sang sie weiter. Die Kraft des Königs schwand zunehmend, doch sein Hass war groß genug, nicht von Aurora abzulassen. Blut tropfte aus seiner Nase und dem Mundwinkel. Sein linkes Auge verdrehte sich so weit, dass nur noch das Weiße zu sehen war.

»Stirb, du Hexe«, grunzte er.

Seine Hand suchte nach dem Messer auf dem Boden und fand es. Mit letzter Kraft hob er die Klinge und bohrte sie Aurora in die Brust. Der Stoß war kraftlos geführt und blieb an einer Rippe hängen.

Aurora sang. Sie sang um ihr Leben.

Der König ließ sich nach vorn fallen, um mit seinem Gewicht die Klinge weiter in die Brust seiner Gegnerin zu treiben.

Aurora drückte mit einer Hand gegen seine Stirn und hielt seinen Kopf hoch.

Dann saßen sie sich Auge in Auge gegenüber. Aldens Blick war trüb, und die Adern in seinen Augen waren geplatzt.

»Ich werde nicht länger für dich singen«, stöhnte Aurora unter Schmerzen. »Du bist es nicht wert.«

Durch Aldens Gewichtsverlagerung konnte Aurora die Klinge mühelos packen. Sie zog das Messer heraus und durchtrennte dem König mit einer einzigen Bewegung den Hals. Ein Schwall Blut ergoss sich über sie.

EPILOG

Nelka zog die letzten beiden Ruderschläge durch, bevor sie sich ausruhte und zurücklehnte. Der Morgen graute bereits, und Königsgrund war nicht mehr in Sicht.

»Das ist das letzte Mal, dass ich dich quer über das Binnenmeer schiffe«, sagte sie zu Aurora. »Du bist viel jünger als ich und hast noch mehr Kraft. Außerdem bin ich die Dienstältere.«

Aurora konnte sie nicht hören, geschweige denn widersprechen. Sie hatte das Bewusstsein noch nicht wiedererlangt. Das Mädchen war schwer verletzt und vollkommen erschöpft in den Hafen gestolpert. Nelka hatte sie zufällig gefunden, auf der Suche nach Proviant für die Überfahrt. Auroras Wunden waren nicht zu unterschätzen, aber auch nichts, womit eine Sanfte Schwester nicht fertig würde. Aurora würde wieder gesunden, jedenfalls körperlich.

Nelka wusste nicht, was im Palast vorgefallen war. Aurora war am ganzen Körper blutverschmiert, und es war nicht nur ihres. Nelka hatte nur den Alarm der Stadtwachen gehört, als sie das Mädchen ins Ruderboot hievte. In ihrer Hand hielt Aurora die Krone des Königs. Nelka hatte sie ins Hafenbecken geworfen. Eine Krone war nichts wert, wenn sie einem nicht gehörte, und das Einzige, was man für sie bekam, war der Strick.

Aber eines stand fest: Aurora hatte es in den Palast geschafft und wieder hinaus. Das allein war ein Wunder.

Entgegen Auroras Anweisungen, an die Westküste zu

reisen und sich dort zu verstecken, steuerte sie die Ruine der Zitadelle an. Ein halbes Leben lang war das Eiland ihre Heimat gewesen, dann würde es auch noch für ein weiteres halbes Leben reichen, hatte sie entschieden. Sie beide würden die Zitadelle wieder aufbauen, mit der Gunst von Menschen, die ihre Hilfe brauchten. Nelka war zuversichtlich, dass sie es schaffen konnten.

Aurora hatte es ihr vorgemacht. Man konnte alles schaffen, wenn man es nur stark genug wollte.

Aurora stammelte etwas Unverständliches. Anscheinend war ihr Kiefer gebrochen, die Schwellungen ließen das jedenfalls vermuten. Doch wahrscheinlich träumte sie nur, denn erwacht war sie noch nicht.

Nelka antwortete ihr trotzdem, so hatte sie es gelernt.

»Nach Hause, Kleines. Wir fahren nach Hause.«